古典文獻研究輯刊

二二編

曾永義 主編

第3冊

羅根澤文學批評史研究

王 波 著

國家圖書館出版品預行編目資料

羅根澤文學批評史研究／王波 著 -- 初版 -- 新北市：花木蘭
文化事業有限公司，2020〔民 109〕
目 2+264 面；19×26 公分
（古典文學研究輯刊 二二編；第 3 冊）
ISBN 978-986-518-173-4（精裝）
1. 羅根澤 2. 文學評論史
820.8   109010542

ISBN-978-986-518-173-4

古典文學研究輯刊
二二編 第三冊   ISBN：978-986-518-173-4

羅根澤文學批評史研究

作　　者　王　波
主　　編　曾永義
總 編 輯　杜潔祥
副總編輯　楊嘉樂
編　　輯　許郁翎、張雅淋　美術編輯　陳逸婷
出　　版　花木蘭文化事業有限公司
發 行 人　高小娟
聯絡地址　235 新北市中和區中安街七二號十三樓
　　　　　電話：02-2923-1455／傳真：02-2923-1452
網　　址　http://www.huamulan.tw 信箱 hml810518@gmail.com
印　　刷　普羅文化出版廣告事業
初　　版　2020 年 9 月
全書字數　252171 字
定　　價　二二編 9 冊（精裝）台幣 22,000 元　　版權所有‧請勿翻印

羅根澤文學批評史研究

王波 著

作者簡介

王波，男，1986 年出生於山東省鄆城縣，2015 年畢業於清華大學中文系，獲文學博士學位。現任職於國防大學軍事文化學院，主要從事中國文學理論研究。在《文學評論》、《中國現代文學研究叢刊》、《中外文化與文論》等期刊發表論文 20 餘篇，主持國家社會科學基金項目一項。

提　　要

　　本書主要以羅根澤文學批評史為研究對象，從學術理路、材料蒐羅、敘解方法、文學觀念、批評史觀、《文心雕龍》、唐古文運動、宋詩話、1950 年代調整等方面對其進行全面考察，並從「文學批評」的自覺、中國文學史的編纂、「整理國故」及鈴木虎雄《支那詩論史》之影響、早期課程與講義等因素探討作為一門學科和著作體例的中國文學批評史的發生問題。

　　具體而言，從以下三個方面展開相關研究：首先，歷史化地展現文學批評史發生的豐富過程以及羅根澤文學批評史的真實面貌，透視陳鍾凡、郭紹虞、朱東潤、方孝岳等學者研治文學批評史的動機與歷程，還原文學批評史學科在半個世紀裏的存在樣態；其次，反思以西方文學批評標準衡量傳統詩文評之「以西格中」的學術模式，以及以現代文學觀念與史觀書寫系統化文學批評史的研究範式，窺測現代學人在古今中西之間文化選擇的曲折心路；再次，重申早期文學批評史撰著者「印證文學史」的研究目的，特別是羅根澤「求歷史之真」的學術追求，討論文學批評史或者古代文論研究的目的、對象、方法等。這些問題對於文學批評史的重新書寫、古代文論的現代轉化、現代學術史的構建具有參考意義。

目

次

緒　論

　　本書以羅根澤文學批評史為主要研究對象，分析羅氏從諸子學轉入文學史再轉入批評史的學術軌跡，探尋其以一貫之的學術思想與方法，論述其批評史在材料搜羅、敘解方法等方面之特色，並溯源他所引用的西人學說，分析其在面對西方學術既推崇又警惕的矛盾心態；考察其選擇「文學」折衷義與「文學批評」廣義的動機，論述其以「載道」與「緣情」構建古代文學觀念嬗變之線索，以及「歷史的時代意識」的具有唯物論色彩的批評史觀；此外，選擇《文心雕龍》、唐古文運動與宋詩話作為研究專題，分析羅氏在這三個方面的學術成就；考察他在 1950 年代的學術實踐和對於過去學術方法的批判以及 1957 年版文學批評史的修改，並敘述在當時教學體制下文學批評史作為一門學科的命運，以發掘羅氏作為學術研究主體在順應政治干預和保持學術獨立之間的困惑與掙扎。在進入羅根澤批評史的論題之前，先花費一章的篇幅研究中國文學批評史的發生問題，考察文學批評如何逐漸地走向獨立、在文學批評的衡量下傳統詩文評呈何面目以及「文學批評」術語對文學批評史撰述所帶來的問題，討論中國文學史編纂、「整理國故」思潮以及鈴木虎雄《支那詩論史》對於批評史撰著之影響，分析文學批評史作為一門課程最初在大學講堂的授課情形，以期還原作為一門學科和著作體例的文學批評史之所以發生的學術文化背景。

　　綜合來看，本書研究屬於學術史或者說學科史的範疇。1990 年代，特別是新舊世紀交替之際，文學批評史的學術史研究炙手可熱，相繼出版多種著作以及相關論文。但是，目前的不少學術史研究存在著一些問題，正如有的學者指出，「就當前學術史研究的總體情況而言，較普遍地存在著脫離 20 世紀的社會歷史背景，僅僅依據當下的思想潮流去評判過去學術活動、學術成

果的現象，我稱之當前的『百年回眸』現象。這種現象違背了歷史主義原則，是不可取的」，所以需要把「學術批評」與「學術史研究」相區分，「學術史研究首先不是一種批評，而是指把一個時代還給一個時代，把歷史還給歷史，去闡釋『歷史存在的合理性』」〔註1〕這種評判式的學術史模式也可稱為「總結式」的學術史，大多以今天之立場總結前人的貢獻與不足，如此逃離當時歷史現場，恐怕難以展現歷史本身多元而複雜的面貌。這也是本書為何重拾學科史這一話題的原因。在這裡，需要辨析中國文學批評史與古代文論研究的區別。文學批評史是「史」的研究，是對古代文學批評發生、發展以及源流的敘述，而古代文論研究範圍較廣，除了包括文學批評史，還包括橫向的專題研究。因此，1913年廖平的《論〈詩序〉》、1916年劉師培的《文筆辭筆詩筆考》，乃至1914至1919年黃侃在北京大學講授《文心雕龍》，並出版《文心雕龍劄記》，都只能算是古代文論研究，而不能算作中國文學批評史。至1927年，陳鍾凡《中國文學批評史》出版，作為一門學科的中國文學批評史才真正確立。但是，本書並不把1927年看作這一學科的建立時間，之所以採取「發生」這一術語而不是「建立」、「創立」等，是因為「發生」暗含滋長蔓延的過程，即是說它是一段時期，而不是一個時間點。雖然陳著《中國文學批評史》〔註2〕1927年才面世，但1923年他就在東南大學開設「歷代文評」一課，可能已產生編著批評史著作的萌芽；郭紹虞、羅根澤《批評史》雖然出版於1934年，但二人於1927年和1932年分別在燕京大學和清華大學講授批評史課程，後來著作皆是授課講義，而且郭著講義在出版前於友朋中傳閱。因此，把1927年這一時間點看作學科建立的標誌會模糊學科歷史生成這一過程。所謂「發生」期大體指1923年陳鍾凡在東南大學講授「歷代文評」至1934年郭、羅著作出版這一時間區間。當然，有時為論述的周全，也不限於這一時期。比如，郭紹虞《批評史》下冊雖出版於1947年，但此前其大多數內容都以論文形式發表，故也在討論範圍之內。

研究中國文學批評史的發生，首先需要對「文學批評」這一觀念的確立進行考察。自《隋書・經籍志》始將《文心雕龍》和《詩品》歸入集部總集類，傳統目錄學一直把古代文學批評著作看作集部的一個分支。宋王堯臣

〔註1〕周興陸：《擺脫歷史的近視》，《中國文化報》，2001年3月28日。
〔註2〕當中國文學批評史指稱一門學科、課程或著作體系，亦或泛指羅根澤、郭紹虞等人的學術研究時，不加「《　》」，當指稱某個版本的具體著作時，加「《　》」，而且為簡潔計，上述兩類簡稱為批評史或《批評史》，全書皆按此例。

《崇文總目》將文學批評著作從總集中辨析出來，別立文史一類。鄭樵《通志》又進一步分為文史、詩評兩類。明焦竑《國史經籍志》合為詩文評類，清《四庫全書提要》從之。〔註 3〕詩文評從集部裏一步步地獨立出來，並在1920 年代被置換成文學批評，中國文學批評史才有了產生的前提。有了「文學批評」的自覺，還需要「史」的觀念的輸入。朱自清在《〈詩言志辯〉序》中說：「西方文化的輸入改變了我們的『史』的意念，也改變了我們的『文學』的意念。我們有了文學史……」〔註 4〕，而促使文學史產生「史」的觀念與現代教育體制的確立不無關係。1903 年，張之洞擬定的《奏定大學堂章程》在「文學科大學」下分九門，其中之一是中國文學門，主課七課，其中之一是「歷代文章流別」，並加以釋義：「日本有《中國文學史》，可仿其意自行編纂講授。」〔註 5〕於是，伴隨著文學史作為課程進入大學講堂，一批文學史著作隨之產生，而文學批評史著作的產生也與此背景有關。早期文學批評史的編著者大都從研究文學史入手，其研究目的也是為了「印證文學史」〔註 6〕，而且為講授批評史課程才編著講義、出版著作，因此批評史與文學史之複雜關係以及早期批評史的課程與講義都需要仔細分析。古代文學批評除了少數幾部有系統的著作之外，大多散落在序跋筆記、史傳書牘、詩話文話等材料中，要想規劃成有系統的現代學術體系，需要經過科學方法的整理，而這種科學方法與「整理國故」思潮密切相關。在陳鍾凡《批評史》之前，國內並沒有可循之本，但是鈴木虎雄的《支那詩論史》已於 1925 年出版，孫俍工譯本於 1927 年出版，鈴木著作對於陳鍾凡、郭紹虞、羅根澤批評史皆有不小的影響。

　　清楚了中國文學批評史產生的學術文化背景，把羅根澤批評史作為個案研究就顯得有理有據，因為這束花朵是培育在上述豐厚的土壤之中的。羅根澤（1900～1960）早年在家鄉跟從古文家吳汝倫弟子武錫玉在「北圃學舍」學文，1922 年到天津南開大學暑期學校，聽梁啟超講「國文教學法」、胡適講「國語文法」和「國語文學史」，自此興趣由「學文」轉向「治學」。

〔註 3〕 參見朱自清：《評郭紹虞〈中國文學批評史〉上卷》，《朱自清全集》第 8 卷，江蘇教育出版社，1993 年，第 195 頁。

〔註 4〕 朱自清：《〈詩言志辯〉序》，《朱自清全集》第 6 卷，第 127 頁。引用書目首次出現後，省去出版社及年份，全書同例。

〔註 5〕 舒新城編：《中國近代教育史資料》（中），上海教育出版社，1981 年，第 194 頁。

〔註 6〕 郭紹虞：《自序》，《中國文學批評史》（上），商務印書館，1934 年，第 1 頁。

〔註7〕1927 年，考入清華學校研究院國學門，跟從梁啟超治「諸子學」。翌年，入讀燕京大學國學研究所，由馮友蘭和黃子通指導治「中國哲學史」。1929 年，以《孟子傳論》、《管子探源》為論文於兩校畢業，自此走上學術殿堂，開始輾轉於多個高校授課，治諸子學之餘又添中國文學史。1932 年，在清華大學教授中國文學批評史，諸子學、文學史、文學批評史成三足鼎立之勢。經過兩次授課與兩次刪改，羅著《批評史》於 1934 年出版。後人較少注意到該版，其實它與 1940 年代重慶商務印書館版〔註8〕無論從體例上還是史觀上都有很大不同，不能等而視之。此外，1957 年羅著《批評史》修訂重版，雖然改動不大，但可看出當時意識形態對於學術研究的影響。這些不同版本之間的修改需要歷史化地對待。由於 1934 年版《批評史》受到的批評不少，羅氏在 1940 年代版中刪去舊版緒言，加入長達十四節的新緒言，引用了大量西人學說來建構自己批評史的學理基礎，如森次巴力、高斯、小泉八雲、法郎士等。實際上，羅根澤西學根基不深，並沒有進行中西會通的深厚理論基礎，故其對於中西學的態度值得玩味——提倡本國學說與別國學說互相析辯、又批評緣附西方學術，這種對西學既崇拜、自卑又自省的矛盾心態是大多數現代知識分子的典型心態。

　　羅根澤批評史歷來以材料宏富著稱，書中涉及群經子史、文集筆記、詩話文論以及佛道二氏之書等，特別是用大量篇幅講述音律、對偶及作法、詩格等內容，這與他搜羅材料的學術方法以及獲得的珍貴材料（如《文鏡秘府論》、《吟窗雜錄》等）有關。作為史學家，羅根澤有一套自己的敘解歷史方法，即述要、述創與釋義、釋因、釋果。這套敘解方法借鑒西方史學，書寫的無疑是一種整體的、系統化的、具有因果關係的大歷史，以此整理大多時候是隻言片語的古代文學批評，問題就會隨之而來。此外，他對「文學」、「文學批評」含義辨析至細，並認為文學批評隨時空、批評家、文體而異。這種歷史的時代意識形成是「由於社會、經濟、政治、學藝及其所背負的歷史」〔註9〕，這種史觀已具有唯物論色彩。總而言之，一個如此豐富複雜的學術文本，除了一些書評和少量論文外，沒有深入的整體研究，相比羅氏

〔註7〕參見羅根澤：《我的讀書生活》，《中央週刊》第 8 卷第 8 期，1946 年。
〔註8〕《周秦兩漢文學批評史》、《魏晉六朝文學批評史》、《隋唐文學批評史》、《晚唐五代文學批評史》分別出版於 1944、1943、1943、1945 年，統稱為 1940 年代版。
〔註9〕羅根澤：《周秦兩漢文學批評史》，商務印書館，1944 年，第 17 頁。

在文學批評史上所取得的學術成就而言，不能不說是一個缺憾。

　　除了可以解決羅根澤批評史本身的眾多問題，本書還可以透視陳鍾凡、郭紹虞、朱東潤、方孝岳、李長之等學者最初研治批評史的動機，辨析大學課程與講義著作之間的互動關係，總結用西方文學觀念與史觀書寫文學批評史的得失，探討文學批評史在半個世紀內的存在樣態，窺測現代學人在古今中西之間文化選擇的曲折心路，這些問題對於文學批評史的重新書寫、古代文論的現代轉化、現代學術史的構建等都不無意義與價值。

　　本書不是站在歷史的終點以今天的立場，簡單地總結前輩學者學術研究的貢獻與不足，而是回到歷史現場，還原最初的文化語境，以「瞭解之同情」的心態分析學人們學術研究的真實面貌。因此，搜羅民國時期的原始資料，以展示文學批評史學科發生的真實過程以及羅根澤批評史的本來面目就是重點。民國有不少文章論述文學批評史的分期、文學史與文學批評、載道與緣情、古文運動、詩話等問題，這些材料被幾位聲名顯赫的大學者所遮蔽，以碎片形式被埋藏在歷史的塵埃之中。「還原」不是如民國學人那樣把研究對象整理成一個自足的系統，而是展示歷史生成的豐富性與複雜性。此外，正如陳平原所說，學術史「無法脫離其所處時代的思想文化潮流。在這個意義上，學術史與思想史、文化史確實頗多牽連。不只是外部環境的共同制約，更有內在理路的相互交織」〔註10〕。因此，本書也嘗試以文化史和思想史的角度分析批評史學科在半個多世紀以來產生、發展以及「規訓」的背景；同時也運用跨文化的視角分析以「文學批評」、「純文學」與西方史觀等術語和觀念歸化傳統詩文評所造成的遮蔽與悖謬，重新思考中西文論之同與異、通與隔。

　　本書的主要內容如下：

　　緒論是對選題背景與意義、研究方法以及研究現狀的陳述說明。

　　第一章論述傳統詩文評是如何轉變成系統化的文學批評史的，即文學批評史學科是如何發生的。主要從五個方面展開：第一，考察文學批評觀念借助現代文學期刊獲得生存空間和自覺意識這一過程，分析當時學人借鑒西方學說對「文學批評」之含義以及學科屬性（科學？藝術？）的認識，並反思以西方「文學批評」為參考標準衡量「詩文評」之思路，同時思考學

〔註10〕陳平原：《「學術史叢書」總序》，戴燕：《文學史的權力》，北京大學出版社，2002年，第2頁。

科命名問題。第二,從早期學者由文學史轉入批評史的學術路徑入手,分析當時文學史著作中之文學批評內容,以及文學史與批評史在總集與選本、課程講授等方面的互助與互用。第三,展示文學批評史發生的「整理國故」思潮背景,並論述該思潮對陳鍾凡、郭紹虞、羅根澤等人書寫文學批評史在科學方法與歷史觀念方面之影響,前者體現在還其「本來面目」的客觀立場與整理史料的學術路徑,後者體現在追求歷史淵源流變的「系統」。第四,對於鈴木虎雄《支那詩論史》,側重於該著作在中國的傳播與接受,特別是在編著體例、批評結合創作的研究方法以及「文學自覺」說和「格調、神韻、性靈三詩說」方面的影響。第五,論述作為學科門類和著作形式的中國文學批評史,考察其怎樣進入大學教育體制,並以陳鍾凡、郭紹虞、羅根澤、朱東潤四名學者為核心,論述課程與講義之間的關係以及早期著作受到的批評。

　　第二章考察羅根澤批評史作為史學家的文學批評史在研究方法、材料搜求、敘解體例等方面的與眾不同之處。首先,分析羅根澤從諸子學到文學史再到批評史的學術軌跡,將其放入到晚清民國的學術嬗變中予以考察,並梳理其批評史的生成過程;其次,論述羅氏取材之特點——「開山採銅」、「蒐覽務全」,並從羅氏被清華解聘一事入手,分析其對於西學之態度以及這種態度對其引用西學材料之影響;最後,論述羅氏述要、述創與釋義、釋因、釋果之敘解歷史的方法,分析其是否可以真正地還原中國文學批評史,並質疑這種大歷史觀對歷史複雜性的遮蔽。

　　第三章論述羅著的文學觀念與批評史觀。首先,討論羅根澤選擇折衷文學觀念之原因,衡量以此闡釋古代文學觀念是否恰當,並質疑羅氏對於文學批評的分類以及對中西文學批評特點的概括;其次,梳理「載道」與「緣情」在羅氏批評史中之線索,分析羅說與周作人「載道」「言志」說之間的異同關係,並反思這種二分法本身的理論缺陷;最後,探討羅根澤的批評史觀,重點分析「文學批評隨時空而異」,並把它切入到當時的思想文化背景中,分析羅氏批評史觀的文化地理論與唯物論色彩。

　　第四章選擇《文心雕龍》、唐古文運動、宋詩話這三個專題,展示羅根澤在此三個研究領域的學術成績,並將其放入到各個專題的學術史脈絡之中,與同時期或後來的其他學者的有關論述進行比較,以期做到真實客觀的論述。

　　第五章分析 1950 年代羅根澤有關的學術實踐以及批評史學科的調整，依次討論羅氏在學術方法上從考據到「以論代史」的轉變、文學批評史在當時教學體制下作為一門學科的命運以及羅氏 1957 年版《批評史》的修改。

　　結語反思 20 世紀上半葉書寫文學批評史的得與失、是與非，並結合 20 世紀下半葉的文學批評史書寫，思考如何處理「古為今用」、古代文論的現代轉化等問題。

　　與本書有關的研究可以分為兩大部分：中國文學批評史發生研究與羅根澤研究。前者除了 1946 年朱自清在《詩文評的發展》一文中蜻蜓點水地提到外，之後的半個多世紀裏似乎成了千里孤音，一些總結和反思文學批評史的學術史著作大都統而言之地簡單歸結為新文化運動和西方文學觀念的輸入。近年來，逐漸有研究者關注到這一重要問題，開始從多個因素探討文學批評史的產生背景。劉紹瑾《整理國故與中國古代文論研究的興盛》[註11]認為，「整理國故」思潮中所凸顯的「國故」地位及其所提倡的科學方法對古代文論研究有著極大的推動。閆月珍《文學批評史觀念的介入與中國文學批評史研究的開端》[註12]提出，文學觀念的淨化與批評意識的覺醒是具有現代學科意義的中國文學批評史產生的關鍵原因。邱景源《古代文論研究現代性的發生》[註13]從自覺的批評史學科觀念、現代文學觀念、批評史觀和現代科學研究方法等方面分析 1920 年代末至 1940 年代一批經典文學批評史著作問世的背景以及中國文學批評史學科得以建立的條件。邱景源的博士論文《馬克思主義視域下的中國古代文論研究》[註14]列專章論述古代文論學科的建立問題，從「文學」和「文學批評」觀念的誕生、唯物史觀的傳入、現代科學方法的啟蒙、研究主體和學術環境的轉化等四個方面分析這一學科產生的文化語境。李春青等著《20 世紀中國古代文論研究史》[註15]有「中國古代文論學科的誕生背景」一節，論述現代學術、現代文學觀念的建立及大

〔註11〕劉紹瑾：《整理國故與中國古代文論研究的興盛》，《學術研究》2010 年第 8 期。

〔註12〕閆月珍：《文學批評史觀念的介入與中國文學批評史研究的開端》，《暨南學報》2005 年第 3 期。

〔註13〕邱景源：《古代文論研究現代性的發生》，《蘭州學刊》2008 年第 7 期。

〔註14〕邱景源：《馬克思主義視域下的中國古代文論研究》，復旦大學博士論文，2008 年。

〔註15〕李春青等：《20 世紀中國古代文論研究史》，山東教育出版社，2008 年，第 251 ～264 頁。

學學科制度等因素。周仁成、曹順慶《在學科與科學之間：中國古代文論學科史前考古》〔註 16〕側重論述「五四」白話文運動與「整理國故」及「科玄之爭」對中國古代文論研究的兩次「規訓」。這些文章或著作在之前總結文學批評史成就的基礎上對於學科產生之因有了進一步的研究，不過，有些問題仍沒有得到真正解決。大多論者並沒有辨析「中國文學批評史」與「古代文論研究」之名，而且集中在「文學」觀念、「文學批評」觀念與科學方法等因素，即使在這幾個層面也很少鞭闢入裏地分析這些因素何以促使中國文學批評史的產生。至於中國文學批評史如何一步步登入大學課堂以及講義與著作之間的關係仍較少涉及，鈴木虎雄《支那詩論史》的專題研究僅有蔣寅的一篇《鈴木虎雄〈中國詩論史〉與中國文學批評史敘述框架的形成——尤以明清三大詩說為中心》〔註 17〕。該文認為，《中國詩論史》作為中國文學批評史的雛形為中國本土文學批評史的建構奠定了基礎，並且重點評價了鈴木對清代三大詩學的論述，但是沒有論及其對於陳鍾凡、郭紹虞、羅根澤等文學批評史之影響。

關於羅根澤的研究，根據其學術領域可分為三個部分：諸子學、文學史、文學批評史。首先來看一下對其的綜合研究。《羅根澤古典文學論文集》的編輯聶世美整理了《羅根澤先生著作年表》〔註 18〕，雖有個別文章著年錯誤、若干文章未編入等不足，但該篇是全面整理羅根澤學術文章的首例。羅根澤晚年弟子周勳初先後寫過多篇文章紀念老師及評價其學術成就，最重要的一篇是《羅根澤先生在學術領域中的多方開拓》〔註 19〕，全面地總結了羅氏在三個學術領域的成就，並對諸子學、文學史的多篇重要論文提綱攜領地撮取精華，指出其文學批評史材料豐富、體例創新、分析細緻三個特點。《羅根澤文存》書前有編者馬強才撰寫的前言《羅根澤的生平與學術研究》，書後

〔註 16〕周仁成、曹順慶：《在學科與科學之間：中國古代文論學科史前考古》，《求是學刊》2013 年第 1 期。

〔註 17〕蔣寅：《鈴木虎雄〈中國詩論史〉與中國文學批評史敘述框架的形成——尤以明清三大詩說為中心》，《安徽大學學報》2013 年第 2 期。

〔註 18〕聶世美：《羅根澤先生著作年表》，《古典文獻研究》，南京大學出版社，1989年。

〔註 19〕周勳初：《羅根澤先生在學術領域中的多方開拓》，張世林主編：《學林往事》中冊，朝花出版社，2000 年，第 580～593 頁。後經修改，題為《羅根澤在三大學術領域中的開拓》，載陳平原主編：《中國文學研究現代化進程二編》，北京大學出版社，2002 年，第 150～176 頁。

附錄有其編的《羅根澤先生年譜簡編》〔註 20〕。前言仍續周勳初之說，分門別類地總結羅氏在諸子學、文學史、文學批評史三個領域的學術成就，年譜是羅氏的第一本年譜，不過稍有瑕疵，有時會有同一篇文章出現在不同年份的疏忽。

　　關於羅根澤諸子學的專題研究，有徐好文的碩士論文《羅根澤及其諸子學研究》〔註 21〕，其把羅氏諸子學分為墨子、老莊、儒家、名家與小說家、管子、法家等幾類，並給予主要介紹，總結其諸子學研究的學術意義。由於羅氏諸子學研究沒有煌煌巨著，除了兩冊單行本的《管子探源》與《孟子傳論》外，大都是單篇論文，故專題研究不多，一般是在研究某個諸子時旁及到羅根澤的學術觀點。

　　一般而言，羅氏文學史成就不如諸子學，除了幾本教材講義外，論文主要集中在《羅根澤古典文學論文集》一書。陳平原為其撰寫的《「哲學」與「考據」視野中的「文學史」──新版〈羅根澤古典文學論文集〉序》〔註 22〕頗有玩味地解讀了羅氏那些繁複的「自序」、「緒言」以及「研究計劃」，以此窺測其大處著眼、小處入手的學術理想。與羅氏的諸子學研究一樣，對其文學史的專題研究也不多見，由於 20 世紀專攻文學史的學者眾多，文學史的學術史著作也鮮有給予其獨立地位。倒是不少研究者在論及樂府、五七言詩起源時論及羅氏的觀點，如趙敏俐的《漢代五言詩起源發展問題再討論》、《論七言詩的起源及其在漢代的發展》〔註 23〕等。

　　自羅根澤文學批評史面世起，就有不少論者評論，其中褒貶不一。林分《評羅根澤的〈中國文學批評史〉》〔註 24〕在指出其搜羅宏富的優點外，接連羅列了組織龐雜、濫湊篇章、忽略源流、膠柱不化、望文生義等不足。周木齋《評〈中國文學批評史（一）〉》〔註 25〕質疑其分化發展的文學史觀，並認

〔註20〕馬強才：《羅根澤的生平與學術研究》、《羅根澤先生年譜簡編》，《羅根澤文存》，江蘇人民出版社，2012 年。
〔註21〕徐好文：《羅根澤及其諸子學研究》，西北師範大學碩士論文，2006 年。
〔註22〕陳平原：《「哲學」與「考據」視野中的「文學史」──〈羅根澤古典文學論文集〉再版序》，羅根澤：《羅根澤古典文學論文集》，上海古籍出版社，2009 年，第 1～15 頁。
〔註23〕趙敏俐：《漢代五言詩起源發展問題再討論》，《中國詩歌研究》第 7 輯；《論七言詩的起源及其在漢代的發展》，《文史哲》2010 年第 3 期。
〔註24〕林分：《評羅根澤的〈中國文學批評史〉》，《眾志月刊》第 2 卷第 3 期，1934 年。
〔註25〕周木齋：《評〈中國文學批評史（一）〉》，《文學》第 4 卷第 1 期，1935 年。

為其沒有達到解釋的任務。而羅根澤安徽大學的學生振佩《評羅著〈中國文學批評史〉》〔註26〕則反駁周木齋的觀點，認為分化發展與客觀立場正是其優點。林庚《介紹兩部中國文學批評史》〔註27〕對於郭、羅二著進行了比較性評價，認為二者各有其獨特的價值。羅著在 1940 年代分冊出版後，評論愈多，且常常與郭著比較。張學書《評羅著中國文學批評史三書》〔註28〕總結了其材料豐富、編著新穎、述解適當等優點，認為羅著後來居上。南屏《評羅著〈中國文學批評史〉》〔註29〕在比較郭、羅二著章節安排後，同樣認為羅著後來居上。徐文珊《讀〈魏晉六朝文學批評史〉》〔註30〕褒揚了其歷史的眼光與方法及哲學的理論基礎，但駁斥了其對於南北文學異同的論述。劉榮池《評郭羅著〈中國文學批評史〉》〔註31〕細緻比較了二者在具體論述時的異同。在眾多書評之中，朱自清《詩文評的發展》〔註32〕是最有分量之作，認為羅著做到了「將一時代還給一時代」、「將中國還給中國」，並針對其中西文學批評特徵提出了自己不同的意見。

新中國成立後，對於羅根澤批評史的研究大體仍停留在書評的階段，如周勳初《論羅根澤先生〈中國文學批評史〉中的根本觀念》、張仁青《評介羅根澤〈中國文學批評史〉》、聶世美《篳路藍縷，以啟山林——羅根澤著〈中國文學批評史〉再版讀後》等。進入 21 世紀後，才有零星的真正的研究。陳良運《「文學理論的職責是指導未來文學」——從羅根澤的文學批評史觀談起》〔註33〕以羅根澤批評史觀念為切入口，仔細辨析了文學批評與文學理論的區別。賀根民《羅根澤〈中國文學批評史〉的文學地理觀》〔註34〕以文學

〔註26〕振佩：《評羅著〈中國文學批評史〉》，《學風》第 5 卷第 4 期，1935 年。

〔註27〕林庚：《介紹兩部中國文學批評史》，《大公報》「圖書副刊」第 60 期，1935 年。

〔註28〕張學書：《評羅著中國文學批評史三書》，《讀書通訊》第 104 期，1945 年。

〔註29〕南屏：《評羅著〈中國文學批評史〉》，《國立中央圖書館館刊》第 1 卷第 4 期，1947 年。

〔註30〕徐文珊：《讀〈魏晉六朝文學批評史〉》，《文藝先鋒》第 4 卷第 1 期，1944 年。

〔註31〕劉榮池：《評郭羅著〈中國文學批評史〉》，《讀書通訊》第 159 期，1948 年。

〔註32〕朱自清：《詩文評的發展》，《朱自清全集》第 3 卷，江蘇教育出版社，1996 年，第 23～34 頁。

〔註33〕陳良運：《「文學理論的職責是指導未來文學」——從羅根澤的文學批評史觀談起》，《東南學術》2001 年第 5 期。

〔註34〕賀根民：《羅根澤〈中國文學批評史〉的文學地理觀》，《古典文學知識》2011 年第 2 期。

地理學為學理依據，分析了羅著中地理環境對於中國文學、中國文論之影響的論述及其文學地理觀。張健《從分化的發展到綜合的體例：重讀羅根澤〈中國文學批評史〉》〔註35〕用兩萬餘言詳盡論述了羅著1934年版到1940年代版在編著體例、史觀方面的調整，考察了其如何處理西方科學方法與中國傳統之關係，並評價了其學術史地位。不同於羅氏文學史，文學批評史的學術史著作或列專章或設專節都給予羅氏文學批評史獨立的地位。董乃斌主編《中國文學史學史》〔註36〕第三卷第六編第二章第二節概述了羅著在學科反省、編史方針、資料發掘等方面的優點。蔣述卓等著《二十世紀中國古代文論學術研究史》〔註37〕第二章第三節在描述了羅著寫作背景、版本與編寫體例後，特別指出了其對於學科性質的認識、南北文學不同的地理文化視角等特點。韓經太《中國文學批評史研究》〔註38〕第三章第三節分析了羅著文學觀念與批評史觀後，重點敘述了其歷史描述的兼容並包與理論探討的深入。李春青等著《20世紀中國古代文論研究史》〔註39〕第二卷第三章談論了羅根澤批評史「求真」的核心追求及其展示方式，從研究範式、給當代研究提供反思參照和契機兩方面評述了其成就與貢獻，並指出其沒有處理好求歷史之真與當代之用的關係、現代文論觀念的應用牽強兩點不足。

　　雖然對於羅根澤文學批評史的研究遠勝於其諸子學與文學史的研究，不過書評性質的文章大多淺嘗輒止，學術史著作往往以總結其貢獻與成就為主，故全面深入的研究不僅必要而且成為可能。

〔註35〕張健：《從分化的發展到綜合的體例：重讀羅根澤〈中國批評史〉》，《文學遺產》2013年第1期。

〔註36〕董乃斌主編：《中國文學史學史》第3卷，河北人民出版社，2003年，第409～412頁。

〔註37〕蔣述卓等：《二十世紀中國古代文論學術研究史》，北京大學出版社，2005年，第46～52頁。

〔註38〕韓經太：《中國文學批評史研究》，福建人民出版社，2006年，第127～144頁。

〔註39〕李春青等：《20世紀中國古代文論研究史》，第328～355頁。

第一章　中國文學批評史發生研究

　　對於中國文學批評史發生時期的時代背景，不少學術史研究者都有所涉及，關注比較多的是現代文學觀念、科學方法、文學史的輸入等方面。但仍有一些至關重要的因素沒有被充分重視，比如文學批評觀念的獨立、鈴木虎雄《支那詩論史》的影響以及早期的課程與講義等。因此，本章考察文學批評如何逐漸地走向獨立、在文學批評的衡量下傳統詩文評呈何面目以及「文學批評」術語對文學批評史的撰述所帶來的問題，討論中國文學史編纂、「整理國故」思潮以及鈴木虎雄《支那詩論史》對於批評史撰著之影響，分析文學批評史作為一門課程最初在大學講堂的授課情形，以期還原作為一門學科和著作體例的文學批評史之所以發生的學術文化因素。

第一節　詩文評與文學批評

　　朱自清在《詩文評的發展》中說：「若沒有『文學批評』這個新意念、新名字輸入，若不是一般人已經能夠鄭重的接受這個新意念，目下還談不到任何中國文學批評史的」。[註1]此言道出了中國文學批評史學科建立的背景因素之一。正是引進了「文學批評」的觀念並且其取得了獨立的地位，這一學科才有了產生的前提。然而，中國傳統中沒有「文學批評」，只有詩文評之類的著作，且其地位較低，詩文評這個「老名字代表一個附庸的地位和一個輕蔑的聲音——『詩文評』在目錄裏只是集部的尾巴。原來詩文本身就有些人看作雕蟲小技，那麼，詩文的評更是小技中的小技，不足深論」

〔註1〕朱自清：《詩文評的發展》，《朱自清全集》第 3 卷，江蘇教育出版社，1996
　　　年，第 24 頁。

〔註2〕。因此，考察文學批評如何逐漸地走向獨立、在文學批評的衡量下詩文評呈何面目以及「文學批評」這一術語對於文學批評史的撰述所帶來的問題，就顯得十分重要。

一、從詩文評到文學批評

　　詩文評著作在傳統目錄學中最早見於《隋書·經籍志》，李充《翰林論》、劉勰《文心雕龍》、顏竣《詩例錄》、鍾嶸《詩評》等被列入總集類，與《文選》、《玉臺新詠》同類。後來，《崇文總目》集部始立文史類。自此，各種官私目錄大都立專類收錄詩文評。當然，無需我們費力一一鈎稽，前人早已對此有過總結。1926年，王伯祥在《歷史的〈中國文學批評論著〉》一文中羅列了 38 種官私書目，並一一指出其中詩文評的位置。最後，他歸納道：「中國文學批評論著的地位，在歷來的書目著錄上確漸漸地由無至有，由茫昧而即於清晰。」〔註3〕儘管如此，詩文評始終處於「集部的尾巴」，目錄學並未為其特立一科。

　　「批評」在漢語中並非新造之詞，據李長之考證，「批」與「評」二字連起來合用起自明朝。〔註4〕茅坤《唐宋八大家文鈔·總序》曰：「予於是乎手掇韓公愈、柳公宗元、歐公陽修、蘇公洵軾轍、曾公鞏、王公安石之文，而稍為批評之，以為操觚者之券，題之曰八大家文鈔。」〔註5〕不過，此處「批評」實指圈點、評點之意，且其「大抵亦為舉業而設，其所評語，疏舛不可枚舉」〔註6〕。雖然李卓吾從鑒賞出發撰《李卓吾先生批評忠義水滸傳》一百卷，不過其批評仍是評點。自晚清以來，「批評」一詞更是常常被提及，如定一《小說叢話》言：「良小說得良批評而價值益增，此其故宜人人知之。然良小說固不易得，乃若良批評，則尤為難得而可貴也。金聖歎曰：今人不會讀書。吾亦謂必如聖歎，方是真會讀書人。」〔註7〕在作者看來，金聖歎「會

〔註2〕　朱自清：《詩文評的發展》，《朱自清全集》第3卷，第23頁。

〔註3〕　王伯祥：《歷史的〈中國文學批評論著〉》，《文學週報》第224期，1926年。

〔註4〕　參見李長之：《釋文藝批評》，《李長之全集》第3卷，河北教育出版社，2006年，第317頁。

〔註5〕　茅坤：《唐宋八大家文鈔總序》，郭紹虞主編：《中國歷代文論選》第3冊，上海古籍出版社，2001年，第78頁。

〔註6〕　魏小虎編撰：《四庫全書總目匯訂》（十），上海古籍出版社，2012年，第6412頁。

〔註7〕　阿英編：《晚清文學叢鈔·小說戲曲研究卷》，中華書局，1960年，第336頁。

讀書」，故其評點六才子書是「良批評」。此處「批評」所指仍是與詩話、文話、曲話一脈相承的小說評點，與後來所謂「文學批評」不同。雖然晚清自「小說革命」以來，有不少文章專論小說之功用、地位與歷史等，然而它們並沒有被歸入「批評」範疇，這從當時的小說期刊的欄目設置就可以看出。先看《新小說》（1902.11～1906.1），第一期目錄分別是圖畫、論說、歷史小說、政治小說、科學小說等，基本上是以題材來劃分小說類別，以後各期大體相同。在「論說」一欄中，前後各期的文章有《論小說與群治之關係》、《論文學上小說之位置》、《論戲曲》、《論寫情小說與新社會之關係》等。〔註 8〕月月小說（1906.11～1909.1）的欄目分類幾乎與《新小說》同出一轍，「論說」一欄有《論小說與改良社會之關係》、《中國歷代小說史論》等。這些文章雖雜糅新舊中西話語，不過實質上已經接近於現代文學批評。然而，編者在欄目編排上用了作為傳統文體的「論」與「說」組成「論說」一詞，而不是採用「批評」或「評論」。更甚之，鄧實與黃節把《國粹學報》（1905.2～1911.8）的目錄分為圖畫、社說、政篇、史篇、學篇、文篇、叢談、撰錄，具有文學理論色彩的《文章原始》、《論文雜記》並沒有得到編者予以獨立欄目的照顧，而是被置於「文篇」之下，其後跟隨著文錄、詩錄、詩餘等。這似乎又回到了詩文評處於「集部之末」的舊途，只不過在這裡屬於「文篇之首」。

更何況「批評」這一概念所指對象極其廣泛，並不專對文學而言。查1915 年出版的《辭源》，有「批評」條目，頗能說明其時對於批評的認識：「評論事之是非優劣也。」〔註 9〕現代意義上的「文學批評」是舶來品，從「Literature Criticism」翻譯而來。所以，「批評」一詞雖古今通用，含義卻不盡相同。今之「文學批評」問世於五四新文學運動時期，彼時西方思潮與文學觀念風卷雲舒般輸入中國，「文學」這一觀念逐漸從經學之籠中脫離，且有廣義與狹義之分，並形成一獨立學科。在此前提下，文學批評的概念才逐漸清晰，地位有所改善。我們可以從這一時期的文學期刊中見其最初面目。

在新文學刊物中，最早專設文學批評欄目的是《每週評論》（1918.12～1919.8）。其《本報簡章》記載，「內容略分十二類，每期必有五類以上」，十

〔註 8〕 參見上海圖書館編：《中國近代期刊篇目匯錄》第 2 卷（上），上海人民出版社，1979 年，第 685～696 頁。

〔註 9〕 《辭源》，商務印書館，1915 年，卯集第 78 頁，總第 1064 頁。

二類分別是國內大事述評、社論、文藝時評、隨感錄、新文藝、通信等。
〔註 10〕雖然「文藝時評」僅為十二類之一，且並不是每期皆有，但考慮到該
刊以「主張公理，反對強權」為宗旨（《發刊詞》），並不是專門的文藝刊物，
已實屬難得可貴。「文藝時評」一欄先後發表的文章有《劇評》、《論黑幕》、《平
民文學》、《中國小說裏的男女問題》、《文學的考據》、《殺兒的母》、《我的戲
劇革命觀》、《是可忍孰不可忍》等。〔註 11〕此外，《新潮》設立「評壇」一
欄，雖不是專為「文藝批評」而設，不過也先後登載一些文藝批評，僅第一
卷就先後有《今日中國之小說界》、《評新劇本〈新村正〉》、《中國文藝界之病
根》、《譯書感言》等。〔註 12〕

　　五四時期因文學革命者以主張白話、推翻文言為共同宗旨，新文學陣營
內部還沒有分化，合力多，論爭少。然而，1920 年代初，隨著文學研究會和
創造社兩大社團的成立，關於文學主張、外國文學譯介等方面的論爭此起彼
伏，文學批評也隨之引起眾人關注，其地位與意義進一步提高，並得到更多
承認，其自覺意識也慢慢浮出水面。而這一過程與文學批評借助社團期刊獲
取生存空間密不可分，正如鄭振鐸所說，「自報紙文學日益發達，文學評論，
尤有日趨重要之勢」。〔註 13〕

　　文研會一接手《小說月報》就著手改革，發表宣言，對舊有門類有所改
變，設置論評、研究、譯叢、創作、特載、雜載六欄。同時，提出同人的幾
條意見，其中之一力陳批評對於文藝興盛之促進作用：

　　　　西洋文藝之興蓋與文學上之批評主義（Criticism）相輔而進；
　　批評主義在文藝上有極大之威權，能左右一時代之文藝思想。新進
　　文學家初發表其創作，老批評家持批評主義相繩，初無絲毫之容
　　情，一言之毀譽，輿論翕然從之；如是，故能互相激厲而至於至
　　善。〔註 14〕

既然編者意識到文學批評對於文藝興盛如此重要，那麼作為文研會喉舌的

〔註 10〕《本報簡章》，《每週評論》第 1 期，1918 年。
〔註 11〕參見上海圖書館編：《中國近代期刊篇目匯錄》第 3 卷（下），1984 年，第 2156
　　　　～2167 頁。
〔註 12〕參見《新潮》第 1 卷第 1～5 期。
〔註 13〕鄭振鐸：《文學的分類》，《鄭振鐸全集》第 3 卷，花山文藝出版社，1998 年，
　　　　第 452 頁。
〔註 14〕《〈小說月報〉改革宣言》，《小說月報》第 12 卷第 1 期，1921 年。

《小說月報》應該給予其一獨立地位。《小說月報》改革後的第二期便發表了
沈雁冰致鄭振鐸的信，信中他談了設立批評專欄的想法：「我們要闢一欄《國
內新作匯觀》批評別人的創作，乃至極熟的，大家開誠相見，批評批評，弟
敢信都是互助的精神，批評和藝術的進步，相激厲相攻錯而成。」〔註15〕然
而，計劃並沒有那麼容易實施，「國內有創作而無批評家」是一大攔路虎，更
糟糕的是「不特無真正的批評家，連被批評的材料都沒有」，故而「一月一批
評的計劃」不能實現，只能退而求其次，改為「一季一評」。〔註16〕批評專欄
的設置也就無從談起。次年第五期，編者再次呼籲，並且表達了對於批評界
的殷切期盼：「我們極歡迎讀者諸君對於本刊有所批評，尤歡迎批評本刊所登
的創作。但是轉瞬五個月過去了，卻得不到外界的指教。……以後此項稿件
如能多些，當別立一欄。極盼諸君不吝賜教。」〔註17〕兩月之後，第七期開
始設立「評論」一欄，載《自然主義與中國現代小說》（沈雁冰）一文。第八
期增加「創作批評」一欄，二者差別在於前者探討文學基本問題，後者側重
具體作家作品批評。〔註18〕在「創作批評」欄下有編者的說明：

> 我們特闢這一欄，收容讀者對於創作的批評；我們特設此欄，
> 有三層意見，謹為讀者告：（1）我們固然不便說中國現已有許多偉
> 大的小說家，但是已有很多作家能感動青年的心，卻是不用自謙；
> （2）我們也不敢說中國已有多少大批評家，但是看了一篇作品大為
> 感動，覺得非說不可的時候，竟也毋須自慚形穢，還是老實的說出
> 來；（3）我們所登，並不限於一人的作品，而且並不限於本刊上發
> 表過的。〔註19〕

編者的隱衷表明，設置此欄並不是由於文學批評隊伍之龐大，而是於情於理
不得不為之，並且有擴充作者範圍和稿件來源之意。因為實在有一些投稿並
不能令編者滿意，它們「都是襲舊小說評汁的故套，滿紙『這是為後文某某
事作張本』，『這是單刀直入法』，誤解附會得很是利害」〔註20〕，因此只能不

〔註15〕沈雁冰：《討論創作致鄭振鐸先生信》，《小說月報》第 12 卷第 2 期，1921 年。
〔註16〕沈雁冰：《春季創作壇漫評》，《小說月報》第 12 卷第 4 期，1921 年。
〔註17〕沈雁冰：《最後一頁》，《小說月報》第 12 卷第 5 期，1921 年。
〔註18〕例如，第八期「評論」欄僅收一篇《文學的統一觀》（鄭振鐸），「創作批評」
　　　　欄則發表了三篇對於冰心作品的批評。
〔註19〕沈雁冰：《「創作批評」欄前言》，《小說月報》第 13 卷第 8 期，1922 年。
〔註20〕《最後一頁》，《小說月報》第 13 卷第 9 期，1922 年。

予發表。不過,雖然差強人意,好歹批評專欄已開張營業。

創造社《創造》季刊的「批評」專欄沒有像《小說月報》那樣難產,自第一期起就分創作、評論、雜錄三欄,此後各期基本不變。這與編者對於文壇創作和批評現狀的認識密不可分。創刊號上,主編郁達夫就炮轟時下文壇:「目下中國,青黃未接。新舊文藝鬧作了一團,鬼怪橫行,無奇不有。在這混沌的苦悶時代,若有一個批評大家出來叱吒叱吒,那些惡鬼,怕同見了太陽的毒霧一般,都要抱頭逃命去呢!」〔註21〕由於批評對於掃除文壇的烏煙瘴氣有摧枯拉朽之功,故編者在《編輯餘談》中不竭餘力地鼓勵批評:「我們所歡迎的是外來的對於各種創作的批評稿子」,「我們所歡迎的批評,不僅限於小說,就是詩歌哲學之類,也可以的」。當然,編者也想身體力行:「這一次本來打算在評論壇裏,大大的做一篇中國創作界批評」,只因沒有工夫閱讀新作,不得不流產,不過隨即決定在第二期「評論」欄中補償,「好好的來批評一下」。〔註22〕然而,沒想到第二期中我們仍沒有看到編者對於創作界的批評大作,而是一篇針對於翻譯的批評。〔註23〕由於《創造》是季刊,不便於及時應對各方的批評,故為「應付鬥爭的需要」,《創造週刊》應運以生〔註24〕,自然在稿件編排上有所偏重,在《預告》中即可見一斑:「我們這個週報的性質,和我們的季刊是姊妹,但他們卻微有畸輕畸重之點,季刊素來偏重於創作,而以評論介紹為副。這回的週報想偏重於評論介紹而以創作副之。」〔註25〕

現代期刊為文學批評特設一欄,予其以一立足之地,說明文學批評在編者意識中取得了與創作同等重要的獨立地位,這不僅為具體的批評實踐和操作夯實了豐足的土壤,更重要的是為文學批評的自覺和理論探討提供了一定空間。正如李長之所說,除了提倡文學批評外,「文藝批評也要有一點『物質基礎』,所謂物質基礎就是刊載書評的專刊。西洋文學批評的發達,除了古代及中世的詩學原理之類,近代的批評實以雜誌期刊為產生的搖籃」。

〔註21〕 郁達夫:《藝文私見》,《創造》季刊第 1 卷第 1 期,1922 年。

〔註22〕 《編輯餘談》,《創造》季刊第 1 卷第 1 期,1922 年。

〔註23〕 由此引起的多方討論,先後有胡適《罵人》、成仿吾《學者的態度——胡適之先生的〈罵人〉的批評》、郭沫若《反響之反響》、戈樂天《批評翻譯的批評》、吳稚暉《就批評而運動注譯》、郭沫若《討論注譯運動及其他》等。

〔註24〕 參見鄭伯奇:《憶創造社》,《創造社資料》(下),福建人民出版社,1985 年,第 862 頁。

〔註25〕 《預告(創造週刊)》,《創造》季刊第 2 卷第 1 期,1923 年。

〔註 26〕《創造》季刊「評論」一覽僅第二卷就先後刊載郭沫若《批評與夢》、成仿吾《批評的建設》、鄭伯奇《批評之擁護》等批評理論，僅成仿吾一人就在《創造週報》先後發表《批評與同情》、《作家與批評家》、《建設的批評論》、《批評與批評家》等批評理論。這些文章不僅認識到文學批評之重要與理論建設之必行，而且對於文學批評本身的性質都有不同程度的認識與討論。

　　正是如此，「文學批評」這一觀念才逐漸深入人心，而這種自覺意識歸根結底是由於不滿文壇創作現狀而引起。斯時文壇良莠不齊，衰而不振，時人不約而同地歸因於文學批評之不興：「中國文學在世界文學上沒有位置，世界文學對於中國文學，也一點不生影響，這全然是文藝批評不發達的緣故」〔註 27〕，「中國文藝雖有三千餘年的歷史，卻比之西洋文壇不免瞠乎其後，原來是批評家也應該負責的」。〔註 28〕再追而溯之，則因不明文學批評之本來面目，成仿吾一針見血地指出其中癥結：「沒有比文藝批評還容易被人誤解了的。它的職務在哪兒？它的本質是什麼？這些都是很難解答的疑問。不僅我們現在的文藝界因為這些疑問不曾得到正確的答解陷在一種混亂的狀態，便是外國的批評家也很少能為正當的解答的」，〔註 29〕或者缺少「批評家的真精神」〔註 30〕。所以，為維持文壇法紀，他要呼籲「批評的建設」，慫恿同人多做介紹與研究，欲在《創造》季刊出版《文學原理研究號》與《文學批評研究號》〔註 31〕。郭沫若針砭批評界之歪風邪氣後，倡導批評家「抱著博大的愛情以對待被批評者」，因為其正當的天職是「為主義而戰，為真理而戰」。〔註 32〕郁達夫要求批評家注意個人修養，因為「批評家本係與創作家並重的」，「批評家的修養，也屬第一義的要事」，故批評家不僅應具備「率真，寬容，同情，學識」之四德，同時「人生的經驗，與想像力審美力的具備」亦是其必須條件。〔註 33〕如此對於批評態度與批評家修養可以泛泛而談，然而

〔註 26〕李長之：《文藝批評在今天》，《李長之全集》第 3 卷，第 505 頁。
〔註 27〕《布蘭兌司》，《東方雜誌》第 17 卷第 5 期，1921 年。
〔註 28〕傅東華：《文藝批評 ABC》，世界書局，1928 年，第 89 頁。
〔註 29〕成仿吾：《批評與同情》，《創造週報》第 13 期，1923 年。
〔註 30〕李長之：《產生批評文學的條件》，《李長之文集》第 3 卷，第 154 頁。
〔註 31〕成仿吾：《編輯餘談》，《創造》季刊第 1 卷第 4 期，1923 年。
〔註 32〕沈雁冰：《論國內的評壇及我對於創作上的態度》，《時事新報·學燈》，1922 年 8 月 4 日。
〔註 33〕郁達夫：《批評的態度》，《青年界》第 3 卷第 4 期，1933 年。

關於文學批評本身的諸多理論就不是三言二語所能言清，確實需要細細經營
建設。

二、什麼是文學批評

理論建設不是空中樓閣，不可能萬丈高樓平地起，其資源無非來自實
踐、傳統與域外。彼時文學批評實踐剛剛起步，不僅充斥「黨同伐異的劣等
精神」〔註34〕，而且「好惡多成於一人之私見」〔註35〕，實踐自然難出真知。
自家傳統是否可資借鑒？沈雁冰毫不客氣地給出了答案：「中國一向沒有正式
的什麼文學批評論；有的幾部古書如《詩品》、《文心雕龍》之類，其實不是
文學批評論，只是詩賦、詞贊、……等等的主觀的定義罷了。」既然傳統不
足為訓，那麼「我們現在講文學批評，無非是把西洋的學說搬過來，向民眾
宣傳」。〔註36〕於是，西洋文學批評學說被視同救命稻草般源源不斷地引進當
時文壇，先後翻譯介紹批評理論的著作有十幾種。〔註37〕還有一些關於批評
理論的外文著作儘管沒有譯本，但仍為國人所熟知或瞭解，從郁達夫的《英
文文藝批評書目舉要》〔註38〕中可見一斑。此外，被翻譯介紹的各家專論和
單篇文章數量更多。

與此同時，文學批評史的熱度也在不斷上升。宮島新三郎的《文藝批
評史》先後就有三個譯本，分別是美子譯本（國際學術書社，1928年）、黃
清嵋譯本（現代書局，1929年）、高明譯本（開明書店，1930年）。森次巴
力的文學批評史儘管沒有被翻譯，流傳卻十分廣泛，在許多著作都有引用

〔註34〕 郭沫若：《海外歸鴻》，《創造》季刊第1卷第1期，1922年。

〔註35〕 《〈小說月報〉改革宣言》，《小說月報》第12卷第1期，1921年。

〔註36〕 沈雁冰：《「文學批評」管見一》，《小說月報》第13卷第8期，1922年。

〔註37〕 比如，東方雜誌編纂《文學批評與批評家》（商務印書館，1923年）、溫徹斯
特《文學評論之原理》（商務印書館，1923年）、本間久雄《新文學概論》（後
編《文學批評論》，汪馥泉譯，上海書店，1925年；章錫琛譯，商務印書館，
1925年）、蒲克《社會的文學批評論》（商務印書館，1926年）、盧那察爾斯
基《文藝與批評》（水沫書店，1929年）、高根《理論與批評》（前夜書店，1929
年）、卡爾佛登《文學之社會學的批評》（華通書局，1930年）、傅東華編譯《詩
歌與批評》（新中國書局，1932年）以及《文藝鑑賞與批評》（光華書局，1934
年）等。

〔註38〕 《英文文藝批評書目舉要》分以文藝批評的歷史為內容者、集眾說而供給材
料源流者、適用於大學作課本者、用文學概論的講法而對於文學批評也有助
益者、批評文鈔五類，共15種。見《郁達夫全集》第11卷，浙江大學出版
社，2007年，第78、79頁。

〔註 39〕。還有一些批評論著作雖未以批評史為名，但也具有批評史之性質。
比如，《文藝批評概說》的編者黎錦明在《序言》中說，自己的著書初衷「是
想把它編成一部材料充實的批評史，但事與願違，只得把它縮小起來」〔註40〕。
梁實秋在《文藝批評論》的《編輯凡例》中陳述，本書雖非文藝批評史，
但「各章係按歷史之順序」，故「讀者亦可略窺西洋文學批評思想進展之大
勢」。〔註41〕

　　西方批評學說之輪番轟炸，進一步使得文學批評的自覺意識與獨立品格
逐漸在學人觀念中確立，終成一專門之學。正如朱光潛所說：「受西方文學洗
禮以後，我國文學變化之最重要的方向當為批評研究（literary criticism）。在
這個方向，借助於他山之石的更要具體些，更可捉摸些。」〔註 42〕文學批評
在 1920 年代獨立為一門學科，以別與其他專門之學，首先就在於一批探討「文
學批評論」的著作問世。粗略統計一下，有十幾本。〔註 43〕這些著作對於文
學批評的起源、定義與範圍、性質（科學或藝術）、分類與派別、意義與目的、
歷史、與創作之關係等都有不同程度的介紹與論說。可以看出，文學批評已
具備作為一專門之學所應有的自足知識體系。

　　一門學科建立之初，最重要的就是辨明自身的內涵與外延。因此，「什麼
是文學批評」就是首先必須回答的問題。愈之《文學批評——其意義與方法》
下了一個籠統的定義：「凡一切對於文學著作或文學作家的批評，都可以稱作
文學批評。」自然，這麼寬泛的義界對於認識「文學批評」無大用處，因此
作者在區別「文學」的批評與「文學的」批評後，進一步限定：「文學批評乃
指討論文學趣味或藝術性質的批評而言。」以這個定義觀照，蔡元培《石頭
記索隱》只能算是歷史的批評，中國古代訓詁之學只能算是字句的批評，二

〔註39〕黎錦明《文藝批評概說》（北新書局，1934 年）僅第二章就引用三次，分別在
　　　　第 23、27、33 頁。
〔註40〕黎錦明：《序言》，《文藝批評概說》，北新書局，1934 年，第 1 頁。
〔註41〕梁實秋：《編輯凡例》，《文藝批評論》，中華書局，1934 年，第 1 頁。
〔註42〕朱光潛：《中國文學之未開闢的領土》，《東方雜誌》第 23 卷第 11 期，1926
　　　　年。
〔註43〕先後有傅東華《文學常識》（第五章《文學批評》，商務印書館，1927 年）、周
　　　　全平《文藝批評淺說》（商務印書館，1927 年）、傅東華《文藝批評 ABC》（上
　　　　海 ABC 叢書社，1928 年）、思明《文藝批評論》（神州國光社，1931 年）、趙
　　　　景深《文學概論講話》（北新書局，1933 年）、黎君亮《新文藝批評談話》（人
　　　　文書店，1933 年）、黎錦明《文藝批評概說》（北新書局，1934 年）、梁實秋
　　　　《文藝批評論》（中華書局，1934 年）等。

者都不算是文學批評。甚至，審美批評也有批評家不承認是文學批評，因其「以藝術為本位，而不是以文學為本位」。不過，連作者也感覺「這一類的限制未免過於嚴格」。〔註 44〕恰恰相反，傅東華《文藝批評的基礎知識》認為，「文藝批評」的含義極其廣泛，「大之則關於文學之哲學的理論，可以稱為文藝批評，小之則關於文人的軼事，也可以稱為文藝批評」〔註 45〕，並列舉森次巴力、法郎士、科林斯的定義，三者分別認為文藝批評是研究、印象、判斷優劣。所以，批評家因各人意見不同，所下的定義也就各別。

正因為「很難找出相當的定義」，黎錦明《文藝批評概說》先後陳述了羅伯斯東（J. M. Roberston）、開姆士（H. H. Kames）、聖皮韋（Sainte-Beuve）、安諾德（Arnold）、文卻斯特（Winchester）等數家說法，最後並沒有總結，而是讓各家自呈面目。〔註46〕思明《文藝批評論》乾脆不給讀者下一個文藝批評的定義，「因為這種抽象的觀念，在對於希望解答文藝批評真正含義的讀者，是毫無益處的」。〔註 47〕固然如此，作者也有迴避難以給「文學批評」確切定義的嫌疑。

此外，一些批評史著作在正式講述之前也首先討論「文學批評」的定義。陳鍾凡《中國文學批評史》專列一章探討批評之意義與派別：「若夫批評文學，則考驗文學作品之性質及其形式之學術也，必先由比較，分類，判斷，而及於鑒賞，讚美指正特其餘事耳。」〔註 48〕傅庚生《中國文學批評通論》認為：「憑依吾人對於文學作品品鑒之結果，而予之以定評；並說明文學之所以為卓爾者，實具某種要素，俾以促進讀者之理解力並激發其欣賞力者也。」〔註 49〕前者從批評方法說明，後者從批評效果立言，對於文學批評的本體並沒有過多著墨。朱東潤《中國文學批評史大綱》則辨析了文學批評與批評文學：「二名並懸，詁訓兩異。文學批評之義，略如前陳，批評文學則指其中之尤雅飭整齊者而言。」〔註50〕

〔註44〕 愈之：《文學批評——其意義與方法》，《文學批評與批評家》，商務印書館，1924 年，第 1～6 頁。

〔註45〕 傅東華：《文藝批評的基礎知識》，《詩歌與批評》，新中國書局，1932 年，第 135 頁。

〔註46〕 參見黎錦明：《文藝批評概說》，第 2～4 頁。

〔註47〕 思明：《文藝批評論》，神州國光社，1931 年，第 1 頁。

〔註48〕 陳鍾凡：《中國文學批評史》，中華書局，1927 年，第 6、7 頁。

〔註49〕 傅庚生：《中國文學批評通論》，商務印書館，1946 年，第 11 頁。

〔註50〕 朱東潤：《中國文學批評史大綱》，上海古籍出版社，2001 年，第 1 頁。

　　「文學批評」的含義之所以如此難以論斷，是因為其學科屬性難以歸類。文學批評是科學呢？還是藝術？或者從態度或方法而言，是主觀的呢？還是客觀的？這才是紛擾研究者的真正命題。傅東華《文藝批評的基礎知識》指出了這種根本的分歧：「有的人以為文學批評的科學是不可能的，批評的文學只是文學體裁之一種，也和小說戲劇一樣，同是一種創作。但有些人以為文藝批評應是一種有系統的理論，如別的科學一樣。」〔註51〕認為文學批評偏於主觀與藝術者，比如，周作人在《自己的園地》的《自序》中表明自己的立場：「我相信批評是主觀的欣賞，不是客觀的檢察；是抒情的論文，不是盛氣的指謫」〔註52〕；郭沫若在《批評與夢》一文中開門見山地宣稱：「批評沒有一定的尺度。批評家都是以自己所得到的感應在一種對象中求意義」〔註53〕；浦江清認為，「文學的批評和研究，雖也採取科學方法，終究不是科學，乃是屬於藝術的範疇」〔註54〕。認為文學批評側重科學與客觀者，比如，夏丏尊說：「批評究是知識的產物，創作究是天才的產物，性質不同」〔註55〕；成仿吾反對有「心靈在傑作中冒險」之說的法郎士，認為即使無從得到「絕對的客觀的標準」，也要追求「相對的客觀的標準」〔註56〕；朱光潛指出，文藝批評有從「規範科學」轉為「自然科學」的趨勢，且把它定性為「應用科學」。〔註57〕

　　除此之外，有論者認為文學批評既屬於科學，也屬於藝術。胡愈之說：「文學批評的目的，在於採集及建立批評的法則，所以可算是一種科學；又要用這種法則，把批評文學的自身，當作文學著作的標本，所以又可算是一種藝術。」〔註58〕李長之從方法上解釋了這種兩棲性：「一個批評者在批評的時候，他尋求一個作家作品中的共同點，他勢必很客觀地以材料為導引，而達到其結論，這當然不啻是一種歸納的科學精神」，然而批評家「卻有一種像

〔註51〕傅東華：《文藝批評的基礎知識》，《詩歌與批評》，第135頁。
〔註52〕周作人：《自序》，《自己的園地》，晨報社，1923年，第1頁。
〔註53〕郭沫若：《批評與夢》，《創造》季刊第2卷第1期，1923年。
〔註54〕浦江清：《論大學文學院的文學系》，《浦江清文史雜文集》，清華大學出版社，1993年，第237頁。
〔註55〕夏丏尊：《文藝論ABC》，世界書局，1928年，第76頁。
〔註56〕成仿吾：《批評的建設》，《創造》季刊第2卷第2期，1923年。
〔註57〕朱光潛：《與梁實秋先生論「文學的美」》，《朱光潛全集》第8卷，安徽教育出版社，1993年，第508頁。
〔註58〕愈之：《文學批評——其意義與方法》，《文學批評與批評家》，第6頁。

作家在創作時所需的天才似的,他在批評時有一種特別銳利的才能」,對於作品是「一種情感的會心」,因此又有藝術性。二者並不衝突,科學精神是保障,藝術態度是導引,各得其平。〔註 59〕還有論者認為,文學批評既非藝術,更非科學。梁實秋說道:「以批評與藝術混為一談者,乃是否認批評家判斷力之重要,把批評家限於鑒賞者的地位」,然而文學批評也不是科學,因為「文學批評根本的不是事實的歸納,而是倫理的選擇;不是統計的研究,而是價值的估定。」〔註 60〕連文學批評屬於科學或藝術都難以斷定,對於什麼是文學批評自然呈現五花八門的答案。

　　總之,文學批評有著大多數學科或專門學問草創之際的模糊與多義。之所以如此,在於這些著作論說的材料大多來自國外,有些與其說是著作,不如說是編譯更為恰當。幾乎每本書前或書後都列幾本書目以作參考,甚至有的直接增刪原書而成新著〔註 61〕。而且,著者大多自製一個框架,填充西人言論,如同一盤雜燴。比如,他們論到文學批評的目的時,幾乎清一色地引用格雷與斯哥特(Gayley and Scott)的《文學批評的方法與材料》(Methods and Materials of Literary Criticism)裏所列舉的九種〔註 62〕;談到文學批評的意義或用途時,同樣幾乎清一色地引用該書中的幾個條目:吹毛求疵、稱讚、判斷、比較、鑒賞等。〔註 63〕如此東拼西湊,各家陳述自然膚淺,難以有成熟的理論體系,而且面目各異,甚至有些不能自圓其說。〔註 64〕

　　當然,一種專門之學草創之際,理論系統不可能清晰劃一,必然是眾家之說各呈姿態。辨別一門學問是否成為專門之學,不在於其知識體系是否完備無瑕,關鍵在於其是否不依附於其他學問,即是否為自身而存在。對於文學批評的目的,成仿吾說:「真的文藝批評也必有批評家的人格在背

〔註 59〕李長之:《文藝批評方法本身之科學性與藝術性》,《李長之全集》第 3 卷,第 442 頁。

〔註 60〕梁實秋:《文藝批評辯》,《梁實秋文集》第 1 卷,第 122、123 頁。

〔註 61〕比如,周全平自述:「像本間久雄氏著底《歐洲近代文藝批評講話》一書,對於歐洲各派學說底介紹,便頗見扼要。所以本書所述各節即根據這本書而略有增刪之處。」見《文藝批評淺說》,商務印書館,1927 年,第 6 頁。

〔註 62〕參見思明《文藝批評論》第 12 頁、傅東華《詩歌與批評》第 141 頁、夏炎德《文藝通論》第 136 頁、周全平《文藝批評淺說》第 13〜14 頁。

〔註 63〕參見黎錦明《文藝批評概說》第 4 頁、思明《文藝批評論》第 3〜4 頁、周全平《文藝批評淺說》第 7〜8 頁、陳鍾凡《中國文學批評史》第 6 頁。

〔註 64〕比如,把文學批評派別與分類混為一談。

後……，他是由自己的文藝的活動在建設自己，在完成自己；除此之外，他沒有別的目的。」〔註65〕李長之更是直白地回答：「批評家的批評，只是為批評」，「為批評而批評，才是真的批評」。〔註66〕同時，他們也認識到文學批評之所以為文學批評的最根本的特質——批評精神：「『文藝批評』只是一種批評的精神之『文藝的活動』的可見的部分。文藝批評的本體，是一種批評的精神之文藝的活動。」〔註67〕李長之也認為，文學批評就是「批評精神應用到文學上去了而已」，具體而言，批評精神就是「反奴性」、「為理性爭自由」。〔註68〕

　　不過，在引進西方文學批評論與批評史後，讓國人認識到彼國文學批評之源遠流長與蔚為大觀以及文學批評之含義，反過來，以彼照此，傳統詩文評又具有何種面目呢？

三、中西文學批評之短長

　　在西方知識與本土經驗遭遇之際，首先面對的問題是傳統詩文評是否是文學批評，或者說我國是否有文學批評。為紀念《文學》二週年出版的特輯《文學百題》載有蘇雪林《舊時的「詩文評」是否也算得文學批評》一文，開篇即陳述了時人觀念：

> 那些史書藝文志的「文史類」和《四庫全書》的「詩文評類」所收的歷代詩話，詞話，曲話，文話等書，雖然是汗牛充棟，但一問內容：則有的記敘見聞，啟抒胸臆，好像是隨筆小品；有的羅網軼聞，摭拾掌故，近似作家身邊瑣事；有的列舉形式，談論做法，有如修辭學；有的高標神悟，微示禪機，則又疑為玄談，還有那些分立門戶，出主入奴，借批評為黨同伐異的工具的，更品斯下矣。繩以西洋嚴格的文學批評法則，我們說中國沒有文學批評這回事，也不算是什麼苛論吧？〔註69〕

雖然「文史類」或「詩文評類」材料琳瑯滿目，然而卻似隨筆小品、

〔註65〕成仿吾：《批評與批評家》，《創造週報》第52期，1924年。
〔註66〕李長之：《批評家為什麼要批評》，《李長之全集》第3卷，第27、28頁。
〔註67〕成仿吾：《批評與批評家》，《創造週報》第52期，1924年。
〔註68〕李長之：《論偉大的批評家和文學批評史》，《李長之全集》第3卷，第25頁。
〔註69〕蘇雪林：《舊時的「詩文評」是否也算得文學批評》，鄭振鐸、傅東華編：《文學百題》，生活書店，1935年，第282頁。

作家瑣事、修辭學、玄談，就是不像文學批評。作者比來比去，最後的勉
強結論是詩文評可以算得文學批評。鄭振鐸同樣認為，在《四庫全書總目提
要》「詩文評」小序列舉的五種體例中，除了第一、二類（《文心雕龍》、《詩
品》）屬於著作外，「其餘的都不過是瑣碎的記載與文法的討論而已」〔註70〕，
自然不算文學批評，更談不上文學的研究。從批評家而論，數來數去，「我們
的純粹藝術批評家，不過是劉勰，鍾嶸，張彥遠。此外，不是瑣碎，就是
頭巾氣，就是油腔滑調，找一個清清爽爽，生氣勃勃而嚴肅的批評家，了
不可得」。〔註71〕即使說話稍微客氣一點的論者，認為「中國學者本亦重批
評」，可是也只有劉彥和的《文心雕龍》、劉知幾的《史通》、章學誠的《文史
通義》是體大思精的傑作，剩餘的「大部分批評學說，七零八亂的散見群
籍」。〔註72〕

　　因此，面對著悠久的傳統與浩瀚的材料，學者大都有「沙裏淘金」之
感。〔註73〕可是，是沙是金又如何判斷呢？總得有一個判斷標準，而這種
標準就是西方文學批評觀念的價值尺度，20 世紀二三十年代的大部分討論者
都把它看作普世性真理。故詩文評之「金」需要西方文學批評這桿秤衡量
一下，才能在茫茫沙海中脫穎而出。於是，詩文評在這種中西比較中相形
見絀。

　　從體例而言，無系統性著作是詩文評的一大病症。雖然如前所說，詩文
評也有如《文心雕龍》、《詩品》、《文史通義》等系統的著作，然而除此之外，
更多的是詩話，而「這些將近百種的詩話，大都不過是隨筆漫談的鑒賞話而
已，說不上是研究，更不必說是有一二篇堅實的大著作」〔註74〕。李長之也

〔註70〕鄭振鐸：《研究中國文學的新途徑》，《小說月報》第 17 卷號外《中國文學研
　　　　究》，1927 年。
〔註71〕李長之：《中國文學理論不發達之故》，《李長之全集》第 3 卷，第 151 頁。
〔註72〕朱光潛：《中國文學之未開闢的領土》，《東方雜誌》第 23 卷第 11 期，1926
　　　　年。
〔註73〕「沙裏淘金」之感，比如李長之說：「現在對於批評史約略弄了一下，卻實在
　　　　覺得荒蕪，破碎了。縱然披沙見金，那金子太少了！」見《中國文學理論不
　　　　發達之故》，《李長之全集》第 3 卷，第 151 頁。夏炎德說：「中國文藝批評之
　　　　思想的發展，不像西洋那樣有明顯的系統可尋。而且關於文藝批評的理論，
　　　　很少專籍可考，所有的材料，也只是散見於古籍中的片段，要作有系統的研
　　　　究，簡直如沙裏淘金，非常困難。」見《文藝通論》，第 149 頁。
〔註74〕鄭振鐸：《研究中國文學的新途徑》，《小說月報》第 17 卷號外《中國文學研
　　　　究》，1927 年。

認為，詩話、劄記、批點校正、指南或講話都不能算是著作，因為「著述須有課題，有結構，有系統，有普遍妥當的原理原則」〔註75〕。所以，李長之與鄭振鐸二人不約而同地為金聖歎遺憾。前者歎息他若不把欣賞分割到「批」裏，可以寫一部像培垖《文藝復興》一樣的批評論文集〔註76〕；後者更是痛批他「不去探求他所表彰的大著作《水滸》與《西廂》的思想與藝術的真價，及其作品的來歷與構成，或其影響及作家」，而是僅僅「沾染於句評字注」，以致二書受「凌遲析骸之極刑」。〔註77〕在這裡，中西文學批評價值之高低立判，系統性著作明顯優於隻言片語。

此外，相比較於西方文學批評，詩文評重於鑒賞，偏於主觀，也是其劣勢。朱光潛在《詩論》的《抗戰版序》中對詩話之長短有所說明：「詩話大半是偶感隨筆，信手拈來，片言中肯，簡練親切，是其所長；但是它的短處在凌亂瑣碎，不成系統，有時偏重主觀，有時過於傳統，缺乏科學的精神和方法。」〔註78〕梁啟超也認為，傳統文學批評只可意會不可以言傳的神秘性、主觀性，妨礙了中國文學的科學研究。〔註79〕

既然詩文評沒有系統性之著作，又偏於直覺與感悟，那麼時人在編著批評論和批評史著作時不得不側重於西方。思明的《文藝批評論》以中國文藝批評之短為由將其刪除：「我國文藝批評，一直就沒有專門的學者，也一直就沒有形成一種專門的學問，大部分都是文人欣賞之餘的一種感想和片暇的評衡，較為整齊成軼者，只有梁時劉勰的文心雕龍和鍾嶸的詩品。故本文所述，就不能不以西洋為中心了。」〔註80〕宮島新三郎《文藝批評史》其實應名為《西方文藝批評史》，作者自我辯白道：「我們這文藝批評史，是以歐洲的為主，先請記好。因為文藝批評與文藝之興隆發達相呼應，而以完整獨立的形式和實質發達進化的現象，只能在歐洲之文藝界裏見得。日本之部中國之部雖不免多寡說及，然這亦不過到主要曲的伴奏的程度。」〔註81〕由此可見，

〔註75〕李長之：《中國文學理論不發達之故》，《李長之全集》第3卷，第153頁。
〔註76〕李長之：《中國文學理論不發達之故》，《李長之全集》第3卷，第153頁。
〔註77〕鄭振鐸：《研究中國文學的新途徑》，《小說月報》第17卷號外《中國文學研究》，1927年。
〔註78〕朱光潛：《抗戰版序》，《詩論》，北京三聯書店，1984年，第1頁。
〔註79〕參見梁啟超：《中國韻文裏頭所表現的情感·識語》，《飲冰室合集》文集37，中華書局，1986年，第71頁。
〔註80〕思明：《文藝批評論》，第23頁。
〔註81〕宮島新三郎：《原序》，《文藝批評史》，高明譯，開明書店，1930年，第1頁。

在世界文學批評這座大花園裏，詩文評是沒有什麼地位的。

對於中國文學，現代研究者大都以診斷者的心態自居，不是探尋「中國文學不發達的原因」，就是憂患「中國文學研究向哪裏去」，或者像「研究中國文學的新途徑」、「論研究中國文學者之路」一樣指明自以為是的康莊大道。〔註 82〕那麼，詩文評為何如此不發達？為何與西方文學批評有如此之差距？同樣，研究者給出了自己的診斷報告。

首先，對於文學觀念或詩文評的偏見是主要之因。不清楚文學是什麼，便缺少為文學而文學的精神，「沒有為文學而文學的精神，就不會重視文學；不重視文學，就不會有好文學作品。文學之地位如此，文學之認識如此，還說什麼理論？還說什麼批評？」〔註83〕而且，「詩文本身就有些人看作雕蟲小技，那麼，詩文的評更是小中之小，不足深論」。〔註84〕

其次，從方法而言，詩文評偏於鑒賞與直覺，缺少邏輯的分析精神。夏炎德在《文藝通論》中說：「中國的文藝批評，大都只用直觀而玄想的方法，不能從美學的和心理的科學的方法上去解釋，對於文藝作品只有意會而沒有分析，對於大多數的鑒賞者，不能有一種幫助。」〔註 85〕朱光潛從中西思維方式的不同解釋中國為何只有詩話而無詩學：「中國的心理偏向重綜合而不喜分析，長於直覺而短於邏輯的思考。謹嚴的分析與邏輯的歸納恰是治詩學者所需要的方法。」〔註 86〕傅東華《文藝批評》則從有無分析精神說明何以中西文學批評所產生的效用不同：「西洋的批評因其利用分析的方法，故能與人以明晰的觀念，故其效力大而普遍。中國的批評缺乏分析的能力，故只可以意會而不可以言傳，故其效力只限於少數賞鑒專家，而於一般人的瞭解文藝沒有多大幫助。」〔註87〕

再次，其他科學不發達，以至於詩文評所能借助的知識十分有限。蘇雪林認為，西方自近代以來，「科學，哲學，心理學，人類學，生物學，社會學之進步有一日千里之勢，文學批評家聚這許多學問於一爐而治之，取精用宏，左右逢源，其批評基礎自然更加穩固而範圍亦更加廣大」，反觀中國，「學者

〔註82〕參見沈雁冰《中國文學不發達的原因》、鄭振鐸《中國文學研究者向那裡去》及《研究中國文學的新途徑》、李長之《論研究中國文學者之路》。
〔註83〕李長之：《中國文學理論不發達之故》，《李長之全集》第 3 卷，第 152 頁。
〔註84〕朱自清：《詩文評的發展》，《朱自清全集》第 3 卷，第 23 頁。
〔註85〕夏炎德：《文藝通論》，第 153 頁。
〔註86〕朱光潛：《抗戰版序》，《詩論》，第 1 頁。
〔註87〕傅東華：《文藝批評》，第 88 頁。

最喜在故紙堆中討生活」,「大都是閉門造車」。〔註88〕李長之更以急切的口吻
質問:「請問中國的心理學在哪裏,社會學在哪裏,藝術學在哪裏,美學在哪
裏?哲學和形而上學又在哪裏?這些學問都渺茫,又如何能望對於文學有深
切而確實的認識呢?」即使就和文學關係最近的學問說,「如文法學,語言學,
文學史,傳記學,神話學,我們又何嘗發達,這些不發達,當然無從窺測文
學中之律則」。〔註89〕

　　誠如朱自清所說,「現在學術界的趨勢,往往以西方觀念(如『文學批
評』)為範圍去選擇中國的問題;姑且無論將來是好是壞,這已經是不可避免
的事情。」〔註90〕「以西方觀念為範圍選擇中國的問題」,往往使中國問題面
目全非,成為鏡中的「他者」,朱自清所謂「還其本來面目」根本無從談起。
錢鍾書在《中國固有的文學批評的一個特點》一文中開篇就解釋何以取如此
累贅的題目:「題目這樣累贅,我們取它的準確。我們不說中國文學批評,而
說中國固有的文學批評,因為要撇開中國文學批評裏近來所吸收的西洋成
分。」〔註91〕提及「中國文學批評」,就意味著帶著「文學批評」這副有色眼
鏡來過濾傳統詩文評,「西洋成分」自然不可避免。即使像朱自清那樣承認「我
們的詩文評有它自己的發展」,然而實際研究操作時也不得不「靠了文學批評
這把明鏡」,才能「照清楚詩文評的面目」。〔註92〕這種彼此矛盾的文化弱國
心態自晚清以來就在國人心中根深蒂固,難以撼動。因此,講究邏輯分析的
系統性西方文學批評著作就是彼家之長,偏重鑒賞、主觀與片斷性的傳統詩
文評就是此家之短。

　　對於這種學術趨勢,有些具有卓識的論者不以為然。錢鍾書就曾警惕世
人道:「作史者斷不可執西方文學之門類,鹵莽滅裂,強為比附。西方所謂
Poetry,非即吾國之詩;所謂 drama,非即吾國之曲;所謂 prose,非即吾國之
文」〔註93〕,我們也可以接著說:「所謂 literature criticism,非即吾國之詩文

〔註88〕 蘇雪林:《舊時的「詩文評」是否也算得文學批評》,《文學百題》,第 283 頁。
〔註89〕 李長之:《中國文學理論不發達之故》,《李長之全集》第 3 卷,第 152、153
　　　　頁。
〔註90〕 朱自清:《評郭紹虞〈中國文學批評史〉》,《朱自清全集》第 8 卷,第 197 頁。
〔註91〕 錢鍾書:《中國固有的文學批評的一個特點》,《寫在人生邊上‧人生邊上的邊
　　　　上‧石語》,北京三聯書店,2002 年,第 116 頁。
〔註92〕 朱自清:《詩文評的發展》,《朱自清全集》第 3 卷,第 25 頁。
〔註93〕 錢鍾書:《中國文學小史序論》,《寫在人生邊上‧人生邊上的邊上‧石語》,
　　　　第 95 頁。

評」。本來中西各有所長，西有詩學，中有詩話，文化表徵不同，何以言西優中劣？可是朱光潛偏偏感歎：「詩學的忽略總是一種不幸！」〔註94〕如此思考問題，若裁判標準反過來，以中國尺度衡量，對於西方而言，是否也可以說「詩話的忽略也是一種不幸」？對於這種以西方文學批評比附中國文論的模式，王瑤有所批評：「如果生硬地給一個批評者以什麼主義的頭銜，像近代的西洋文學批評家一樣，一定會感到不適合的。因為中國的文論中不但很少具體的解釋和說明，也很少像西洋文藝理論那樣廣泛的一套系統。他們都是為『文』，或是為『人』而批評的；不是為理論，或為批評而批評的。」〔註95〕

　　況且，片斷性、鑒賞性是否是詩文評之獨有特點，系統著作、邏輯分析是否是西方文學批評之獨有特點？二者是否如黑白兩色一樣截然分明？對此，蘇雪林有所反駁，並提供了諸多例證說明中西文學批評常有不謀而合之處。比如，亞里士多德《詩學》與《修辭學》、各克司《修辭術》、但尼爾《英詩做法》等如皎然《詩式》一樣臚列法律近於修辭學，法郎士「靈魂冒險」說同詩話一樣偏重主觀。〔註96〕朱光潛在《談美》中提及了自己的一次親身體驗。他因研究文學而選了偏重「文學批評」方面的功課，其中之一是莎士比亞這門課，教授只講「版本的批評」、「來源」的研究、「作者的生平」，而「這三種工夫合在一塊講，就是中國人所說的『考據學』」。〔註97〕因此，錢鍾書勸我們不可輕信那些談中西本位文化之人所講中國文藝或思想的特色，因為「中國詩裏有所謂『西洋的』品質，西洋詩裏也有所謂『中國的』成分。在我們這兒是零碎的、薄弱的，到你們那兒發展得明朗圓滿。反過來也是一樣」。〔註98〕對於中西文學批評而言，此說同樣適用。

四、文學批評與文學批評史

　　雖然如上所述，對於文學批評之屬性眾家紛紜，然而沒有疑義的是，文學批評之對象是作家作品。大體而言，文學批評就是判斷文學作品價值的高低。當時的一些文藝辭典也不例外，如孫俍工《文藝辭典》有「文藝批評

〔註94〕朱光潛：《抗戰版序》，《詩論》，第 1 頁。
〔註95〕王瑤：《文體辨析與總集的成立》，《中古文學史論》，商務印書館，2011 年，第 93 頁。
〔註96〕參見蘇雪林：《舊時的「詩文評」是否也算得文學批評》，《文學百題》，第 285 頁。
〔註97〕朱光潛：《談美》，《朱光潛全集》第 2 卷，第 36、37 頁。
〔註98〕錢鍾書：《談中國詩》，《寫在人生邊上·人生邊上的邊上·石語》，第 167 頁。

criticism of literature」條：「對於文學藝術的作品及作家的批評，是以明白作家和作品底品質和論其價值底高下為目的的。」〔註99〕章克標《開明文學辭典》同樣有「文藝批評 Criticism of literature」條：「對於文藝作品，申述意見，就是批判，就是文藝批評。批評須要說明作家及其作品的性質，而判斷其價值之高下。」〔註100〕

　　不過，當「文學批評」變成「文學批評史」時，「文學批評」之歧義便遇到了麻煩。因為中西文論史不僅有針對於作家作品的文學批評，也有針對於文學性質、功用、創作等的文學理論，只是中西側重不同而已。如果「文學批評」僅指涉於作品批評，應用到「文學批評史」時，那就名小於實，其本身內涵無法涵蓋其研究對象。李長之對於「文學批評」的含義有所警惕，他認為文學研究分為文學史與文藝美學，其中文藝美學包括文學理論，其應用即文學批評，文學批評普及化就是文學教育。〔註101〕是故，李長之有《司馬遷在文學批評上的貢獻》一文，雖名稱仍用「文學批評」，但內容分為「司馬遷的文學理論」與「司馬遷在批評上的實踐」兩部分，對「文學理論」與「文學批評」（即批評實踐）有清晰釐定，不過仍統攝在「文學批評」名義下。傅庚生認為，《四庫全書總目詩文評序》所揭五例，「若嚴執繩墨，則旁採故實，一目似不必兼包於評論學之列；餘可納於品評，文體，與理論三者之域，皆文學批評之要目也」。〔註102〕在此，他把古代評論學分為品評、理論、文體三類，文學品評大體等於文學批評，文體論又可包含於文學理論之下，實際仍是文學批評與文學理論二類。宮島新三郎《文藝批評史》對這兩種形態有所辨析：

　　　　統觀文藝批評之歷史，則有二種形態。便是，一方面有批評家提出作為判斷之根據或批評時之基礎的原則——換言之，即與特定之作品沒有直接關係的理論的文藝批評；另一方面則有對於文藝的作品，並不持客觀的明確的標準而取表現形式的實際的文藝批評。普通前者稱為文藝論或文學論，後者稱為作品批評。這兩者是交互作用，難於嚴密地區別；然若要明瞭地顯示文藝批評史，則最好是將此二形態放在解剖臺上明白地分解。然而我們在這裡不能做這樣

〔註99〕孫俍工：《文藝辭典》，民智書局，1928 年，第 55 頁。
〔註100〕章克標：《開明文學辭典》，開明書店，1933 年，第 149 頁。
〔註101〕李長之：《釋文藝批評》，《李長之文集》第 3 卷，第 318 頁。
〔註102〕傅庚生：《中國文學批評通論》，第 43 頁。

綽裕的事。只要不忘去並注意及這事便可以了。〔註103〕

別說作者寫的是一本言簡意賅的小冊子，就是寫作大部頭著作，若要把文學理論與作品批評分解開來，那也是困難重重。因為若如此，勢必意味著把文論家或文論文獻分成碎片，只見樹木不見森林。不提「體大周慮」的《文心雕龍》，即使如《典論・論文》小篇幅者，其中「王粲長於辭賦。徐幹時有奇氣」屬於文學批評；「文以氣為主，氣之清濁有體，不可力強而敵」屬於文學理論。如此清晰地分解，的確是「綽裕」之事。而且，文學理論與作品批評往往互為表裏，分解使之相互獨立，也難以準確把握文論家的整體立說。

「文學批評」之名外延狹窄，無力涵蓋「文學批評史」之對象，羅根澤對此深有不滿。他認為，近人所謂文學批評史之內容，包括文學裁判、文學理論、批評原理三種。是故，「中文的『批評』一詞，既不概括，又不雅馴，所以應當改名為『評論』」，「以『評』字括示文學裁判，以『論』字括示批評理論及文學理論」。〔註104〕此說並非無道理。「criticism」一般翻譯成「批評」〔註105〕，「literature ciricism」自然翻譯成「文學批評」。但羅根澤認為，翻譯成「評論」二字更為恰當。鄭振鐸在《文學的分類》一文中也把 literature criticism 譯為「文學評論」。〔註106〕青木正兒《中國文學概說》專闢「評論學」一章，概述自《尚書・舜典》「詩言志」至明清小說評點。不過，羅根澤因「文學批評」一名約定俗成，並沒有採用「文學評論」，不得不把「文學批評」分廣狹二義，取其廣義，書名仍為「中國文學批評史」。

隨著學科越分越細，研究者對文學批評史學科性質及其定位的思考愈多，「文學批評」這一概念帶來的歧義與誤解也時常成為眾矢之的，日益嚴謹的學科研究也不允許這一含混的學科名稱一如仍舊。新中國成立後，儘管很多新的著作仍名以「文學批評史」〔註107〕，但 1980 年代以來，學科名稱日益

〔註103〕宮島新三郎：《原序》，《文藝批評史》，高明譯，第 1、2 頁。

〔註104〕羅根澤：《周秦兩漢文學批評史》，商務印書館，1944 年，第 8 頁。

〔註105〕參見顏惠慶主編：《英華大詞典》，商務印書館，1908 年，第 516 頁。

〔註106〕鄭振鐸：《文學的分類》，《鄭振鐸全集》第 3 卷，第 449 頁。

〔註107〕例如，黃海章《中國文學批評簡史》（廣東人民出版社，1962 年）、劉大杰主編《中國文學批評史》上冊（中華書局，1964 年）。不過，郭紹虞第二次修改其批評史，名之為《中國古典文學理論批評史》，是學科史上第一次出現「文學理論批評史」。作者辨析文學批評與文藝理論之名：「文學批評有廣狹二義，就廣義講，可以包括文藝理論；就狹義講，只指對文學作品的評論。」見人民文學出版社，1959 年，第 2 頁。

多樣化，如「文學理論史」、「文學理論批評史」、「文學思想史」等。蔡忠翔等人的《中國文學理論史》認為，西方所謂「文學批評」一詞與中國傳統詩文論不盡相同，以批評史名之，並不符實。鑒於該書的主要內容著重於評述古代的文學理論，故名為《中國文學理論史》。〔註108〕王運熙、顧易生主編的多卷本《中國文學批評通史》，雖然仍名以「文學批評史」，但編者在第一編中就首先申明：「本書所謂『文學批評』，包括文學觀念、理論、具體的文學批評、鑒賞以及其他有關文學理論批評的思想資料。其所以統稱為『文學批評』，是根據約定俗成以求簡潔。」〔註109〕敏澤《中國文學理論批評史》不取「文學批評史」之名，雖然著者並沒有為「文學理論批評史」「正名」，但羅宗強的敘述可以解釋之：「名之為中國文學批評史，它應該只研究文學批評的歷史；而中國的文學批評既與文學理論糾結在一起，那麼它自然而然應該按照它的歷史實際給予命名，名之為中國文學理論批評史。這樣的命名，在理論研究上可能會較少疏漏，而使這一學科在理論上更趨於嚴密與成熟。」〔註110〕不過，羅宗強雖然認為「中國文學理論批評史」「更趨於嚴密與成熟」，但仍捨棄之，獨闢為「文學思想史」，這個學科名字顯然比文學批評史和文學理論史範圍更廣：「研究文學思想史，除了研究文學批評的發展史和文學理論的發展史之外，很重要的一個內容，便是研究文學創作中反映出來的文學思想傾向。」〔註111〕

　　此外，還有「文學學史」、「詩文評史」等名稱。黃霖主編有五卷十二冊《中國分體文學學史》，編者在前言中如此釋名：「所謂『文學學史』，就是有關『文學的學術史』」，「有別於『文學史』、『文學理論批評史』，同時也與『文學研究史』各有側重的一門相對獨立的學科」。〔註112〕細細琢磨，所謂「文學學史」比文學理論批評史多出部分就是對於文學的整理研究，如訓詁、箋注、集釋、年譜等。不過，在實際編寫中，各卷著者所處理的材料大體還是固有的文學理論批評材料，上部分內容很難融入。近來有學者不滿依

〔註108〕參見蔡忠翔、黃保真、成復旺：《中國文學理論史》（一），北京出版社，1987年，第36、37頁。

〔註109〕顧易生、蔣凡：《先秦兩漢文學批評史》，上海古籍出版社，1990年，第1頁。

〔註110〕羅宗強：《序》，張毅：《宋代文學思想史》，中華書局，2004年，第3頁。

〔註111〕羅宗強：《隋唐五代文學思想史》，上海古籍出版社，1986年，第2頁。

〔註112〕黃霖：《前言》，周興陸：《中國分體文學學史》（詩學卷），山西教育出版社，2013年，第1頁。

附於「文學批評」、「文學理論」、「詩學」等西方觀念。為還古代文論以本來面目，杜書瀛認為，應拾起「詩文評」這一原有名稱，「中國文學批評史」應正名為「詩文評史」，並定義其學科範圍：「『詩文評』麾下的『蝦兵蟹將』應該是一個比較龐大的隊伍，除『詩評』、『文評』之外，還應該包括『詞評』、『曲評』、『小說評』以及廣義文章學——它是所有這一切品評文字的學科總稱和通稱。」〔註113〕

總之，隨著學科意識的增強，研究者對「文學批評史」這一舊名稱越來越不滿。追根究底，在於「文學批評」這一詞語的歧義。這一詞語譯自「literature ciricism」，那麼 literature ciricism 在西方語境中的遭際又如何呢？無獨有偶，它的歧義同樣易引起研究者的誤解，以致造成文學研究分類的混亂。韋勒克、沃倫在舉世聞名的《文學理論》（1949）中，把文學研究分為文學理論、文學批評和文學史。〔註114〕自韋勒克三分法公布於世後，反對者大有人在。〔註115〕劉若愚就認為，這種三分法並未獲得普遍採用，很多研究者仍採用二分法：文學史與文學批評，後者包括理論探討與實際批評。〔註116〕劉氏即是採用了這種分法，只不過他有進一步的分類細目。之後，韋勒克又寫作《文學理論、文學批評與文學史》、《文學批評的術語和概念》（1963）二文，為自己辯白，一再堅持文學理論與文學批評應該有所區分。然而，他也不得不承認：「『文學批評』這個術語在應用的時候，經常是將文學理論包括在內的。」〔註117〕他積數十年之功完成的六卷本著作就名之為《A History of Modern criticism》，不僅用「批評」一詞，而且給它一個極其廣泛的範圍：「『批

〔註113〕杜書瀛：《「中國文學批評史」應正名為「詩文評史」》，《陝西師範大學學報》2011年第4期。

〔註114〕韋勒克、沃倫：《文學理論》，劉象愚等譯，江蘇教育出版社，2005年，第32頁。

〔註115〕韋勒克這樣敘述反對者情形：「自從我寫下這些文字以來，許多人或者企圖抹煞這些區別的存在，或者企圖為這些方法中的某一個提出多少可說是極權主義的要求：例如，要麼說只存在著文學史，或者只存在著文學批評，或者只存在著文學理論；要麼主張至少將這三種方法減為兩種，即是說，只存在文學理論和文學史，或只存在文學批評和文學史。」見《文學理論、文學批評和文學史》，《批評的諸種概念》，丁泓、余徽譯，四川文藝出版社，1988年，第8頁。

〔註116〕參見劉若愚：《中國文學理論》，杜國清譯，江蘇教育出版社，2005年，第1頁。

〔註117〕韋勒克：《文學理論、文學批評和文學史》，《批評的諸種概念》，第8頁。

評』這一術語我將廣泛地用來解釋以下幾個方面：它指的不僅是對個別作品和作者的評價，『明確的』批評，實用批評，文學趣味的徵象，而且主要是指迄今為止有關文學的原理和理論，文學的本質、創作、功能、影響，文學與人類其他活動的關係，文學的種類、手段、技巧，文學的起源和歷史這些方面的思想。」〔註118〕在此，「批評」不僅包括文學批評和文學理論，而且包括部分文學史的內容，與羅宗強之「文學思想史」大體相當。韋勒克一方面在理論上倡導文學理論與文學批評之區分，另一方面在研究實踐中以文學批評涵蓋文學理論，也不免陷入矛盾。

由此可見，「文學批評」一詞所帶來的學科定名是中外語境的共同困惑。這一難題皆因「criticism」在語源學的含混，韋勒克曾經研究過這一術語的演變史。它來自希臘文「krinein」一詞，雖然意思僅為「判斷」，但這一術語在17世紀滲入各國方言（包括英語、法語、意語等）時，含義便擴大起來，「既包括整個文學理論體系，也包括了今天稱之為實踐批評的活動和每日評論」。〔註119〕20世紀，學科分類意識加強，文學批評與文學理論區分之必要凸顯，自然與「文學批評」這一術語的固有含義發生牴牾。自西方嫁接而來的「中國文學批評史」學科之名同樣遇到了這種矛盾。

然而，學科發展不可能停止腳步。既然舊有名稱不甚恰當，一些研究者提出了自己的解決方案，我們來稍加討論。首先，文學批評史（或文學理論史）可否取消，以「詩文評史」代替之？「詩文評史」之名固然可以不再依附西方術語觀念，然而在目錄學中「詩文評」僅指詩評、文評的專門著作，不僅沒有包括曲話、小說評點以及總集與選本，而且無法涵蓋具有文學批評或理論色彩的序跋、書信、史書文苑傳等資料。若今人重新定義「詩文評」之範圍，擴展為「一切品評文字的學科總稱和通稱」，則與它原來含義發生衝突，如此「以今格古」如何能夠認識「詩文評」之「本來面目」？其次，文學批評史與文學理論史分離是否可行，或者說必要？這一建議不是今人才提出，早在1920年代宮島新三郎已說及。上文已經提及，操作上難以實現，如此做必然把批評家或理論家分解得支離破碎。而且，從學理上而言，文學批評與文學理論難分難解不只是中國文論之獨有現象，而是中外文論的共有規

〔註118〕韋勒克：《前言》，《近代文學批評史》第1卷，楊豈深、楊自伍譯，上海譯文出版社，1987年，第1頁。
〔註119〕韋勒克：《文學批評的術語和概念》，《批評的諸種概念》，第25頁。

律，正如韋勒克所說：

> 文學理論、文學原理和文學標準是不可能存在於真空之中的；歷史上每個批評家（像弗萊伊本人作過的那樣），都在同具體的藝術品的接觸中發展他的理論。他不得不對這些藝術品進行選擇、解釋、分析，最後才是判斷。一個批評家的文學觀點，他對藝術家和藝術品優劣的劃分和判斷，需要得到其理論的支持和確認，並依靠其理論才能得到發揚；而理論則來自藝術作品，它需要得到作品的支持，靠作品得到證實和具體化，這樣才能令人信服。〔註120〕

既然如此，把文學批評史和文學理論史分解開來，似乎不太可行，也無太多必要。再次，「文學思想史」之名是否成立，或者可否替代原有名稱？其實，這一名稱並非羅宗強的原創。早在 1950 年代，楊晦就有建立「中國文藝思想史」學科的設想。他於 1959 年不僅為高年級本科生開設「中國文藝思想史」一課，1962 年更是招收「中國文藝思想史」專業研究生。並且，他有明確的學科意識，對傳統的中國文學批評史研究不太滿意：「文學批評都是在一定的文藝思想指導下產生的，如果就文學批評研究文學批評，而不研究文藝思想的發展及其特點規律，是很難使文學批評的研究真正深入下去的。」〔註121〕只不過，當年他的助教與僅有的一屆研究生都沒有完全傳承他的衣缽〔註122〕，倒是師從王達津〔註123〕的羅宗強將其縮小範圍為「文學思想史」〔註124〕，有相應的著作成果（魏晉南北朝、隋唐五代、明代文學思想史）。很顯然，楊晦對「文藝思想史」有立足之論。討論文學批評史或文學思想史，

〔註120〕韋勒克：《文學理論、文學批評與文學批評史》，《批評的諸種概念》，第 13 頁。

〔註121〕張少康：《楊晦先生與北大的古代文論學科建設》，《中國新文論的拓荒與探索——楊晦先生紀念集》，北京大學出版社，2001 年，第 85 頁。

〔註122〕當年助教是張少康，雖有通史，然而是兩卷本《中國文學理論批評史》（北京大學出版社，1995 年），算是退回老路。研究生是郁沅，雖古代文論研究成績斐然，但個人沒有專史，僅與蔣凡主編有《中國古代文論教程》（中國書籍出版社，1994 年）。

〔註123〕王達津 1944 年畢業於西南聯合大學北京大學文科研究所，1959 至 1964 年曾在南開大學講授中國文學批評史和歷代文論選，並編有講義。見《古代文學理論研究論文集·編後記》，南開大學出版社，1985 年，第 284 頁。羅宗強於 1961～1964 年師從王達津攻讀「中國文學批評史」研究生。

〔註124〕羅宗強之「文學思想史」與楊晦之「文藝思想史」並不完全相同，「文藝思想史」除了表現在文學範圍，還表現在音樂、繪畫、書法、雕塑等其他藝術領域。

怎能漠視《禮記・樂論》與謝赫的《古畫品錄》？然而，「文藝思想史」涉及多個藝術學科，對研究者是個很大挑戰，這也是張少康取「文學理論批評史」的原因。「文學思想史」則僅限於文學領域，操作起來便有可能。但是，畢竟「文學批評史」這一學科名稱已有近 90 年，目前仍為學界所取，代替之實屬困難，且與「文學思想史」研究對象有所不同，二名不妨同時存在。

不過，「文學批評史」的內涵的確狹小，不妨稱之為「文學理論批評史」。然而，這一名稱稍嫌臃腫，郭紹虞 1959 年版著作雖名為《中國古典文學理論批評史》，但作者在書中所說：「我們有時稱文學理論批評，有時稱文學批評，含義是一樣的。為從簡計，稱為文學批評的時候多一些。」〔註 125〕或許韋勒克六卷本著作直接命名為「批評史」就是這個原因。然而，無論使用哪個學科名稱，必須對其進行有效的限定，比如「文學批評」是取其廣義還是用其狹義，「文學思想」所含範圍幾何。因為「一個詞的含義，是在它的上下文的聯繫中表現出來的，而且是由它的使用者強加給它的」。〔註 126〕既照顧詞語的固有含義，又在一定程度上進行自我設置，或許會減少些不必要的麻煩。

第二節　文學史與文學批評史

「文學批評」這一新觀念被人鄭重地接受，「提高了在中國的文學批評——詩文評——的地位」〔註 127〕，文學批評史的寫作就是順理成章之事。這一工作無非就是以「文學批評」篩選詩文評材料，然後再以史的線索組成一個自覺的系統，以呈現中國文學批評的演變歷史，而這一過程與「中國文學史」學科的建立、發展以及教材的編撰密不可分。陳平原指出：「晚清學部（以及民初的教育部）對於課程設置、教科書編寫和學生考試方法的規定，乃『文學史』神話得以成立的決定性因素。」〔註 128〕據陳玉堂《中國文學史書目提要》統計，僅 1904～1937 年出版的中國文學史著作就有近百種。回顧歷史，可以發現，最先研治文學批評史的一些學者都是從接觸中國文學史入手的。

〔註 125〕郭紹虞：《中國古典文學理論批評史》（上），人民文學出版社，1959 年，第 1 頁。

〔註 126〕韋勒克：《文學批評的術語和概念》，《批評的諸種概念》，第 25 頁。

〔註 127〕朱自清：《詩文評的發展》，《朱自清全集》第 3 卷，第 24 頁。

〔註 128〕陳平原：《文學史的形成與建構》，廣西教育出版社，1999 年，第 4 頁。

一、從文學史到文學批評史

據周勳初回憶,「南京地區的一些學者首先在大學裏開設中國文學批評史課。胡小石先生在金陵大學講授中國文學史時,開始積累中國文學批評史方面的材料,陳鍾凡則在東南大學開設此課。」〔註129〕其實胡小石自 1920 年始就在北京女子高等師範學校講授文學史,1924 年 9 月任金陵大學國文系主任兼教授。〔註130〕同年 12 月,陳鍾凡南下任廣東大學文科學長兼教授。〔註131〕二人同在南京的時間是 1924 學年度秋季學期,「兩人在南京一起籌劃中國文學批評史的建設,經常交換資料與心得,其後陳鍾凡先生將講義交付在中華書局任職的左舜生,並立即出版」,而胡小石「在金陵大學講授此課時本來也打算編纂一種新的《中國文學批評史》,然僅完成稿本而未及定稿,其後更因時局動盪而被迫停止」。〔註132〕遺憾的是,胡小石的批評史講稿最終石沉大海。不過,另一條材料也可以證實胡小石確實在金陵大學講授過文學批評史課程。程千帆回憶自己大學時候所受到的教育時,就提到師從胡小石學過文學批評史。〔註133〕查《私立金陵大學一覽》(1932 年度),國文系有「文藝批評」課程,「講述文學評論之原理及歷代批評之標準並估量各派文藝之價值」,是主系學生必修課。〔註134〕程千帆就讀金陵大學在 1932~1936 年,「文藝批評」這一課程雖沒有標明授課老師,想必是胡小石。〔註135〕只不過,這一課程因注重歷代批評,在程千帆的記憶中成了「文學批評史」。

幸運的是,陳鍾凡的《中國文學批評史》得以出版。此書最初是作為「文學叢書」出版的,第一種是《中國文學批評史》,第二種是《中國韻文通論》。後者以歷時順序先後講述詩經、楚辭、漢魏六代賦、樂府詩、漢魏迄隋唐古

〔註129〕周勳初:《序》,羅根澤:《中國文學批評史》,上海書店出版社,2003 年,第1、2 頁。

〔註130〕參見謝建華:《胡小石先生年譜》,郭維森編:《學苑奇峰——文學史家胡小石》,南京大學出版社,2000 年,第 293~296 頁。

〔註131〕姚柯夫:《陳鍾凡年譜》,書目文獻出版社,1989 年,第 20 頁。

〔註132〕周勳初:《序》,羅根澤:《中國文學批評史》,第 2 頁。

〔註133〕參見程千帆:《桑榆憶往》,《程千帆全集》第 15 卷,河北教育出版社,2000年,第 10 頁。

〔註134〕《私立金陵大學一覽》(民國二十一年度),第 167 頁。

〔註135〕當時金陵大學中國文學系教師有胡小石、佘賢勳、吳梅、吳微鑄、胡翔冬、高炳春、張守義、黃侃、劉繼宣、章樹東,見《私立金陵大學一覽》(民國二十一年度),第 384、385 頁。除胡小石外,其他人開設「文藝批評」課程的可能性不大。

詩、唐人近體詩、唐五代及兩宋詞、金元以來南北曲，大體勾勒各種韻文體演進之歷程，可以說是一種韻文史。陳鍾凡為中華學藝社二十週年紀念作有《二十年來我國之國故整理》一文，介紹坊間文學史時，除了重點提到胡適之《白話文學史》、錢基博《現代中國文學史》以及馮沅君與陸侃如《中國詩史》外，也提到自己的著作：「陳中凡昔著中國文學評論，以文學批評史弁其簡端；中華書局因分印為中國文學批評史及中國韻文通論兩部。」〔註136〕由此可知，陳鍾凡著作最初名以《中國文學評論》，出版社分為二冊，原名不留，只標以「文學叢書第一種」、「第二種」。而且，據陳鍾凡之見，文學批評史同其他文學史著作一樣，同屬於中國文學史之範疇。原因在於，文學批評與韻文一樣，同屬於中國文學之一類。

　　不同於胡小石與陳鍾凡，郭紹虞對於早年學習和研究文學批評史的過程有著清晰的描述：

> 我在福州協和大學、開封中州大學所教的都是一些基礎課，如文學史、文字學之類的課，後來到了北平燕京大學，因教師人多，不必教文字學一類的課，於是在中國文學範圍裏，就想開中國文學批評史的課。中國文學批評史是在中國文學史、中國詩史這些課的基礎上開的，比文學史、詩史等課，更窄一些，要專門一些。〔註137〕

當然，在此之前郭紹虞並不是沒有相關的知識積累。他早年閱讀《涵芬樓古今文鈔》、《涵芬樓文談》時，就輯出其中論文之語，並對此甚有興趣。後來又在顧頡剛創辦的樸社整理出版一套「文學批評叢書」，其中有劉師培《論文雜記》、孫梅《四六叢話敍論》等。同時，在大學裏一邊講授中國文學史，一邊注意文學批評材料的搜集，比如用筆記或卡片的方法，先後整理「文學」、「文」與「氣」、「神」、文筆說、聲律說等問題，於是 1927 年始在燕京大學講授中國文學批評史課程。不過，他談走上文學批評史之途時多次強調最初之準備階段：「我開這門課是在燕京大學開的，是在協和、中州兩大學好多年講中國文學史的基礎上開的。欲專必先求博。惟博才能廣，惟專才能精。」〔註138〕

〔註136〕陳鍾凡：《二十年來我國之國故整理》，《學藝雜誌》第 16 卷第 1 期，1925年。

〔註137〕郭紹虞：《我是怎樣學習中國文學批評史的》，《照隅室雜著》，上海古籍出版社，2009 年，第 405 頁。

〔註138〕郭紹虞：《我是怎樣學習中國文學批評史的》，《照隅室雜著》，第 406 頁。

　　羅根澤 1929 年秋始在河南大學講授文學史，並立志編寫中國文學史類編，包括八類：歌謠、樂府、詞、戲曲、小說、詩、賦、駢散文〔註 139〕，後來「將歌謠散入詩詞及樂府，而添入批評，仍是八類」〔註 140〕，詳論見後文第二章第一節。

　　此外，還有李長之與任訪秋等。1940 年，李長之因生活拮据，教育部次長顧毓秀給他一個教育部研究員的頭銜，研究題目正是中國文學批評史，後又由宗白華推薦在中央大學講授文學批評史〔註 141〕，而且他還寫過多篇相關文章，如《批評家的孟軻》、《易傳與詩序在文學批評上之貢獻》、《司馬遷在文學批評上的貢獻》、《唐代的偉大批評家張彥遠與中國繪畫》、《劉熙載的生平及思想》、《章學誠的文學批評》等。不過，他的最初設想是寫作中國文學史，後來才轉入批評史：「從前我想寫一部中國文學史，那時老舍先生警告我，說我恐怕寫完才覺得傷心呢。這部文學史，我終於沒有寫。現在對批評史約略弄了一下，卻實在覺得荒蕪，破碎了。」〔註 142〕任訪秋在洛陽師範學院任教時（1934～1939）曾編寫中國文學史講義，講述上古至元明文學。1943 年，他在河南大學開設「中國文學批評」課程，編寫三冊中國文學批評史講義（先秦至明初）。〔註 143〕整理他手稿的解志熙說：「任先生自二十年代末走上學術之路以來，即對中國文學批評史上的問題頗感興趣，30 年代更有獨立的思考，部分成果已寫入《中國文學史講義》，此後也一直持續鑽研、思考轉深……」〔註 144〕，任訪秋從文學史轉入文學批評史的軌跡也是顯而易見。

　　當然，並不是所有研究文學批評史的學者都是從中國文學史入手。朱東潤在接觸文學批評史之前，只給大學預科生講授英文，對於文學史並沒有深入研究。不過，朱東潤開設文學批評史課程是因聞一多的提倡。〔註 145〕

〔註 139〕參見羅根澤：《自序》，《樂府文學史》，北平文化學社，1931 年，第 2 頁。

〔註 140〕羅根澤：《研究中國文學史的計劃》，《文史叢刊》第 1 卷第 1 期，1935 年。

〔註 141〕參見於天池、李書：《李長之與羅家倫》，《文史知識》2013 年第 6 期。

〔註 142〕李長之：《中國文學理論不發達之故》，《李長之文集》第 3 卷，第 151 頁。

〔註 143〕參見解志熙：《古典文學現代研究的重要創獲——任訪秋先生文學史遺著三種校讀記》，《任訪秋文集》（未刊著作三種上），河南大學出版社，2013 年，第 316、317 頁。兩本講義當時都沒有出版，後經解志熙整理編入《任訪秋文集》（未刊著作三種上）。

〔註 144〕解志熙：《古典文學現代研究的重要創獲——任訪秋先生文學史遺著三種校讀記》，《任訪秋文集》（未刊著作三種上），第 338 頁。

〔註 145〕朱東潤：《朱東潤自傳》，《朱東潤傳記作品全集》第 4 卷，東方出版社，1999 年，第 172、173 頁。

聞一多當時是文學院院長，雖是外文系教授，但已專攻中國文學。〔註146〕很難說聞一多在中文系開設文學批評史課程的想法與他研治中國文學史沒有關係。

　　大體而言，從中國文學史進入文學批評史是當時一批學者共有的學術公例。他們或者在講授中國文學史時，接觸到文學批評的問題，開始有意識地搜集相關材料，最終走上研治文學批評史之路，如郭紹虞、羅根澤；或者因教學一時所需，暫時用力於文學批評史，後來改庭換面，在其他領域取得更大的成就，如胡小石、陳鍾凡、朱東潤。不過，相同的是，對他們而言，中國文學史是文學批評史的準備階段，由此才可以登堂入室。然而，為何這些學者會不約而同地呈現出這種學術研究線路呢？即，研治中國文學史之時為何會關注到文學批評，由此而入文學批評史領域呢？

　　早期的一批中國文學史寫作者無非是按照西方文學觀念，對文學史材料進行恰當的剪裁，以編著成系統的著作。既然無例可循，為避免對這一舶來品有陌生與不知所措之感，他們需要在傳統學術領域尋找它的宗親基因，以便與新式體裁的文學史接軌，其中與文學史最接近的恐怕是目錄學中的「文史」或「詩文評」。所以，劉師培提出：「今摯氏之書久亡而文學史又無完善課本，似宜倣摯氏之例，編纂文章志、文章流別二書，以為全國文學史課本，兼為通史文學傳之資。」〔註147〕謝无量在《中國大文學史》說：「宋《中興書目》曰：文史者，譏評文人之得失也。故其體與今之文學史相似」〔註148〕，並把《四庫提要》中的五類詩文評看作關於文學史之著作七例中的五例。胡懷琛在《中國文學史概要》中稱，詩話、文談、詞譜、文苑傳、藝文志「可以是零零碎碎的文學史」。〔註149〕錢基博雖然認為「文史」「重文學作品之譏評，而不重文學作業之記載」，但仍稱總集、文史與文苑傳可「供文學史編撰之材料」。〔註150〕這些詩話、詞話、文話、曲話及小說評點等材料是最初寫作文學史時可以利用的有效資源，寫作者對於文學作品的評價以及對於中國文學史的歷時敘述很多都是以此為借鑒。〔註151〕故凌獨見在《國語文學史綱》

〔註146〕參見季鎮淮：《聞朱年譜》，清華大學出版社，1986 年，第 25 頁。

〔註147〕劉師培：《搜集文章志材料方法》，《劉申叔遺書》下冊，江蘇古籍出版社，1997
　　　　年，第 1655 頁。

〔註148〕謝无量：《中國大文學史》，中華書局，1918 年，第 41 頁。

〔註149〕胡懷琛：《中國文學史概要》，商務印書館，1931 年，第 10 頁。

〔註150〕錢基博：《現代中國文學史》，上海書店出版社，2007 年，第 4、6 頁。

〔註151〕戴燕對此問題有充分論述，並重點分析依時代順序專講特盛文體的敘述模式

中批評時人評定作家作品時，只是「從《藝文志》上，去查他們有那幾種作品，從評文——《文心雕龍》、《典論》……，評詩——各種詩話——以及序文當中，去引他們作品的評語」。〔註 152〕中國文學史的編纂者從詩文評資料中擷取材料，自然對於文學批評問題有自覺意識，並以搜集論詩論文之語為樂趣，撰寫文學批評史便是水到渠成之學術事業。

二、文學批評史是文學史之一支

　　羅根澤把文學批評史列入中國文學史類編之一，與樂府史、詩歌史、戲曲史、小說史等同屬。此種觀念並不孤立，當時不少學者認為文學批評史是中國文學史之一支。

　　上文提到，陳鍾凡在《二十年來我國國故之整理》中總結文學史之成就時，把自己的《批評史》納入其中。朱星元《中國文學史外論》專章討論中國文學史的分類問題，文學方面的專史有動面與靜面二種。前者著眼於文學的進化變遷，後者側重於文學的體類派別，列有魯迅《中國小說史略》、陳鍾凡《中國批評文學史》、陸侃如《中國詩史》等。〔註 153〕此時，郭紹虞、羅根澤《批評史》皆已出版，因作者只是舉例說明分類，並不是一錄無餘，故二書沒有收入。顧頡剛《當代中國史學》在「史籍的撰述與史料的整理」部分介紹中國文學史的撰著時，特意提及郭、羅《文學批評史》。〔註 154〕汪馥泉不滿日本、西人所著中國文學史，對於坊間各種中國文學史也有所不滿，擬作一篇《中國文學史底革命》，以挑剔諸多中國文學史的弊端，但因牽涉太多，改從提倡組織「中國文學史研究會」。本著「分工合作」的原則，研究會分為甲乙二組，甲組是正業，分為「中國文學創作史組」與「中國文學批評史組」，「中國文學創作史組」又包括思潮史、詩歌史、小說史、戲劇史。〔註 155〕可見，他把中國文學分為創作與批評二類，文學批評史與創作史（思潮史、詩歌史、小說史、戲劇史）同類，皆屬中國文學史之分支。王瑤在反思中國文

如何來自傳統文學批評。參見《文學史的權力》，北京大學出版社，2002 年，第 22 頁。
〔註 152〕凌獨見：《自序》，《國語文學史綱》，商務印書館，1922 年，第 2 頁。
〔註 153〕參見朱星元：《中國文學史外論》，東方學術社，1935 年，第 70、71 頁。「陳鍾凡中國批評文學史」是原文，當誤，應是「陳鍾凡中國文學批評史」。
〔註 154〕顧頡剛：《當代中國史學》，上海古籍出版社，2002 年，第 84 頁。
〔註 155〕汪馥泉：《「中國文學史研究會」底提議》，《文學旬刊》第 55 期，1922 年。

學批評之研究時重申：「我們現在研究中國文學批評史，不但不能把它和文學史的發展脫離來看，而且文學批評史正是一種類別的文學史，像小說史、戲曲史一樣。」〔註156〕

　　既然文學批評史是中國文學史之一類別，故一些中國文學史著作中就安排專門章節講述文學批評內容。胡行之《中國文學史講話》在六朝與宋二期設專節「文學批評與文選」、「文學批評及編纂」，前者簡述《文賦》、《文心雕龍》、《詩品》、《文選》以及北朝顏之推，後者把兩宋文學批評分為詩話、述詞之書、評文之書三部分。〔註157〕劉麟生《中國文學史》第四編「魏晉文學」與第五編「南北朝文學」有「小說及文學批評」與「總集與文學批評」二章，後者從純文學觀念角度簡述了《文選》與《玉臺新詠》，並從注重自然、情感、修辭方面介紹了《文心雕龍》。〔註158〕鄭振鐸《插圖本中國文學史》在上卷「古代文學」和中卷「中世文學」安排「批評文學的發端」、「批評文學的復活」、「批評文學的進展」三章，雖然提綱挈領，不免掛一漏萬，然而自孔子以至明七子復古運動都有扼要敘述，基本勾勒出文學批評史之演進線索。〔註159〕劉大白雖然認為「中國底文學批評，向不發達」〔註160〕，但其《中國文學史》還是對劉勰《文心雕龍》和鍾嶸《詩品》有所介紹。譚丕模《中國文學史綱》在魏晉六朝時期設立「批評文學的產生」一節。〔註161〕楊蔭深《中國文學史大綱》第十章「批評文學的開端」重點敘述了劉勰、鍾嶸與劉知幾三大批評家。〔註162〕任訪秋《中國文學史講義》在「漢至隋的文學」編有專節「《文心雕龍》與南北朝的文學批評」，詳細敘述劉勰、鍾嶸、

〔註156〕王瑤：《中國文學批評與總集》，《光明日報》「學術」專刊第6期，1950年5月10日。

〔註157〕參見胡行之：《中國文學史講話》，光華書局，1932年，第62～68、106～109頁。

〔註158〕劉麟生：《中國文學史》，世界書局，1932年，第161～169頁。

〔註159〕參見鄭振鐸：《插圖本中國文學史》，北平樸社，1932年。

〔註160〕劉大白：《中國文學史》，開明書店，1933年，第335頁。

〔註161〕參見譚丕模：《中國文學史綱》，北新書局，1933年，第105～110頁。此書經過1947年（桂林文化供應社）、1958年（人民文學出版社，上冊）的修改，文學批評內容有所增加，僅列目錄如下：五、（六）文學批評的萌芽：1揚雄的文學批評、2王充的文學批評；六、（六）文學批評的成長：1文學批評成長的一般情況、2曹丕的《典論論文》、3陸機的《文賦》、4沈約的聲律論、5鍾嶸的《詩品》、6劉勰的《文心雕龍》；七、（七）文學批評的進展：1天寶以前的文學批評、2天寶以後的文學批評。

〔註162〕楊蔭深：《中國文學史大綱》，商務印書館，1938年，第145～150頁。

蕭統、蕭綱、蕭繹、顏之推的文學見解。〔註163〕

如果說以上各書顧此失彼，文學批評在整部文學史中所佔篇幅極其微弱，那麼作為較早注意文學批評材料的胡小石在講授文學史時，則大量地穿插文學批評材料。他分別以文人之地位、文家之得失與天才之重視三點說明建安時期文學批評態度之鮮明，接著把晉代文學批評之風分為批評、介紹、整理、作注四部分，又以主文派（裴子野《雕蟲論》）、反文派（劉勰、鍾嶸）與折衷派（顏之推）三派概括齊梁文學批評。此外，在評價李、杜時，他也以文學主張為主，即使在敘述韓柳、元白時也較多涉及其論文、論詩觀點。〔註164〕劉大杰《中國文學發展史》〔註165〕「重視聯繫文學批評來把握文學思潮的迭變，批評史的線索在這部文學史著作中依然有跡可尋」〔註166〕，該書不但有專節論述魏晉時期「文學理論的建設」、南朝的文學批評、元白的文學思想、黃庭堅的論詩主張以及姜夔、嚴羽的詩論，而且安排專章「明代的文學思想」，從正統文學的衰微、擬古主義的極盛、公安及竟陵派的新文學運動以及晚明小品文四個方面展示明代的文學理論批評與思潮。國外漢學中國文學史與斷代文學史也對文學批評部分有所涉及。青木正兒的《中國文學概說》介紹語學（六書、訓詁、音韻）與文學概要（文學思想之發展、文學諸體之發達）後，專列四章，分別配以詩學、文章學、戲曲小說學、評論學，雖然評論學仍顯簡略，但已與其他文體平分秋色。〔註167〕王瑤《中古文學史論》雖然於 1951 年分三冊出版，但撰稿卻在 1942 年至 1948 年期間，且是作者1946 年及 1948 年在清華大學講授「中國文學史分期研究（漢魏六朝）」之講稿。〔註168〕講稿分為文學思想、文人生活、文學風貌三部分，「文學思想」有《文論的發展》與《文體辨析與總集的成立》二文，鉤稽出漢魏六朝文學批評作者論和文體論的兩條主要線索。

〔註163〕參見任訪秋：《中國文學史講義》，《任訪秋文集》（未刊著作三種下），第 638
～650 頁。

〔註164〕參見胡小石：《中國文學史講稿》，《胡小石論文集續編》，上海古籍出版社，
1991 年，第 64～66、80～82、127～133、144～150 頁。

〔註165〕上卷完成於 1939 年，於 1941 年由中華書局出版，下卷完成於 1943 年，於
1949 年由中華書局出版。

〔註166〕葉輝、周興陸：《復旦中國文學批評史研究》，廣西師範大學出版社，2006 年，
第 164 頁。

〔註167〕參見青木正兒：《中國文學概說》，隋書森譯，開明書店，1938 年。

〔註168〕王瑤：《重版題記》，《中古文學史論》，商務印書館，2011 年，第 1 頁。

　　此外，還可以從現代文學史或新文學史中看出此點。錢基博《現代中國文學史》對詩話、文談都有所涉及，因為他認為，「至若林紓之文談，陳衍之詩話，況周頤之詞話，以及吳梅之曲話，其訣發文心，討摘物情，足以觀文章升降得失之故，並刪其要，著於篇。」〔註169〕1929 年春，朱自清在清華大學開設「中國新文學課程」，並編有講義《中國新文學研究綱要》。《綱要》分「總論」、「各論」兩部分。「總論」三章分別講述新文學運動的背景、經過以及外國影響，「分論」五章則以文體為類，先後講述詩、小說、戲劇、散文和文學批評。〔註170〕1932 年秋季，蘇雪林在武漢大學講授「新文學研究」課程，「本學程講授五四運動後之國語文學。先敘新文學之運動，及文壇派別等等，用以提挈綱領。繼分五編，評論新詩，小品文，小說，戲劇，文學批評」。〔註171〕該課程說明與朱自清《綱要》表明，在講授者看來，文學批評與新詩、散文、小說、戲劇都是新文學史必不可少的內容。吳文祺在北平中國大學的《現代文學講授綱要》分總論、各論，各論同樣以文體為類，分詩、小說、散文、戲劇，雖然沒有把文學批評劃入一類，但講述每一文類時，都分理論批評與創作兩部分。〔註172〕不過，朱自清的學生王瑤寫了新中國第一部《中國新文學史稿》，雖然各時期同樣以文體為主幹，卻只分詩歌、小說、戲劇、散文報告四部分，不再涉及文學批評。〔註173〕自此，文學批評在文學史著作中所佔的比重日益減弱。

　　如上所說，文學批評史是文學史之一類別。追其原因，概因文學批評是文學之一類別。上節已經論述，時人對於什麼是文學批評這一問題無統一答案，雖有人認為，文學批評是一種創作，與詩歌、散文、小說同類，然而也有人認為，文學批評是一種科學，是客觀的法則。不過，這些陳述都是以西方文學批評觀念為標準，廣採博取，雜糅各家學說，大多不能自圓其說，且呈現互相牴牾之狀。當一些論者談及文學之類別或分類時，情況又有所不同。他們大多在文學家園中為文學批評留有一獨立空間，與其他文體同屬。

〔註169〕錢基博：《序》，《現代中國文學史》，世界書局，1933 年，第 3 頁。
〔註170〕參見朱自清：《中國新文學綱要》，《朱自清全集》第 8 卷，第 73～122 頁。
〔註171〕《國立武漢大學一覽》（民國廿一年度）。
〔註172〕參見吳文祺：《現代文學講授綱要》，《散文選》附錄，北平中國大學，1935年。
〔註173〕參見王瑤：《中國新文學史稿》，開明書店，1951 年。

　　鄭振鐸有《文學的分類》一文，首先限定文學之範圍：「以狹義的純正文學為限，不牽涉到『文學的』史書」以及「其他帶有文學性的科學哲學等書」。他分為詩歌、小說、戲曲、論文、個人文學、雜類，為使分類更為周密而允當，各類又分為幾小類，論文一類就包括文學評論（Literary Criticism），因為「文學評論在近代文學中占很重要的地位；所以文學史家，常以批評家與小說家，詩文，戲劇作家並行的敘述」。〔註 174〕鄭振鐸又有《研究中國文學的新途徑》一文，把中國文學分為九大類別：總集及選集、詩歌、戲曲、小說、佛曲彈詞及鼓詞、散文集、批評文學、個人文學、雜著。〔註 175〕張蔭麟對此分類頗不滿意，認為「有概括不周之病」與「貽區類失當之譏」，且「排列亦欠妥」。〔註 176〕故他重新排列組織，九類減為八類，但文學批評並未動搖，只不過由第七類變為第八類。文學研究會組織讀書會，以文學分類為標準對讀書會分組。先分甲乙二部，甲部以國別分四組：中國文學組、英國文學組、俄國文學、日本文學組，乙部以文學類別分為四組：小說組、詩歌組、戲劇文學組、批評文學組。〔註 177〕雖然此是讀書會之分類，但可看出組織者對於文學分類之觀念：文學批評與小說、詩歌、戲劇文學一樣，同為四類之一。

　　在西方文學批評成為一專門之學的啟示下，文學批評有獨立之勢，同時傳統詩文評處於集部之末的觀念又常常作祟，致使一些論者把文學批評看作文學之一類，於是文學史講述需要給它一定的篇幅。即使文學批評史單獨成冊後，其部分目的也在於印證文學史，以解決文學史上的某些問題，這說明批評史未從文學史中完全分離。正如郭紹虞所說：「當某種學科尚未成為一種獨立學科時，它常是附在它的鄰近學科中的。」然而，「學問當然要分科，但分得太密太嚴，有時反不適於實用。因為鄰近學科都有相連關係。」〔註 178〕

〔註 174〕鄭振鐸：《文學的分類》，《鄭振鐸全集》第 3 卷，第 446～452 頁。
〔註 175〕鄭振鐸：《研究中國文學的新途徑》，《小說月報》第 17 卷號外《中國文學研究》，1927 年。
〔註 176〕張蔭麟：《續評〈小說月報〉「中國文學研究號」》，《張蔭麟全集》中卷，清華大學出版社，2013 年，第 928 頁。
〔註 177〕《小說月報》第 12 卷第 2 期附錄《文學研究會讀書簡章》。批評文學組名單有耿濟之、郭紹虞、蔣百里、傅東華、張毓桂。見《文學研究會會務報告（第一次）》，《小說月報》第 12 卷第 6 期，1921 年。
〔註 178〕郭紹虞：《關於中國古典文學理論批評研究的問題》，《照隅室古典文學論集》（上），第 540 頁。

通過下文可以知道，文學批評史與文學史之黏合關係就在於，文學史需要批評史的印證，批評史需要文學史的知識儲備。

三、互助與互用

　　一批學者既然從研治文學史走上文學批評史撰著，文學史準備階段的知識積累與撰寫為文學批評史的編著帶來影響。首先，文學史與批評史都是歷史學的範疇，這就決定著它們受同時代史學的巨大影響。戴燕指出，在歷史研究的夾裹下，文學史的敘事模式表現出注重歷史觀念、史料的發掘與考證、求因明變的宗旨三個特點。〔註 179〕而這三個特點毫無保留地被移植到文學批評史的編撰之中，這一點下節再詳論。

　　如果說，上述三點是史學通過文學史這一橋樑而波及於文學批評史，那麼注重總集與選本則是文學史給批評史的直接啟示。當時學人不僅認識到總集與選本在文學史上影響之大，而且對其理論批評色彩也有充分認識。魯迅說：「凡選本，往往能比所選各家的全集或選家自己的文集更流行，更有作用」，「凡是對於文術，自有主張的作家，他所賴以發表和流佈自己的主張的手段，倒並不在作文心，文則，詩品，詩話，而在出選本」。〔註 180〕朱光潛認為，選本就是選者對於文學的好惡或趣味，「這好惡或趣味雖說是個人的，而最後不免溯源到時代的風氣，選某一時代文學作品就無異於對那時代文學加以批評，也就無異於替它寫一部歷史」，因此「一部好選本應該能反映一種特殊的趣味，代表一個特殊的傾向」。〔註 181〕這種「特殊的趣味」、「特殊的傾向」不僅代表選家文學主張，甚至可以反映時代的文學趨勢。李長之把文藝科學分文學史與文學批評兩類，而「選本是這兩途中的例證之書」，其「取去標準只有兩個，一是文學批評的，一是文學史的」。〔註 182〕古時選本從文學批評出發者多，如《唐詩別裁》、《古文辭類纂》等，而從文學史出發者少，勉強說是些鉅細無遺的全書，如《全上古漢魏六朝文》、《全唐詩》等。〔註 183〕蘇雪林認為，評選實甚重要，因為「古人每選一書，輒使之與其素所抱持之文學主張相發明、相輔助。而其意見亦常散見於所選作品評注中，試

〔註 179〕參見戴燕：《文學史的權力》，第 46～71 頁。
〔註 180〕魯迅：《選本》，《魯迅全集》第 7 卷，人民文學出版社，2005 年，第 138 頁。
〔註 181〕朱光潛：《談文學選本》，《經世晚報・文藝副刊》，1946 年 11 月 3 日。
〔註 182〕李長之：《談選集》，《李長之文集》第 7 卷，第 326 頁。
〔註 183〕參見李長之：《再談選本》，《李長之文集》第 7 卷，第 422、423 頁。

加爬梳，取用無盡」。〔註184〕因此，編撰文學批評史不得不把總集與選本考慮其中。

在眾多批評史中，方孝岳《中國文學批評》是最重視總集與選本之作。他聲稱，「凡是輯錄詩文的總集，都應該歸在批評學之內。」〔註185〕因此，全書最長的兩節就是論述方回與方望溪，皆在一萬字以上，且以前者的《瀛奎律髓》與後者的《欽定四書文》、《歸方評點史記》為重點。朱自清在評論郭紹虞批評史時，指出其不夠重視選集：「唐人選唐詩中如《河嶽英靈》、《中興間氣》諸集，多有敘文或評語，足供鉤稽。這些人論詩、選詩，自成一派，似當列一專章論之。」〔註186〕之後，羅根澤在唐代文學批評部分，就專節論述元結《篋中集》、芮挺章《國秀集》、殷璠《河嶽英靈集》和高仲武《中興間氣集》。兩宋部分，他又通過對李杜韓柳集的甄理考察一代文學主張風尚。朱東潤在《中國文學批評史大綱》中指出，所選擇的史料來源有六，其中二種是選本：一是「甄採諸家」的「定位選本」，如殷璠《河嶽英靈集》、高仲武《中興間氣集》；一是「間附評注」的選家，如方回《瀛奎律髓》、張惠言《詞選》。〔註187〕

那麼，這些學者為什麼在研究文學史之際，關注到總集與選本呢？正如羅根澤一樣，他們研究文學史都取一種嚴肅的態度，不滿於取用他人材料與文學史，所以「文學變遷取材於文學原書」，而文學原書無非分總集、別集兩類，兩類又有全集、選集之分。雖然羅根澤聲稱，「史家必須讀全集」，然而，「選集也不能不論」，一是因為「偉大的選集，不只反映選者的一個見解，且反映文學的時代潮流」，二是因為「家傳戶曉，對後來的影響甚大」。〔註188〕這是從選集在文學史上之重要性立言。此外，「中國文學的歷史很長，文學及其他書籍真是浩如煙埃，一人的精力當然無法全讀，更不用說細心研究」。〔註189〕因此，在編纂文學史時，選集的重要性有時候甚至大於全集，其批評色彩便容易引起各家注意，之後寫入文學批評史理所應當。

〔註184〕蘇需林：《舊時的「詩文評」是否也算得文學批評》，《文學百題》，第 287 頁。

〔註185〕方孝岳：《中國文學批評‧中國散文概論》，北京三聯書店，2007 年，第 19 頁。

〔註186〕朱自清：《評郭紹虞〈中國文學批評史〉上卷》，《朱自清全集》第 8 卷，第 198 頁。

〔註187〕參見朱東潤：《中國文學批評史大綱》，第 3 頁。

〔註188〕羅根澤：《我怎樣研究文學史》，《羅根澤古典文學論文集》，第 29、30 頁。

〔註189〕羅根澤：《我怎樣研究文學史》，《羅根澤古典文學論文集》，第 30 頁。

　　此外，早期批評史研究者大都從講授文學批評史開始。有教就有學，他們因課程而治批評史，因課程而編著講義著作，言傳身教，對於課程與學生學習批評史必有一定要求，窺此，可以從側面展示文學史確為批評史鋪路搭橋。郭紹虞在燕京大學講授文學批評史，是三四年級選修課。查《燕京大學本科課程一覽》（1928 年度），課程說明特意提示：「預習中國文學史哲學史」。〔註 190〕郭氏批評史在首章就說明，中國文學批評之演變蛻化由兩方面因素——文學的關係和思想的關係，故溫故文學史、哲學史能對學習文學批評史提供知識背景。郭紹虞在清華大學講授文學批評史，課程安排在第四學年。系主任楊振聲撰有《中國文學系的目的與課程的組織》一文，對此有所說明：「到了第四年，大家對於文學的各體都經親炙了，再貫之以中國文學批評史。」〔註 191〕朱東潤在武漢大學講授文學批評史課程也同樣安排在了第四學年。〔註 192〕三座大學的文學批評史課程皆在三、四年級不是偶然現象，之所以如此，乃是因為需要在低年級學習中國文學史課程之後再來學習文學批評史。自現代學制建立以來，中國文學史課程便成為中文系主要課程，且大多安排在一、二年級。郭紹虞在燕京大學講授「文學史」，就是一二年級以國文為主課者必修。清華大學第一學年有朱希祖的「中國文學史」課程，第二學年有劉文典的「賦」、朱自清的「詩」、楊樹達的「文」等分體課程。〔註 193〕武漢大學第一學年也有蘇雪林的「中國文學史」課程。〔註 194〕可見，在講授者看來，在第一、二年修完中國文學史以及各體文學後，再修文學批評史，是循序漸進之舉。概因文學批評是以具體的作家作品為對象，在此基礎上再歸納出若干理論原則和審美標準，不熟讀文學史，學習文學批評史便成了無本之木。

　　葉公超雖然講授的是西方文學批評史，但對於當時彌漫的只學文學批評史而忽略文學史之風氣有所針砭：「現在各大學裏的文學批評史似乎正在培養這種謬誤的觀念。學生所用的課本大半是理論的選集，只知道理論，而不

〔註 190〕《燕京大學本科課程一覽》（1928～1929），第 82、83 頁。

〔註 191〕楊振聲：《中國文學系的目的與課程的組織》，《清華週刊》第 35 卷第 11、12 期，1931 年。

〔註 192〕《文學院概況學程內容及課程指導書》，《國立武漢大學一覽》（民國二十年度）。

〔註 193〕《國立清華大學一覽》（民國十九年度）。

〔註 194〕《國立武漢大學一覽》（民國二十年度）。

研究各個理論所根據的作品與時代，這樣的知識，有了還不如沒有。合理的步驟是先讀作品，再讀批評，所以每門文學的課程都應該有附帶的批評。」〔註195〕幾十年後，郭紹虞仍抱有初衷。1960年代初期，他招收「中國文學批評史」專業研究生，認為「當前研究生在大學學習時，讀古典文學的書籍不多，基礎不厚」，「最好先讓本科畢業生做幾年『中國文學史』專業的研究生，然後再攻讀『中國文學批評史』專業，這樣容易深入。」〔註196〕同樣，1962年，楊晦在北京大學招收「中國文藝思想史」專業研究生，所開書目除了古代文論的重要專著外，還有許多古代文學的重要原著，如《毛詩》、《楚辭》、《杜詩詳注》、《李太白集》等。因為他認為，研究中國文藝思想史，要採取「文藝理論與文學創作相結合的角度」。〔註197〕上述學者皆強調，研究批評史需要聯繫文學創作。1940年代以後，雖然文學批評在文學史撰著中銷聲匿跡，文學批評史作為一門獨立學科需要從文學史中脫離，但文學批評依附於文學創作，又決定著批評史與文學史難以真正分離。

文學史是批評史之預備階段，為其提供知識背景，反過來文學批評既以文學作品為評騭對象，批評史自然能加深文學史之理解與認識。依早期批評史撰著者之見，批評史之目的在於文學史。郭紹虞的初衷是編著一部中國文學史，只因工作巨大，不得不知難而退，改成編寫文學批評史：「從文學批評史以印證文學史，以解決文學史上的許多問題。因為這——文學批評，是與文學之演變最有密切的關係的。」作者費時幾年搜集和整理材料，所希望的無非是「在這些材料中間，使人窺出一些文學的流變」。〔註198〕羅根澤同樣認為，「文學批評中的文學裁判既尾隨創作，文學理論又領導創作，所以欲徹底的瞭解文學創作，必借助於文學批評；欲徹底的瞭解文學史，必借助於文學批評史。」〔註199〕方效岳自陳，研究古今文學批評「其目的在於使人借這些批評而認識一國文學的真面。批評和文學本身是一貫的，看這一國文人所講究所愛憎所推敲的是些什麼，比較起來，就讀這一國的文學作品，似乎容易

〔註195〕葉公超：《從印象到評價》，陳子善編：《葉公超批評文集》，珠海出版社，1998年，第20頁。

〔註196〕王運熙：《懷念郭紹虞先生》，《望海樓筆記》，陝西人民出版社，2008年，第59頁。

〔註197〕張少康：《楊晦先生與北大的古代文論學科建設》，《中國新文論的拓荒與探索——楊晦先生紀念集》，第85頁。

〔註198〕郭紹虞：《自序》，《中國文學批評史》（上），商務印書館，1934年，第1頁。

〔註199〕羅根澤：《周秦兩漢文學批評史》，第12頁。

認識一點」。〔註200〕

　　文學史與文學批評史互為體用，形成一種互助互用之現象。李長之用形象的譬喻涵蓋了這種關係：「沒有批評眼光的文學史，那文學史只是行尸走肉的影子或枯木竹石的堆垛而已，沒有文學史的文學批評，那批評也只是大海中的孤島，秋風下的落葉，它沒有聯繫，沒有根。」〔註201〕然而，二者並不是合二為一，畢竟文學創作不同於文學批評。即使文學史與文學批評皆以文學創作為對象，二者也有所不同。對此，李長之有所辨析。二者在應用範疇、對象、先後、互為補充方面皆不同，文學史屬於歷史學，對象是文學，在先，給文學批評以例證；文學批評屬於美學，對象是純文藝，在後，給文學史以假設。〔註202〕錢鍾書認為，二者體制懸殊：「文學史載記其承嬗（genetic）之顯跡，以著位置之重輕（historical importance）；文學批評闡揚其創闢之特長，以著藝術之優劣（aesthetic worth）。一主事實而一重鑒賞也。」〔註203〕再言之，文學史雖與文學批評史同屬史的分支，二者也有所不同，不能越俎代庖。羅根澤有著清醒認識，比如敘到詩三百篇，文學史不必且不可採取今古文家之美刺說，但文學批評史卻不能忽略這種解釋的批評。〔註204〕

　　總之，文學史是文學批評史發生的重要因素之一。文學史的講授與編撰為文學批評史的發生提供了可能，而且文學史方面的知識儲備也是進入文學批評史領域的敲門磚，反過來，文學批評史又進一步加深文學史的理解與認識。二者密不可分，與文學創作和文學批評一樣相互依附。

第三節　「整理國故」

　　胡適在《杜威先生與中國》一文中這樣預測：「國內敬愛杜威先生的人若都能注意於推行他所提倡的這兩種方法，使歷史的觀念與實驗的態度漸漸的變成思想界的風尚與習慣，那時候，這種哲學的影響之大，恐怕我們最大膽的想像力也還推測不完呢。」〔註205〕這種實驗主義正是胡適所引領的「整理

〔註200〕方效岳：《中國文學批評‧中國散文概論》，第 17 頁。
〔註201〕李長之：《文藝批評在今天》，《文潮》第 1 卷第 1 期，1946 年。
〔註202〕參見李長之：《釋文藝批評》，《李長之文集》第 3 卷，第 318～320 頁。
〔註203〕錢鍾書：《中國文學小史序論》，《寫在人生邊上‧人生邊上的邊上‧石語》，第 93 頁。
〔註204〕參見羅根澤：《周秦兩漢文學批評史》，第 12 頁。
〔註205〕胡適：《杜威先生與中國》，《胡適全集》第 1 卷，安徽教育出版社，2003 年，第 282 頁。

國故」的主要方法。以今日視之,「整理國故」對於當時學術思想之影響的確超出我們「最大膽的想像力」。胡適《新思潮的意義》(1919)將「整理國故」作為評判舊文化的一種態度,目的是「再造文明」,其有條理的表述是在《〈國學季刊〉發刊宣言》(1923)中。他把系統的整理分為索引式整理、結帳式整理、專史式整理,前二種僅是「提倡國學的設備」,後者才是目的與歸宿,文藝史即是他所劃分的十種專史之一。〔註206〕因此,這種系統的整理對於文學通史、分類文學史、斷代文學史都有不小的影響,其中也包括文學批評史,這點已有人提及,如劉紹瑾《「整理國故」與中國古代文論研究的興盛》、何旺生《「整理國故」與郭紹虞〈中國文學批評史〉》。〔註207〕前者提綱挈領,後者僅針對一人,這一問題仍有深入探討的空間。

一、緣起

1914年8月,陳鍾凡入讀北京大學文科中國哲學門,1917年畢業後留校,擔任文科預科補習班國文教員,同時為文科哲學門、文學門研究所研究生,認定科目有「文學史」一項。〔註208〕1919年,《國故》月刊創刊,以「昌明中國固有之學術」為宗旨,陳鍾凡列為特別編輯之一,其《諸子通誼》在一至五期連載。該刊不僅與以新文化運動擁護者為主體的《新潮》立場有異,而且治學思路也有所不同。〔註209〕陳鍾凡自稱,其《諸子通誼》「行文自注,例昉漢志。稱引本師,肇始公羊」。〔註210〕他跟從劉師培、陳漢章等人治音韻訓詁與諸子學,故這一時期其治學方法接近於傳統,西方科學方法的痕跡還不明顯,不過對於「國故」已有濃厚興趣。

經過幾年的醞釀〔註211〕,胡適關於「整理國故」的具體措施終於在《〈國

〔註206〕參見胡適:《〈國學季刊〉發刊宣言》,《胡適全集》第2集,第9～14頁。

〔註207〕劉紹瑾文見《學術研究》2001年第8期;何旺生文見《安徽史學》2011年第5期。

〔註208〕參見姚柯夫:《陳鍾凡年譜》,第7～10頁。

〔註209〕1919年,新潮社與國故社引發了一場關於國故與科學的論爭,頗見各自立場。參見王存奎:《再造與復古的辯難——20世紀20年代「整理國故」論證的歷史背景》,黃山書社,2010年,第37～54頁。

〔註210〕《國故月刊》第1卷第1期。1925年《諸子通誼》作為「東南大學叢書」由商務印書館刊印。

〔註211〕陳平原把1919年叫做「胡適的『方法年』」,該年胡適多篇文章都對所謂「科學方法」有所論述。參見陳平原:《中國現代學術之建立》,北京大學出版社,1998年,第189頁。

學季刊〉發刊宣言》中得到充分論述。1923 年 3 月，東南大學、南京高師國學研究會編輯的《國學叢刊》創刊號發行，以「整理國故，增進文化」為宗旨，陳鍾凡是主要編輯之一（另一位是顧實），且先後在兩卷八期中發表文章約 20 篇。此前胡適於 1921 年 7 月曾在東南大學及南京高師暑期學校做「研究國故的方法」的演講，東南大學國學會「整理國故」受胡適「整理國故」影響鮮明，也倡導「科學方法」。陳鍾凡晚年自述：「一九二一年八月至一九二四年十一月，任東南大學國文系主任兼教授，對當時的學衡派盲目復古表示不滿，乃編《國文叢刊》主張用科學方法整理國故。」〔註 212〕隨後，在東南大學國學研究會基礎上成立的國學院發表一份《整理國學計劃書》。《計劃書》稱，「以科學理董國故」，即「凡欲從本國無數亂書中抽列條理，成一有系統而發現原理原則之學術書，必先為巨大之長編，不厭求詳細，而後期臻精密⋯⋯」〔註 213〕，這與胡適的一貫主張何其相似！〔註 214〕胡適把作為國學最終歸宿的中國文化史分為十類專史，而東南大學計劃書擬作學術書目也同樣以專史為主（此外只有三種大辭典），且胡適所分的九類都在其中。〔註 215〕計劃書雖為顧實起草，但作為國文系主任又是《國學叢刊》編輯的陳鍾凡如果說沒有參與其中，那麼難以說通。此時期與前一時期相比，陳鍾凡治學除了從經、子轉到集部外，其方法與著作體例也有很大改變。我們只要拿前後時期各一著作稍作對比即可知。《諸子通誼》分三卷，分別為原始、流別，原道、原名、訂法、述墨，正名、論性、闡初，體例與章學誠《文史通義》、章太炎《國故論衡》以一貫之，而《中國韻文通論》分九章，依次為詩經略論、

〔註 212〕《陳鍾凡自傳》，《中國當代社會科學家》第 1 輯，書目文獻出版社，1982 年，第 63 頁。

〔註 213〕《國立東南大學國學院整理國學計劃書》，《國學叢刊》第 1 卷第 4 期，1923 年。

〔註 214〕例如《新思潮的意義》：「為什麼要整理呢？因為古代的學術思想向來沒有條理，沒有頭緒，沒有系統，故第一步是條理系統的整理。」見《胡適全集》第 1 卷，第 698 頁。《研究國故的方法》：「要從從前沒有系統的文學、哲學、政治裏面，以客觀的態度去尋出系統來的。」見《胡適全集》第 13 卷，第 50 頁。

〔註 215〕胡適所分十類分別是民族史、語言文字史、經濟史、政治史、國際交通史、思想學術史、宗教史、文藝史、風俗史、制度史。東大計劃書僅沒有把政治史納入其中，此外又把文藝史細分為文學史、詩史、詞史、曲劇史、美術史，又添入教育史、天文數學史等。其實胡適分類更合理，東大計劃書分類繁雜重複，比如宗教史與佛教史；經濟學史與農業史、商業史、工業史；學術思想史與哲學史等。

論楚辭、詩騷之比較、論漢魏六代賦、論樂府詩、論漢魏迄隋唐古詩、論唐人近體詩、論唐五代及兩宋詞、論金元以來南北曲，其科學方法與歷史觀念清晰可辨，說是「整理國故」之產物實不為過。其《中國文學批評史》也可歸入其中。

不同於陳鍾凡師出名門、受過完整的高等教育、迅速在學界確立地位，郭紹虞基本上依靠自學，僅在 1919 年秋經顧頡剛推薦為《晨報副刊》寫稿的同時到北京大學旁聽。之前他在上海利用商務印書館編譯所涵芬樓藏書閱讀，後在進步書局做編輯，做注釋工作，如《清詩評注讀本》、《戰國策詳注》等，接著又在亞東體育學校講課，編《中國體育史》，積累了很好的舊學根基。1921 年，經胡適、顧頡剛推薦，到福州協和大學任教，首次登上高等講堂。〔註216〕他談到從事文學批評史研究時說及《國粹學報》的影響：「我於其中學到很多知識，如劉師培之論文，王國維之論詞，以及經史子集各方面的學問，引起了我對古典文學的興趣。當時人的治學態度，大都受西學影響，懂得一些科學方法，能把舊學講得系統化，這對我治學就有很多幫助。」〔註217〕不過，《國粹學報》劉師培等人追求「科學方法」、「系統化」只是稍露端倪，真正大力提倡的是胡適、顧頡剛等人。郭紹虞早年在北京期間（1919～1921）與二人有所來往，不僅在北大哲學系聽胡適講哲學史，作為新潮社幹事與顧頡剛搭檔，而且跟從胡適翻譯杜威演講〔註218〕。因此，他對《新潮》與《國故》關於「國故」之討論並不陌生，對杜威實驗主義也有所認識。1923 年初，顧頡剛為不受商務印書館壓迫，成立樸社，2 月 20 日，致郭紹虞一信，邀請其加入，並談到樸社將來出版計劃：「現在整理國故的聲浪極高，但大家只是喊，沒有實做整理的事。我們幾個人如能切實在這方面做去，每人每年標點一種書，斟酌校訂的妥善，便可有永久的價值。」〔註219〕幾年之後，顧頡剛主持辦偽叢書，郭紹虞則編輯一套「文學批評叢書」。他不僅校訂劉師培《論文雜記》〔註220〕，從孫梅《四六叢話》輯出諸篇敘論匯成《四六

〔註216〕參見郭紹虞：《我是怎樣學習中國文學批評史的》，《照隅室雜著》，第 402～404 頁。

〔註217〕郭紹虞：《我怎樣研究中國文學批評史》，《照隅室雜著》，第 435 頁。

〔註218〕1919 年 11 月，杜威在北京大學作《思想之派別》的演講，由胡適口譯、郭紹虞筆錄發表於《晨報副刊》。

〔註219〕顧頡剛：《致郭紹虞》（1923.2.20），《顧頡剛書信集》第 2 卷，中華書局，2011年，第 150 頁。

〔註220〕劉師培《論文雜記》於 1905 年分載《國粹學報》，郭紹虞特輯出於 1928 年由

叢話敘論》刊印，還從《涵芬樓古今文鈔》、《涵芬樓文談》輯出論文之語，匯成《文品匯鈔》一書，「以備文學批評之一體」。〔註221〕他在燕京大學又編有《國故概要甲輯‧文學理論之部》，分六講，分別是「文學之定義」、「文學之分類」、「文學之體制上、下」、「文章之音節上、下」，收錄古今論文之言34篇。其批評史研究也自然是他「整理國故」的後續工作。

　　相比於陳、郭，羅根澤更是在「整理國故」思潮的影響下邁進學術殿堂。1922年到天津南開大學暑期學校聽梁啟超講「國文教學法」、胡適講「國語文法」和「國語文學史」〔註222〕，使他「對整理舊文學，更發生絕大的興趣」。〔註223〕1933年，他編輯《諸子叢考》，得顧頡剛允許編入《古史辨》第四冊，仿傚第一冊，寫了長篇自序。他反省自我性情，因「沒有己見」、「沒有偏見」，故「最適合於做忠實的、客觀的整理的工作」，具體而言，就是「整理中國文學和哲學的事業」，「擬定了以畢生的精力，寫一部忠實而詳贍的中國文學史和一部中國學術思想史」。〔註224〕而這兩種專史都是胡適在《〈國學季刊〉發刊詞》中所列的十種專史之一。對於胡適一貫提倡的「科學方法」，羅根澤也奉為圭臬，但並不盲從：「過去的學者每以不知科學方法，以致不是支離破碎，便是玄渺而不著實際。近來的學者，知道科學方法了，但又有隨著科學方法而來的弊病，就是好以各不相謀的西洋哲學相緣附，乃至以西洋哲學衡中國哲學。」〔註225〕故他揚長避短，採取西洋的科學方法，而不與西洋哲學相緣附。當然，他不會排斥比較，只是「緣附不是比較，以中國某一哲學家與西洋某一哲學家相比較，是很好的方法」。胡適提倡「用比較的研究來幫助國學的材料的整理與解釋」，但也區別附會與比較：「附會是我們應該

　　　　模社刊印。書前有《校印例言》：「本卷篇帙雖不甚多，但包羅範圍，至為廣
　　　　博，為研究文學史文法學修辭學與文學批評者所不可不讀。」
〔註221〕郭紹虞輯：《文品匯鈔》，北平模社，1929年。書前有編輯識語，內容包括馬
　　　　榮祖《文賦》、魏謙升《二十四賦品》、司空圖《詩品》、袁枚《續詩品》、顧
　　　　翰《補詩品》、郭麐《詞品》、楊夔生《續詞品》、江順詒《補詞品》、許奉恩
　　　　《文品》九種。
〔註222〕查胡適1922年日記，在南開暑期學校講學分兩期，7.17～7.22、7.31～8.5各
　　　　一期，本欲7月16日至天津，因得病延至7月30日，兩期合為一期，下午
　　　　兩點至三點半講國語文學史，四點至五點半講國語文法。見《胡適全集》第
　　　　29卷，第674～702頁。
〔註223〕羅根澤：《我的讀書生活》，《中央週刊》第8卷第8期，1946年。
〔註224〕羅根澤：《自序》，《古史辨（四）》，北平模社，1933年，第2頁。
〔註225〕羅根澤：《自序》，《古史辨（四）》，第9頁。

排斥的，但比較的研究是我們應該提倡的。」〔註226〕既宣揚西洋科學方法和比較研究，又極力反對簡單的「緣附」或「附會」，二人表現出驚人的一致，很明顯，羅根澤受胡適影響不小。他的諸子學研究與顧頡剛「古史辨」運動密不可分，文學史和批評史研究是他「整理舊文學」的事業之一，其運用的科學方法和歷史觀念與「整理國故」密切相關。

二、科學方法

胡適再三表白，其各種講學文章都是「方法論的文章」，因為「我的唯一的目的是注重學問思想的方法」。〔註227〕他的小說考證的文字同樣「都是思想學問的方法的一些例子。在這些文字裏，我要讀者學得一點科學的精神，一點科學態度，一點科學方法。科學精神在於尋求事實，尋求真理。科學態度在於撇開成見，擱起感情，只認得事實，只跟著證據走。科學方法只是『大膽的假設，小心的求證』十個字」。〔註228〕當然，這十字只是科學方法最簡潔的表達，其中也包括科學精神與科學態度。胡適不只一處描述「科學方法」：「科學的方法，說來其實很簡單，只不過『尊重事實，尊重證據』。」〔註229〕可以說，胡適的「科學方法」有廣狹兩義，廣義包括上述科學精神與態度、「尊重事實，尊重證據」，狹義則可簡化為「大膽的假設，小心的求證」。這十字「金針」對於考證、辨偽、校勘等大有裨益，對於史學撰著影響較大者在於科學精神與科學態度。故本書所說「科學方法」偏重於此。

胡適「整理國故」之所以不同於之前國粹派，就在於其祛除成見，堅持客觀態度。胡樸安1928年成立中國學會，邀請胡適加入，胡適回信拒絕，因二人立場不同：「整理國故，只是研究歷史而已，只是為學術而作工夫，所謂『實事求是』也，絕無『發揚民族之精神』感情的作用。」〔註230〕在胡適看來，「整理國故」不應當存一個有用的成見，其目的是求得歷史真相，與民族主義沒有多大關係。他多次表達這一態度：「各家都還他一個本來真面目，各家都還他一個真價值」〔註231〕；「整治國故，必須以漢還漢，以魏晉還魏晉，

〔註226〕胡適：《〈國學季刊〉發刊宣言》，《胡適全集》第2集，第15頁。
〔註227〕胡適：《胡適文存·序例》，《胡適全集》第1卷，第1頁。
〔註228〕胡適：《介紹我自己的思想》，《胡適全集》第4卷，第673頁。
〔註229〕胡適：《治學的方法與材料》，《胡適全集》第3卷，第132頁。
〔註230〕胡適：《致胡樸安》，《胡適全集》第23卷，第606頁。
〔註231〕胡適：《新思潮的意義》，《胡適全集》第1卷，第699頁。

以唐還唐，以宋還宋，以明還明，以清還清；以古人還古文家，以今文還今文家；以程朱還程朱，以陸王還陸王，……各還他一個本來面目，然後評判各代各家的義理的是非」〔註232〕。這種還其「本來面目」的科學態度在諸家編著的文學批評史中有著不少痕跡。

　　郭紹虞在《批評史》初版《自序》中說：「我總想極力避免主觀的成分，減少武斷的論調。所以對於古人的文學理論，重在說明而不重在批評。」故此書「重在材料的論述」，即使時有論斷，「均不敢自以為是」，「因為這是敘述而不是表彰，是文學批評史而不是文學批評」，最終目的無非是「在古人的理論中間，保存古人的面目」。〔註233〕具有史學意識的羅根澤在《批評史》1940年代版《緒言》中分節敘述「史家的責任」、「歷史的隱藏」、「材料的搜求」，可看作是他的史學方法論。他認為，就編著的歷史而言，無論是純粹的史學家還是功利主義的史學家，都必須「求真」，因為「編著歷史者，必需要祛除成見。否則雖立志『求真』，而『真』卻無法接近」。朱自清指出，羅著之優點正是「借了『文學批評』的意念的光將我們的詩文評的本來面目看得更清楚了」。〔註234〕

　　朱自清常常以是否還其「本來面目」為標準來評價各家文學批評史的寫作。他認為，寫作文學批評史難處就是將「文學批評」這一外來意念與詩文評比較得恰到好處，不僅要「將文學批評還給文學批評」，而且「還得將中國還給中國，一時代還給一時代」。〔註235〕以此衡量，郭紹虞用純文學、雜文學二分法值得商榷，因為魏晉南北朝的文學觀念離開傳統思想而趨於正確的分析是「以我們自己的標準，衡量古人，似乎不大公道」，所以「各時代的環境決定各時代的正確標準，我們也是各還其本來面目的好」。〔註236〕有人指責，朱東潤的批評史大綱「有些『文』的意味」，是「文學批評之批評」。作者雖以史觀、擇別與判斷等因素辯解，但也不得不承認，「不免帶著一些批評的氣

〔註232〕胡適：《〈國學季刊〉發刊宣言》，《胡適全集》第2卷，第8頁。
〔註233〕郭紹虞：《自序》，《中國文學批評史》（上），第3頁。
〔註234〕朱自清：《詩文評的發展》，《朱自清全集》第3卷，第29頁。
〔註235〕朱自清：《詩文評的發展》，《朱自清全集》第3卷，第25頁。此學術立場與胡適「整治國故，必須以漢還漢，以魏晉還魏晉，以唐還唐，以宋還宋，以明還明，以清還清；以古人還古文家，以今文還今文家；以程朱還程朱，以陸王還陸王」何其相似！
〔註236〕朱自清：《評郭紹虞〈中國文學批評史〉上卷》，《朱自清全集》第8卷，第197頁。

息」。〔註 237〕朱自清則不以為然：「朱先生的史觀或立場，似乎也只是所謂『釋古』，以文學批評還給文學批評，中國還給中國，一時代還給一時代。」〔註 238〕朱自清不僅以此標準衡量他人著作，自身治學也貫徹之。朱光潛認為，他的《詩言志辯》不僅「是對於文學批評史的一種重要的貢獻」，而且「用漢學家治學的——這就是說科學的方法和精神來治文學批評史」。〔註 239〕這種方法和精神就是「從小處下手」，即「認真的仔細的考辨，一個字不放鬆，像漢學家考辨經史子書」。〔註 240〕所謂「漢學家考辨經史子書」就是胡適一貫讚賞的清代樸學，包括文字學、訓詁學、校勘學、考訂學，是胡適「科學方法」的主要來源之一（另一來源是杜威的「實驗主義」）。

當然，科學方法不只是客觀立場，還需「尊重證據」，「證據」就是史料。「史料若不可靠，所作的歷史便無信史的價值」〔註 241〕，故胡適以嚴格的科學精神來對待文獻資料。比如，他對上古階段資料持懷疑態度，哲學史就從老子講起；文學史也始於漢代，連《詩經》也暫付闕如；不斷發現敦煌文獻等俗文學史料時，就改寫唐代文學。不僅僅胡適，在科學史學的強力籠罩下，搜集、整理史料以圖揭示歷史真相的憧憬存在於當時大多數研究者的觀念之中。梁啟超言道：「史料為史之組織細胞，史料不具或不確，則無復史之可言。」〔註 242〕傅斯年更是把史料作為中研院史語所工作旨趣：「近代的歷史學只是史料學，利用自然科學給我們的一切工具，整理一切可逢著的史料。」〔註 243〕對於文學史和批評史這一舶來的著作體裁而言，無同類的前人成果可資借鑒，需要「白手起家」，於是整理史料就成了首要之務。

除了《文心雕龍》、《詩品》、《文史通義》等幾部著作之外，大部分批評學說都七零八亂地散見群籍，自然需要一番工夫來「披沙揀金」。《四庫全書總目》把「詩文評」分為五類，蘇需林認為遠遠不夠：「研究的範圍應該推廣些，眼光應該放遠些。」她把所需整理的材料分為六類：散見各家著作者、

〔註 237〕朱東潤：《自序》，《中國文學批評史大綱》，第 6 頁。
〔註 238〕朱自清：《詩文評的發展》，《朱自清全集》第 3 卷，第 31 頁。
〔註 239〕朱光潛：《朱佩弦先生的〈詩言志辯〉》，《朱光潛全集》第 8 卷，第 218 頁。
〔註 240〕朱自清：《〈詩言志辯〉序》，《朱自清全集》第 6 卷，第 129 頁。
〔註 241〕胡適：《中國哲學史大綱》，中華書局，1991 年，第 17 頁。
〔註 242〕梁啟超：《中國歷史研究法》，第 40 頁。
〔註 243〕傅斯年：《歷史語言研究所工作之旨趣》，《傅斯年全集》第 3 卷，湖南教育出版社，2000 年，第 3 頁。

史書之傳論、論說、書序、韻文、評選，此外還有支詞斷句（如孔子之論詩）、隨筆（如《日知錄》）、古人與師友的討論、讀書的隨感錄等。〔註 244〕朱東潤也分為六種，分別是自成一書條理畢具者、發為篇章散見本集者、甄採諸家的定位選本、間附評注的選家、見於他人專書者、見於他人詩文者。〔註 245〕朱自清認為，除了通常所說的系統著作、詩話文話、史傳文苑傳、總集與選本、序跋外，還應包括評點、別集裏論詩文的書札和詩、摘句鑒賞，以及墓誌（如元稹《杜甫墓誌銘》）。〔註 246〕依羅根澤看來，除了這些史料之外，不應遺漏佛經翻譯論。各家不僅所劃定的整理材料之範圍稍有區別，以今日眼光視之，分類不免有重疊之處〔註 247〕，不太完備，且時有意見相左者。比如，訓詁、考訂、箋注算不算文學批評？郁達夫言：「唐代的文藝批評，反而在顏師古的訓詁考訂，及劉知幾的評史稽古上，別開了生面。」〔註 248〕朱自清指出，箋注「裏面也偶有批評」。〔註 249〕思明的觀點更為鮮明：「訓詁和注釋，卻也是一種批評學，對於前代作品的理解上，有著非常重大的意義。」〔註 250〕但胡愈之認為，訓詁之學「只是字句的批評，不好算文學批評」。〔註 251〕

　　所謂「整理」，「第一步工作應該是把諸家批評學說從書牘劄記、詩話及其他著作中摘出」，「搜集起來成一種批評論文叢著」。〔註 252〕首先，文學批評作為國故或國學之一類被整理成冊。上文已經提到，郭紹虞為燕京大學「國故概要」課程編有《國故概要甲輯‧文學理論之部》一書。此外，錢基博在江蘇省立第三師範學校編有《國學必讀》，其上冊是「文學通論」，「凡自魏文帝以下三十七家文四十篇，雜論七十五則，讀之而古今文章之利病，可

〔註 244〕參見蘇雪林：《舊時的「詩文評」是否也算得文學批評》，《文學百題》，第 286、287 頁。
〔註 245〕朱東潤：《中國文學批評史大綱》，第 3 頁。
〔註 246〕朱自清：《詩文評的發展》，《朱自清全集》第 3 卷，第 28 頁。
〔註 247〕例如蘇雪林分「隨筆」與「讀書的隨感錄」、朱東潤把選本分為兩種。張海明把古代文論的研究材料分為十類，劃分合理，且較為完備。參見張海明：《關於古代文論研究學科性質的思考》，《文學遺產》1997 年第 5 期。
〔註 248〕郁達夫：《略舉關於文藝批評的中國書籍》，《郁達夫全集》第 11 卷，第 60 頁。
〔註 249〕朱自清：《詩文評的發展》，《朱自清全集》第 3 卷，第 28 頁。
〔註 250〕思明：《文藝批評論》，第 8 頁。
〔註 251〕愈之：《文學批評——其意義及方法》，《文學批評與批評家》，第 5 頁。
〔註 252〕朱光潛：《中國文學之未開闢的領土》，《朱光潛全集》第 8 集，第 143 頁。

以析焉」。〔註253〕王煥鑣編注的《中國文學批評論文集》作為葉楚傖主編的「國文精選叢書」〔註254〕之一，其編書目的是「叫青年讀者們曉得前人論文的本來面目」〔註255〕，故每篇之後有作者傳略、結構大旨以及注釋三部分。其次，作為「文學批評」課堂講義被編輯成書。許文雨《文論講疏》作為北京大學講義，二十餘萬言，但篇目較少，僅14篇，好在作者疏文「每舉某體與其後起之體相況；某辭與其追擬之辭相證」，故可使學習者「藉此於我國文學批評之篇籍，得由正確之理解以進窺斯學之奧秘」。〔註256〕鄭奠《文論集要》也是北大內部發行的講義。查1935年度《文學院中國文學系課程一覽》，有鄭奠「中國文學批評課程」。與許著相比，鄭著遠為豐富，選古人論詩論文100餘篇，不過沒有注釋，只是原始資料的搜集。再次，為撰著文學史或批評史準備材料。李華卿《中國歷代文學理論》選輯偏重於書牘、序跋，「因篇幅之限制，致使許多『詩話』、『詞話』等精彩的理論未能編入」〔註257〕，且因著眼點在於將來的《中國文學發展史大綱》，選目不免偏漏。鄭振鐸《中國文藝批評的發端》文末參考書目有自己編輯的《中國文藝批評資料》第一集。〔註258〕羅根澤自言，其計劃是「先輯文學批評論集，再作文學批評史」〔註259〕。只可惜鄭、羅二人的批評論文集都沒有正式付梓。儘管上述三類編選目的和形式不同，但有二點相同：一是從時段而言，各編注重晚清近代，忽略古代；二是從文類而言，注重文章理論，忽略詩詞理論。

不過，文學批評論叢的編選確實為文學批評史的撰寫提供了豐富材料。實際上，1920至1940年代，文學批評史研究不僅集中於資料整理，而且最大創獲也在於此。郭紹虞說：「費了好幾年的時間，從事於材料的搜集和整理，而所獲僅此。」〔註260〕胡適僅把郭氏《批評史》看作是「一部很重要的資料

〔註253〕錢基博：《序言》，《國學必讀》，中華書局，1924年，第2頁。
〔註254〕叢書其他編目是《歷代名家筆記類選》、《歷代名人短箋》、《學術思想論文集》、《革命詩文選》、《先秦文學選》、《兩漢散文選》、《三國晉南北朝文選》、《唐宋散文選》、《明清散文選》、《樂府詩選》、《唐詩宋詞選》、《元明清曲選》、《傳奇小說選》。
〔註255〕王煥鑣：《序言》，《中國文學批評論文集》，正中書局，1936年，第4頁。
〔註256〕胡倫清：《序》，許文雨：《文論講疏》，正中書局，1937年，第2頁。
〔註257〕李華卿：《序》，《中國歷代文學理論》，神州國光社，1934年，第1頁。
〔註258〕鄭振鐸：《中國文藝批評的發端》，《鄭振鐸古典文學論文集》（上），第82頁。
〔註259〕羅根澤：《自序》，《周秦兩漢文學批評史》，第1頁。
〔註260〕郭紹虞：《自序》，《中國文學批評史》（上），第1頁。

書」。〔註261〕羅根澤在京七年有半，大力求購公私藏書，僅詩話一類就積得四五百種，後因抗戰爆發西遷，藏書滯留京師，史料缺乏便「博考無從」，批評史不得以續寫。〔註262〕朱東潤云：「要寫書，首先得摘資料。」〔註263〕他在武漢大學撰寫文學批評史就得益於同校的任贛忱，任氏是宋版本收藏家，藏書豐富，且懂版本目錄之學。徐中玉重視搜集之工，不辭抄撮之苦，在中山大學文科研究所三年積下上萬張卡片，才完成碩士論文《宋詩話研究》。〔註264〕搜集與選擇史料之後，還需進行考證與辨偽等工作。批評史雖不如文學史，有眾多作品難尋作者或難定年代，但編著者仍時常以科學方法對待之。例如，郭紹虞從史書、目錄學等諸多文獻中考證晚唐論格論例、論詩本事、摘句品選之著的卷數、存佚、體制等。

三、歷史的觀念

對於為什麼要「整理國故」以及如何「整理」，胡適有簡潔的回答：

> 因為古代的學術思想向來沒有條理，沒有頭緒，沒有系統，故第一步是條理系統的整理。因為前人研究古書，很少有歷史進化的眼光的，故從來不講究一種學術的淵源，一種思想的前因後果，所以第二步是要尋出每種學術思想怎樣發生，發生之後有什麼影響效果。〔註265〕

鉤稽、辨偽史料只是最基礎的工作，在此之後，還需給它裝上一個具有條理脈絡的「系統」。所謂「系統」，就是講究「一種思想的前因後果」，即歷史的觀念。胡適形象地把它叫做「祖孫的方法」：把研究對象看作一個中段，「一頭是他所以發生的原因，一頭是他自己發生的效果：上頭有他的祖父，下面有他的子孫。捉住了這兩頭，他再也逃不出去了」。〔註266〕不僅如此，「歷史的方法」還要「研究事務如何發生，怎樣來的，怎樣變到現在的樣子」。〔註267〕總而言之，源流和演變是其兩大要素。胡適在《中國哲學史大綱》導

〔註261〕胡適：《郭紹虞〈中國文學批評史〉序》，《胡適全集》第12卷，第239頁。
〔註262〕參見羅根澤：《自序》，《周秦兩漢文學批評史》，第2頁。
〔註263〕朱東潤：《朱東潤自傳》，《朱東潤傳記作品全集》第4卷，第169頁。
〔註264〕參見徐中玉：《我怎麼會搞起文藝理論研究來的》，《徐中玉文集》第5卷，華東師範大學出版社，2013年，第1349頁。
〔註265〕胡適：《新思潮的意義》，《胡適全集》第1卷，第698頁。
〔註266〕胡適1921年6月30日日記，《胡適全集》第29卷，第328頁。
〔註267〕胡適：《實驗主義》，《胡適全集》第1卷，第282頁。

言中敘述哲學史的三個目的就是明變、求因與評判，即「使學者知道古今思想沿革變遷的線索」，「尋出這些沿革變遷的原因」，「把每一家學說所發生的效果表示出來」。〔註 268〕「求因」與「評判」合起來就是「源流」。顧頡剛對這種觀念和方法十分佩服：「聽了適之先生的課，知道研究歷史的方法在於尋求一件事情的前後左右的關係，不把它看作突然出現的。」〔註 269〕

　　當然，求歷史之淵源流變不只是胡適的學術追求，在傳統史學向現代史學轉變的進程中，「系統」已然成為學術判斷的重要標準。例如，蔡元培說：「中國古代學術從沒有編成系統的記載……我們要編成系統，古人的著作沒有可依傍的，不能不依傍西洋人的哲學史。」〔註 270〕傅斯年指出：「中國學問不論哪一派，現在都在未曾整理的狀態之下，必須加一番整理，有條貫了，才可能給大家曉得研究。」〔註 271〕沈兼士也認為，「大凡一種學問欲得美滿的效果，必基於系統的充分研究；而此系統的充分研究，又必有待於真確完備之材料。」〔註 272〕因此，「系統」是新史學（或叫科學史學）所必備的要素之一。梁啟超對於新舊史學之區別有過描述：「前世史家不過記載事實，近世史家必說明事實之關係，與其原因結果。」〔註 273〕當然，作為新史學之一的文學批評史不能排除在外。

　　巧妙的是，陳鍾凡與郭紹虞研究文學之始共同關注的問題都是中國文學的演變。陳鍾凡有《中國演進之趨勢》（1922）一文，認為中國文學同世界文學演進之趨勢一樣，由謳謠而為詩歌，由詩歌而為散文。〔註 274〕郭紹虞先後作有《中國文學演化概述》（1925）、《中國文學演進之趨勢》（1926），後把二文改寫成《試從文體的演變說明中國文學之演變趨勢》（1926）。郭氏依據馬爾頓（Monlton）《文學之近代研究》中文學演進表立論，步趨不離，儘管被張蔭麟斥為「多牽強附會」、「食西不化」〔註 275〕，但已注意到歷史觀念對於著

〔註 268〕胡適：《中國哲學史大綱》，中華書局，1991 年，第 29 頁。
〔註 269〕顧頡剛：《自序》，《古史辨（一）》，北平樸社，1926 年，第 95 頁。
〔註 270〕蔡元培：《序》，胡適：《中國哲學史大綱》，第 1 頁。
〔註 271〕傅斯年：《清代學問的門徑書幾種》，《新潮》第 1 卷第 4 期，1919 年。
〔註 272〕沈兼士：《沈兼士學術論文集》，中華書局，1986 年，第 362 頁。
〔註 273〕梁啟超：《飲冰室合集》文集 6，中華書局，1989 年，第 1 頁。
〔註 274〕參見陳鍾凡：《中國文學演進之趨勢》，《陳鍾凡論文集》，上海古籍出版社，1993 年，第 254～262 頁。
〔註 275〕張蔭麟：《續評〈小說月報〉「中國文學研究號」》，《張蔭麟全集》中卷，第 928 頁。

史之重要意義。

郭氏研究文學批評史時，同樣用歷史演進的觀念考察「文學」、「神」與「氣」、「文」與「道」、「詩禪」、「神韻」、「格調」、「性靈」等問題。比如，他把「神」「氣」說演進的步程分為五期〔註276〕，對於「神」「氣」說始於何時、何時進入文學批評、每個階段如何演變等，都有歷史的描述。如果說顧頡剛用「歷史演進法」研究古史傳說成績斐然，那麼郭紹虞則用它來研究文學批評史上術語名詞之含義也頗有成就。胡適把顧頡剛的方法總結成下列方式：「一、把每一件史事的種種傳說，依先後出現的次序，排列起來。二、研究這件史事在每一個時代有什麼樣子的傳說。三、研究這件史事的漸漸演進，……四、遇可能時，解釋每一次演變的原因。」〔註277〕若把「傳說」、「史事」換成「文學」、「神」、「氣」等批評術語名詞，我們發現，郭紹虞的方法與此也十分吻合，只是第四步做得不足。單獨考察批評術語名詞之含義時，側重其歷史的演變，寫入文學批評史，就是追求前因後果。我們來看一下郭紹虞所劃分的細目：「孔門文學觀之影響」、「道家思想及於文學批評之影響」、「揚雄以前之賦論」、「滄浪以前之詩禪說」、「公安派之前驅」、「性靈說之前驅」等。由此可知，他沒有把各家批評學說看作是「突然出現的」，而是努力追求它們的「前後左右的關係」，因果或者說源流是他建構文學批評史的重要支架。

尋源流和因果關係也是羅根澤撰著文學批評史的主要方法，詳論見後文第二章第三節。

或許我們在朱東潤《批評史大綱》章目中只看到一個個的批評家，以為他把對象孤立起來，忘記了其「前後左右的關係」，那就錯了。作者對此懷疑大概有所預測，故在《自序》中表白，他指出了「對於當時的潮流劉勰如何地順應，鍾嶸如何地反抗」，「元祐以後江西派幾度的革新」，「反江西派的批評者如何地奮鬥」，「明代秦漢派和唐宋派的遞興，清代神韻、性靈兩宗的迭起，桐城、陽湖兩派的相關」等，這是對於批評家或宗派而言。對於批評術語名詞，朱氏也持以歷史演變之觀念視之，認為讀文學批評，需特別注意，

〔註276〕參見郭紹虞：《中國文學批評史上之「神」、「氣」說》，《照隅室古典文學論集》（上），第46～79頁。五期依次是莊子論「神」和孟子論「氣」、揚雄論「神」和曹丕論「氣」、杜甫論「神」和韓愈論「神」與「氣」、嚴羽論「神」和蘇轍論「氣」、王士禎論「神」和姚鼐與曾國藩論「氣」。

〔註277〕參見胡適：《古史討論的讀後感》，《胡適全集》第 2 卷，第 105 頁。

因為：

> 昔人用語，往往參互，言者既異，人心亦變。同一言文也，或
> 則以為先王之遺文，或則以為事出沉思，功歸翰藻之著作。同一言
> 氣也，而曹丕之說，不同於蕭繹，韓愈之說，不同於柳冕。乃至
> 論及具體名詞，亦復人各一說，如晚唐之稱，或則以為上包韓柳元
> 白，或則以為專指開成而後。逐步換形，所指頓異，自非博綜於始
> 終之變者，鮮不為所瞀亂，此則分析比較，疏通證明之功之所以貴
> 也。〔註278〕

和朱氏著作一樣，方孝岳《中國文學批評》也以人為綱目，似乎是一篇篇單獨的「批評家研究」，但作者「從四方八面來活看」，因為「各種批評之發生，都各有他所以發生的機緣，和他針鋒所指的對象，並且各有個人學問遭際上的關係」。〔註279〕比如，像孟棨《本事詩》取法於《毛詩序》，再上推之，則由《左傳》開其端；孔子對《詩》分別品類而總為一集，開後來「總集」之先聲；《韓詩外傳》是後來詩話之先驅等，都是揭發敘述對象之「前身後世」的精彩之論。

「整理國故」對於文學批評史的編纂有著巨大推動作用，不過，這不是胡適一人之功。19世紀西方，「歷史變成一種科學」成為一種趨勢。乾嘉樸學之基礎和避免褒貶式之舊史使這種「歷史主義」很容易在20世紀前期的中國生根發芽。〔註280〕於是，「整理國故」成為當時顯赫的學術思潮，科學方法和歷史觀念是多數學人的學術追求，而且也多以它為學術評價標準。陸侃如在給游國恩《楚辭概論》作序時，就提到此書的價值是「歷史的方法和考據的精神」，前者是「把《楚辭》當作一個有機體，不但研究他本身，還研究他的來源和去路」，後者是「對於作者的事蹟，作品的時代和地點等問題，一步不肯放鬆」。〔註281〕文學批評史只是這種洶湧的大潮裏掀起的一朵浪花而已。

〔註278〕朱東潤：《自序》，《中國文學批評史大綱》，第3頁。
〔註279〕方孝岳：《中國文學批評·中國散文概論》，第18頁。
〔註280〕參見余英時：《史學、史家與時代》，《文史傳統與文化重建》，北京三聯書店，2012年，第114頁。
〔註281〕陸侃如：《序》，游國恩：《楚辭概論》，述學社，1926年，第3頁。

第四節　《支那詩論史》

和早期國內中國文學史受日人著作影響一樣〔註282〕，中國文學批評史的發生也與鈴木虎雄《支那詩論史》有關。1925年，《支那詩論史》問世（比陳鍾凡《批評史》早兩年），旋即受到國人關注，常被列入參考書目。1929年，孫俍工譯本出版後，受到更多人閱讀，影響日益廣泛。可惜的是，時至今日，這點仍未被學界重視。即使是鈴木著作本身也較少進入研究者視野〔註283〕，只有蔣寅的《鈴木虎雄〈中國詩論史〉與中國文學批評史敘述框架的形成——尤以明清三大詩說為中心》一文，對著者解說格調、神韻、性靈三詩說有要言不煩的介紹與評價，不過這與本節從中國現代學術語境中解讀鈴木著作有所不同。

一、翻譯與傳播

關於鈴木虎雄（1878～1963）的生平、著作與學術經歷，已有研究者介紹〔註284〕，在此不再贅述。與中國從事文學批評史者一樣，鈴木也是從文學史入手。據他自述：「我在進行中國文學史研究的同時，試圖尋繹中國文學理論的發展。」〔註285〕而且，撰寫論文由課程講授觸發。1911年，他在京都帝國大學開設「中國詩論史」課程。同年七月至翌年二月，《論格調、神韻、性靈三詩說》在《藝文》雜誌發表。他的詩論史研究之所以由明清開端，是與他對文學批評史整體發展的看法有關：「我認為中國文學理論的繁榮在於六朝與明清之際兩個時期，因此也就主要致力於對這兩個時期的研究。」〔註286〕同時，京都帝國大學重視清代文學研究的傳統，可能也是促使他把明清時期放置於六朝文論研究之前的原因之一。此後八年，《周漢諸家的詩說》（1919.1～1919.2）、《魏晉南北朝時代的文學論》（1919.10～1920.3）相繼在《藝文》

〔註282〕參見戴燕：《文學史的權力》，北京大學出版社，2002年，第1～2頁；陳國球：《文學史書寫形態與文化政治》，北京大學出版社，2004年，第51～56頁。

〔註283〕鈴木虎雄「文學自覺說」因與魯迅之說有著某種關係，自1990年代始被學界廣泛地討論與反思，不過此處指對鈴木著作整體的研究。

〔註284〕參見許總：《譯者序》，鈴木虎雄：《中國詩論史》，廣西人民出版社，1989年，第1～15頁；劉正：《京都學派》，中華書局，2009年，第203～216頁。

〔註285〕鈴木虎雄：《著者序》，《中國詩論史》，許總譯，廣西人民出版社，1989年，第2頁。

〔註286〕鈴木虎雄：《著者序》，《中國詩論史》，許總譯，第2頁。

雜誌發表。至此,鈴木對於中國文學批評史的整體論述終於初具規模,三篇論文於 1925 年輯為《支那詩論史》一書由東京弘文堂書房出版。至於為何以「詩論史」而不以「文學理論史」為名,「是因為論述主要在於詩的方面」,而且他對以後的增補有著不錯的規劃:「書中對唐宋金元部分的論述過於簡略,對清代嘉道以後時期尚付闕如,而對這些闕遺之處的補充,或者進而更改書名,修改充實為《中國文學理論史》,則有待於日後的努力了。」﹝註 287﹞不過,他後來專注於編譯陶淵明、杜甫、白居易、李商隱、陸游等詩集,充實詩論史的學術願望最終未能實現。

鈴木《支那詩論史》在日本出版後,很快傳入中國,而且成為不少著作者的參考書目。查魯迅日記,1925 年 9 月 15 日記載:「往東亞公司買《支那詩論史》一本。」﹝註 288﹞此年日記後附書帳,此書在列。陳鍾凡《中國文學批評史》的書後列參考書,《支那詩論史》是其中之一。傅東華在《詩歌原理 ABC》(1928.9)與《文藝批評 ABC》(1928.9)兩書的《序》末也把該書列為參考書之一。雖然傅著稍晚於孫俍工的譯本(1928.5),但他所指是鈴木原著,而不是譯本,因為《文藝批評 ABC》書後注明「日本宏文堂出版」,而且該書第七章《中國批評之一瞥》中孔子詩說幾乎是對鈴木原書此部分的編譯。﹝註 289﹞據周作人日記,1926 年 6 月所購書目有《支那詩論史》。他在《近代散文鈔新序》中對文學史或批評史不看重公安竟陵兩派文章深有不滿,其中就包括鈴木著作:「日本鈴木虎雄的《中國詩論史》上舉出性靈一派與格調氣韻諸說相併,但是不將這派的袁子才當作公安的末流,卻去遠尋楊誠齋來給他做義父,便是一例,中國謄錄鈴木之說者也就多照樣的說下去了。」﹝註 290﹞周氏之說不僅表明他閱過其書,而且國內有不少借鑒鈴木觀點之人。

1928 年,孫俍工翻譯《支那詩論史》第一、二篇,更名為《中國古代文藝論史》由北新書局出版。至於更改書名原因,他陳述理由如下:

（1）第一第二兩篇是以時代為主的,而第三篇卻是以詩底作風為主,與第一第二兩篇比較不但系統不同,就是敘述的方法也

﹝註 287﹞鈴木虎雄:《著者序》,《中國詩論史》,許總譯,第 2 頁。
﹝註 288﹞《魯迅全集》第 15 卷,人民文學出版社,2005 年,第 582 頁。
﹝註 289﹞參見傅東華:《文藝批評 ABC》,世界書局,1928 年,第 68～74 頁。
﹝註 290﹞參見周作人:《近代散文鈔新序》,《苦雨齋序跋文》,北京十月文藝,2011 年,第 142 頁。

甚異；

（2）第三篇所敘唐宋金元各代底文學思想，非常簡略；

（3）從唐虞三代至隋適成一個時期向來稱為古代，（如詩底一方面
　　　隋以前的詩都是稱為古體的）恰與唐宋以來的近代相對；

（4）第一篇雖專論詩，但第二篇卻是論文學全體的，似不能單稱
　　　作《詩論史》。〔註291〕

因此，他把第三篇刪去不譯，且改用今名。此外，他也沒有翻譯作者的《自
序》。不過，一年之後，他翻譯的第三篇《論格調神韻性靈三詩說》以《中國
古代文藝論史》（下）為名同樣由北新書局出版。因為第三篇「以詩底作風為
主」，且敘述唐宋金元各代極其簡略，孫氏才決定只譯第一、二篇，又因三代
至隋一向被稱為古代，且第二篇不專論詩，故名之為《中國古代文藝論史》。
可知，此書名只針對於第一、二篇。至於孫氏為何又續譯第三篇，原因不得
而知，不過書名確非恰當。不僅「古代」指涉偏失，而且第三篇專論詩說，「詩
論史」更名為「文藝論史」便失去根據。此後，鈴木著作譯本皆命名為《中
國詩論史》。〔註292〕值得一提的是，許氏譯本出版同年，張壽林摘譯第三篇神
韻部分，以《論神韻》為名分六次連載《晨報副刊》。〔註293〕

　　孫俍工翻譯此書與「整理國故」思潮有著密切關係。正因他不滿於國人
「籠統地把古人底成說當作深微奧妙的天經地義」，故翻譯此書欲使「讀者讀
完以後也能覺著中國古代對於文藝的思想是『不過如此』」。日本人雖然如同
中國人一樣崇拜中國古代，但他們「不似中國人那樣拘束，那樣使用感情」，
不僅「稱讚古人底好處，同時也指出古人底壞處」。因此，孫氏介紹了多部日
本研究中國文學的著作，如鈴木虎雄《支那文學研究》、古城貞吉《支那文學
史》、兒島獻吉《支那大文學史》、全上《支那文學史綱》與《支那文學考》、
鹽谷溫《支那文學概論講話》、宮原民平《支那小說戲曲史概說》等，並稱
讚它們是「有系統的大部的著作」。以彼觀此，孫氏不滿國人只喊「整理國

〔註291〕孫俍工：《序言》，鈴木虎雄：《中國古代文藝論史》，北新書局，1928年，第
　　　　　1頁。

〔註292〕之後有二譯本，分別是洪順隆譯本，臺北商務印書館，1972年；許總譯本，
　　　　　廣西人民出版社，1989年。

〔註293〕參見《晨報副刊》第2299（1928.5.21）～2304期（5.26），此譯文後編入《張
　　　　　壽林著作集：古典文學論著》（下），臺北中央研究院中國文哲研究所，2009
　　　　　年，第1168～1191頁。

故」、「保存國粹」的空口號，而不能踏踏實實地做「剪刈培植的工作」，故發感慨：「現在這種工作卻要借力於別家人，這那能不使我臨筆而增加了無限的慚愧呢？」〔註294〕汪馥泉在鈴木虎雄《中國文學論集》的《譯後附記》中也提到眾多值得翻譯或一讀的日本研究中國文學的著作，以及《支那學》、《斯文》、《東洋學報》等雜誌中的論文，並認為它們以考據學著稱。〔註295〕據嚴紹璗考察，京都學派受法國孔德實證主義哲學影響，又習得清代考證學精義，故自狩野直喜始便重文獻搜集與考證〔註296〕，正如孫俍工在另一日著譯本序中所說，日本漢學「以科學底方法，研究中國古代的哲學、文學、史學，見於著作，覃思精慮，條理明析」〔註297〕。在 1920 年代「科學方法」和「整理國故」的氛圍中，日人研究中國文學的著作自然受到時人推崇，並被廣為譯介。

孫譯《中國古代文藝論史》同樣受到很多關注。鄭振鐸《插圖本中國文學史》與《中國文藝批評的發端》都把它列入參考書目，但鄭氏在書後注明：「譯本就原書三編，譯其第一第二兩編，改名為《中國文藝批評史》」，可知他並沒有看到下冊。鄭氏在文中引用鈴木對孔子「思無邪」之解說，認為「未必是有當於孔氏的真意」，但「卻能將近代的見解拍合了孔丘的玄言」。〔註298〕劉麟生《中國文學史》第四編「魏晉文學」第四章「小說及文學批評」也有引用鈴木觀點。〔註299〕朱榮泉在為顧遠薌《隨園詩說的研究》所作序中提到鈴木《中國古代文藝論史》，認為它雖涉及袁枚，「卻說得並不詳細」〔註300〕。專治戲劇史的周貽白在 1929 至 1934 年於泉州的藏書也有該譯本。〔註301〕不僅如此，鈴木著作受到較高地評價。朱自清日記 1933 年 6 月 9 日記載，「決定暑中擬作之事」就包括閱讀「孫譯文藝史」，7 月 9 日讀畢，並

〔註294〕孫俍工：《序言》，鈴木虎雄：《中國古代文藝論史》，第 2～5 頁。

〔註295〕參見汪馥泉：《譯後附記》，鈴木虎雄：《中國文學論集》，神州國光社，1930 年，第 179 頁。

〔註296〕參見嚴紹璗：《日本中國學史稿》，學苑出版社，2009 年，第 252 頁。

〔註297〕孫俍工：《序》，兒島獻吉郎《中國文學通論》，商務印書館，1935 年，第 2 頁。

〔註298〕鄭振鐸：《中國文藝批評的發端》，《鄭振鐸古典文學論文集》（上），第 81 頁。鄭氏把書名記錯，應為《中國古代文藝論史》。

〔註299〕劉麟生：《中國文學史》，世界書局，1932 年，第 127 頁。

〔註300〕朱榮泉：《序》，顧遠薌：《隨園詩說的研究》，商務印書館，1936 年，第 2 頁。

〔註301〕參見郭英德：《戲劇史家周怡白》，陳平原主編：《中國文學研究現代化進程二編》，北京大學出版社，2002 年，第 183 頁。

記下對其評語：

> 上冊論《詩經》及南北朝文學，論比興謂孔疏引鄭司農說，按
> 云：諸言「如」者皆比解也。又謂取譬引類，起發己心，皆興辭也。
> 鈴木以性質的類似釋比，關係的類似釋興，極佳。其釋孟子「知人
> 論世」之語似有誤。至謂魏為中國文學自覺期，甚有見。論聲韻說
> 最詳，惟旁紐之說未明，又其釋紐字為韻尾亦可異。論對於文學取
> 捨標準亦佳。下冊論格調、神韻、性靈三詩說。此題向無有系統之
> 著作，此書要為空前，所論極扼要，其重視格調、神韻，亦有其理
> 由。〔註302〕

朱自清對於鈴木著作具體觀點的評價暫且不論，「要為空前」的總體評價
實在不低，因「此題向無有系統之著作」，鈴木著作不啻為第一部，有開闢一
方水土之意義。其實，鈴木對這部著作的認知也是如此。鈴木《支那文學研
究》涉及陳衍（1856～1937）詩說，陳衍弟子葉長青（1902～1942）去信告
知老師最新著作情況，鈴木回信旁及道：「僕所撰又有《支那詩論史》，乃古
今詩論之史，非詩史也。」〔註303〕在此他也表明，《支那詩論史》不同於此前
文學史、詩史之類的著作，而是「詩論之史」。

鈴木著作不僅被閱讀，其觀點也常被著書者引用，且後來的眾家文學批
評史都繞不開這部嚆矢之作。

二、編纂體例與批評結合創作的研究方法

周作人在為王俊瑜譯青木正兒《中國古代文藝思潮論》所作序中認為，
「日本今日雖有席捲東亞之志」，中國對於侵略者固有「時日曷喪予及汝偕亡
之感」，但「若是救亡工作中不廢學術，那麼在日本的中國古代文化之資料及
其研究成績也就不能恝然置之，有時實在還需積極地加以注意才對」，因為彼
國支那學的研究實很發達，故他感概道：「到了現在研究國學的還不得不借助
於外邦的支那學，這實在是學人之恥。」〔註304〕周氏之言與孫俍工之「無限
的慚愧」表明，當時日本漢學研究對於國內學者有著極大壓力，在第一部
著作是日人所撰的文學批評史領域更是如此。這樣必使研究者用力於批評史

〔註302〕《朱自清全集》第9卷，江蘇教育出版社，1997年，第236頁。
〔註303〕《鈴木虎雄博士與葉長青社長書》，《國學專刊》第1卷第3期，1926年。
〔註304〕周作人：《序》，青木正兒：《中國古代文藝思潮論》，汪俊瑜譯，人文書店，
　　　　1933年，第3頁。

研究，對於國內批評史著作之誕生有著不小的促進作用。同時，正如孫俍工在為譯本《中國文學通論》所作序中所言，其譯介目的是「希望這種分析綜合的方法應用到中國文學上去，使中國文學因此而得到一番大大的整理」。〔註305〕的確如此，日人文學史、批評史著作在編纂體例、學術方法等方面有不少值得國內同道者學習借鑒之處。

本章第二節已述，胡小石與陳鍾凡最初一起規劃文學批評史課程。據周勳初描述：「胡小石先生於清末在兩江師範學堂求學時，學的是農博科，教師中有從日本聘請來的教授多名，因此他在學生時代就已通曉日語，從而瞭解到日本學術界的動態。」〔註306〕而陳鍾凡1914年入讀北京大學中國哲學門，首屆23名學生中有一名日籍學生野蠻四郎，後又於1923年任教東南大學期間，與日本學人大村西崖、神田喜一郎通信，並購寄《支那學》〔註307〕，對日本學界動態也十分熟悉。陳氏撰著批評史時，《支那詩論史》孫俍工譯本還沒有面世，但他應該讀過原書，並列為參考書目之一，其書借鑒鈴木著作也有跡可尋。郭紹虞在《神韻與格調》一文中開篇說：「神韻與格調，是中國文學批評史上的重要問題。翁方剛知道它的重要，於是有好幾篇《神韻論》與《格調論》以闡說其義；日本人鈴木虎雄也知道它的重要，於是於《支那詩論史》之第三編即專論格調、神韻、性靈之三詩說，於闡說其義以外，兼述其歷史的關係。」〔註308〕受此啟發，郭氏先後作二長文《神韻與格調》（1937）、《性靈說》（1938），敘述格調、神韻、性靈三說之歷史演進，辨析其相互關係，並以此構建下冊批評史明清詩論之核心，這一問題下文再詳論。羅根澤在1940年代版批評史的自序中提到，曾參閱「日人鈴木虎雄中國古代文藝論史」〔註309〕，1957年版序中，再次提到受鈴木著作啟發。〔註310〕可見，鈴木著作是他們撰寫批評史的重要參考書目。

《支那詩論史》第一、二篇以時代先後劃分，第一篇先後以堯舜及夏殷、周代、孔子、孔門諸子、其他諸子、漢代為章，第二篇先後以魏代、晉代、

〔註305〕孫俍工：《序》，兒島獻吉郎：《中國文學通論》，第2頁。
〔註306〕周勳初：《序》，羅根澤：《中國文學批評史》，上海書店出版社，2003年，第2頁。
〔註307〕參見陳鍾凡：《清暉山館友聲集》，江蘇古籍出版社，2001年，第606~615頁。
〔註308〕郭紹虞：《神韻與格調》，《照隅室古典文學論集》（上），第344頁。
〔註309〕羅根澤：《序》，《周秦兩漢文學批評史》，第3頁。
〔註310〕參見羅根澤：《新版序》，《中國文學批評史》（一），1957年，第2頁。

宋代、齊梁、北朝為章。第一篇雖專論詩說，但漢代一章末餘論辭賦論，暗含編年體之中又以文體而異相分。第二篇廣論文學論，魏、晉、宋三章以批評家排列，齊梁則以問題為綱，先後單獨論述聲韻說、文學標準、文體和修辭論，最後北朝因與南朝文學論不同而又設專章。我們發現，這種編著體例已是後來各家批評史體例之濫觴。

陳鍾凡《批評史》體例最為簡單，簡述文學義界、文學批評意義與派別後，以朝代為限，分為八期：周秦、兩漢、魏晉、宋齊梁陳（北朝）、隋唐、兩宋、元明、清。不過章內分節標準不一，周秦、兩漢、魏晉、宋齊梁陳各章以批評家排列，隋唐一章以年代分隋和初、盛、晚唐四節，兩宋、元明、清各章則以文體分詩評、詞評、文評、曲評各節。先編年為章，後以批評家或文體分節，與鈴木體例一脈相承。郭紹虞《批評史》體例較為複雜，有篇、章、節、目四分。雖然他以文學觀念演進與復古分為三期，但著作體例仍以朝代先後，分周秦、兩漢、魏晉南北朝、隋唐五代、北宋、南宋金元、明代、清代各篇。而各篇之內，上卷「以問題為綱而以批評家的理論納於問題之中」，特別是南朝文學批評部分，即使如劉勰、鍾嶸如此重要的批評家也不為之特立專章，幾乎與鈴木著作如出一轍。下卷「以批評家為綱而以當時的問題納入批評家的理論體系之中」〔註311〕，不過北宋以後都先以文體分文論、詩論二部分。羅根澤雖聲稱，創立一種兼編年體、紀事本末體、紀傳體的「綜合體」，但是他所謂「綜合體」並沒有超出鈴木著作體例之藩籬。羅氏把魏晉南北朝一期以問題而異分為文學概念、文筆之辯、文體類、音律說、創作論、鑒賞論各章，與鈴木聲韻說、文學標準說、文體和修辭論之劃分十分接近，只不過羅氏又以隨批評家而異專設劉勰、鍾嶸二章。而且，郭、羅二人同鈴木一樣，都極為重視齊梁聲律論，給予不少篇幅加以論述，且對永明八病不厭其煩地解說。方效岳《中國文學批評》、朱東潤《批評史大綱》都以批評家為綱，在體例方面與鈴木著作關係不大。相比較而言，二書受鈴木著作影響較小，或許因為二人著書之時分別在廣州和武漢，皆非學術重心之地，不比京、寧，易受外來學術之薰染。

許總指出，鈴木著作特點之一是，「在對某一詩論家或某一詩歌流派的理論主張的探討中，善於聯繫持論者本人的詩歌創作實績，將其創作實際與理論主張相比照，進而由其創作的特點生動地顯示其理論主張的意蘊風神以及

〔註311〕郭紹虞：《五版自序》，《中國文學批評史》，1950 年，第 2 頁。

兩者的通融契合之處」。〔註312〕比如，論神韻說，就舉漁洋在真州所作詩以說明神韻說寓於詩歌創作中；論性靈說，立專節評析袁枚的詩歌創作，並與其詩說相對照。同時，鈴木又不限於以持論者本人創作為例證，也舉他人詩作加以說明相關理論。比如，論格調說重意與格調統一、雄渾高華，就舉杜甫、李白、王維五七言詩加以印證。此外，鈴木在論漁洋、隨園詩說時常常抽繹其論詩例加以分析，以見其理論主張與其他詩說差異。這種融文學創作與理論批評於一體的方法也被諸家批評史撰寫者所採納。陳鍾凡《批評史》雖最為簡陋，隋唐一章也將杜甫詩集中批評高適、岑參、王維、孟浩然、張九齡、嚴武等詩人的材料一一鉤稽出來。郭紹虞認為，文學批評所由形成之因素之一就是文學的關係，故「文學批評常與文學發生相互連帶的關係」。〔註313〕羅根澤同樣重視文學創作，比如論述杜甫「詩神」來源時，便舉例杜詩從素養、感興、陶冶、鑽研四方面加以說明；說明元白轉於言情、閒適時，也從他們的詩歌創作尋找痕跡。方效岳明確提出，研究文學批評需注意兩點：一是「文學批評和文學作品的本身有互相影響的關係」；二是「文學批評和文學作品本身的風氣，又可以相互推動」。〔註314〕故他不僅重視總集之理論批評意義，同時又重創作與批評之互動關係。比如，論元好問「以北人悲歌慷慨之風救南人之失」時，就結合遺山詩歌創作「雄壯之中仍有溫潤之美」，以說明其論。

　　《支那詩論史》不僅對於早期文學批評史之產生有催化之功，而且在編纂體例與批評結合創作的研究方法方面影響了各家批評史著作。當然，上述尋繹這種影響痕跡或許稍顯勉強，有可能是他們不謀而合。但此二點的確最早發見於鈴木著作，各家又曾參閱它，潛移默化的影響難以避免。

三、「文學自覺」說與「格調、神韻、性靈三詩說」

　　對於中國文學批評之歷史演進，鈴木描述如下：「產生於魏晉以降，興盛於齊梁時代，而衰落於唐宋金元，復興於明清時期。」〔註315〕正因如此，《支那詩論史》第二、三篇集中論述六朝與明清二期，第一篇僅簡述先秦兩漢各家《詩》說，唐宋金元在第三篇開頭一筆帶過。明清一期，最為重要，篇

〔註312〕許總：《譯者序》，鈴木虎雄：《中國詩論史》，第6頁。
〔註313〕郭紹虞：《中國文學批評史》（上），第1頁。
〔註314〕方效岳：《中國文學批評·中國散文概論》，第17、18頁。
〔註315〕鈴木虎雄：《著者序》，《中國詩論史》，許總譯，第1頁。

幅占全書過半。魏代「文學自覺」說的觀念影響也較大，朱自清就稱其「甚有見」。

　　鈴木在第二篇開章即言：「自孔子以來至漢末，都是不能離開道德以觀文學的，而且一般的文學者，單是以鼓吹道德底思想做為手段，而承認其價值的。但到魏以後卻不然，文學底自身是有價值底思想已經在這時期發生了。所以我以為魏底時代是中國文學上的自覺時代。」〔註316〕其論證就是通過曹丕所謂「文章經國之大業，不朽之盛事」和「詩賦欲麗」來說明文學的自身價值。不僅如此，為充分說明魏代關於獨立的文學批評的發生，他認為，曹植「辭賦小道」之言實為激憤之言，並不是真以為辭賦小道無足可取。鈴木在第三篇簡述明清以前詩論梗概時，再次提及魏代文學自覺說。我們對此觀點之恰當與否不予置評，主要討論其在中國語境中的影響與接受狀況。最為熟知的是魯迅在《魏晉風度及文章與藥及酒之關係》中稱曹丕的時代為「文學的自覺時代」。〔註317〕自1990年代後期，學者發現魯迅說與鈴木說之因緣後〔註318〕，「文學自覺」說受到廣泛討論與反思。其實，「文學自覺」說原是文學批評史上的觀念，後來才逐漸延及文學史領域，且某些傳播也未經過魯迅這一中介，而是直接源自鈴木本人。

　　下面就提出「文學自覺」說或敘述與鈴木觀念接近的著作內容列舉如下：

　　　　魏晉以前，文學的獨立價值始終都未有人認識。迨至魏時，始為中國文學的自覺期。……這是認文學為一種獨立的功業，故有獨立的價值。〔註319〕

　　　　中國論文之有專著也，始於魏晉。時人論文，既知區分體制為比較分析的研尋；又能注重才程。蓋彼等確認文章有獨立之價值，故能盡掃陳言，獨標真諦，故謂中國文論起於建安以後可也。〔註320〕

　　　　中國的文學批評，至建安始能正式成立。〔註321〕

　　　　建安時代實為中國文學的自覺期，……一方面則文藝批評第

〔註316〕鈴木虎雄：《中國古代文藝論史》，孫俍工譯，第47頁。

〔註317〕參見《魯迅全集》第3卷，第526頁。

〔註318〕參見孫明君：《建安時代「文的自覺」說再審視》，《北京大學學報》1996年第6期；張海明：《回顧與反思：古代文論研究七十年》，北京師範大學出版社，1997年，第247頁。

〔註319〕傅東華：《文藝批評ABC》，第75頁。

〔註320〕陳鍾凡：《中國文學批評史》，第31頁。

〔註321〕胡小石：《中國文學史講稿》，《胡小石論文集續編》，第94頁。

一次應了時代的需要而產生出來。那種文藝批評的主張又是純出
於主觀，純然是為文學而論文學，毫沒有一點功利的作用在內的。
〔註322〕

　　迨至魏晉，始有專門論文之作，而且所論也有專重在純文學者，
蓋已進至自覺的時期。〔註323〕

　　至建安，「甫乃以情緯文，以文被質」，才造成文學的自覺時
代。〔註324〕

這些作者在文中雖未注明引用鈴木觀點，但皆閱讀過《支那詩論史》，很明顯
借鑒鈴木「文學自覺」說。不同的是，鈴木斷自魏代，他們或者認為始於建
安，或者模糊言至魏晉。不過，其判斷大體都基於兩點：其一，自建安或魏
晉始才有真正的文學批評，以前只是隻言片語；其二，自建安或魏晉始才承
認為文學而文學，以前文學只是政治或道德倫理的鼓吹手段。那麼，此說為
何易被國人接受呢？

　　「文學自覺說」倡導文學脫離儒家政教的藩籬，推崇文學的獨立價值，
簡單言之，就是提倡純文學觀念。鈴木的純文學觀念在《支那詩論史》中以
一貫之。比如，孔子論詩雖以教育為主，但「這是詩底效果間接所表現的，
並不是把一切的詩都可以直接地使成為倫理教訓」；至漢代，「在附會時事問
題以說明其說的時候把作詩的原意失掉」，「對於詩底本身，這事實為一大厄
運」；至齊梁，他極為重視純屬美文範疇的聲韻之說，並對四聲八病予以充分
肯定：「沈約及其徒之說曾為詩賦文章一切的文學所應用。齊梁底文學所以忽
然與從前的文學一新其面目的就是此說底影響。唐代文學底隆盛，其遠因也
存在這裡」。〔註325〕對於鈴木的這一主張傾向，其弟子吉川幸次郎曾有所說
明：「先生讚賞《文選》，乃至讚賞包括《玉臺新詠》中的戀愛詩的中古美文
學，其原因何在？……蓋先生認為美文的表現，是文學的必須要素，因此，
與對杜詩的研究一樣，對《文選》的研究，也可以說體現出先生最重要的學
術觀點。」〔註326〕

〔註322〕鄭振鐸：《中國文藝批評的發端》，《鄭振鐸古典文學論文集》（上），第72頁。
〔註323〕郭紹虞：《中國文學批評史》（上），第74頁。
〔註324〕羅根澤：《魏晉六朝文學批評史》，第3頁。
〔註325〕鈴木虎雄：《中國古代文藝論史》，孫俍工譯，第20、43、86頁。
〔註326〕吉川幸次郎：《繼承與開創──鈴木虎雄先生的學術業績》，鈴木虎雄：《中國
　　　　詩論史》附錄，許總譯，第245頁。

　　反觀 1920 年代的中國學界，在歐美現代文學觀念和學科體制的影響下，文學取得與經史同等地位之需求日益加強，雜文學、純文學觀念的二分法被大多數學人接受，且天平逐漸傾向後者，凌獨見、曾毅、胡雲翼、劉經庵等人的文學史就採用之。〔註327〕而文學批評史領域，同樣有此趨勢。陳鍾凡對文學下了定義：「文學者，抒寫人類之想像，感情，思想，整之以辭藻，聲律，使讀者感其興趣洋溢之作品也。」〔註328〕郭紹虞更是根據文學觀念之混與析把批評史分為三期，對於六朝一期，評價道：「較兩漢更進一步，別『文學』於其他學術之外，於是『文學』一名之含義，始與近人所用者相同。而且，即於同樣美而動人的文章中間，更有『文』、『筆』之分……始與近人所云純文學雜文學之分，其意義亦相似。」〔註329〕羅根澤雖然聲稱採取「包括詩、小說、戲劇及傳記、書札、遊記、史論等散文」的折衷義的文學觀念，但這只是從選取材料立言，其態度傾向也不免偏於純文學觀念。他從陸機文體論看出文學觀念的轉變，指出：「兩漢不是純文學的時代，魏晉以至六朝才是純文學的時代。」〔註330〕既然他們主張都偏於純文學觀念，那麼對於同樣讚賞純文學觀念的鈴木便易於認同，對體現自雜文學至純文學觀念轉變的「文學自覺」說也易於接受。

　　郭紹虞《批評史》下冊雖是「以批評家為綱而以當時的問題納入批評家的理論體系之中」，然而在著作編成之前，以問題為綱而把批評家納入其中的《神韻與格調》、《性靈說》二長文先後發表，如格調說先後論李東陽、李夢陽、何景明，性靈說先後論楊萬里、袁宏道、袁枚，下冊批評史明清詩說內容只是把二文中的相關內容分解以批評家為次序嵌入其中。撰寫二文之前，郭氏曾讀鈴木《支那詩論史》第三篇，以格調、神韻、性靈三詩說為主幹的思路受鈴木影響很大，細讀二者文本即可發現。限於篇幅，此處集中論述這一問題，不再旁涉其他學人。

　　郭氏構建明清詩說的間架始於滄浪。他認為，滄浪處於江西詩派與江湖詩人二重時弊之下而欲救正其失，同時又是神韻與格調二說之溝通，七子與漁洋皆本於他。這樣他就尋出了南宋至清這一長時段詩論演變的歷史線索。其實此說並不是他的創見，而是源於鈴木。鈴木說：「羽之目的固在闢江西、

〔註327〕參見戴燕：《文學史的權力》，第 10～11 頁。
〔註328〕陳鍾凡：《中國文學批評史》，第 6 頁。
〔註329〕郭紹虞：《中國文學批評史》（上），第 3 頁。
〔註330〕羅根澤：《魏晉六朝文學批評史》，第 32 頁。

四靈之弊，其言實與後面格調、神韻二派所言有關」；「體制，格力，氣象，興趣，音節皆是格調說底本源，而氣象與興趣神韻說尤其置重」；「嚴羽底以詩吟詠性情，以興趣為主雖與鍾嶸司空圖之說合，但其特別是說出妙悟，標出漢魏盛唐是其特異之點……這中的一部分影響於格調說，一部分影響於神韻說是無疑的」。〔註331〕雖然鈴木沒有就滄浪如何分別影響後世格調、神韻二說加以細論，但一頭是江西與四靈、一頭是格調與神韻的線索已經勾勒。在此基礎上，郭氏有此細論：「漁洋之與七子，其論詩主張雖多出於滄浪，然而七子所得是第一義之悟，而漁洋所得是透徹之悟；七子所宗是沉著痛快之神，而漁洋所宗是優游不迫之神。」〔註332〕不過細細尋繹，鈴木也曾指出，「以興趣為主」、「妙悟」影響神韻說者多，「標出漢魏盛唐」影響格調說者多。

論李夢陽一節，為清晰說明問題，把鈴木、郭紹虞論述的內容要點按順序摘錄如下：

要　點	鈴　木	郭紹虞
文與道	他以道為人底究竟目的，見道甚深。文即以此道為根柢然後發的。故曰：古之文以行，今之文以葩，葩以詞腴，行為道華。（李夢陽《文箴》）（《中國古代文藝論史》下，孫俍工譯，第30頁）	夢陽《文箴》有云：「古之文以行，今之文以葩，葩以詞腴，行為道華。」（《空同集》六十）此言雖主復古，然只是道學家的論調。（《神韻與性靈》，《照隅室古典文學論集》，第376頁）
詩之本源	詩是極端地本於情的。（第32頁）	空同論詩何嘗不主情。（第378頁）
不專尊盛唐	他對於五言古詩專以漢、魏、晉、宋為主；夢陽於七古並推初唐、盛唐，而於近體則推盛唐。（第34頁）	論詩，空同實並不專主盛唐。古體宗漢魏，近體宗盛唐，而七古則兼及初唐。（第377頁）
格調與情	夢陽重格調而不棄風趣。又在詩以為宜貴比興而訴之於情。（第37頁）	主格調與主情，非惟不相衝突，反而適相合拍。（第381頁）
內容與形式		偏重在文之形式復古，而不重文之內容復古。（第383頁）

對於李夢陽批評主張要點，二者在文本於道、詩本於情且不與格調矛盾、不專尊盛唐等方面的論述幾乎一致，只不過郭氏又拈出了形式復古與內容復古之別。此外，論述李、何相異之處，二人都從作品作風和詩法之論入

〔註331〕鈴木虎雄：《中國古代文藝論史》（下），孫俍工譯，第22～25頁。
〔註332〕郭紹虞：《中國文學批評史》（下），第544頁。

手，不同的是郭氏在二者之間搭建了因果關係。論漁洋詩學，鈴木先從天才、家學、鄉土薰陶、師及四因素說明其形成。郭氏雖未直接提出幾要素，但也提及了其八叔祖與十七叔祖的啟迪、錢謙益的賞識、鄉賢邊貢的推崇等。不同的是，對於家學門風，鈴木更重漁洋其兄王士祿，對於鄉賢與師友，鈴木又添加了李攀龍、吳偉業。對於漁洋與格調之關係，二人皆認為漁洋出於七子，又不囿於七子。對於袁枚性靈說淵源，二人皆重楊萬里、袁宏道〔註333〕，相異的是鈴木遠追溫庭筠，郭氏近推黃宗羲、趙執信、尤侗。而且，二人側重袁枚與其他各家之關係，鈴木專設「隨園對詩派的攻擊」、「隨園與格調派」、「隨園與漁洋二家之詩選」等節予以討論，郭氏也設專目「與當時詩壇之關係」、「性靈與神韻」加以描述。

上述只是簡述郭氏襲取鈴木觀念之處，不過這絲毫不影響郭著的學術價值。在材料豐富、編目合理、論述精深等方面，鈴木著作難以與之相比。比如，鈴木著作第五章「性靈說」中，「袁枚詩觀底源流」、「性靈說與楊萬里」與「性靈說與袁宏道」三節不免繁瑣，「隨園對於詩派的攻擊（1）對於格調派」、「隨園與格調派」、「對格調派底詩例」也稍顯重複。而且，鈴木承認，敘述時「多雜以臆說，更於含有臆斷的敘述之外到處附加議論」〔註334〕，有悖於撰史之客觀立場。更為可貴的是，郭氏對於鈴木之說也有不少商榷、駁議之處。現就二人對於袁枚看法相異加以述說。

郭紹虞認為，後人對於隨園詩論多有誤解，「最明顯的例，如鈴木虎雄《中國古代文藝論史》中說隨園所謂性情，殆是近代以妓女嫖客的性情為性情，這即是誤解了性靈詩論。他再說：『性靈派所貴的一言以蔽之曰才。』『任才的詩是給與讀者以反省的餘地的。給與以反省的餘地的，同時，也給與以批評的餘地。一面讀，一面批評，故只是玩弄，不能使人感動。』這實在又是誤解了性靈詩。」〔註335〕鈴木指認隨園以「妓女嫖客底性情」為性情有其上下文。沈德潛《西湖雜書》選黃任詩二首，一首慨南宋之偏安，一首歎忠臣

〔註333〕上文已引周作人對鈴木「遠尋楊誠齋來給他做義父」有所不滿，其實鈴木並不是對袁宏道影響隨園隻字不提，只是因隨園多次言及誠齋，故著重強調，而對袁宏道卻未言及，故輕描淡寫。但也曾指出中郎所謂法不相沿、各窮其趣以及各代各人自有其詩之論，影響於隨園。

〔註334〕鈴木虎雄：《中國古代文藝論史》（下），孫俍工譯，第167頁。

〔註335〕郭紹虞：《照隅室古典文學論集》（上），第480頁。《性靈說》編入批評史時，此部分被刪去。

之少。而隨園所選「畫羅紈扇總如雲，細草新泥簇蝶裙。孤憤何關兒女事，踏青爭上岳王墳」，與歸愚所選相比，自然稍嫌浮滑纖佻，故鈴木發出隨園以「妓女嫖客底性情」為性情之疑問。雖然如此，鈴木確實不喜性靈說。三說之中，他於格調說評價最高，神韻次之，性靈說最低。依他之見，性靈說有很大偏限和缺憾：「更誤而嫌棄其為道德之奴隸之餘趨於他種極端，對於道德取了叛逆者底態度，這也是自由底亂用。偏重才智底結果，不與誠實相伴是此派地痛弊。」〔註336〕鈴木對詩之見解，重內在詩意，其與作者人格密切相關，最為重要的因素是誠實。性靈說因以才為貴，離誠實遠，故難以動人。不過，鈴木只得袁枚詩說一端。郭紹虞引袁枚為知己，認為其極為通達，不肯執著一端，「能四平八穩建立詩論」，「以學問濟性情，以人巧濟天籟」，雖重天籟，但也不反對藻飾、音節、學古，這正是他與一般性靈說不同之處，故也無性靈說之流弊。七子標舉格調，易陷入模擬搏捖，漁洋拈出神韻，落入王、孟格調，袁枚「才立一義便破一義，才破一義復立一義」〔註337〕，融合眾家論詩之言，故不像格調、神韻囿於一義，而鈴木所言「一言以蔽之曰才」，自然把袁枚詩說看狹隘了，故在郭氏看來誤解不少。二人分歧根本原因在於，鈴木主誠實，以格調說為高，故貶袁枚，而郭氏主不執一端，認為性靈說最善，故非鈴木。

本節著眼於鈴木《支那詩論史》與中國文學批評史發生之因緣，故側重於論述它在國內的翻譯與傳播、影響與接受，其具體論述觀點的是與非則不是關注的重點。與鹽谷溫《支那文學概論講話》及其修訂版《支那文學概論》與魯迅《中國小說史略》之間的相互影響〔註338〕、胡適與青木正兒關於《水滸傳》及章學誠、崔述的學術交往〔註339〕一樣，鈴木《支那詩論史》與文學批評史的發生也是近代中日學術交流史上的重要事件。不僅如此，20世紀二三十年代，日本借助西方科學方法整理中國文學的諸多中國文學史、批評史

〔註336〕鈴木虎雄：《中國古代文藝論史》（下），孫俍工譯，第172頁。

〔註337〕郭紹虞：《中國文學批評史）（下），第623頁。

〔註338〕參見陳勝長：《August Conrady・鹽谷溫・魯迅：論環繞〈中國小說史略〉的一些問題》，《考證與反思：從周官到反思》，臺北東大圖書股份有限公司，1995年，第161～189頁；鮑國華：《魯迅〈中國小說史略〉與鹽谷溫〈中國文學概論講話〉——對於「抄襲」說的學術史考辨》，《魯迅研究月刊》2008年第5期。

〔註339〕參見徐雁平：《胡適與整理國故考論——以中國文學史研究為中心》第六章，第321～357頁。

著作相繼出版，部分被先後翻譯介紹至國內〔註340〕。只不過，《支那詩論史》作為第一部文學批評史，在中西學術交流史上舉足輕重。

第五節　課程、講義與批評

　　1903 年 1 月，張之洞在《籌議京師大學堂章程》（1898）、《欽定京師大學堂章程》（1902）的基礎上重訂大學堂章程，借鑒日本學制，分為八科，「文學科」是其中之一，其下又分為九門，其中之一是「中國文學門」。「中國文學門」需修「主課」七類：文學研究法、說文學、音韻學、歷代文章流別、古人論文要言、周秦至今文章名家、周秦傳記雜史‧周秦諸子。「歷代文章流別」觀念雖源自摯虞《文章流別論》，但通過《章程》說明「日本有《中國文學史》，可防其意自行編纂講授」可知，其與文學史等同。「古人論文要言」說明則是：「如《文心雕龍》之類，凡散見子、史、集部者，由教員搜集編為講義」〔註341〕，與文學批評史大致等同。只不過，「歷代文學流別」迅速由林傳甲搬上講堂，並編纂了本土第一部《中國文學史》（1904），而「古人論文要言」則多災難產，1920 年代才進入大學講堂。雖然 1914 年始黃侃在北京大學講授《文心雕龍》，但其實是「文學概論」課程〔註342〕，只不過以《文心

〔註340〕民國期間先後被翻譯至國內的日本中國文學史、批評史著作有鹽谷溫：《中國文學概論》，陳彬龢譯，樸社，1926 年（《中國文學概論講話》，孫俍工譯，開明書店，1929 年）；鈴木虎雄：《中國古代文藝論史》，孫俍工譯，北新書局，1928 年，下冊，1929 年；鈴木虎雄：《中國文學論集》，汪馥泉譯，神州國光社，1930 年；兒島獻吉郎：《中國文學概論》，胡行之譯述，北新書局，1930 年（《中國文學》，隋樹森譯，世界書局，1931 年）；兒島獻吉郎：《中國文學通論》（上中下），孫俍工譯，商務印書館，1935 年；兒島獻吉郎：《中國文學研究》，胡行之譯，北新書局，1936 年；青木正兒：《中國古代文藝思潮論》，王俊瑜譯述、周作人校閱，人文書店，1933 年；青木正兒：《中國文學思想史綱》，汪馥泉譯，商務印書館，1936 年；青木正兒：《中國文學發凡》，郭虛中譯，商務印書館，1936 年（《中國文學概說》，隋書森譯，開明書店，1938 年）；青木正兒：《中國近世戲曲史》，王古魯譯述，商務印書館，1936 年；長澤規矩也：《中國文學藝術史》，胡錫年譯，世界書局，1943 年；竹田復：《中國文藝思想》，隋樹森譯，交通書局，1944 年。

〔註341〕參見舒新城編：《中國近代教育史資料》（中），人民教育出版社，1981 年，第 589 頁。

〔註342〕《1918 年北京大學文科法科改定課程一覽》，「文學概論」說明：「略如《文心雕龍》、《文史通義》等類」。當時國文門學生楊良功回憶稱：「黃季剛先生教文學概論以《文心雕龍》為教本，著有《文心雕龍劄記》。」見楊亮功：《早期三十年的教學生活‧五四》，黃山書社，2008 年，第 22 頁。

雕龍》為本。黃侃 1914 級國文門學生范文瀾在南開大學講授《文心雕龍》，也只是國文課三部分內容之一〔註343〕，講義是《文心雕龍講疏》，與文學批評史體例有所不同。先後在大學講堂教授文學批評史的是陳鍾凡、郭紹虞、羅根澤與朱東潤，同時其講義經過修改、傳播與閱讀逐漸成為經典著作，並奠定了他們在學科史上的重要地位。本節就以四位為中心，圍繞其課程、講義與批評等方面，復原作為一門學科和著作體例的文學批評史發生的動態過程。

一、課程與講義

學科史上的第一部著作是陳鍾凡《中國文學批評史》，這點學界有所共識。只不過，對於陳著何時開始撰寫、何時初具規模等問題，眾家說法不一，而且往往把第一部批評史的歸屬劃入自家園地，以續學術傳統。有的學者把學科史的發端追溯到南京大學，比如，周勛初就說，陳鍾凡率先在東南大學開課。〔註344〕彭玉平則不以為然。陳氏 1925 年任廣東大學（中山大學前身）文科學長兼教授，並且《廣東大學週刊》第 28 號（1925 年 10 月 26 日）《文科朝會記》記錄的「陳中凡學長報告」言：「……拙著《中國文學批評史》，年內皆可成書。」〔註345〕因此，他認為：「陳鍾凡是在任教中山大學期間撰成此書的，所以說中國文學批評史學科誕生於嶺南、誕生於中山大學，蓋無不可也。」〔註346〕1924 年 12 月，陳氏應聘廣州大學，次年 10 月底即因江浙戰事請假回籍，文科學長由中文系主任吳敬軒代理。〔註347〕陳氏在廣州大學只留 10 月餘，即使在此期間撰寫批評史，相比撰寫時間和地域而言，考察一門學科的誕生更重要的是登入大學講堂的最初課程和撰寫動機與計劃。如此言之，說「中國文學批評史學科誕生於嶺南、誕生於中山大學」實屬勉強。追溯學科誕生之時，恐怕還需上溯到陳氏更早任教的東南大學。

〔註343〕參見《南開大學校史資料選》（1919～1949），南開大學出版社，1989 年，第 195 頁。「大學二年級國文」分為三部分：史觀的中國文學、文論名著、國學要略。文論名著說明：「擬讀《文心雕龍》，《史通》，《文史通義》三種。《文心雕龍》為重要，尤宜先讀。課本：范文瀾《文心雕龍講疏》。」

〔註344〕參見周勛初：《序》，羅根澤：《中國文學批評史》，上海書店出版社，2003 年，第 2 頁。

〔註345〕轉引姚柯夫：《陳鍾凡年譜》，第 21 頁。

〔註346〕彭玉平：《陳鍾凡與批評史學科之創立》，《詩文評的體性》，北京大學出版社，2012 年，第 62 頁。

〔註347〕參見姚柯夫：《陳鍾凡年譜》，第 21 頁。

　　東南大學於 1921 年 6 月在南京高師基礎上創建而成，同年 9 月，陳鍾凡任國文系主任兼教授。陳氏早年就讀兩江優級師範學堂（南京高師前身），後入讀北京大學文科哲學門，後又任北京女子高師國文部主任，可以說是母校國文系主任的合適人選。據郭紹虞、周勳初回憶，陳氏最早在東南大學講授文學批評史課程。〔註 348〕1923 年 4 月印行的《國立東南大學一覽》顯示，國文系課程設置分為本科學生課程（第一類）、輔系學生自選課程（第二類）、他科學生自選課程（第三類）和本科學生研究科目（第四類、第五類）。與文學批評史課程相近的就是第二類中的「歷代文評」，綱要說明是「魏晉以來歷代名家評文之論說」〔註 349〕，可惜的是所有課程都未注明授課老師。此年度國文系教師是：陳鍾凡（斠玄，主任、教授）、顧實（惕森，國文教授）、陳去病（佩忍，詩賦散文教授）、吳梅（瞿安，詞曲國文教授）、周盤（銘三，國語主任教員）、邵祖平（潭秋，國文助教）、周澂（哲準，國文助教）。〔註 350〕其中，最有可能開設「歷代文評」課程的應該是陳鍾凡，何況還有郭、周二人回憶為證。可以說，1923 年陳鍾凡在東南大學講授「歷代文評」，是他後來編著《中國文學批評史》最初的動機和基礎。不過，也許因為學科草創，需披荊斬棘，1925 年「年內成書」之計劃沒有實現，第一部批評史需等到兩年之後才最終面世。

　　陳鍾凡自幼跟從叔父讀書，自稱「幼侍函丈，略聞經旨」〔註 351〕，北大求學期間又多涉子部。1918 年，在北京女子高師也只講授「經學通論」、「諸子通誼」、「文字學」三門課程，在東南大學他為何會轉入集部，開設批評史課程？郭紹虞有過推測：「當時黃侃、劉師培諸人都在北大開過課。黃氏講《文心雕龍》，劉氏講中古文學史，陳氏可能受黃、劉二位學者的影響，於是特闢這一門學科。」〔註 352〕彭玉平認為，這與吳梅的啟迪之功密不可分：「由於著名詞曲家吳梅南下講授詞曲，研究文學在東南大學蔚成風氣。這些也影響到陳鍾凡治學開始從經史之學向文學方向轉變。」〔註 353〕其實，陳氏幼承

〔註 348〕郭紹虞回憶：「在那時，教中國文學批評史課的人並不多。從全國來看，恐怕只有南京中山大學才開這門課，因為那時只有中華書局有陳中凡先生的《中國文學批評史》。」見《照隅室雜著》，第 405 頁。
〔註 349〕《文理科學程詳表》，《國立東南大學一覽》（1923 年度）。
〔註 350〕參見《國立東南大學教職員一覽》，《國立東南大學一覽》（1923 年度）。
〔註 351〕陳鍾凡：《先叔父惕庵府君行述》，轉引姚柯夫：《陳鍾凡年譜》，第 5 頁。
〔註 352〕郭紹虞：《我是怎樣學習中國文學批評史的》，《照隅室雜著》，第 405 頁。
〔註 353〕彭玉平：《陳鍾凡與批評史學科之創立》，《詩文評的體性》，第 64 頁。

家學，國學根據深厚，對國學內容之一的文學也十分熟稔。陳氏編述的《古書校讀法》（1923）附錄《治國學書目》，書目分為七類〔註354〕，七類之中就有「文學書目」，且數量最多，168種，其中包括「詩文評及文史」37種。而且，他認為，「治文學者，應知古今詞例、文章法式、文體流變、歷代文人事蹟及其述造也。」〔註355〕而「古今詞例、文章法式、文體流變」等大多體現在「詩文評及文史」類著作中。因此，轉入文學之後，他認識到「詩文評及文史」對於研究文學之重要，開設「歷代文評」一課就不足為奇了。

郭紹虞初教中小學，後在福州協和大學講授文學史。1927年7月，他應聘燕京大學國文系，因教師人多，不必開設文字學之類的課程，又因之前講授文學史注意到文學批評問題，於是開設文學批評史課程。查《燕京大學本科課程一覽》（民國十七年），「文學批評史」，3學分，授課一學年，時間是每週一、三、四下午3：30，三、四年級選修，課程說明：「本課以自上古至宋元為文學批評萌芽期，自明至近代為文學批評發達期，注重在歷史的敘述，說明其因果變遷之關係，編有講義，課外任作筆記。」〔註356〕不過，第一年，郭氏來不及編寫講義，只好依據陳鍾凡批評史上課。〔註357〕第二年，郭氏開始自己編寫講義。其最初講義雖在當時坊間流傳〔註358〕，但今日我們已不得而見，無法看出最初講義與後來出版著作之差異。不過，課程說明顯示，郭氏對於批評史之分期與後來有明顯不同。他最初依據自然事物進化的規律，簡單地分為兩期：萌芽期與發達期。此後，他以文學觀念之演進把批評史分為三期：周秦至南北朝為文學觀念演進期，隋唐至北宋為文學觀念復古期，南宋至現代為文學批評完成期。其實，郭氏之三期也可看作兩期，北宋以前與南宋以後，前者以文學觀念為中心，後者以文學批評本身理論為中心。只不過，前者又可細分演進與復古二期，如此則變成三期。在更為細緻、合理

〔註354〕除「文學書目」外，其餘六類及其數量分別是「學術流別及目錄學書目」26種、「文字學及文法書目」40種、「經學類書目」52種、「史學書目」66種、「諸子學術思想書目」87種、「匯書及箚記書目」26種。參見《古書校讀法》附錄《治國學書目》，商務印書館，1923年。

〔註355〕陳鍾凡：《古書校讀法》，第47頁。

〔註356〕《燕京大學本科學程一覽》（民國十七年），第82頁。

〔註357〕郭紹虞回憶：「那時看到中華書局出版的陳中凡先生的《中國文學批評史》，我就根據此書在大學中開設此課。」見《照隅室雜著》，第434頁。

〔註358〕朱自清日記1933年7月10日記載讀紹虞《中國文學批評史》上卷，同年12月27日，記載葉公超談郭著。此時，郭著還未公開出版。

的三期劃分產生之後，郭氏對於最初二期之劃分自然不再滿意。於是，1936年度的《燕京大學一覽》「中國文學批評史」，授課人仍是郭紹虞，課程說明則刪去了之前的分期內容，僅剩下「講述中國文學思潮之演變，與各時代批評家之主張」。〔註 359〕

　　經過幾年（從 1927 年起）的細細打磨，郭紹虞《批評史》上卷終於在1934 年作為「大學叢書」之一由商務印書館刊印，完成講義到著作的升級。那麼，郭氏講義為何遲遲不肯刊印？在這長達六、七年的時間裏，郭氏所付出的心血和甘苦在其《自序》中能夠略窺一二：「為了治文學批評史，猶且遇到許多枝枝節節的小問題，為解決這些問題，也曾費了不少力量；……費了好幾年的時間，從事於材料的搜集和整理，而所獲僅此。」〔註 360〕所謂「枝枝節節的小問題」就是辨析那些歷來模糊不清的術語名詞含義及其演變始末。在此期間，郭氏先後發表多篇文章〔註 361〕，以圖解決「文學」、「神」「氣」說、「文氣」、「神」與文學批評、文筆與詩筆、文與道等「小問題」，這些論述此後都被納入批評史，且成為全書骨架。比之上卷，下卷的誕生更為漫長，直至 1947 年才分為二冊最終刊印。此間，郭氏一直在燕京大學講授批評史，直至 1941 年因太平洋戰爭爆發燕大停辦。除了需講授「形義學」、「修辭學」、「文學概論」、「文學史」、「陶淵明集」等課程分散研究精力外，南宋以後文學批評材料之繁多也增加了整理的難度，特別是詩話一類，為此他不僅撰文作詩話考（《北宋詩話考》、《南宋詩話殘佚本考》等），而且整理兩冊《宋詩話輯佚》（1937）。其實，揣摩他發表的有關文學批評文章〔註 362〕，可以推測，1940 年代初郭氏對於批評史材料已打撈一遍。只是燕大停辦，他不得已南下上海，受聘開明書店，並編輯《國文月刊》，且輾轉多所高校任教，無暇整理

〔註 359〕《燕京大學一覽》（民國二十五年），第 83 頁。
〔註 360〕郭紹虞：《自序》，《中國文學批評史》（上），第 1 頁。
〔註 361〕先後發表的文章有《中國文學批評史上之「神」「氣」說》（1927）、《文學觀念與其含義之變遷》（1927）、《文氣的辨析》（1928）、《所謂傳統的文學觀》（1928）、《儒道二家論「神」與文學批評之關係》（1928）、《先秦儒家之文學觀》（1929）、《文筆與詩筆》（1930）、《中國文學批評史上文與道的問題》（1930）等。
〔註 362〕自上冊出版後，郭氏先後發表的文章有《〈滄浪詩話〉以前之詩禪說》（1935）、《元遺山論詩絕句》（1936）、《格調與神韻》（1937）、《朱子之文學批評》（1938）、《性靈說》（1938）、《論宋以前詩話》（1939）、《袁簡齋與章實齋之思想與其文論》（1941）等，此後至下冊出版期間，再無文學批評文章。

批評史舊稿，況且商務印書館西遷重慶，也只能等到抗戰勝利後商務印書館復原上海，其批評史下冊才有面世之日。

　　郭紹虞在燕京大學授課的同時，也在清華大學國文系兼授「中國文學批評史」。1927 年度清華國文系課程有「文論輯要」一課，授課人是朱洪。〔註363〕次年，朱洪不被續聘，郭氏可能是代朱洪授課。查《國立清華大學一覽》（民國十九年）載《大學本科學程一覽》，有「中國文學批評史」一課，授課人是郭紹虞，學程說明與燕京大學 1928 年度課程說明一字不差，同樣是全學年，只不過清華課程是四學分，四年級必修。這門課程由燕大選修轉到清華必修，與清華大學中文系的培養目標有關。楊振聲起草的《中國文學系的目的與課程的組織》顯示，因「文學系的目的」是「創造我們這個時代的新文學」，故課程的組織並重「研究我們自己的舊文學」與「參考外國的新文學」，所以「到了第四年，大家對於文學的各體都經親炙了，再貫之以中國文學批評史。對於中外文學都造成相當的概念了，再證之以中外比較文學」。〔註364〕因此，「中國文學批評史」是必修課程。

　　1932 年，燕京大學限制本校教員在校外兼課，郭紹虞便推薦羅根澤接替清華大學課程，其晚年回憶當時情形：「雨亭當時有難色，謙讓不肯去。我說治一門學問有成就的，治別一門也決無問題。這話固然說得偏一些，但對雨亭來講，而且指這兩門學問講，我想還是很合適的。」〔註365〕羅氏之所以「有難色」，概因他之前研治諸子學，對批評史研究並無根底。羅氏一接手此課，課程情況就發生了某些變化。查《國立清華大學一覽》（民國廿一年度），「中國文學批評史」一課的課程說明一如從前，只不過未署名，全學年變為下學期，四學分也相應地變為三學分〔註366〕。清華素來注重教員學術聲望〔註367〕，初出茅廬的羅氏當然不被重視，旋即兩年即遭解聘〔註368〕。不過，正是在這

〔註363〕參見齊家瑩編纂：《清華大學人文學科年譜》，清華大學出版社，1999 年，第48 頁。

〔註364〕《大學本科學程一覽》，《國立清華大學一覽》（民國二十九年）。

〔註365〕郭紹虞：《羅根澤〈中國文學批評史〉序》，《照隅室雜著》，第 484 頁。

〔註366〕參見《國立清華大學一覽》（民國廿一年度），第 39 頁。

〔註367〕馮友蘭回憶：「清華不大喜歡初出茅廬的人，往往是在一個教授在別的學校中研究已經有了成績，教學已經有了經驗之後，才聘請他。」見《三松堂自序》，《三松堂全集》第 1 卷，河南人民出版社，2001 年，第 287 頁。

〔註368〕被解聘一事在朱自清日記中有簡略的記載。1933 年 8 月 31 日記：「羅雨亭事蔣廷黻不甚贊成，恐有問題也。」1933 年 9 月 27 日記：「又談羅雨亭，余謂

兩年期間，羅氏批評史講義初具規模，且經過兩次修改，正式出版，我們可從《自序》中可看出其修改情況和最初分冊計劃：

> 全書擬分四冊，這一本僅敘到六朝，算做第一分冊。第二分冊是唐宋，預備署期出版。第三分冊是元明，第四分冊是清至現代，統擬於明年付印。此第一分冊，在清華講了兩次，第二次講時修改了一次，付印時又修改一次，有幾章直是另作，和原稿完全不同。
> 〔註369〕

僅兩年有餘，第一分冊即面世，比之郭紹虞，效率不可謂不高。而且，次年計劃付印全四冊批評史，也符合羅氏喜訂好高騖遠的研究計劃的習慣。不過，他計劃以三年之力抵郭氏十幾年之功，想得過於簡單。接下來的兩三年，他僅完成隋唐、晚唐五代兩篇的初稿。

武漢大學於 1928 年 7 月在國立武昌中山大學基礎上組建而成。同年秋，聞一多任文學院院長兼外文系主任。他素來主張語言與文學分家、中文系與外文系合併〔註370〕，於是讓擔任預科英文的朱東潤著手準備英文國學論著和中國文學批評史兩門課程。讓海外歸來的朱氏講授前一課程還算在情理之中，讓其從事後者只能說聞氏知人善用。朱氏就讀上海南洋公學期間深得古文大家唐文治的賞識，國學功底不俗。作為他的同學兼推薦人，系主任陳源應該向聞一多有所介紹。經過一年的資料搜集，朱東潤於 1931 年在武漢大學開講文學批評史。查《國立武漢大學一覽》（民國二十年），《各學院概況學程內容及課程指導書》裏有「中國文學批評史」一課，每週二時，中國文學系四年級必修和外國文學系四年級選修，課程內容是：「本學程略述中國文學批評之源流變遷，並研究各時代中文學批評家之派別，作品，及其對文學所發生之影響。」〔註371〕次年夏，朱東潤完成講義初稿。兩年時間（加上之前的準備時間），朱氏寫就了約 17 完字的初稿，從他晚年的回憶中，我們可約略瞭解

明年可去之。」1934 年 6 月 26 日記：「函羅雨亭辭聘。」見《朱自清全集》第 9 卷，第 244、252、302 頁。同年，被解聘的還有劉盼遂。二人皆是清華國學院畢業生，但卻無法在母校立足。

〔註369〕羅根澤：《自序》，《中國文學批評史》（I），1934 年，第 3 頁。

〔註370〕聞一多生前並未有相關論述發表，去世後由朱自清整理成一篇《調整大學文學院中國文學外國語文學二系機構芻議》，刊 1948 年《國文月刊》第 63 期，後收入《聞一多全集》第 2 卷（湖北人民出版社，1993 年）。

〔註371〕《各學院概況學程內容及課程指導書》，《國立武漢大學一覽》（民國二十年度），第 8 頁。

其中辛苦。他不僅利用有限的餘款跟隨長於目錄、校勘的李雁晴和精於版本的任戀忱在舊書店選購，而且每週要寫五六千字的講義，有時甚至秉燭寫稿至三四點方能就寢。〔註372〕在此之前，已有陳鍾凡批評史，朱氏自然不能趨避之。講義初稿書首題記言陳著「倉卒成書，漏時有」，大體言之，有「繁略不能悉當」、「簡擇不能悉當」、「分類不盡當」三端，於是朱氏講義就側重糾偏這三方面，即遠略近詳、選取最關緊要的批評家和著作、以人為綱。不僅如此，「今茲所撰，概取簡要，凡陳氏所已詳，或從闕略，義可互見，不待重複」。〔註373〕

　　對於此後講義修改和出版狀況，朱東潤在《自序》中有所說明：「一九三二年秋間，重加訂補，一九三三年完成第二稿。一九三六年再行刪正，經過一年的時間，完成第三稿。一九三七年的秋天開始排印。」〔註374〕但刊印一半，抗戰爆發，第三稿下半部遺失，不得已只能把第三稿上半部和第二稿下半部合併，於1944年由開明書店出版。不過，幾次修改都是具體內容之增刪，全書體例與風格無大變化。比之陳、郭、羅等人著作，朱著無疑流露著更多的講義氣息。這種講義的特點或多或少會影響著材料的取捨、結構的安排以及論證的方式，對此他有著清晰的認識：

> 因為授課的時間受到限制，所以每次的講授不能太長，也不能太短，因為講授的當中不能照本宣讀，所以講授的材料不能完全攔入講義。因為在言論中要引起必要的注意，同時因為印證的語句，不能在口頭完全傳達；所以講義中間勢必填塞了許多的引證，而重要的結論有時不盡寫出。因為書名人名的目錄，無論如何的重要，都容易引起聽眾的厭倦；所以除了最關緊要的批評家和著作以外，一概不輕闌入。〔註375〕

除此之外，朱著顯明的特點莫過於全書皆用文言寫成，這與當時武漢大學中文系之風氣息息相關：「其實三十年代左右的武漢大學中文系真是陳舊得

〔註372〕參見朱東潤：《朱東潤自傳》，《朱東潤傳記作品全集》第4卷，第171、177頁。

〔註373〕朱東潤：《中國文學批評史講義》書首題記，轉引陳尚君：《朱東潤先生研治中國文學批評史的歷程——以先生自存講義為中心》，《復旦學報》2013年第6期。

〔註374〕朱東潤：《自序》，《中國文學批評史大綱》，第1頁。

〔註375〕朱東潤：《自序》，《中國文學批評史大綱》，第2頁。

可怕。游國恩、周子乾還在那裡步韻和韻，這是私人活動、無關大局，劉先生在中文系教師會議上昌言『白話算什麼文學！』不能不算是奇談怪論。」〔註376〕朱氏在另一處指明，所謂「劉先生」就是劉永濟。〔註377〕如此氣氛對朱東潤著書寫作自然影響不小：「我所以用文言寫論文和講稿，只是告訴他們一聲：『之乎也者並沒有奧妙，大家一樣地寫出來。』」〔註378〕這當然是作者晚年自我遮掩之說，與胡適把「整理故國」說成「打鬼」心理略同。此後，朱東潤在中央大學寫就的《自序》（1943）便改用白話。出版時書名則是採取葉聖陶的提議，朱氏回憶稱：「這本書本來只稱為『講義』，後來葉聖陶提議交給開明書店出版的時候說：『講義兩個字的賣相不妥，還是不用的為好。』可是我那本書算什麼『史』呢？後來雙方折衷，稱為『大綱』，一邊顧到開明書店的賣相，一邊也顧到我那不敢稱『史』的虛衷。」〔註379〕

　　由上可知，中國文學批評史之發生與近代學制密不可分。正是文學批評史進入大學課程，因教學需要，一批學者開始編寫講義，再經修改刊印成著作，一門學科才得以成立。清末《奏定大學堂章程》的「古人論文要言」一課，先是以文學批評文選附屬於國學概論、文學概論或文學史課程〔註380〕，後於1920年代出現「文學批評史」課程，至30年代初大學講堂已基本普及「文學批評史」或類似課程。〔註381〕有的依照現有著作，有的自編講義，講義又或遺失或存世。除上述四位之外，存世的批評史講義還有陳子展1935年的復旦大學講義（先秦至隋）〔註382〕，油印本，現存復旦大學圖書館；任訪

〔註376〕朱東潤：《朱東潤自傳》，《朱東潤傳記作品全集》第4卷，第188頁。
〔註377〕「劉弘度教授有一句名言：『白話算什麼文學！』好在『之乎者也』那套本領我也領教過一些，因此這部大綱充滿不少的文言調子。」見《朱東潤自傳》，《中國當代社會科學家》第1輯，第50頁。劉弘度即劉永濟（1887～1966）。
〔註378〕朱東潤：《朱東潤自傳》，《朱東潤傳記作品全集》第4卷，第188頁。
〔註379〕朱東潤：《朱東潤自傳》，《中國當代社會科學家》第1輯，書目文獻出版社，1982年，第50頁。
〔註380〕國學概論課程講義，如郭紹虞《國故概要甲輯‧文學理論之部》、錢基博《國學必讀》。文學概論課程講義，如劉永濟在明德中學教授「文學概論」的講義《文學論》（1922）就有附錄一《古今論文名著選》，收序跋、書信及史書「傳論」41篇。文學史課程講義旁及文學批評者參見第一章第二節。
〔註381〕比如，北京大學「中國古代文學批評」、中央大學「文藝評論」、安徽大學「中國古代文藝批評史」、重慶大學「文學批評」、湖南大學「歷代文學批評」、大廈大學「中國文藝評論」等。參見栗永清：《知識生產與學科規訓：晚清以來的中國文學學科史探微》，中國社會科學出版社，2012年，第197頁。
〔註382〕目次如下：一、有詩之始；二、《詩經》之來源；三、詩人自述作詩本意；四、

秋 1943 年在河南大學開設「中國文學批評」課程的講義（先秦至明初），經解志熙整理已編入《任訪秋全集》（河南大學出版社，2013 年）。朱自清自 1936 年始就在清華大學開設「中國文學批評」，但可惜一直無文字存世，直至半個多世紀後劉晶雯才把在西南聯大 1945 年度的課堂筆記出版（天津古籍出版社，2004 年），我們大體可窺朱氏講義面目。不過，最初之講義或著作面世之後，時人如何褒貶呢？

二、批評與反響

陳鍾凡《文學批評史》出版之後，遂在《文學週報》引起了相關討論。署名「冷眼」的《陳鍾凡抄書都錯》指出，謝瞻、袁淑、王微本「源出於張華」，而陳氏所列圖表卻歸於盧諶名下。〔註383〕署名「開脫」的《公文程式化的大著作》也同樣諷刺挖苦：「疑心不是陳先生的大作」，不僅指責該書僅以「斷代為史」，而「作風的遷流和評壇的中心思想怎樣演變卻無從尋求」，而且認為它的材料如同北大預科講義《文論集要》一般尋常，甚至「還沒有它那樣廣大」。〔註384〕對於這兩篇流於意氣、無嚴肅學術態度的指謫文章，陳鍾凡無心回應。倒是季通發表《容旁觀者說幾句公道話麼》一文，為陳鍾凡抱打不平。對於冷眼的指謫，季氏指出，再版時陳氏已修改，只因改版人與校對者疏忽，「又把幾個名字改列於張協之下」，可惜「以錯易錯」。同時，他認為，陳氏著作之材料只有十分之二三與《文論集要》相同，雖簡略，然「搜羅材料，也少費一點力量」。〔註385〕比較而言，沈達材《陳鍾凡著中國文學批評史》是一篇相當嚴肅的批評。作者在褒獎陳氏「披荊斬棘，開山闢路的功勞」後，就指出三個不滿意之處：一是材料貧乏和選擇不當，特別是宋以後，多用間接材料，從《四庫全書提要》中掠取成說；二是把《史通》混入文學批評範圍；三是常將文學理論和文學批評分開，且將文章做法或文體說認做

孔孟詩說；五、司馬遷之創作動機論；六、揚雄之文學批評；七、班固之文學批評；八、偉大之批評家王充；九、曹丕論文；十、陸機文賦；十一、皇甫謐與左思之賦論；十二、摯虞詩賦；十三、葛洪之文論；十四、沈約、陸厥之論聲律；十五、裴子野《雕蟲論》；十六、蕭統、蕭綱、蕭繹之文學觀；十七、鍾嶸《詩品》；十九、顏之推《文章論》；二十、李諤《上隋文帝革文華書》。

〔註383〕參見冷眼：《陳鍾凡抄書都錯》，《文學週報》第 7 卷，第 663～665 頁。
〔註384〕開脫：《公文程式化的大著作》，《文學週報》第 7 卷，第 635～637 頁。
〔註385〕季通：《容旁觀者說幾句公道話麼》，《文學週報》第 8 卷，第 202～206 頁。

批評史料。〔註386〕第一點是公認的陳著之不足,《史通》雖是論史,但可窺出
論文見解,納入批評史無可厚非。由第三點可知,沈氏理解之「文學批評」
是狹義的,故排斥文章做法或文體說。文學批評史之「文學批評」一般取廣
義,含文學理論、文章做法、文體論等。引起後人較多歧義的是朱自清的評
價。他在評價郭紹虞批評史時旁及到陳著:「那似乎隨手掇拾而成,並非精心
結撰。取材只是人所熟知的一些東西,說解也只是順文敷衍,毫無新意,所
以不為人所重。」〔註387〕朱氏以郭紹虞「費了七八年工夫」「精心結撰」的著
作衡量七年前的陳著,自然陳著取材與論說都只能處於下風。後來朱氏再次
談到陳著時語氣有所緩和:「在中國的文學批評成為『詩文評』的,也升了格
成為文學的一類。陳中凡先生的《中國文學批評史》僅後於《宋元戲曲史》,
但到郭紹虞先生的那一本出來,才引起一般的注意,雖然那還只是上卷書。」
〔註388〕雖然從傳播效果而言,對陳、郭二著的評價仍有高下之分,但對陳著
首創之功已有所認同。

　　郭紹虞《文學批評史》在正式出版之前就面臨著分量不小的批評。列入
「大學叢書」之一的上冊出版之際,郭氏請「大學叢書委員會」委員之一
的胡適寫序。胡序其實是一篇很好的批評文章,此後又有朱自清和錢鍾書
的書評,若再加上郭氏的《自序》和答覆錢氏書評的《談復古》一起對讀,
則會發現他們共同關注的問題以及彼此之間的有趣對話。胡氏在《序》中
肯定了郭著兩點長處——「搜集材料最辛勤」和「能抓住幾個大潮流的意
象」。簡略的肯定之後,他就開始提出不滿意之處。首先是三個階段的名稱:
「『復古』期,不過是演變的一種;至於『完成』,更無此日」,不過,胡氏看
得並沒有如此簡單:「平心細讀郭君的敘述,還可以承認他的錯誤不過是名
詞上的錯誤,他確已看出了中國文學觀念到隋唐以後經過一個激烈的大變
化,這個大變化在形式上是復古,在意義上其實是革新。」〔註389〕年少氣盛
的錢鍾書則沒有前輩胡適的沉潛,在書評《論復古》一文中,開篇就給郭氏
扣上了「不甚許可復古」、「藐視復古」的帽子。其實,郭氏在《自序》中針

〔註386〕沈達材:《陳鍾凡著中國文學批評史》,《圖書評論》第 1 卷第 5 期,1933
　　　　年。
〔註387〕朱自清:《評郭紹虞〈中國文學批評史〉上卷》,《朱自清全集》第 8 卷,第
　　　　196 頁。
〔註388〕朱自清:《〈詩言志辯〉序》,《朱自清全集》第 6 卷,第 127 頁。
〔註389〕胡適:《郭紹虞〈中國文學批評史〉序》,《胡適全集》第 12 卷,第 238 頁。

對胡氏批評〔註390〕，已有所說明：「復古期也未嘗不是演變」，並承認：「曰復古，曰完成，都是不甚愜當的名詞，亦強為之名而已。」〔註391〕只是他所用「演進」與「復古」、「順流」與「逆流」等詞語容易讓人意識到本人的價值判斷，於是在回應錢氏批評時再次重申：「曰順流，曰逆流，初無褒貶的意思，不過取其容易表示這兩種相反的傾向而已。」〔註392〕其次，胡氏認為，「最不能使人滿意的是把『神』、『氣』等等後起的觀念牽入古代文學見解裏去」，並舉例質問，孟子說「浩然之氣」、《繫辭傳》說「知幾其神乎」、莊子說庖丁解牛「以神遇而不以目視」與文學有何關係？〔註393〕對此，郭氏雖承認「近於曲說古史」，但自我辯解：只是『『及於後世文學批評之影響』，而不說這是儒道二家之文學觀」，而且「本想把這兩節移到後邊論及『神』與『氣』之時述之，不過以其不能說的詳盡，而且不易看出他的關係」。〔註394〕與胡適意見相反，朱自清認為，分析詞語意義是本書最大的成功之處，「例如『文學』、『神』、『氣』、『文筆』、『道』、『貫道』、『載道』這些個重要術語，最是纏夾不清；書中都按著它們在各個時代或各家學說裏的關係，仔細辨析它們的意義。懂得這些個術語的意義，才懂得一時代或一家的學說。」〔註395〕朱氏接受當時在清華任教的瑞恰慈（I. A. Richards）的語義學，關注理論術語的意義分析，故對郭氏辨析術語含義極為讚賞。胡適一貫提倡「各還他一個本來面目」，對於如此「曲說古史」自然有所非議。此外，胡氏又對《禮記》取材和「墨家文學觀」提了意見，郭氏《自序》也轉引了這兩條無關緊要的批評。通過分析可知，胡適對於郭著評價一般，僅僅看作是一部「很重要的材料書」，並無自家哲學史那種「使中國哲學史變色」之功用。郭氏最終沒有採用胡序，或許正因為胡序不能為他的著作「爭光添彩」。

　　質疑郭紹虞「復古」觀念的同時，錢鍾書還認為，道學家「文以載道」之說「在道學家的座標系（system to reference）內算不得文學批評」，因為「文以載道」只限於道學的範圍，「道學家若談文學，也會『文以貫道』的」；而

〔註390〕仔細評讀會發現，郭氏自序除了講述「從文學批評史以印證文學史」之目的以及本書編例外，基本上都是針對於胡序之批評的自我辯解。

〔註391〕郭紹虞：《自序》，《中國文學批評史》（上），第 2 頁。

〔註392〕郭紹虞：《談復古》，《照隅室雜著》，第 198 頁。

〔註393〕胡適：《郭紹虞〈中國文學批評史〉序》，《胡適全集》第 12 卷，第 238 頁。

〔註394〕郭紹虞：《自序》，《中國文學批評史》（上），第 3 頁。

〔註395〕朱自清：《評郭紹虞〈中國文學批評史〉上卷》，《朱自清全集》第 8 卷，第 196、197 頁。

且,「道」像柏拉圖的模型,無時間性,無「古」和「今」,故道學家並非「復古」。〔註396〕其實,郭氏此處指宋儒本於孔門的傳統文學觀,謂「復古」本無不可。錢氏此篇書評見解新異,同時也盛氣凌人,郭氏的回應則溫和得多,這與朱自清有很大關係。朱自清日記1934年10月20日記載:「郭紹虞來訪,給我看一篇他回答錢鍾書批評的短文(《談復古》),頗感情用事。我為之刪去一些有傷感情的詞句。」同時,他也為錢、郭之爭論下了一個公允的結論:「有一點得注意,錢在選擇批評的例子時是抱有成見的,這些例子或多或少曲解了作者的本意。」〔註397〕當然,朱自清對於郭著也不是完全異議,認為其純文學、雜文學的二分法值得商榷:「用西方的分類來安插中國材料」未必符合中國實際情形。的確,郭氏此點易受人指責。朱自清日記1933年12月27日記載:「公超晚來談紹虞《批評史》若分背景、文則、具體批評三部分言之較佳,今以純文學、雜文學分,似太陋也。」〔註398〕採用純、雜文學二分法是當時學術趨勢,郭氏也難免受此影響。此外,朱氏還指出,值得商榷的幾處細節,比如未詳說「比興」、未專論唐人選唐詩等。

其實,郭著一出版,在燕京大學《燕大旬刊》上就引起了論戰。先是署名MF的學生發表了一篇火藥味很濃的書評,接著楚狂、吳曉鈴、蜀翁等人發表反批評為郭氏辯護。〔註399〕這幾位幾乎皆用筆名,不願拋頭露面,因其用語大多尖酸刻薄,流於意氣之爭,學術含量不大,且已有學者做過相關梳理〔註400〕,在此不再贅述。李青崖對郭著基本上都是正面評價,認為它「是近年來國人整理文學遺產的一個大貢獻」,並特意指出作者從文學和思想兩方面處理文學批評演變的特點。〔註401〕張長弓除了一些細節的商榷外,對郭著褒揚有加,認為陳鍾凡著作只是史料的排列,沒有分析文學批評本身以及前因

〔註396〕錢鍾書:《論復古》,《寫在人生邊上‧人生邊上的邊上‧石語》,第327～334頁。
〔註397〕《朱自清日記》(上),《朱自清全集》第10卷,第324、325頁。
〔註398〕《朱自清日記》(上),《朱自清全集》第10卷,第271頁。
〔註399〕先後的文章有MF《讀郭紹虞先生的文學批評史》(《燕大旬刊》1935年第8期)以及楚狂《讀MP君的「讀郭紹虞先生的文學批評史」》、吳曉鈴《讀「讀郭紹虞先生的文學批評史」》、蜀翁《讀「讀郭紹虞先生的文學批評史」》(《燕大旬刊》第9期)。
〔註400〕參見劉文勇:《起點與困惑:早期中國文學批評史寫作的啟示》,《文學批評》2014年第1期。
〔註401〕李青崖:《中國文學批評史上冊》,《出版週刊》第104期,1934年。

後果，郭著才「實為中國文學批評史的第一部書」。〔註402〕

郭著面世後三個月，羅根澤《批評史》也相繼出版，評價同樣有眾多分歧。林分、周木齋、林庚等人的相關評論內容參見緒論中的研究綜述部分。羅氏從編寫講義到著作出版只兩年時間，材料搜集在郭紹虞著作的基礎上自然有所增幅，但論說則未必如郭著那樣精深。朱自清的看法便是如此。他讀完羅著後在日記中記載：「讀羅雨亭《中國文學批評史》第一冊。與郭著相比，新材料多，亦有新意見，然覺粗略浮淺。而評論者卻有『本書取材宏博，議論有獨到處』等語。」〔註403〕他讀完郭著後記述：「讀紹虞《中國文學批評史》上卷竟，覺其分析精確，頭頭是道。」〔註404〕很明顯，他認為羅著勝在材料，分析卻「粗略浮淺」。

綜上所述，在學科初創之際，最早因課堂所需而編寫的幾部講義大多受到不同程度的批評。作為開風氣之先的陳著所受非議最為劇烈，郭著復古觀念及雜文學、純文學二分法易遭人詬病，羅著雖材料宏富，但論說欠精深。這些批評意見對他們此後的修改或多或少都有一些影響。羅根澤1940年代修訂了批評史，不僅刪掉舊緒言增添了長達萬言的新緒言，而且結構與分析都有所調整，詳見第二章第一節。朱東潤從一、二稿到三稿之間的修改更是有跡可尋，相關研究可參見二文：周興陸《從〈講義〉到〈大綱〉——朱東潤早年研究文學批評史的一段經歷》與陳尚君《朱東潤先生研治中國文學批評史的歷程——以先生自存講義為中心》〔註405〕。

〔註402〕張長弓：《讀中國文學批評史（上冊）》，《文藝月報》第1卷第4期，1935年。
〔註403〕《朱自清日記》（下），《朱自清全集》第10卷，第196頁。
〔註404〕《朱自清日記》（上），《朱自清全集》第9卷，第237頁。
〔註405〕周興陸在上海圖書館見到朱氏題贈鄭東啟的講義（第二稿），遂與大綱定稿比較分析，發現四點改變：一、講義常引述西人理論，作中西比較，大綱予以刪除，並強調民族精神；二、大綱立論更平妥、嚴謹；三、對某些問題的研究深化，如司空圖、王士禎；四、文獻考辨更加謹慎。參見《古典文學知識》，2006年第6期。陳尚君因編纂朱東潤文集，得以閱讀朱氏本人保存的歷次講義和手稿（大綱出版前共五種）。他仔細比對各個版本，對字數、目錄、內容增刪都有詳細考辨，且根據1937年三稿殘稿與1933年二稿批語鉤稽了三稿下半部的缺失部分，對學界瞭解朱氏批評史研究之軌跡有重要參考價值。參見《復旦學報》2013年第6期。

第二章　史學家的文學批評史

　　根據編著者的不同，羅根澤把文學批評史分為兩類：史學家的批評史和文學批評家的批評史。前者「或獨重過去文學批評的紀述，或兼重未來文學批評的指導」；後者或「根據過去的文學批評，創立新的文學批評」，或「為自己的文學批評尋找歷史的根據」。〔註1〕前者偏於求真，目的在於還文學批評以本來面目；後者偏於求好，目的在於為自己的學說尋找證據。陳鍾凡、郭紹虞、羅根澤、朱東潤等編著的文學批評史大體都屬於史學家的批評史。相比較其他各家，羅氏批評史在資料搜集、敘述客觀等方面更接近於這一類型。對於文學批評家的批評史，羅根澤沒有找出例證，只列舉某些唯物史觀的文學史或哲學史。有意思的是，1957 年版批評史中這一例證改為胡適的白話文學史。〔註2〕很顯然，依他之見，為某種學說尋找證據所編著的學藝史無足輕重，基本屬於他所批判的範圍，而史學家的學藝史才是他所向往的「名山事業」，因此求「真」被他列入史家責任的最重要因素。

　　雖然羅根澤當時沒有找出文學批評家所編著的批評史，且預測「文學批評史也總有被人為尋找學說的證據而編著的一日」，不過這類批評史當時已露端倪，只是沒有形成如史學家的批評史那樣的專門著作，其中代表就是梁實秋與李長之。梁實秋認為，文學批評既不是科學，也不是藝術，而「在於超出時代與地域之限制，建立一個普遍文學的標準，然後再說明某一時代某一國土的文學品味對於這個標準是符合抑是叛異」，因此「文學批評史的本身也是以至善至美為中心，故其任務不在敘述文學批評全部的進步的歷程，而在

〔註1〕羅根澤：《周秦兩漢文學批評史》，第24頁。
〔註2〕參見羅根澤：《中國文學批評史》（一），古典文學出版社，1957年，第23頁。

敘說各時代各國土的文學品味之距離中心的程度」。〔註3〕他的《文藝批評論》雖未標以批評史之名，但以歷時次序講述西洋各期文藝批評面貌，可略窺西洋文藝批評進展之大勢。該著以「至善至美」的普遍標準觀之，西洋文藝批評史是「古典的」與「浪漫的」兩大潮流的消長盛衰，也是「健康的學說與病態的學說互相爭雄的記錄」。〔註4〕李長之認為，「一部文學批評史是一部代表人類理性的自覺的，而為理性的自由抗戰、奮鬥的歷史」，故「一部文學批評史的著重點應當在偉大的批評家，而對於偉大的批評家的著重點應當在他的偉大的批評精神」，而「偉大的批評精神」就是「求『真』而不惜破壞假，求『善』而不惜嫉『惡』如仇，為『美』而熱烈的愛護、禮讚」。〔註5〕因此，他所構建的文學批評史就是由具備偉大批評精神的批評家組成，如孟子、司馬遷、張彥遠、章學誠等。梁、李二人皆為批評家，所描述的批評史只是為自身的「普遍標準」或「批評精神」尋找立說證據，當屬羅根澤所劃分的第二類批評史——批評家的批評史。只不過，二人沒有顯著的批評史著作，羅氏沒有注意到而已。

對於批評史的劃分，張海明根據解釋歷史方法的不同，分為還原性解釋與創造性解釋兩類，前者「在於恢復歷史的本來面目」，後者「在於給傳統的觀點、命題、範疇以新的解釋」。這種劃分與羅氏的分類相似，史學家的批評史近於還原性解釋，批評家的批評史近於創造性解釋。張先生也指出，就研究主體而論，「側重還原性解釋的多為理論史家，而側重創造性解釋的多為理論家」。然而，他不像羅根澤那樣只看重史學家的批評史，而是認為研究者不可各執一端，「長於史者不能無論，長於論者也不能無史，互補而不是互離，偏重而不是偏廢」。〔註6〕不過，在以科學史學為標準衡量學術價值的20世紀20至40年代，求「真」是大多數學者的追求，更何況以考證諸子學起家的羅根澤。因此，梳理他從諸子學轉入文學史再轉入批評史的學術軌跡，有助於把握其學術思想與方法的發展脈絡。

〔註3〕梁實秋：《文學批評辯》，《梁實秋文集》第1卷，鷺江出版社，2002年，第125頁。

〔註4〕梁實秋：《文藝批評論》，《梁實秋文集》第1卷，第298～300頁。

〔註5〕李長之：《論偉大的批評家和文學批評史》，《李長之文集》第3卷，河北教育出版社，2006年，第23、24頁。

〔註6〕張海明：《膠柱鼓瑟與郢書燕說——關於中國古代文論研究方法的思考》，《文藝爭鳴》1996年第4期。

第一節　從諸子學到文學批評史

一、何以研究諸子學

羅根澤編成《諸子叢考》後，被顧頡剛列入《古史辨》第四冊，且在顧氏的建議下仿照第一冊寫了一篇自序，分析自身性情與學問志趣之間的關係：

> 做考據吧，按不住自己的奔放的情感。做文學吧，理智又時來搗亂。做哲學吧，哲學要有己見；我呢，覺得凡是己見，都不是最終的真理，最終的真理在若干哲學家之己見的中間；我反對己見，當然不配研究哲學。可是哲學，文學，考據學，又都在被我愛好。那麼怎麼辦呢？經了這一次的彷徨，最後體察出自己的短處和長處：自己沒有己見，因之缺乏創造力，不能創造哲學，亦不能創造文學。但亦惟其沒有己見，因亦沒有偏見，最適合於做忠實的，客觀的整理的工作。利用自己因愛好哲學而得到的組織力與分析力，因愛好文學而得到的文學技術與欣賞能力，因愛好考據而得到的多方求證與小心立說的習慣，來做整理中國文學和哲學的事業。〔註7〕

因此，他打算「凝定了以畢生的精力，寫一部忠實而詳瞻的中國文學史和一部中國學術思想史」。具體而言，他把中國學術思想分為四期，因精力有限，研究集中在第一期——上古至東漢末。此期學術又分為經學與諸子學，他之所以選擇後者，也與自身愛好有關：「在諸子書中，可以看到各種相反的論調，可以看到類似而不同的主張；看孟子把墨子罵了個不亦樂乎，看墨子卻又有他獨到的見解。這些各是其是、各非其非的言論，最足以滿足我這喜新好異的嗜好。」〔註8〕可見，研究諸子才是他的個人志趣，「整理中國文學」多半是輾轉各大學因教書需要才納入研究計劃。不過，他「愛好文學」的確有所根基，其家鄉是河北深縣，晚清桐城大家吳汝綸曾在此做過一任知州，故此地學風多被桐城古文薰染。羅氏讀中學時國文課本是《古文辭類纂》和《經書史漢綱鑒》，而且把國文看作「學問」，其他各科僅是「功課」，遂養成「偏嗜的癖性」。入讀師範學校，因通識教育不合自身癖好退學，遂私淑吳汝綸弟子武錫玉，在「北圃學社」「學文」兩年，除武先生講書全憑興會外，自

〔註7〕羅根澤：《自序》，《古史辨（四）》，北平樸社，1933年，第1、2頁。
〔註8〕羅根澤：《自序》，《古史辨（四）》，第3頁。

修內容也無非是誦讀、點讀、抄讀。〔註9〕若循此軌跡,那麼羅氏也只是一位講授中小學國文課的「桐城末流」而已。

　　因受新文化的洗禮,羅根澤遂決定致力於「創作新文學,整理舊文學」,與桐城古文漸行漸遠。這其中與幾個人有著重要關係。1922 年到天津南開大學暑期學校聽梁啟超講「國文教學法」、胡適講「國語文法」和「國語文學史」〔註10〕,使他的志趣向「整理舊文學」偏移。而且,研究諸子學逐漸成為首要之選:「我之研究子書,最早即是從個人的研究入手,這可以說是受了梁任公先生的影響。1922 年我讀到梁先生的《墨子學案》,在欽佩之下,掀動了作《諸子學案》的野心。」〔註11〕1925 年考入河北大學國文系,雖然武錫玉時任該系教授,但羅根澤已不習詩文,專心致志地整理諸子,先後撰寫《莊子學案》(1925)、《荀子學案》(1926),並託王峰山請梁啟超指正,後於 1927 年春晉謁於清華園。同年秋,考入清華研究院國學門,研究諸子學,由梁啟超指導〔註12〕,學術大門正式敞開,先後撰成《孟子評傳》、《管子探源》。其中由研究諸子學說轉向考訂諸子真偽年代直接受梁啟超《中國歷史研究法》、顧頡剛《古史辨》第一冊影響。〔註13〕對於辨真偽與考年代,羅根澤不同於顧頡剛,更傾向於後者:「辨真偽,跡追依偽,擯斥不使廁於學術界,義主破壞;考年代,稽考作書時期,以還學術史上之時代價值,義主建設。」〔註14〕而顧頡剛認為:「這二事實沒有嚴密的界限。所謂考年代,也就是辨去其偽託之時代而置之於其真時代中。考年代是目的,辨真偽是手段。」〔註15〕建設自然在破壞之後,而且辨真偽也並不是擯斥其於學術界之外,例

〔註9〕　參見羅根澤:《我的讀書生活》,《中央週刊》第 8 卷第 8 期,1946 年。

〔註10〕　胡適 1922 年日記云:「暑假學校中的學生多有從直隸、山東的內地來的,頗愚陋,但樸實可敬,內中也有很用功的。」胡適或許沒有想到,其中之一的羅根澤幾年後在諸子研究領域嶄露頭角,概因其「很用功」。見《胡適全集》第 29 卷,第 674～702 頁。

〔註11〕　羅根澤:《自序》,《古史辨(四)》,第 10 頁。

〔註12〕　羅根澤 1927 年 9 月入學,不過梁啟超於 1928 年初腎病加重,向學校提出辭呈,後經學校挽留遂為通信導師,5 月底徹底辭去清華職務,回天津修養,國學院在讀學生大部分轉入陳寅恪名下(王國維已逝世,趙元任、李濟治學專門),是故羅根澤實際上受梁啟超指導不足一年。

〔註13〕　羅根澤云:「我自讀了他倆的這兩部名著,我便蓄志將所有的號為先秦兩漢的子書都予以推考著作年代的研究。」參見《《古史辨(四)》自序》。

〔註14〕　羅根澤:《管子探源》,中華書局,1931 年,第 3 頁。

〔註15〕　顧頡剛:《序》,《古史辨(四)》,第 18 頁。

如顧頡剛辨《周官》是偽書，只是除去其與周公的關係，並不是否認其書之價值。

羅根澤研究諸子學一是自身興趣使然，二是緣於梁啟超、胡適、顧頡剛的影響，除此之外，還與晚清民國的學術嬗變有關。

有清一朝，考證學集大成，不過到了晚清形勢有變。梁啟超指出，光緒初年，「普通經學史學的考證，多已被前人做盡，因此他們要走偏鋒為局部的研究。其時最流行的有幾種學問：一，金石學，二，元史及西北地理學，三，諸子學」〔註16〕。金石學、元史及西北地理學限於新材料發見，難以昌大，諸子學則不同，九流十家典籍大多存世，大可考證。故自章學誠始，諸子學一變為顯學，郭湛波認為章氏「開近代研究諸子學之先河」，並從學術興替解釋道：「考證學到了章氏，經學史學的考證，已考無可考；所以由經學史學考證走到了諸子的考證，由諸子的考證走到研究諸子的學說思想。」〔註17〕到了20世紀二三十年代，諸子學已成炙手可熱之學，凡治學術思想史的學者幾乎都對此有所涉獵。只要一翻《古史辨》第四冊《諸子叢考》、第六冊《諸子續考》的文章，就知這一隊伍何其龐大。〔註18〕難怪陳寅恪發出如此感慨：「近年國內本國思想史之著作，幾盡為先秦及兩漢諸子之論文，殆皆師法昔賢『非三代兩漢之書不敢觀者』。何國人之好古，一至於斯也。」〔註19〕尋其原因，除了經學衰退外，又與五四「反孔」之後的「疑古運動」、科學方法的輸入有關。「中國思想經了這次革命——反孔與疑古，不只籠罩了二千餘年孔子學說思想推翻，而數千年相傳的典籍——六經，也失掉了權威；於是湮沒二千多年的諸子學說思想，因封建社會的崩潰，孔子學說的失敗，而抬起頭來；加之西洋學說思想的介紹、比較，新的治學方法輸入，這就是整理舊思想的淵源。」〔註20〕這一近代學術史上的轉向也可用張蔭麟的評價解釋：「往者新文化運動之口號之一曰『一切重新估價』，此口號應用於歷史上則生兩種效果：一則務唾辱舊日所尊崇之人物，美稱之則曰『打倒偶像』；一則務推奉舊日所

〔註16〕梁啟超：《中國近三百年學術史》，河北人民出版社，2004年，第30、31頁。
〔註17〕郭湛波：《近五十年中國思想史》，上海古籍出版社，2005年，第46頁。
〔註18〕有梁啟超、胡適、錢穆、馮友蘭、顧頡剛、余嘉錫、張西堂、唐越、唐蘭、馬叔倫、張爾田、朱希祖、容肇祖、羅根澤、劉盼遂、游國恩等。
〔註19〕陳寅恪：《吾國學術之現狀及清華之職責》，《金明館叢稿二編》，北京三聯書店，2001年，第362頁。
〔註20〕郭湛波：《近五十年中國思想史》，第215頁。

鄙夷之人物，美稱之曰『打抱不平』。」〔註21〕經史之學沒落、諸子之學興盛正是這一抑一揚的結果。從學術潛力而言，經史之學無空間可掘，從價值重估而言，經史之學的王綱地位衰落，因此子學成為學術熱點。羅根澤自然也逃不出這一大勢。他幼無經史根柢，少習桐城古文，治經史無從談起，讀梁啟超書始入子學之門，受胡適啟發懂得科學方法，從顧頡剛處具備疑古精神，考證諸子學算是「終南捷徑」。

羅根澤把整理諸子分為五種：人的研究、書的研究、學說的研究、佚子的研究、歷代人研究諸子的總成績。關於人的研究，他欲寫評傳以表彰諸子精神；書的研究分為文字內容與著作年代研究，前者包括校注、通釋、標點、索引，後者是考訂諸子真偽年代；學說的研究分為側重人者與側重學術者，前者包括個人、派別、歷史、比較四種研究，後者重問題的研究，如荀子論禮等；佚子的研究即輯佚；歷代人研究諸子的總成績包括子學考與歷代人眼光中的諸子。如此宏大的研究計劃注定難以實現，觀之羅氏的研究結果，多集中於人、書與學說的研究，特別是撰寫學案與考訂年代。他先後撰有莊子、荀子、孟子等學案，編成《諸子概論講義》，一系列的探源文章都可看作是考訂真偽年代，如管子、墨子、鄧析子、商君書、孔叢子、尹文子探源等。不過，這幾項內容並不是齊頭並進，而是有先後之分。羅氏最早觸及諸子義理學說，兼及評傳，後來才進入考訂諸子真偽年代。而且，隨著研究深入，他日益感覺窘迫，遂縮小研究計劃：「諸子百家，則作『探源』以辨正偽，作『集注』以明訓詁，作『傳論』以考行實，作『學案』以闡義理。」〔註22〕其餘各項基本剔除，而且不得不承認：「古史辨第四冊自序所擬計劃，皆徒託空言。」〔註23〕只可惜，探源、傳論、集注、學案四類也遠非完成目標，探源一類成文較多，傳論只孟子一種，學案僅為油印的《諸子概論講義》，集注更未成面目。這既與他1930年代後兼治文學史、批評史分散研究精力有關，也受新中國成立後學院體制限制：「解放後，由於個人教學任務的不再包括諸子，因而沒有再寫這方面的文章。」〔註24〕「一部學術思想史」終未完成，那麼中國文學史又是如何呢？

〔註21〕張蔭麟：《評楊鴻烈〈大思想家袁枚評傳〉》，《張蔭麟全集》中卷，第 1045 頁。
〔註22〕羅根澤：《自序》，《周秦兩漢文學批評史》，第 1 頁。
〔註23〕羅根澤：《關於名墨之討論》，《讀書通訊》第 84 期，1944 年。
〔註24〕羅根澤：《序言》，《諸子考索》，人民出版社，1958 年，第 1 頁。

二、「中國文學史類編」

　　1929 年秋，羅根澤因學長劉盼遂〔註25〕推薦，任河南大學教授，講授諸子概論與中國文學史，故不得不旁涉文學史。他在第一篇文學史論文《五言詩起源說評錄》中談及自己的研究計劃：「擬先將中國全部文學，分為若干類，如詩類、賦類、詞曲類、小說類……再於每類中分為若干小問題以研究之，茲篇其嚆矢也」，「歌謠與詩，當離為兩類，故撰《中國文學史類編》，有歌謠篇、詩篇之分」。〔註26〕他不但一觸及文學史研究就決定了類編的計劃，而且還制定了先研究「小問題」後撰述分類文學史的步驟。只不過，具體的類別還沒有最終確定，但已包括詩、賦、詞曲、小說、歌謠五類。次年，羅氏在《樂府文學史》自序中把文學史類編計劃具體化，分為八個類別：歌謠、樂府、詞、戲曲、小說、詩、賦、駢散文。〔註27〕1934 年，他在《中國文學批評史》（Ⅰ）自序中對八類有所調整：

　　　　這本《中國文學批評史》，是我擬編的《中國文學史類編》之一。我之擬編《中國文學史類編》的計劃，最早是沒有將文學批評史列入的（見拙編《樂府文學史自序》）；後來覺得文學批評，雖然不擬一班偏見者所說，也是一種創作，但確是創作的導師，在文學史上自有它不能磨滅的價值，所以又將它列入了。〔註28〕

既然認為，把文學批評看作一種創作是「偏見」，僅因文學批評是「創作的導師」而把它列入文學史類編計劃，理由有點勉強，最主要的原因則是他在清華大學講授批評史不得不編著講義。1935 年，他在《研究中國文學史的計劃》中陳述：

　　　　原先分為歌謠、樂府、詞、戲曲、詩、小說、駢文、散文八類（見拙撰《樂府文學史》的序）。歌謠、樂府、詞及詩四類已大致寫訖，後來感覺到歌謠是詩詞樂府的生母，而本身變化則極少。又以文學批評雖不一定也算創作，但確是創作的導師，在文學史上的地位極

〔註25〕劉盼遂（1896～1966），1925 年考入清華國學院，至 1929 年方才離校，羅根澤 1927 年入學，二人同學兩年，關係甚篤，1937 年版《清華同學錄》中，羅根澤三名常用連絡人之一便是劉盼遂，另二人是儲皖峰與陸侃如。參見夏曉虹、吳令華編：《清華同學與學術薪傳》，北京三聯書店，2009 年，第 560 頁。

〔註26〕羅根澤：《五言詩起源說評錄》，《河南大學文學院季刊》第 1 期，1930 年。

〔註27〕羅根澤：《自序》，《樂府文學史》，北平文化學社，1931 年，第 2 頁。

〔註28〕羅根澤：《自序》，《中國文學批評史》（Ⅰ），第 1 頁。

高。由是將歌謠散入詩詞及樂府，而添入批評，仍是八類。〔註29〕
在此，他不僅重申了把文學批評列入文學史類編的計劃，而且解釋了把歌謠散入詩詞及樂府的因由。當然，羅氏並不止於分類文學史，如同當時大多數學者一樣，他的最終學術理想仍是文學通史，只不過他計劃分步驟地完成：「先寫各類文學史，俟各類文學史寫迄之後，再合起來寫一部整個的文學史。」〔註30〕

那麼，羅根澤為何一開始就決定撰寫分類的文學史，而且始終貫徹之？他這樣解釋道：

> 現有的中國文學史，各有各的見解，各有各的長處，但是它們的組織，好像是差不多，總是「自從盤古到如今」挨字挨板的敘下。外國文學史便不全是這樣，盡有先分類別，再依時代敘述的。現在，我要將此法偷來編中國文學史，給它一個名字叫《中國文學史類編》。〔註31〕

他聲稱，「文學史類編」的學術計劃「偷法」外國文學史。不過，當時輸入國內的外國文學史大多是依時代敘述的，其中國別文學史也是先依時代敘述，再以作家或文體而分，鮮有諸如《法國小說史》或《英國詩歌史》這樣的分類文學史。〔註32〕羅氏借鑒西說的陳述可能是為增加自己分類文學史計劃的學理根據。當然，他有自己的理由：「一種文學的變遷的原因，和並時的其他文學的影響，終不及和前代的同類文學的影響大。」即是說，建安時期五言詩成熟與當時賦和散文關係不大，而是兩漢以後五言詩逐漸發展的結果；韓柳古文運動與唐詩也關係不大，而是對於六朝駢文的反動。因此，敘述「各種文學生於何時？盛於何時？衰滅於何時？因何而生？因何而盛？因何而分化？因何而衰滅」〔註33〕，則需要編著分類文學史。同時，羅氏也不反對斷代文學史，依然認為要掌握一個時代的文學離不開斷代文學史。分類與斷代

〔註29〕羅根澤：《研究中國文學史的計劃》，《文史叢刊》第1卷第1期，1935年。
〔註30〕羅根澤：《研究中國文學史的計劃》，《文史叢刊》第1卷第1期，1935年。
〔註31〕羅根澤：《自序》，《樂府文學史》，第1頁。
〔註32〕外國文學通史以歐洲文學史為例，先後被翻譯介紹的有《歐洲文學入門》(E. Faguet著，顧鍾序譯，商務印書館，1924年)、《歐洲文學發達史》(茀理契著，沈起予譯，開明書店，1932年)等。國別文學史以法國文學史為例，先後有《法國文學史》(Pauthier著，王維克譯，泰東圖書局，1925年)、《法國文學》(Maurice Baring著，蔣學楷譯，南華圖書局，1929年)、《法國文學史》(穆木天編譯，世界書局，1935年)等。
〔註33〕羅根澤：《自序》，《樂府文學史》，第4頁。

文學史互不妨礙，猶之有了各專史，同時仍需要通史。

　　羅根澤的文學史類編計劃看似孤鴻之音，其實不然。近代學術日益精細，分科與分類不可避免。顧頡剛在《當代中國史學》中說：「通史的寫作，非一個人的精力所能勝任，而中國歷史上需要考證的問題又太多，因此最好的辦法，是分工合作，先作斷代的研究，使其精力集中於某一個時代，作專門而精湛的考證論文，如是方可以產生一部完美的斷代史，也更可以產生一部完美的通史。」〔註34〕具體到文學史而言，無非是斷代或分類而已。所以，陸侃如在為游國恩《楚辭概論》作序時談到文學史努力的兩個方向：「我們一方面力避前人的覆轍，一方面糾合同志作部分的研究——或分類，或斷代。斷代的如徐君夢麟（嘉瑞）的《中古文學概論》，分類如游君澤承（國恩）的《中國辭賦史》和我的《中國詩史》。」〔註35〕汪辟疆也談到局部研究的重要：「我們欲編撰一部比較完善的《中國文學史》，必先要努力文學史上的局部研究，使局部文學，歸於細密的，正確的，然後就局部研究所得結果，提出綱要，以從事於《中國文學史》的撰述。故《中國詩歌史》，就是治《中國文學史》的初步。」〔註36〕此處汪氏之「局部研究」就是分類文學史。固然如羅根澤所說，當時充斥著千篇一律的依時代敘述的文學通史，不過那大多數是教員為應付大學、初高級中學講授而編寫的講義，或掇拾詩話文評而成，或是一個個作家的點名簿。一流的大學者很少一開始就編著文學通史，大多從分類或斷代文學史入手。我們先看大學課程。1917 年度，北京大學中國文學門課程表顯示，「中國文學史」分三期（上古迄魏、魏晉迄唐、唐宋迄今），分別於第一、二、三學年講授，同時又有吳梅的「詞曲」、黃節的「中國詩」等課程。1920 年代後，又有魯迅的「中國小說史」、劉毓盤的「詞史」、吳虞與劉文典的「文」等課程。1930 年度，清華大學中國文學系課程既有朱希祖的分期文學史，又有劉文典的「賦」、朱自清的「詩」、楊樹達的「文」、俞平伯的「詞」、「曲」及「小說」等課程。同時，截止 1930 年代初，已有多部分量不小的分類文學史問世，如王國維《宋元戲曲史》（1915）、魯迅《中國小說史略》（上卷 1923、下卷 1924）、吳梅《中國戲曲概論》（1926）、李維《詩史》（1928）、劉毓盤《詞史》（1931）、王易《詞曲史》（1932）等。此外，1922

〔註34〕顧頡剛：《當代中國史學》，上海古籍出版社，2002 年，第 85 頁。
〔註35〕陸侃如：《序》，游國恩：《楚辭概論》，述學社，1926 年，第 1 頁。
〔註36〕汪辟疆：《編述中國詩歌史的重要問題》，《國風半月刊》第 2 卷第 7 期，1932 年。

年梁啟超的《〈中學國史教本〉目錄》文化史部分有關文學的內容就以文體而
分，包括詩、詞、戲曲、小說、駢散文五個子目。〔註37〕1923 年，東南大學
國學院的《整理國學計劃書》所含專史之一的文藝史也以文體而分，包括詩
史、詞史、曲劇史、美術史等。〔註 38〕可見，無論從大學體制的課程而言，
還是從研究者的具體實踐或學術計劃而言，分體與斷代文學史都成齊頭並進
之勢，甚至前者比後者更受青睞。只不過，「『從盤古到如今』挨字挨板」講
述的粗淺文學通史數量可觀，而精深的分類文學史畢竟較少，故羅根澤才有
上述感覺，發出「中國文學史類編」的宣言。可以說，分類文學史之設想不
是他的獨創，而是當時學術分工影響下的趨勢。

　　對於八類文學史，1935 年羅根澤已稱，歌謠、樂府、詞及詩四類已大致
寫畢，後來歌謠散入詩詞與樂府，只剩詩歌、樂府、詞三類。《樂府文學史》
於 1931 年正式出版，是「文學史類編」第二編。《中國詩歌史》雖未出版，
但羅氏頻頻引用〔註39〕，說明編著完成無疑。（批評史下節再具體討論）其餘
則不願問世，羅氏多次表達此意：「已寫了幾類，但除樂府一類已經出版，無
法撤消，其餘都不欲遽然問世」〔註40〕；「各類文學史，則樂府悔其少作（北
京文化學社出版），他亦不欲問世」。〔註 41〕那麼，其餘幾種為何不願問世？
樂府為何又「悔其少作」？很明顯，其他幾種還沒有定稿，他歸因於自己的
懶惰：「我真是一個不榨不出油的懶人，以故儘管有編中國文學史類編的計劃，
但除了樂府一種因在河南大學的講授而不得不編，詩歌一種因在師範大學講
授不得不編，其餘各種，雖也搜集了一些材料，而未能動手編著。」〔註 42〕
不過，這是作者的自謙而已，他在業內以用功著稱。〔註 43〕羅氏遲遲未能完

〔註37〕梁啟超：《〈中學國史教本〉改造案並目錄》，《史地叢刊》第 2 卷第 2、3 期，
　　　　1922 年。
〔註38〕《國立東南大學國學院整理國學計劃書》，《國學叢刊》第 1 卷第 4 期，1923 年。
〔註39〕如《周秦兩漢文學批評史》第 40 頁、《魏晉六朝文學批評史》第 88 頁以及《散
　　　　文源流》（《羅根澤古典文學論文集》，第 476 頁），由所引內容可知，《中國詩
　　　　歌史》第一章是「中國詩歌之起源」，第七章是「宋齊之自然詩歌」，第十二
　　　　章是「唐初之糅合南北的詩歌」，其他章節不得而知。
〔註40〕羅根澤：《我怎樣研究中國文學史》，《讀書通訊》第 87 期，1944 年。
〔註41〕羅根澤：《自序》，《周秦兩漢文學批評史》，第 1 頁。
〔註42〕羅根澤：《自序》，《中國文學批評史》（I），第 1 頁。
〔註43〕中央大學的同事朱東潤就說：「羅雨亭的努力是有名的。」見《朱東潤自傳》，第
　　　　278 頁。羅根澤的令郎羅芄先生給筆者的信中提到，羅先生以讀書、問學為人
　　　　生唯一樂事，且回憶一次硬拉羅先生看電影，「結果父親在影院如坐針氈」。

成义學史編著與他的研究計劃有很大關係。他雖然決定先編分類文學史，但發現每類的問題仍然繁難，因此不得不在編著各類文學史之前，先從事各個問題的研究，「這近於支離破碎，但放下支離破碎的問題，而妄想總問題的解決，等於不肯一字一行的讀書，而妄想一步蹈入學者之林，恐怕沒有那便宜事？」〔註44〕這樣一來，必定步履維艱。因為文學史上有太多疑難問題，一個問題不能解決，各類文學史就無法敘寫，羅氏又不肯有意迴避，只能暫時闕如。我們僅看他大體列舉的各類文體問題：

> 五言詩是什麼時候以必然之勢而產生，在什麼時候又以必然之勢發生什麼變化，什麼時候更以必然之勢而形成詩壇的盟主，什麼時候又以必然之勢而逐漸衰滅。此外如七言詩、絕句詩、律詩，如樂府中的各種樂歌，如詞中的小令、中調、長調，如散曲、傳奇，如各種小說，如各種駢文、散文，逐處都是沒有解決而急待解決的問題。〔註45〕

每個文體、乃至其中的分文體都如此刨根究底，任務何其繁重！接觸某種文體之始，羅氏就首先花費大量精力考證該文體的產生年代及其流變，如《五言詩起源說評錄》、《七言詩之起源及其成熟》、《絕句三源》、《散文源流》等。這些文章材料豐厚，採眾家之說，辨析謹嚴，有新穎之論，屬於他所謂文學史研究的第一步——專門問題的解決。而《樂府文學史》只是教學講義，倉促而成，「出版後，續有新獲，覺應當增刪之處仍甚多」〔註46〕，故又作二長文《樂府中的故事與作者》、《何謂樂府及樂府的起源》。我們對比《樂府文學史》與此二文即可發現，前者多採取他說（如梁啟超《美文史》、胡適《白話文學史》等），少個人發見，後者以考證見長。聯繫羅根澤對於普通文學史之態度，他把《樂府文學史》稱為「少作」，不甚滿意，故悔其出版，其他幾種也不願將其問世，就不難理解了。

三、文學批評史成書考

羅根澤的文學史類編計劃，其中成就最大的無疑是文學批評史。下面我們來考察其成書過程。1934 年，《中國文學批評史》（I）（周秦至魏晉六朝）

〔註44〕羅根澤：《研究中國文學史的計劃》，《文史叢刊》第 1 卷第 1 期，1935 年。

〔註45〕羅根澤：《研究中國文學史的計劃》，《文史叢刊》第 1 卷第 1 期，1935 年。

〔註46〕羅根澤：《何謂樂府及樂府的起源》，《安徽大學月刊》第 2 卷第 1 期，1935 年。

出版。隋唐篇、晚唐五代篇直至 1943、1945 年才面世，兩宋篇在他去世後（1961）才最終與讀者見面。不過，隋唐、晚唐五代篇在 1935、1936 年已成初稿，而兩宋篇 1940 年代也初具規模。

1940 年代，羅根澤對周秦至魏晉六朝時期文學批評史做了很大修改，並重新出版《周秦兩漢文學批評史》、《魏晉六朝文學批評史》。具體而言，有以下兩個方面的修改。首先，調整史觀，彌合體例與史觀之間的縫隙。1934 版中，他的史觀是分化的發展，1940 年代版中，調整為綜合的史觀，即文學批評「可隨空間時間而異，也可隨文學批評家而異，也可隨文學體類而異」〔註47〕，體例也由原先不得已而折衷的「寓分類於分時之中」調整為自覺的綜合體——兼編年體、紀事本末體、紀傳體，如此體例與史觀達到了吻合。

其次，內容方面有很多修改。對比兩個版本，我們發現，主要有以下幾個方面的變化。一、章節方面有所改動。1934 版魏晉六朝篇前幾章依次是「文體論」、「文氣與音律」、「文筆之辨」、「何謂文學及文學的價值」、「文學觀的變遷」，而 1940 年代版依次是「文學概念」、「文筆之辯」、「文體類」、「音律說（上）」、「音律說（下）」。不僅順序有變，而且「何謂文學及文學的價值」、「文學觀的變遷」二章合為「文學觀念」一章，音律論分成二章，原先附於「文學觀的變遷」中的北朝文學論單列為一章。此外，各篇章還增加了不少小節，如周秦篇第三章增加「古經傳中的辭令論」、「晚出談辨墨家的論辯文方法」二節；魏晉六朝篇第一章增添「社會學術的因素」一節，第三章增添「文體二義」、「魏晉以前的文體論」、「傅玄的『七』論及連珠論」、「顏延之所謂『詠歌之書』『與褒貶之書』」四節，並把有關曹丕、曹植、葛洪、蕭綱對於文學價值的論說合為「文學價值的提舉」一節。很明顯，較之 1934 年版，1940 年代版在章節體例方面更為合理。

二、增添了不少材料和論述內容。比如，1934 版周秦篇第二章第一節借鑒青木正兒《中國文學思想史綱》的說法把作詩意義分為五類，第八節引用吳季札論樂原文；兩漢篇第一章第三節引用麥更西《文學的進化》原始藝術舞蹈、音樂、詩歌三位一體說；魏晉六朝篇第四章第九節把劉氏考證為劉善經，第九章鍾嶸部分增加「詩品動機」內容。增添之後，1940 年版材料更加豐富，論述更加深入。

三、部分內容的刪減和修改。比如，1934 年版因抄錄郭紹虞文學批評史

〔註47〕羅根澤：《周秦兩漢文學批評史》，第 17 頁。

之敘述莊子有關藝術鑑賞的內容，故 1940 年代版刪去；1934 年版劉勰、鍾嶸
章節，敘述二人的生平，1940 年代版因這些內容屬於文學史，故刪去。〔註48〕
1934 年版認為，漢代文學觀念是「載道說」與「言情說」的衝突，1940 年代
版儘量少用「載道」、「言情」，而是改為「愛美」與「尚用」。

　　《隋唐文學批評史》雖然出版於 1943 年，但在羅根澤任教安徽大學時
（1934～1935）就完成了初稿，並以《唐代文學批評研究初稿》為名分章刊
於安徽省立圖書館館刊《學風》第 5 卷第 2、3、4、8、10 期。第一章刊布時
文章前有作者的識語：「此拙編《中國文學批評史》第五篇也。第五篇以前者，
已由北平人文書店出版。所謂唐代不包括晚唐，因擬以晚唐並五代宋初為第
六篇故也。」〔註49〕根據文章題目，我們可以推知《初稿》目錄如下：

第一章　詩的格律與做法
第二章　社與社會及政治
第三章　唐史學家的文論及史傳文的批評
第四章　唐代早期古文文論
第五章　韓柳及以後的古文文論
第六章　佛經翻譯論〔註50〕

最後一章刊布時，正文前有編者的附語：「關於唐代部分，多在本刊本卷各期
先後刊布，本文乃為最後一篇。惟中間尚有《韓柳及以後的古文文論》一
篇，應列本文之前。近據羅先生函告，謂已在北平於張東蓀、瞿菊農諸先生
共同創辦之《文哲季刊》內發表，本刊因即從略。」〔註51〕實際上，此處有
誤。張東蓀、瞿菊農創辦的是《文哲月刊》，第五章也未發表於此刊。查閱
《文哲月刊》，羅根澤發表於此的文章分別是《中國文學起源新探》（第 1 卷
第 1 期）、《晚唐五代的文學論》（第 1 卷第 2、3 期）。1936 年 10 月，羅根澤
才把第五章抽繹為《韓愈及其門弟子的文學論》一文，發表於《文藝月刊》
第 9 卷第 4 期。

　　對比《唐代文學批評研究初稿》與 1943 版《隋唐文學批評史》，我們發

〔註48〕羅根澤對於文學史與批評史之任務有截然劃分：「文學批評不即是文學創作，
　　　　文學批評史不即是文學史，所以文學史上的問題，文學批評史非遇必要時，
　　　　不必越俎代庖。」見《周秦兩漢文學批評史》，第 12 頁。
〔註49〕羅根澤：《識語》，《唐代文學批評初稿》，《學風》第 5 卷第 2 期，1935 年。
〔註50〕參見《學風》第 5 卷第 2、3、4、8、10 期。
〔註51〕《編輯識語》，羅根澤：《佛經翻譯論》，《學風》第 5 卷第 10 期，1935 年。

現，除了書名的變化外，還有以下修改。《初稿》第一章「詩的格律與做法」在 1943 版中改名為「詩的對偶及做法」，且以字句（義對、聲對）與篇章分為上、下二章，增添「佚名的調聲術」、「李嶠評詩格」、「佚名的詩文做法」三節，把王昌齡詩格、皎然詩議詩式各自細分為三節。《初稿》第二章被拆為兩章，把元白詩論獨立為一章，而且「一班人的詩政關係論」一節分為「三位選家的意見」、「楊綰賈至梁肅及權德輿等的詩教論」、「劉晏的先德後藝說與尚衡的文章三等說」三節，並且因第一節「由藝術的文學到人生的文學」屬於文學史內容，故刪去。元白詩論部分初稿有「元白之社會本位的詩論」、「元白之提倡詩歌的通俗與次韻」、「元白的樂府論」、「元白的放棄社會詩及社會詩論」四節，1943 版細分為七節：「原因與動機」、「『補察時政』與『泄導人情』」、「歷代詩的優劣」、「樂府論」、「通俗與次韻」、「觸忌與退轉」、「自我批評與自選詩集」，不過主要內容並沒有差異。初稿第四章「唐史學家的文論及史傳文的批評」基本上全部搬入 1943 版。第五章「早期的古文論」添加「呂溫獨孤郁等的天文說及人文說」一節。第六章「佛經翻譯論」移入魏晉六朝篇，並把「譯字的研究與玄奘的五種不翻」一節細分為「僧睿的研究譯字」、「僧祐的討論漢梵異同」、「玄奘的五種不翻說」三節。

　　《晚唐五代文學批評史》出版於 1945 年，但據羅根澤在其第四章「詩句圖」的注釋中所說，「本篇各章作於一九三五年秋至一九三六年春。」〔註52〕書稿刊布期刊的情況是：《晚唐五代的文學論》刊《文哲月刊》第 1 卷第 2、3 期（1935）；《五代前後詩格書敘錄》刊《文哲月刊》第 1 卷第 4 期（1936）；《詩句圖》刊《新苗》第 4 卷（1936）。現考察一下期刊文章到 1945 版著作的變化。《晚唐五代的文學論》一文作為著作第一章，內容無任何改動，只是各節標題有變，使其更為簡潔，如把「杜牧的提倡理意與淫豔」改為「杜牧的事功文學說」等。《五代前後詩格書敘錄》一文全部錄入第二章「詩格（上）」，並增添「詩格的兩個時代」、「五代試士的注重詩格及賦格」二節以介紹背景。此外，著作又專設第三章「詩格（下）」增補詩格內容。初稿撰成時，羅氏尚未購得明刊本《吟窗雜錄》（該叢書購於 1937 年夏），故後來又增補一章，論述魏文帝《詩格》、賈島《二南密旨》、白居易《金針詩格》、梅堯臣《續金針詩格》、白居易《文苑詩格》等內容的材料就是來源於此叢書。著作第四章《詩句圖》也是根據《吟窗雜錄》增補了有關內容，如李商隱《梁

〔註52〕羅根澤：《晚唐五代文學批評史》，商務印書館，1945 年，第 49 頁。

詞人麗句》來源於《吟窗雜錄》卷十四。著作第五章「詩品及本事詩」未見刊於期刊，內容前後有無變化不得而知。

1960 年，羅根澤因病去世。次年，其遺著《兩宋文學批評史》作為《中國文學批評史》之三出版。郭紹虞作序時感慨地寫道：「序他僅僅部分完成還沒有全部完成的遺著」，「百感交集，真不免墨瀋淚痕，一齊湧上了筆端。」〔註53〕那麼，羅氏兩宋文學批評史為何遲遲未出版？他的準備和寫作又從何時開始的？

其實，1936 年，羅根澤已開始著手準備搜集宋代文學批評材料。他在《南朝樂府中的故事與作者》一文中說：「此文草畢，因搜求宋代文學批評史料，翻閱宋人文集筆記……」〔註54〕，在《筆記文評雜錄》一文中說：「我且趁編纂《中國文學批評史》的方便，就宋人筆記中，提出文學批評的材料，做一個文學批評垃圾箱；又題要鉤玄，來一個文學批評垃圾箱敘錄。」〔註55〕這二文皆刊於 1936 年。該年他開始閱讀宋代文集筆記，搜集文學批評材料，對於詩話尤其用心，整理《兩宋詩話年代存佚殘輯表》，並輯出已佚詩話 21 種，撰成《兩宋詩話輯校》。《宋初的文學革命論》篇首說明該文草於 1937 年夏。之後，自 1939 年至 1948 年，羅氏陸續發表宋代文學批評的內容，先後有關歐陽修、宋初文學革命論、黃庭堅、王安石、楊萬里、朱熹、李杜集的整理、蘇軾、蘇門弟子、三蘇思想、黃裳、陳師道、樓鑰、王柏、魏了翁、陸九淵派等。〔註56〕可知，新中國成立前，他已經大體搜集完備兩宋文學批評的材料，並撰成單篇文章發表，後來的兩宋批評史著作就是以這些文章為基礎的。比如，《宋初的文學革命論》（上）（下）二文後為著作第一、二章「宋初的詩文復古革新論」、「宋初對李杜韓柳集的甄理與鼓吹」，《歐陽修的改革文學意見》後為著作第三章「歐陽修的復古革新意見」，《葉適及其他永嘉學派的文學批評》後為著作第八章「浙東派的事功文學說」，《陸九淵派的詩文心發說》後為著作第十章「心學派的詩文心發說」等。

不同於隋唐、晚唐五代文學批評史發表於刊物時章節安排基本完成，兩

〔註53〕郭紹虞：《序》，羅根澤：《中國文學批評史》（三），中華書局，1961 年，第 1 頁。

〔註54〕羅根澤：《南朝樂府中的故事與作者》，《文化先鋒》第 4 卷第 4、5 期，1936 年。

〔註55〕羅根澤：《筆記文評雜錄》，《北平晨報・學園》第 927 期，1936 年。

〔註56〕文章發表具體年份及刊物參見本書附錄《羅根澤學術年譜》。

宋文學批評史發表於期刊比較零散，那麼羅根澤在編寫時是否考慮其篇章結構？他在 1940 年代版《導言》中論述編著體例時，對於兩宋文學批評有如下安排：「如兩宋古文論為一章，四六文論為一章，辭賦論為一章，詩論為一章，詞論為一章。」〔註 57〕這時，他計劃以文體為依據來劃分兩宋文學批評史的章節。在周秦兩漢篇中，羅氏舉例時多次提到蘇軾的文學思想，同時後面綴有「詳五篇三章四節」之語。可見，此時兩宋篇至少完成三章，而且章節安排已清晰，第三章第四節是蘇軾的文學思想。1947 年 1 月，在《中央週刊》「新年隨筆」欄目，羅根澤發表《我今後打算研究什麼學術》一文，談到兩宋文學批評史的撰寫：「現在不過寫到了一半，已發現宋代文學批評表現著濃厚的派別觀念，不能不依據派別論次」，同時刊布了擬分的章節，如下：

一、緒論

二、宋初的文學革命論上──古文新論

三、宋初的文學革命論中──詩賦新論

四、宋初的文學革命論下──李杜韓柳論

五、歐陽修的改革文學意見

六、三蘇的改革文學意見

七、周敦頤二程子的作文害道說

八、王安石曾鞏的政教文學說

九、蘇門弟子的事理文學說

十、黃庭堅陳師道的詩學方法

十一、宋陸的道文合一說

十二、永嘉派的事詞合一說

十三、陸游楊萬里的詩文論

十四、真西山魏了翁的詩文論

十五、江湖派的詩文論

十六、詩話

十七、詩文評點

十八、四六文話及四六文論

十九、詞語及詞論

〔註 57〕羅根澤：《周秦兩漢文學批評史》，第 38 頁。

二十、方回的詩論〔註58〕

隨著材料的搜集和著作的撰述，羅氏發現兩宋文學批評的一個根本特點——派別觀念，那麼原先依據文體而分章的計劃就不妥當，因此決定依據派別論述。從這個目錄看出，這個觀念基本實現，對三蘇及其弟子、周敦頤二程子、黃庭堅陳師道、永嘉派、江湖派等都是以派別劃分的。但章節安排明顯繁雜，況且之前的四冊文學批評史綱舉目張，清晰明瞭，兩宋篇不太可能分為繁瑣的 20 章。對比此目錄和發表於期刊有關兩宋文學批評的文章，可以發現，此目錄只是集合了現有的文章篇目。對於上述目錄，他談道：「將來是否發現其他特點不可知，如發現則又須改換」，「將來寫迄後是否這個樣子不敢預斷，但希望世人就此指示應增刪者為何，應改正者為何，俾得有所遵循，漸近完備」。〔註59〕可知，羅根澤往往根據新的發現否定從前的自我，不斷調整撰寫計劃，此目錄也不是經過深思熟慮的定稿，而只是根據現有材料和發現而成的草稿。後來，他確有修改。在《宋學三派》一文中，他把宋學分為議論派、經術派、性理派，兩宋文學批評史正是以此三派為根據而撰述的。《論三蘇的思想》一文的副標題就是《宋議論派的立意達辭文學說第一節》。在 1957 年版周秦篇中，羅氏引用蘇軾作為例子時，後面的標注由 1940 年代版的「三章四節」改為了「六章三節」，可知此時蘇軾的文學思想是第六章第三節，而這個安排正好符合 1961 年出版的著作。由此推斷，1950 年代，羅根澤對於兩宋批評史的章節結構又做了新的調整。以面世的面貌來看，更加重視派別的因素，除了宋初詩文革新論及歐陽修外，依次論述道學派、經術派、議論派、江西派、浙東派、理學派、心學派的文學批評，之後增添一章「詩話、詞話、文話、詩文評點」，並附錄《兩宋詩話輯較敘錄》。

自 1936 年始，羅根澤就搜集兩宋文學批評材料，準備撰述著作。為何遲遲未能完成？他自己也不得不承認：「　　年可以寫完的東西，九年還沒有寫完。」這與他的學術理念有關。他一再強調自己的治學原則：「治學的需求是多種書的鉤稽融貫。因為是希望由鉤稽得到融貫，所以必由甲書渡到乙書，又由乙書渡到丙書」〔註60〕，「我又有一種繆見，總希望能見『古文之全』，

〔註58〕羅根澤：《我今後打算研究什麼學術》，《中央週刊》第 9 卷第 1 期，1947 年。此文發表於 1947 年 1 月，寫作應該在 1946 年底。

〔註59〕羅根澤：《我今後打算研究什麼學術》，《中央週刊》第 9 卷第 1 期，1947 年。

〔註60〕羅根澤：《我的讀書生活》，《中央週刊》第 8 卷第 8 期，1946 年。

沒有截斷眾流的勇氣」。但是抗戰爆發，大學西遷，圖書資料與在北平時期不可同日而語，「因此，除了修改一至四冊，交由商務印書館付印外，宋代一冊續寫很少」。〔註 61〕這也是羅氏在 1940 年代為何大幅度修改周秦至魏晉六朝時期文學批評史，而兩宋文學批評史未能定稿得以出版的原因。

據羅根澤的子女稱，他們不僅沒有找到元明清時期的草稿，甚至也沒有發現其父搜集的任何相關資料。〔註 62〕看來羅根澤生前並沒有開始著手元明清文學批評史撰寫的準備。羅氏一生的學術理想是撰寫一部學術思想史和一部中國文學史，後者最大的成就是文學批評史，可惜沒有完成。儘管 1932 年他就開始講授課程，撰寫講義，但囿於外在和內在的多種因素，不斷調整出版計劃。其中，既與他自身「求全」的學術理念有關，又受大學西遷後圖書資料不足的影響，後來又受制於 1950 年代的學科體制，使得他的文學批評史成了未竟的事業。我們引用一段他在 1940 年代的自述可知在內憂外患的情形下著作之艱難：「碰到日寇入侵，只得拋掉自己購置的書籍，自己尋找的材料，自己迻錄的筆記，倉促南來。由燕而魯，由魯而豫，由豫而陝……」〔註 63〕儘管是未完成的著作，但詳瞻的材料、創新的體例、論證的清晰仍使它成為現代學術史上的一部名著。特別是，在其貫穿近 30 年的研究過程中，羅根澤根據新發現的材料（如明刊本《吟窗雜錄》等）對其文學批評史不斷修訂，更改錯訛，增補資料，甚至調整史觀和篇章結構，這種對學術無止境的探索無疑是十分可貴的。

四、餘論

雖然羅根澤進入諸子學、文學史、批評史三個領域的時間有早晚之分，但之後就相互交叉、齊頭並進，他的學術理想與方法也貫穿其間。無論是他計劃的學術思想史還是文學史，都是分步驟的完成。前者是「先從事於一個人、一部書、一個問題的研究，然後再作綜合的研究」〔註 64〕；後者是「以論文為始、以通史為終的步驟表」——由各種文學史論文到各類文學史，最後是文學通史。至於方法，他有《學藝史的敘解方法》一文專門敘說，既然

〔註 61〕羅根澤：《我今後打算研究什麼學術》，《中央週刊》第 1 卷第 1 期，1947 年。

〔註 62〕參見羅薔、羅蘭、羅芃：《路漫漫其修遠兮——懷念父親》，《羅根澤古典文學論文集》附錄，上海古籍出版社，2009 年，第 616 頁。

〔註 63〕羅根澤：《我今後打算研究什麼學術》，《中央週刊》第 9 卷第 1 期，1947 年。

〔註 64〕羅根澤：《自序》，《古史辨（四）》，第 4 頁。

名為「學藝史」，自然統攝諸子學、文學史、批評史，只不過在具體闡述時，以批評史為例（本章第三節詳論）。他還作有《我怎樣研究文學史》一文，因批評史是文學史類編之一，這篇文章的方法論同樣適合於批評史研究。1940年代版《批評史》緒言中，關於如何研究批評史，他分十四節詳細敘說，這些方法與文學史研究也有所關聯：「如史家的責任，歷史的隱藏，材料的搜集，選敘的標準，解釋的方法，編著的體例，則二者相去不遠。文學批評與時代意識，文學批評與文學批評家，文學批評與文學體類，也可以彼例此，注意文學與時代意識，文學與文學家，文學與文學體類三方面的關係。」〔註65〕而且，他的宣言頻頻引用古爾芒「文學史已經不復是一串作家的寫真」之言，表明其文學史、批評史著作不同於一般文學史只是作家的點名簿，而是側重於問題的歷史研究。

除了貫通的學術研究步驟與方法，他的諸子學研究影響於文學史、批評史者主要體現在傳統文獻學方法與周秦時期的材料搜羅。上文已經指出，羅根澤諸子學研究的主要工作之一就是考證諸子著作的年代，而且他把考證古代著作年代看作學術研究的前提工作：「一部書的是不是掛名的某一時代的某人所作，抑另一時代的另一人所作，是研究學術史的先決問題。我近年來研究子書，研究古代文藝，在這一方面很消耗了相當的時間。」〔註66〕這一觀念也延續到他的文學史、批評史研究中。他的文學史論文如《中國詩歌之起源》、《何為樂府及樂府的起源》、《五言詩起源說評錄》、《七言詩之起源及其成熟》等是解決各種文體源於何時的問題，《〈胡笳十八拍〉作於劉商考》、《〈水調歌〉小考》、《〈古詩十九首〉之作者及年代》等是考證具體作品的年代。這些單篇論文都是專論某種文體或作品的時代，即使在批評史中，對於那些年代有疑的著作，羅根澤也不怕礙於體例而花費一番筆墨進行考證。比如，對於舊題任昉的《文章緣起》，他考證今本雖不是任昉之書，但又不盡是張績所續；對於《法句經序》，《全唐文》編者認為是唐人所作，他考證此文是南朝時期的作品，作者是支謙。

除了考證著作年代，傳統文獻學方法還包括辨偽、輯佚等。羅根澤在其批評史著作中對舊題的魏文帝《詩格》、賈島《二南密旨》、白居易《金針詩格》與《文苑詩格》、梅堯臣《續金針詩格》與《梅氏詩評》等有所辨偽。其

〔註65〕羅根澤：《我怎樣研究中國文學史》，《讀書通訊》，1944年，第87頁。
〔註66〕羅根澤：《自序》，《古史辨（四）》，第7頁。

實，辨偽與考證著作年代是名異實同的工作。羅氏對於偽書並沒有摒棄，認為其仍有價值，並以《列子》為例：「《列子》出晉人，非列禦寇作，近已漸成定讞。晉人之書，傳者絕鮮，據此以究戰國學術固妄，據此以究晉人學術則絕好材料，不得以其非列禦寇作而卑棄不一顧。」〔註67〕因此，他考證上述魏文帝、賈島、白居易等偽書的時代大概在五代以至北宋，就將其放在晚唐五代篇以說明當時詩格興盛的批評風氣。關於輯佚，晚唐五代篇中，他從目錄學類著作中考得亡佚的詩格十五種以及賦格三種與文格四種，還考得亡佚的詩句圖十二種以及處常子、羅隱、聶奉先的三種續本事詩。對於詩話，他更是下了很大的工夫進行輯佚，詳見第四章第三節。

傳統文獻學方法的運用使得羅根澤批評史資料詳瞻，考證精確，在材料方面經得起後人的推敲；同時也使得他的批評史有時材料排列過於瑣碎，論述的空間狹小，有幾章內容類似於資料集。羅氏所注重的文獻學方法偏重於考證年代、辨偽與輯佚等，故其批評史在「辨章學術，考鏡源流」方面做得不夠，不像郭紹虞批評史那樣對於批評學說、術語名詞的淵源流變有著系統的梳理和辨析。

周秦篇中，對於孔、孟、荀、墨、老、莊、荀子、韓非、易傳中的文學批評材料，羅根澤都一一摘出。不僅如此，他還深入分析諸子之間的聯繫，如荀子提倡立言的標準受墨子影響：「墨子的『義法』與荀子的『隆正』不同：荀子的隆正是『聖王』，墨子的義法是所謂『三表』」；「實則荀子所承受的墨子的影響，只是立言論準的提倡；至他的具體的論準，則與其說是積極的受墨子的影響，無寧說是消極的反墨子之說。……他所謂聖王與墨子所謂聖王，名同而實異。」〔註68〕這些鞭闢入裏的分析如果沒有精深的諸子學研究作為基礎，是難以想像的。敘述到墨子時，一般批評史只論其「三表法」與重質的文學觀，而羅根澤除此之外還單列了一節「晚出談辨墨家的論辯文方法」，這也源於他的墨子研究。他在《墨子探源》中考證「經說」、「大小取」六篇是戰國談辨墨家所作，在此基礎上他在批評史中敘述了談辨墨家的談辨方法：名、辭、說、效、闢、侔、援、推，並逐一解釋。至於為何敘述，他解釋道：「一則論辯文的內容是論辯，所以論辯的方法，也就是論辯文的方法。二則後來的論辯文本出於先秦諸子，而晚出墨家之在諸子之中，獨言及

〔註67〕羅根澤：《自序》，《古史辨（四）》，第 8 頁。
〔註68〕羅根澤：《周秦兩漢文學批評史》，第 65 頁。

論辯的方法，在文學批評史，自佔有重要地位。」〔註69〕正是其墨子研究使得他獨出心裁地抓住談辨墨家這一環，如此墨家在批評史上之面貌才算完整，周秦文章論才更為豐富。

此外，注重學藝名詞的解釋、中西比較等都是羅根澤在三個不同領域的共同學術追求，由於這些內容將在下文中有所論述，在此不贅述。

第二節　材料與著作

一、「開山採銅」

羅根澤研治諸子學，編著文學史類編，都與他喜新好異的性情有關。喜新，故不斷開拓新的學術門類；好異，故不拾他人唾餘。他聲稱，「生平有一種怪脾氣，不好吃不勞而獲的『現成飯』，很迷信古文大家曾國藩的話：『凡菜蔬手植而手擷者，其味彌甘也。』」〔註70〕此種學術個性受其師梁啟超影響。梁啟超曾多次陳述：

> 吃現成飯，是最沒有意思的事，是最沒有出息的人才喜歡的。
> 〔註71〕

> 吃現成飯吃慣了的人，後來要做很辛苦的工作便做不來了。
> 「誰知盤中餐，粒粒皆辛苦。」一粒米、一顆飯都經過自己的汗血
> 造出來，入口便更覺異常甘美。我們因為資料未經整理，自己要作
> 做篳路藍縷、積銖累寸的工作，實是給我們以磨練學問能力之絕好
> 機會。〔註72〕

只不過，梁啟超沒有指明出處，而羅根澤追溯到了源頭。不吃「現成飯」，故編著文學史不參取他人文學史，而是直接求於文學原書。羅氏認為，參考他人文學史以編著自己文學史實不應該，一是因為材料不一定可靠，二是他人

〔註69〕羅根澤：《周秦兩漢文學批評史》，第72頁。
〔註70〕羅根澤：《自序》，《樂府文學史》，第1頁。這句話見於曾國藩為祖父所撰寫
　　　的墓誌《大界墓表》，且與原句略有出入：「府君之言曰：……凡菜茹手植手
　　　擷者，其味彌甘，凡物親歷艱苦而得者，食之彌安也。」此句是曾國藩回憶
　　　祖父往昔言談，不能算作他本人的話。
〔註71〕梁啟超：《國學入門書要目及其讀法》（民國十二年）附錄二《治國學雜話》，
　　　《飲冰室合集·專集》，中華書局，1936年。
〔註72〕梁啟超：《中國歷史研究法補編》，《中國歷史研究法》，上海古籍出版社，1998
　　　年，第162頁。

已編有文學史，自己的文學史不應與之相同。因此，他說：「喜歡研究文學史，但沒有好好地讀過一本文學史書，偶而隨便翻翻，也只注意編著的體裁與方法。」〔註73〕當然，羅氏也不是「閉門造車」，無視他人研究成果，只是途徑與常人不同。他準備研究某問題時，不翻閱相關研究，唯恐有「先入為主」的成見，等到自身研究有結果後，才閱讀他人的論述，若有好的材料與意見，也借鑒並修改自己的研究。同時，因真知灼見見於文學史論文者多，見於文學通史者少，故他在撰著文學史時，引述文學史論文較多。〔註74〕

羅根澤在陳述著書取材時，喜歡引用前輩學者顧亭林的一句話：「開山採銅，利用廢銅」。所謂「開山採銅」就是「披荊棘，斬草萊的到原材料裏找材料」，所謂「利用廢銅」就是「東鈔西鈔的割裂各種組織書裏的材料」。〔註75〕具體到文學史，「開山採銅」就是研究文學史不僅不能取材他人文學史，也不能取材於文苑傳與詩文評，而是取材於文學原書。文學原書有全集與選集之分，史家必須讀全集，因為選集有一定標準，不能見古人之全與真。比如，《文選》偏於駢儷，《古文辭類纂》偏於簡古。然而，也不能忽視選集。因為偉大的選集，不僅反映選者的一人見解，也反映文學的時代潮流，而且對後來影響很大。〔註76〕至於研究變遷原因，不能僅僅取材於文學原書，也需文學以外的書籍。何炳松也曾言及：「吾人迄不能就文學史本身求其所以演化之原因也。此種演化本身極難瞭解，吾人如欲瞭解所有此種文學上之特殊變遷，將非求援於通史不可。」〔註77〕而且羅根澤在撰著文學史之前，欲「先錄文學家傳記集，再作文學家列傳」。抗戰西遷後，他執教西安臨時大學時，因看到同事唐祖培所藏碑帖，作《〈李邕墓誌銘〉跋尾》一文，「以方蒐輯歷代文人傳記也」。〔註78〕可見，儘管其「歷代文人傳記」之計劃沒有完成，但是他仍時時留心於此。

再具體到文學批評史而言，詩話、文論是最重要的「山銅」。除此之外，「文集筆記者，儒先績業之總萃，而文學批評亦寓藏其中。此外則群經子

〔註73〕羅根澤：《我怎樣研究中國文學史》，《讀書通訊》第 87 期，1944 年。

〔註74〕如在文學批評史中，先後引用朱光潛《創作的批評》、梁繩緯《文學批評家劉彥和評傳》、顧頡剛《詩經在春秋戰國中的位置》、陳寅恪《四聲三調》、劉師培《南北文學不同論》、梁啟超《翻譯文學與佛典》等。

〔註75〕羅根澤：《自序》，《樂府文學史》，第 10 頁。

〔註76〕羅根澤：《我怎樣研究中國文學史》，《讀書通訊》第 87 期，1944 年。

〔註77〕何炳松：《通史新義》，商務印書館，1930 年，第 147 頁。

〔註78〕羅根澤：《李邕墓誌銘》跋尾，《圖書月刊》第 2 卷第 6 期，1943 年。

史，總集詩集，品藻之言，亦往往間出。」〔註79〕可見，他的批評史取材包括詩話文論、文集筆記、群經子史、總集詩集等。不提材料簡陋的陳鍾凡批評史，就是郭紹虞批評史也難與之相比。郭氏如此說：

> 他不是先有了公式然後去搜集材料的，他更不是摭拾一些人人習知的材料，稍加組織就算成書的。他必須先掌握了全部材料，然後加以整理分析，所以他的結論也是持之有故，而言之成理的。他搜羅材料之勤，真是出人意外，詩詞中的片言隻語，筆記中的零楮碎箚，無不仔細搜羅，甚至佛道二氏之書也加瀏覽。〔註80〕

郭氏之評價有兩點值得分析。其一，羅氏搜羅材料之全。究其原因，這與他研治諸子學有關。辨偽、考證著作年代務必掌握全部材料才能無所疏漏，若有遺漏材料，恰好這材料是反證，則全盤論證難以成立。故考證偽書及書中竄亂者不得不盡力網羅材料，以達窮盡的程度。材料多一分，結論向定論就靠近一步。羅氏也用這種方法來編著批評史，其撰著批評史之目的就是「蒐覽務全，銓敘務公」。聯繫當時學術背景，搜求史料是共同趨勢。倡導「拿證據來」的胡適在《中國哲學史大綱》中定義，述學就是「用正確的手段，科學的方法，精密的心思，從所有的史料裏面，求出各位哲學家的一生行事、思想源流沿革和學說的真面目」。〔註81〕顧頡剛在《古史辨》自序中提到：「學問必須在繁亂中求得的簡單才是真實的綱領；若沒有許多繁亂的材料作基本，所定的簡單的綱領便終是靠不住的東西。」〔註82〕何炳松說：「歷史為證實之學，故史料搜集尤貴能賅備無遺」。〔註83〕「所有的史料」、「繁亂的材料」、「賅備無遺」皆強調材料之全，如此求得的「綱領」或「淵源沿革」才更接近於歷史之真。羅根澤也不例外，把「蒐覽務全」放在首位。其二，「不是先有了公式然後去搜集材料」，這是羅氏搜求史料與胡適等人不同之處。對於胡適的「整理國故」，王國維有所批評：「宜由細心苦讀以發現問題，不宜懸問題以覓材料。」〔註84〕蕭公權針對胡適的「科學方法」也批評道：「在假設和求證之前還有一個『放眼看書』的階段……不曾經由放眼看書，認清全面事實而

〔註79〕羅根澤：《自序》，《周秦兩漢文學批評史》，第3頁。
〔註80〕郭紹虞：《序》，羅根澤：《中國文學批評史》（三），第1、2頁。
〔註81〕胡適：《自序》，《中國哲學史大綱》，第13頁。
〔註82〕顧頡剛：《序》，《古史辨（四）》，第29頁。
〔註83〕何炳松：《歷史研究法》，商務印書館，1927年，第10頁。
〔註84〕周光午：《我所知之王國維先生》，陳平原、王風編：《追憶王國維》，中國廣播電視出版社，1997年，第165頁。

建立的『假設』，只是沒有客觀基礎的偏見或錯覺。」〔註85〕「懸問題以覓材料」就是先有了公式再去搜求材料，如同「六經注我」，好處在於有統一的理論框架，不過有時卻與歷史事實相異，如胡適之《白話文學史》，郭紹虞批評史以文學觀念之演進劃分的三段論也可如是看。羅根澤言，搜求史料之方法需達到荀子「虛壹而靜」的境界，如此才能祛除成見，使得材料無遺、論述客觀，故其批評史少有這種弊端。

二、「蒐覽務全」

接下來，我們就看羅根澤取材如何之廣。在此較少對其論述內容予以評析，著重點在於他如此取材之原因以及材料與著作之間的關係。對比同時期著作，羅氏批評史最為豐富的材料就是有關音律論、格律作法與詩格詩話之類的內容。魏晉六朝篇中，他單列兩章專論音律論，不僅講述曹丕文氣說、范曄自然音律說、沈約四聲八病說，而且不厭其煩地講述甄琛、劉善經、王斌、劉滔、元兢、崔融等人討論音律、四聲與病犯的內容。的確，音律論是六朝時期一個重要問題，一般批評史都予以專門討論。郭紹虞批評史列有專節「沈約與音律說」，但僅引用《南史·陸厥傳》、《宋書·謝靈運傳論》、《文心雕龍·聲律》，說明永明體之產生與沈約之音律說，同時引用《文鏡秘府論》講述八病內容。朱東潤批評史大綱同樣如此。然而羅根澤除此之外，還一一羅列甄琛的四聲論、陽休之《韻略》、李概《音譜決疑》、劉善經《四聲指歸》以及王斌、劉滔、沈氏、劉善經、元兢、崔融的各種病犯說。這些內容全部摘錄於《文鏡秘府論》天卷《四聲論》與西卷《文二十八種病》。隋唐篇中，羅根澤也單列兩章專論「詩的對偶及作法」，不僅討論王昌齡《詩格》、皎然《詩議》與《詩式》，而且一一羅列元兢、崔融、皎然等人的二十九種義對以及元兢、佚名的聲對與李嶠的篇章方法，詳細講述了初盛唐有別於中唐提倡社會詩、晚唐五代側重詩格之講究對偶格律的批評風氣，這些內容也幾乎全部摘錄於《文鏡秘府論》東卷《論對》與南卷《論文意》。羅根澤之所以把這些材料編入批評史與《文鏡秘府論》在近現代的傳入有關。

日僧遍照金剛《文鏡秘府論》自楊守敬〔註86〕始才開始傳入中土。楊氏

〔註85〕 蕭公權：《問學諫往錄──蕭公權治學漫憶》，學林出版社，1997 年，第 70頁。

〔註86〕 楊守敬（1839～1915），字惺吾，號鄰蘇老人，湖北宜都縣人，近代著名學者，於金石、版本、書法等皆有研究。1880～1884 年隨駐日欽使黎庶昌去日

自 1880 年起作為駐日公使隨員在日本訪書，帶回《文鏡秘府論》的兩個版本：江戶刊本與古抄本。他在《日本訪書志》中曾論及道：「此書蓋為詩文聲病而作，彙集沈隱侯、劉善、劉滔、僧皎然、元兢及王氏、崔氏之說，今傳世唯皎然之書，餘皆泯滅。按《宋書》雖有『平頭』、『上尾』、『蜂腰』、『鶴膝』諸說，近代已不得其詳。此篇中所列二十八種病，皆一一引詩，證佐分明。」〔註87〕然而，楊氏的藏書只是束之高閣，未能流傳。直至 1928 年 2 月，儲皖峰尋得一本，國人始睹其面目，並發現其對六朝隋唐時期文學批評之價值。儲皖峰這樣記述當時情形：「那時我住在清華園，那邊師友多半參看過。自此以後，海內的學人及朋友們或貽書借閱，或託查資料，大有山陰道上應接不暇之勢」〔註88〕，並對其價值充分肯定，甚至無不偏頗地說道：「就這書的好處，實超過《詩品》及《文心雕龍》……《秘府論》的文字，雖脫不掉日人作中文的習氣，我覺得它的組織，很適合科學的。有了充實的內容，便構成絕大的價值。」〔註89〕如此重要的文學批評文獻，並未普及，務求「蒐覽務全」的羅根澤自然如獲至寶，而且作為儲皖峰的同窗，借閱便利，於是大量引用其材料，以說明齊梁時期對於音律以及隋唐時期對於對偶與作法的看法。唐代文學批評第一章作為初稿發表於期刊時，篇首特地標示：「關於《文鏡秘府論》則多請教於儲亦庵先生，特並致謝。」〔註 90〕而且，另一同窗劉盼遂雖無專門研究，但也曾仔細閱讀，羅根澤文中曾標明王斌、劉滔的病犯說由劉盼遂告知。材料本極珍貴，同窗相互切磋，無疑又如虎添翼。只是在當下《文鏡秘府論》多個校注本出版的情形下，書中所引材料已沒有往日之珍貴，但其遠見卓識的理論眼光卻不容抹殺。

晚唐五代篇，除首章敘述文學論外，其餘四章專論詩格、詩句圖、詩品及本事詩，這也與羅根澤所得的珍貴文獻有關。他在 1940 年代版批評史自序中曾說及昔日搜書情形：「北京多公私藏書，余亦量力購求，止詩話一類，已積得四五百種，手稿秘笈，絡繹縹緗，閒窗籀讀，以為快樂。最珍貴者，有明刊本宋人蔡傳《吟窗雜錄》，明人胡文煥《詩法統宗》。二書皆詩學叢

　　本，致力於搜集國內散佚古籍，撰《日本訪書志》，並影印《留真譜》與《古逸叢書》。著作豐富，有《水經注疏》、《歷代與地圖》、《隋書地理志考證》等。
〔註87〕楊守敬：《日本訪書志》，遼寧教育出版社，2003 年，第 208 頁。
〔註88〕遍照金剛：《文二十八種病》，儲皖峰校刊，述學社，1930 年，第 16、17 頁。
〔註89〕遍照金剛：《文二十八種病》，第 11 頁。
〔註90〕羅根澤：《唐代文學批評研究初稿》，《學風》第 5 卷第 2 期，1935 年。

書，收有晚唐五代以至宋初詩格詩句圖甚多，得以分述於五篇二三四各章，由是五代前後之文學批評，頓然炳蔚。」〔註 91〕晚唐五代篇第二章有「材料的獲得」一節，明顯與批評史體例不合，但作者仍予以保留，交代了《詩學指南》、《詩法統宗》、《吟窗雜錄》的得書過程。前者卷四收李洪宣《緣情手鑒詩格》、徐衍《風騷要式》、齊己《風騷旨格》、文彧《詩格》、虛中《流類手鑒》、徐寅《雅道機要》、王玄《詩中旨格》、王睿《詩格》、王夢簡《詩要格律》、淳大師《詩評》等五代詩格十種，後二者多一種保暹《處囊決》，此十一種詩格，《舊唐書·經籍志》全然不載，《新唐書·藝文志》和《崇文總目》只載王睿一種，《宋史·藝文志》也只載王睿、文彧兩種，如此珍貴材料，羅根澤當然不忍割棄，於是全部編入批評史晚唐五代篇第二章第四至十四節。他難掩喜悅之情敘述道：「五代前後的詩格書，我們能教世人多見到十種以上，不能不認為是意外的收穫，同時也意外的歡喜。」〔註 92〕不僅如此，《詩句圖》一章除較為常見的張為《詩人主客圖》以及從吳處厚《青箱雜記》輯得的惠崇《句圖》外，其餘各節如李商隱《梁詞人麗句》、李洞《集賈島詩句圖》、宋太宗《真宗御選句圖》、陳應行《續句圖》等皆錄自於《吟窗雜錄》。

對這些篇幅龐大的詩格詩話著作，郭紹虞的批評史取材很少，他的解釋是：「詩話之類，其性質本與文學批評不盡相同，而且一一羅舉，加以考訂，也與史的體例不合。這在將來預備另輯詩話考一類的書」〔註 93〕，「這些詩話中的材料，太瑣屑而凌亂，與文學批評很少關係，所以不須要論述」。〔註 94〕可見，他不錄的原因有二：考訂與批評史體例不合、詩話與文學批評關係不大。故郭氏批評史上卷唐宋時期略舉詩話以示一時批評界之風氣，下卷就完全刪去，對詞話曲話也不採錄。而羅根澤批評史把「蒐覽務全」放在首位，不嫌詩格詩話瑣屑，與齊梁音律論、初盛唐對偶論同樣一一羅列，稍加考訂，以考證諸子起家的他自然也不會認為考訂妨礙史之體例。至於詩格、詩話、詩句圖與文學批評之關係，他認為詩句圖揀擇去取，「雖選的都是單聯隻句，有點近於支離破碎，但也未可一筆抹煞了」〔註 95〕，詩句圖之批評價值不可

〔註91〕 羅根澤：《自序》，《周秦兩漢文學批評史》，第 2 頁。
〔註92〕 羅根澤：《晚唐五代文學批評史》，第 39 頁。
〔註93〕 郭紹虞：《自序》，《中國文學批評史》（I），第 3 頁。
〔註94〕 郭紹虞：《五版自序》，《中國文學批評史》，1950 年，第 2 頁。
〔註95〕 羅根澤：《晚唐五代文學批評史》，第 56 頁。

「一筆抹煞」，詩格、詩話更屬於文學批評之內容。

　　羅氏批評史之兩宋篇有「宋初對李杜韓柳集的甄理與鼓吹」一章，較為特別。羅氏發現，雖然宋代「韓流文章李杜詩」如日中天，但唐人對於四人並不是很尊崇，殷璠《河嶽英靈集》不載杜甫詩、高仲武《中興間氣集》不取李白詩、《舊唐書・經籍志》沒有著錄韓柳集，諸人地位的逐漸尊崇與諸集的輯錄都是宋人之功。他通過宋敏求的補綴李集、劉敞王禹偁的搜輯杜詩、孫僅孫何的推崇李杜、劉開的始得韓柳文、智圓的始見韓柳集、穆修的搜刻韓柳集、石介的尊韓道、宋祁的尊韓文等內容鉤稽了這一過程。按理說，這部分材料屬於文學接受史的內容，放入文學史較為合適，羅氏之所以納入批評史，原因有二：其一，由此可看出宋初的文學風尚；其二，穆修是宋初古文運動的一偏將，其搜求、校刻韓柳集，對於宋初文學的復古革新有重要影響；石介、宋祁尊韓道、韓文，是他們文學主張之一部分，與文學批評也有重要干係。

　　把「佛經翻譯論」納入文學批評史，史無前例，也鮮有後來者。魏晉六朝篇中，羅根澤設專章分十節，先後講述了支謙、道安、鳩摩羅什、慧遠、僧叡、僧祐、彥琮、玄奘、道宣、贊寧的翻譯論，大致勾勒出了自漢魏至宋代的翻譯論的基本輪廓。這些材料大都直接取自於佛典，最主要的是《出三藏記集》，如支謙論翻譯之難、道安的「五失本」與「三不易」說皆源自於此。該部分內容縱跨漢魏、六朝、隋唐、北宋數個時期，之所以打破全書體例僅列為一章，羅根澤解釋道：「至佛經的翻譯論，則雖大成於隋唐，而實上起六朝，下迄趙宋。……由是我們也不能不於述六朝的翻譯論時，聯帶的敘述隋唐以迄宋代的翻譯論。本類關於譯經的翻譯論，其產生的時代雖有六朝、隋唐、趙宋之別，然前言後論，息息相通，我們沒有理由把它分開；硬使分開，對研究閱讀，也都不方便。」〔註96〕

　　羅根澤為什麼如此特立獨行地把「佛經翻譯論」納入批評史？他有自己的解釋：「佛典的翻譯文學，因為佔據的時期很短，所以在中國文學史類編裏分述於駢散文和戲曲，沒有特闢一類；而那時的討論翻譯的文章，在文學批評上，佔有重要位置。在這裡也應當採入。」〔註97〕因為佛經翻譯文學屬於文學史的內容，故佛經翻譯論也屬於文學批評史的一部分。縱觀當時數量眾

〔註96〕羅根澤：《魏晉六朝文學批評史》，第139頁。
〔註97〕羅根澤：《周秦兩漢文學批評史》，第2～3頁。

多的文學史著作，較早把佛經翻譯文學寫入文學史且影響較大的是胡適《白話文學史》。〔註98〕按照胡氏著作當時在學界之反響，專治文史的羅根澤不可能沒有讀過，更何況作者還是他比較欽佩的學者。然而，影響更大的恐怕是他清華國學院的導師梁啟超與陳寅恪。陳寅恪指導範圍包括「佛教經典各種文字譯本之比較研究」一項，且1926年秋始開設普通演講「梵文」課程（以《金剛經》為本），按照研究院章程，各教授普通演講，所有學員必須當場聽受。〔註99〕羅根澤應該聽過此課，對於梵文和佛典有所熟悉。梁啟超直接討論翻譯文學的有《翻譯文學與佛典》、《佛典之翻譯》二文，特別是前文有專節「翻譯文體之討論」，按照翻譯本身規律劃分了未熟的直譯、未熟的意譯、直譯、意譯等階段，著重敘述了支謙、道安、鳩摩羅什、慧遠、彥琮、玄奘等人的翻譯論，對於羅根澤「佛經翻譯論」的敘述有很大影響。羅氏在文中直接引用梁氏觀點就有四處，而且羅氏論述的十位翻譯家，其中六位都在梁氏的討論之中，同時材料、結論相同者不少，如道安主直譯、鳩摩羅什重意譯、慧遠趨折衷等。再者，對於翻譯規律演進之認識，梁、羅二人也較為一致：

> 稍進，則順俗曉暢，以期弘通，而於原文是否吻合，不甚厝意。若此者，吾名之為未熟的意譯。然初期譯本尚希，饑不擇食，凡有出品，咸受歡迎，文體得失，未成為學界問題也。及茲業寖盛，新本日出，玉石混淆，於是求真之念驟熾，而尊尚直譯之論起。然而矯枉太過，詰鞠為病，復生反動，則意譯論轉昌。〔註100〕

> 既然初期的翻譯率為好文或好質的意譯，所以後人才以發現初譯的錯誤，而提出直譯的翻譯論。但直譯又有許多困難，許多弊端，不是「時改倒句」，就是生硬不通，由是又有意譯的翻譯論。〔註101〕

由未成熟的意譯到直譯再到意譯，二人的觀點幾無差別。不同的是，在未成熟的意譯之前，梁氏認為還有未成熟的直譯，而羅氏認為初期翻譯是意譯，

〔註98〕1918年出版的謝无量《中國大文學史》也有二章「佛教之輸入」、「南北朝佛教之勢力及文筆之分途」，但僅列舉有限材料，未加深入論述。

〔註99〕參見孫敦恒：《清華國學研究院史話》，清華大學出版社，2002年，第52、65頁。

〔註100〕梁啟超：《佛學研究十八篇》，上海古籍出版社，2001年，第180頁。

〔註101〕羅根澤：《魏晉六朝文學批評史》，第130頁。

但主直譯的道安卻在主意譯的鳩摩羅什之前，因此梁氏之說較為合理。畢竟梁氏對於佛典下過一番工夫，而羅氏僅僅是為編著批評史而稍微涉及罷了，論述的深度難及其師。

　　林分對羅氏《批評史》初版本評價道：「羅先生之於本書，在材料上之供給，可謂博矣大矣詳盡而至於無以復加，學者執此一書，則可必觀魏晉以前各家論文之概況，實材料之寶藏，文評之秘府。」〔註102〕今日視之，所謂「材料之寶藏，文評之秘府」毫不為過。魯迅在給臺靜農的信中談到鄭振鐸的治學方法：「鄭君治學，蓋用胡適之法，往往恃孤本秘笈，為驚人之具，此實足以炫耀人目，其為學子所珍賞，宜也。我法稍不同，凡所泛覽，皆通行之本，易得之書……。鄭君所作《中國文學史》……，然此乃文學史資料長編，非『史』也。但倘有具史識者，資以為史，亦可用耳。」〔註103〕魯迅指出了當時的兩種學術潮流：搜求稀有材料與依據通行資料。於通行材料中發掘常人所未察不是羅根澤所長，他走的是胡適、鄭振鐸的方向，以搜求資料為要，《文鏡秘府論》、《吟窗雜錄》等雖不算「孤本秘笈」，但幾近之，故羅氏批評史之抄錄內容近於批評史資料長編。時至今日，在材料的豐富詳贍方面，也罕有能夠與之相比者。即使與後來的多卷本通史著作相比，也不遜色。五卷本《中國文學理論史》、七卷本《中國文學批評通史》只列一節論沈約和聲律論，對初盛唐的對偶格律論則闕如，關於晚唐，前者因重文學理論，只涉及皎然與司空圖，後者列有專章，但並沒有超出羅氏的敘述範圍。追溯之，羅氏批評史的獨特性除了主要與上述珍貴文獻的獲得有關外，還與他的文學批評價值觀念密不可分。正如有的論者所言，羅根澤強調「文學理論的職責是指導未來文學」，其批評史「具有通過對『作法』的關注來體現其兼顧文學裁判與指導創作的主導傾向」。〔註104〕此外，佛經翻譯論在其批評史中出現，更是學術史上的獨例。有的論者對此提出了質疑。〔註105〕不過，如果翻譯文學是文學史的內容，那麼指導、批評翻譯文學的翻譯理論屬於批評史之內容算是題中應有之義。只是這點仍未被批評史撰著者所認同，可謂是羅根澤的獨見。

〔註102〕林分：《評羅根澤的〈中國文學批評史〉》，《眾志月刊》第2卷第3期，1934年。
〔註103〕《魯迅全集》第12卷，第321、322頁。
〔註104〕韓經太：《中國文學批評史研究》，第134頁。
〔註105〕參見韓經太：《中國文學批評史研究》，第136頁。

三、西學

羅根澤對於文學批評材料不僅盡力搜求之全，而且還時常引用西學材料。他對於西學之態度可謂左右支絀。在《古史辨（四）》自序中，他批評科學方法所帶來的弊病：

> 近來的學者，知道科學方法了，但又有隨著科學方法而來的弊病，就是好以各不相謀的西洋哲學相緣附，乃至以西洋哲學衡中國哲學……這種辦法，第一、助長中國人的誇大狂，說西洋人的新學問都是我國先民的唾餘。反之，第二、也助長中國人的自卑感，說中國古人有什麼學問，不過能偶同西洋人的學問罷了。第三、助長中國人的不讀西洋書……第五、中國的哲學，其價值是不是只在與西洋某一哲學家相同？假使如此，那麼中國哲學，便根本不必研究。所以我研究諸子學說的根本方法，是：採取西洋的科學方法，而不以與西洋哲學相緣附。〔註106〕

至 1920 年代，助長本國誇大狂已經不太可能，可是助長的文化自卑感卻根深蒂固。晚清主編《國粹學報》的鄧實就用「尊西人若帝天，視西籍如神聖」概括當時求變求新的知識人，到了五四時期這種心態更加牢固，只不過西人由之前的達爾文、赫胥黎、斯賓塞變為杜威、羅素、馬克思。以西方哲學衡量中國哲學，以西學價值為普世性和必然性，中國哲學也就失去了存在的根本。羅根澤反對之，只提倡採用西方科學方法，其固守中國文化本位的立場，與其師陳寅恪的「中學作體，西學為用」接近。不過，羅根澤並不是完全拒絕西學。他在《學藝史的敘解方法》一文中闡述的解釋方法有辯似一種：「學術沒有國界，所以不惟可取本國的學說互相析辨，還可與別國的學說互相析辨。」不過，他並沒有說明如何與別國學說比較，就忙不迭地申明：「與別國的學說互相析辯，不惟不當妄事糅合，而且不當以別國的學說為裁判官，以中國的學說為階下囚。糅合勢必流於附會，只足以混亂學術，不足以清理學術。以別國學說為裁判官，以中國學說為階下囚，簡直是使死去的祖先，做人家的奴隸，影響所及，豈止是文化的自卑而已。」〔註107〕此種說法與陳寅恪的「穿鑿附會」等同於「認賊作父，自亂其宗統也」之說相吻合，只是在此基礎上陳氏提出比較研究需具有歷史演變及系統異同之觀念，「否則古今中

〔註106〕羅根澤：《自序》，《古史辨（四）》，第 9 頁。
〔註107〕羅根澤：《文藝史的敘解方法（下）》，《讀書通訊》第 36 期，1942 年。

外，人天龍鬼，無一不可取以相與比較」。〔註108〕

　　羅根澤對於西學如此矛盾糾葛的態度與他自身的西學素養以及西學在當時學界受到的追捧有關。1934 年，羅氏被清華大學解聘，其中蔣廷黻是主導因素。朱自清 1933 年 8 月 31 日日記記載：「羅雨亭事因蔣廷黻不甚贊成，恐有問題也。此院長甚嚴格，此後三長皆嚴，我輩恐難久駐此矣。」〔註109〕蔣廷黻因該年馮友蘭出國訪學暫代院長，且又是校聘任委員會委員，對於中文系教員聘任與否有很大的話語權。蔣氏於 1923 年在哥倫比亞大學獲得博士學位，提倡用社會科學的觀念研究歷史，對於重視古籍考訂、搜求孤本秘笈的史學方法有所不滿，甚至對陳寅恪、楊樹達也有所非議〔註110〕，從未踏出國門的羅根澤更難以得到他的認同。1933 年 1 月 27 日朱自清記載：「今日西洋留學生插足較少者，大約只中國文學一科，我輩當知努力。」〔註111〕出身北大哲學門的朱氏都感到留學生之壓力，可見西學在當時是件法寶，有之，可使學者如添一件彩衣。1945 年 3 月 19 日朱自清記載：「上午訪一多，彼謂已為選拔委員會看過羅根澤的書，並建議給羅以二等獎。一多認為羅在文學方面造詣不深，因其對西方文學之進展一無所知。」〔註112〕羅根澤的文學造詣在同輩學人當中確實不算突出，但聞一多之理由帶有鮮明的時代痕跡，可見當時以所具備的西學深淺來評價學者學術優劣的現象十分普遍。羅氏本人不可能不察，自身西學素養之缺乏，學術環境對於西學之推崇，使他對於西學態度陷入矛盾糾葛的境地。一方面，固守本土文化的價值立場，批判以西學緣附中學；另一方面，又不肯囿於本族之見，提倡中西比較。一方面，自身西學素養有限，不能融會貫通；另一方面，又頻繁引用西人學說作立說證據，標榜自身的西學知識儲備。何止羅氏一人，朱自清提倡治中國文學史須用中國間架，又聲稱詩文評須用文學批評這把鏡子才能照出本來面目，其文化心態也如羅氏一樣。朱氏日記中自稱的「我輩」儼然劃到了西洋留學生的對立陣營，而且另一陣營對「我輩」陣營學術空間的擠壓常使他如坐針氈。羅根澤更屬於土生土長的「我輩」，西學所帶來的壓力有過之而無不及。

〔註108〕陳寅恪：《與劉叔雅論國文試題書》，《金明館叢稿二編》，北京三聯書店，2001
　　　　年，第 251、252 頁。

〔註109〕《朱自清全集》第 9 卷，第 243 頁。

〔註110〕參見桑兵：《晚清民國的國學研究》，上海古籍出版社，2001 年，第 82 頁。

〔註111〕《朱自清全集》第 9 卷，第 189 頁。

〔註112〕《朱自清全集》第 10 卷，第 338 頁。

這種壓力對於羅根澤著作的影響體現在，頻繁引用西方學說材料，以表明自己的立論具備西方學術理論的依據。上節提及，他的文學史類編計劃只是打著西人作法的幌子。他在 1934 年版批評史自序中開篇引用古爾芒的說法，以示批評史不是批評家的寫真，而是批評的歷史。周木齋作書評就稱：「理由並不一定限於古爾芒的說法，過去中國文壇的實際情形確也限定要這樣。」〔註 113〕他在文學批評史中引用西學材料學說比比皆是，歸納起來，大體有三類。其一，僅僅是借鑒外國學者的研究成果，比如引用青木正兒《中國文學思想史綱》、兒島獻吉郎《中國韻文通論》、山田純《文筆眼心抄序》等。這些材料僅被作為學術成果借鑒，中西材料意義差別幾無，但體現了羅根澤的世界學術視野。其二，引用西人觀點作為立說證據，這是羅氏採用西人材料最多的一類。比如，引用亞里士多德、孟德斯鳩的學說以說明地理與文化之關係；引用小泉八雲的說法以說明人的等級越高差異越大；引用法郎士言論以說明無絕對的客觀；引用麥更西《文學的進化》以說明原始藝術詩樂舞三位一體，等等。有些引用可有可無，甚至不大必要，好像不如此，不足以彰顯羅氏自身的西學素養。比如，在「絕對的客觀是沒有的」之後，有以下引用：「如法郎士所說，吾人永遠不肯捨棄自己，永遠鎖在自己的軀殼及環境，所以沒有真正的客觀（The Adventures of the soul 見 A modern book of criticisms）。」〔註 114〕儘管引文後注明英文著作名稱，但他依據的是譯本《近世文學批評》以下內容：「天下無所謂客觀的批評，猶之無所謂客觀的藝術；凡彼自詡其著作中除『自身』而外尚有他物者，皆惑於極謬誤之罔見者也。實則我人決不能越出自身的範圍。……我們被封鎖在自己的身體裏面，如在一種永遠的監牢裏一般。」〔註 115〕僅為說明「絕對的客觀是沒有的」這一常理，似乎有賣弄西學之嫌。而且標注英文，給人依據英文原著的錯覺，其實他的引文大都出自翻譯著作。其三，羅氏提倡本國學說與西方學說相互比較，然而恰恰這類運用最少，僅寥寥幾例。比如，把司馬遷的「抒其憤思」比之「文學是苦悶的象徵」、說明《易》之「人文」不同於西洋人文主義等。三類之中，該類最難，不僅要求熟悉西人學說，且與本國學說相互發明，比較異同，融會貫通，非前二類簡單引用可比。羅根澤的西學功底不僅不能與前輩

〔註 113〕周木齋：《中國文學批評史（一）》，《文學》第 4 卷第 1 期，1935 年。
〔註 114〕羅根澤：《周秦兩漢文學批評史》，第 27 頁。
〔註 115〕琉威松：《近世文學批評》，傅東華譯，商務印書館，1928 年，第 5 頁。

王國維、陳寅恪等相比，與朱光潛、梁宗岱、錢鍾書等同輩人也有差距，而且文學批評不同於文學，進行中西比較更難。故羅氏偶而涉及的中西比較值得商榷，如對於中西文學批評特點的歸納（第三章第一節再詳論）。

對於文學批評史的早期編著者，周勳初說道：

> 郭、羅、朱三人中，朱東潤先生的外語水平最好，能夠直接閱讀國外學者的英語著作。他的《文學批評史》中，時而徑引某一著作或某一學說作參照，如在研究司空圖的詩論時，引 H. G. Giles 所著 A history of Chinese Literature 中的論點分析其思想，並進行考辨；又如他在論述唐人詩論時，將殷璠、高仲武等歸為「為藝術而藝術」類，元結、白居易、元稹等歸為「為人生而藝術」類，於此可見其寢饋西洋學術之深。〔註116〕

朱東潤曾留學英國，後在武漢大學開設「英文國學論著」課程，外語水平的確高於郭、羅二人，但西學功底在其批評史著作中也鮮有體現。周勳初的兩條例證都值得商榷。第一條並沒有出現在朱氏批評史大綱中，而是在《司空圖詩論綜述》一文中引用 Giles 的觀點——《詩品》「表現純道家主義侵入學者心理的形式」〔註117〕；第二條所謂「為人生而藝術」、「為藝術而藝術」只是當時的流行說法。可見，中西詩學比較之不易。不過，這代學者的貢獻在於文學批評史之「整理」，從古代文學批評中揭示普遍的文學理論或者進行中西詩學的匯通不是他們的歷史責任，至 1980 年代比較詩學才方興未艾，正可謂「一代有一代之學者」。

第三節　述要、述創與釋義、釋因、釋果

搜羅史料之後，經辨偽與考證，再經編排，方可著於史。對於編排史料，何炳松分為七個步驟：第一，定主題之界限；第二，分史事之時期；第三，定史事之去取；第四，定各部因果之關係；第五，明陳跡之變化；第六，定史事之輕重；第七，定烘托材料之多寡。〔註118〕第一、三、六、七屬於史料選擇，第四、五屬於史料解釋。對於著史之選擇與解釋，羅根澤有自己的一套方法。他作有《學藝史的敘解方法》一文，分上下兩篇先後刊於《讀書

〔註116〕周勳初：《序》，羅根澤：《中國文學批評史》，第 3 頁。
〔註117〕朱東潤：《司空圖詩論綜述》，《中國文學論集》，中華書局，1983 年，第 7 頁。
〔註118〕何炳松：《歷史研究法》，商務印書館，1927 年，第 57 頁。

通訊》第 12、36 期，後來又放入 1944 年版《周秦兩漢文學批評史》「緒言」之「材料的搜求」、「解釋的方法」兩節中。這套敘解方法包括述要、述創與釋義、釋因、釋果。

一、述要與述創

著史需要對材料有所剪裁，否則有龐雜繁冗之嫌。在羅根澤看來，選擇敘述的標準有二：述要與述創。他根據黃宗羲論講學「宗旨」與曾國藩論作文「端緒」，認為述要就是敘述批評家的根本觀念，而批評家對具體作家作品的批評都是以其根本觀念為出發點的。在此，他把批評家的學說分為兩部分內容：根本觀念與作家作品批評，而且在二者之間建立聯繫，前後是因，後者是果。比如，白居易對於詩的根本觀念是「上以補察時政，下以泄導人情」，故不滿晉、宋詩歌的「溺於山水」、「放於田園」，更不滿梁、陳詩歌的「嘲風雪、弄花草」；蘇軾對詩的根本觀念是「超然」、「自得」，故贊成「蘇李之天成，曹劉之自得，陶謝之超然」以及李杜之英瑋絕世。敘述之時，對於二者也應有所側重。根本觀念必須敘述，對作家作品的批評則以證明根本觀念為止，不必一一臚列。比如，鍾嶸對詩的根本觀念是「直尋」的自然說，故羅氏重點敘述他提倡自然音律、反對繁密巧似與黃老玄理，至於對 122 位詩人的具體評價則難以敘及，僅列表以示上、中、下三品詩人歸類〔註 119〕。梁啟超把「史識」看作史家四德之一，羅根澤以根本觀念為線索，可謂具有史識，如此則不會如黃宗羲所言「張騫初至大廈，不能得月氏要領也」。而且他組織文章結構時，注重標明立意，往往把批評家的根本觀念標舉出來放入題目中，比如「老子的反對『美言』與提倡『正言若反』」、「葛洪的反古與提倡深美博富的文學」、「元結的反對聲律與提倡規諷詩」、「蘇洵的文章四用說」等，具體論述都是以這些根本觀念為中心的。如此綱舉目張，使得羅根澤的行文論述顯得思路清晰，條理井然。

根本觀念與具體批評是因果關係，有因可以知果，有果也可以推因，前者是演繹，後者是歸納。具體而言，由批評家的根本觀念可以推知其對具體

〔註 119〕羅根澤喜歡列表或許受其師梁啟超影響。梁啟超說：「我生平讀書最喜造表，頃著作中之《中國佛教》，已造之表已二十餘」，並且把製表看作「史才」之一項內容。（見《中國歷史研究法》，第 116、170 頁）羅根澤對鍾嶸所評詩人分上中下以及淵源都製表以示出。此外，對於劉勰的文體論也製二表以示文筆之分與淵源。

作家作品的批評，由對具體作家作品的批評也可以總結出其根本觀念。對於歸納與演繹二種方法，羅根澤都不排斥。擴至整體的學術研究，他曾總結自己的學問方法：「我以『內籀法』研讀一位學者的學術文藝，以『外籀法』研讀一種學問的源流利弊。對於前者，我不敢預懸目標，也不敢以現在的名詞，預加在古人頭上，叫他符合我的企求。對於後者，我卻預定範疇，然後向古書尋找，只要在範疇以內，不管和自己的意見是否接近。我的研讀諸子，大體採用前法，研討文學源流，大體採用後法。」〔註 120〕羅氏運用歸納法研究學者的學術文藝與考證諸子，研究文學源流時，也只是劃定文體範圍，再尋範疇內之材料，而不是預定假設，再尋材料以證之，其實也是一種歸納。比如，《七言詩之起源及其成熟》先考辨古書裏七言詩之偽，次從《楚辭》、漢朝詩歌、鏡銘、緯書等詳述騷體詩之蛻變，再次從七言歌謠、史書、類書中搜尋材料以明七言詩之產生，最後再以曹植、陸機等人詩歌為證以示七言詩之成熟。所以，羅氏儘管受胡適影響，但考證方法卻由前者的「大膽假設，小心求證」變為「多方求證與小心立說」，二者不僅是措辭的嚴謹有別，更重要的是實質的變化，由假設到求證是演繹，由求證到立說則是歸納。演繹「前提不正確，則斷案亦隨而俱謬矣」〔註 121〕，故鄭振鐸把「歸納的考察」視為研究中國文學新途徑的兩條大路之一。〔註 122〕從批評史看，因為批評家大多數直接說出自己的根本觀念，故可從材料中直接尋出，而對那些並未表出自身根本觀念的批評家，羅根澤則由其對具體作家作品的批評歸納出根本觀念。比如，他從杜甫《戲為六絕句》以及其他論詩詩中對於李陵蘇武、許陵庾信、陰鏗何遜、初唐四傑、沈之問宋佺期等詩人的批評，推知其對詩歌的根本觀念是兼取古律。

羅根澤根據主體的不同把文學批評分為專家的批評和一般的批評，或者叫偉大的批評家和一般的批評家。前者對於時代往往有一定的反抗，有自己的根本觀念；後者大多順從時代，以時代的根本觀念為準繩。前者需要探尋其根本文學觀念，但後者也不可不述，因為可由一般的批評借窺時代的文學

〔註 120〕羅根澤：《我的讀書生活》，《中央週刊》第 8 卷第 8 期，1946 年。「內籀法」、「外籀法」是嚴復的翻譯，後來一般譯為歸納法、演繹法。

〔註 121〕梁啟超：《論中國學術思想變遷之大勢》，上海古籍出版社，2001 年，第 113 頁。

〔註 122〕鄭振鐸：《研究中國文學的新途徑》，《小說月報》第 17 卷號外《中國文學研究》，1927 年。

觀念。故羅根澤把所需敘述的根本觀念分為偉大批評家的觀念與時代的觀念兩種，前後如王充、劉勰、鍾嶸、歐陽修等，後者如齊梁文學豔麗說、盛唐社會詩論等。不過，這二種不是截然劃分，而是此消彼長，正如葉燮所說：「詩有源必有流，有本必達末；又有因流而溯源，循末以返本……。但就一時而論，有盛必有衰；綜千古而論，則盛而必至於衰，又必自衰而復盛。」〔註123〕元、白的社會詩論是繼陳子昂之提倡風雅詩以反對初唐聲律論，於盛唐成為時代之主因，故社會詩論可看作元、白的根本觀念，也可看作時代的根本觀念。然而，至晚唐，李商隱、韓偓等人又提倡緣情或香豔文學說，以反對盛唐社會詩論，故緣情或香豔文學說又稱為晚唐的根本文學觀念。

述要是對於單個批評家而言，對於多個批評家，則需要在彼此之間有所側重。以何種根據為選材標準屬於史料價值問題，而判斷價值的根據就是看其有創造與否。羅根澤曾述及自己研究學術文藝的歷史觀念：「無論何人之學說或文藝，……約而言之，不外因自己之立場，觀察社會之急需，而對歷史上之學說或文藝予以積極的演進或消極的改造而已。」〔註124〕他又在《我怎樣研究中國文學史》一文中言及文學變遷路線：「變的情形千頭萬緒，但不外於演進舊文學和開創新文學。演進舊文學是正面的接受舊文學的領導，開創新文學是反面的革除舊文學的錯誤，正反不同，都受了以前的舊文學的影響。」〔註125〕他把一種學說或文藝對於之前學說或文藝的因革關係分為兩類：積極的演進和消極的開創，二種只是因與革的程度不同，都有之前學說或文藝之影響，謂演進和開創說明二者都有「變」的因素，又是一種創造。羅根澤述及敘解方法時，又加細分，把創造分為四種：純粹的創造、綜合的創造、演繹的創造、因革的創造。不過，純粹的創造是不存在的，至於後三種之區別，視創造的程度而言。他把綜合的創造分為三類：一是「諸人之言，零碎散亂，隱晦不彰，匯而總述，形成學說」；二是「諸人之言，各照一隅，罕觀通衢，左右採獲，蔚為宏識」；三是「諸人之言，互有短長，取常棄短，別構體系」。〔註126〕無論是匯而總述，還是左右採獲或取長補短，這類創造只是對前人之說縫剪修補，鮮有新的學說。演繹的創造是指「古人創作了一種學說，但沒有應用到某一方面，或雖已應用，還沒有發揮盡致，後人據

〔註123〕葉燮：《原詩》，人民文學出版社，1979 年，第 3 頁。

〔註124〕羅根澤：《自序》，《古史辨（四）》，第 10 頁。

〔註125〕羅根澤：《我怎樣研究中國文學史》，《讀書通訊》第 87 期，1944 年。

〔註126〕羅根澤：《學藝史的敘解方法（下）》，《讀書通訊》第 36 期，1942 年。

以移用或據以闡發」〔註127〕，如此看來，曹丕、韓愈、蘇轍等人對於孟子「養氣」說，杜甫、嚴羽等人對於莊子「神化」說，都是演繹的創造，因為他們並沒有創造新的學說，只是把孟子論「氣」、莊子論「神」應用到文學批評領域而已。因革的創造是在前人學說的基礎上闡述新的解釋，如荀子由《虞書》之「詩言志」變為以「道」釋「志」，袁枚又據此以「情」釋「志」。三者之中，綜合的創造因襲的成分最大，創造的成分最少，因革的創造因襲的成分最少，創造的成分最大，演繹的創造居中。不過，作為一種方法論，羅根澤如此區別三者異同，可是在具體敘述文學批評時，沒有必要如此細分，而且也難以做到，畢竟因襲或創造都是相對而言，實難予以量化。

二、釋義、釋因與釋果

上文討論的是如何選擇敘述對象，接著就是如何解釋敘述對象。羅根澤分為三種：釋義、釋因與釋果。釋義就是學藝史的含義解釋，又分為三種：明訓、析疑、辯似。我們來分別分析。

著史與注書不同，明訓無須逐字逐句的注釋，只須注重解釋學藝名詞。羅根澤一向重視學術名詞的解釋，他曾說：「研究中國哲學的人，為什麼總是仰賴於西洋哲學，最大的原因，就是沒有中國哲學名辭辭典，所以不能不使中國哲學家披上西洋的外衣⋯⋯補救的方法，只有設法建立中國哲學名詞辭典。建立中國哲學名詞辭典的唯一方法，便是稽考中國哲學上所討論的問題和所使用的名辭，予以系統的說明。」〔註128〕他的諸子學論文如《孟荀論性新釋》、《荀子論禮通釋》等，試圖解釋「性」、「禮」等哲學名詞的含義，都是「明訓」的研究。中國古代學術名詞術語含義大多模糊，文學批評也不例外。朱自清就談道：「分析詞語的意義，在研究文學批評是極重要的。文學批評的許多術語沿用日久，像滾雪球似的，意義越來越多。沿用的人有時取這個意義，有時取那個意義，或依照一般習慣，或依照行文方便，極其錯綜複雜。要明白這種詞語的確切的意義，必須加以精密的分析才成。」〔註129〕對於文學批評理論術語的意義分析，羅根澤雖然不像郭紹虞那樣對於「神」、「氣」、「文筆」、「貫道」、「載道」、「詩禪」、「神韻」、「性靈」、「格調」等術

〔註127〕羅根澤：《學藝史的敘解方法（下）》，《讀書通訊》第 36 期，1942 年。
〔註128〕羅根澤：《自序》，《古史辨（四）》，第 12 頁。
〔註129〕朱自清：《詩文評的發展》，《朱自清全集》第 3 卷，第 30 頁。

語含義及其在各時期或各學說裏的關係都有仔細辨析，但他也對先秦至魏晉六朝時期「文」與「文學」、「文」「筆」之分等有相關分析。兩宋文學批評史中，羅氏把北宋各家分為道學派、經書派與議論派，並說：「載道說是周秦儒家和唐代古文家舊有的意念，雖然他們沒有鮮明的標出『載道』二字。李漢序《韓昌黎集》說：『文者貫道之器也。』照字面觀察，和載道並沒有多大差別。」〔註 130〕不過，依郭紹虞之見，「貫道」與「載道」大有不同，前者重文，後者重道，而且對於「道」之理解也有所不同：「論文而局於儒家之道，以為非此不可作，所以可以云『載』。論文而不囿於儒家之道，則所謂道者，『萬物之所然也，萬理之所稽也』，『聖人得之以成文章』。此所以文與天地並生，而亦可以云『貫』。」〔註 131〕古人家與道學家對於文道關係說的認識的確相異〔註 132〕，但僅從「貫道」與「載道」二名詞的含義是否可以看出其中差異，今人張炳尉就提出了質疑。〔註 133〕可見，辨析術語名詞需慎之又慎，直至今日，羅氏提出的「明訓」仍值得繼續進行。

析疑主要是分析批評家的具體批評言論和他們的根本觀念不融洽的問題。鍾嶸駁用事、用典，提倡自然的文學，卻又反對黃老玄談，實質是反對因「貴黃老，尚虛談」所形成的「理過其辭，淡乎寡味」的文學。韓愈謂師古聖賢，又謂務去陳言，實是以復古為革命，故重視文辭的怪奇，讚賞奇澀的攀紹述之文與孟郊之詩。羅氏對這些批評史上看似邏輯矛盾的現象都有卓識精闢的論述。對於揚雄一面好賦、一面卑賦，羅氏的解釋是由於繼承北方《詩經》與南方《楚辭》又加上一層「美」「刺」說的時代的衝突。當時有評論者指出，揚雄卑賦是在成年，好賦是在少年，而且給出以下兩個理由：其一，漢代不特輕視人文而卑視文人，故揚雄云「壯夫不為也」；其二，揚雄好作賦，「童子雕蟲篆刻」只是客觀評語，無褒貶之意。〔註 134〕1940 年代版中，羅根澤一一詳考《甘泉》、《羽獵》、《長揚》三賦所作時間，認為它們作於揚雄 40 至 46 歲之間，是壯年，而不是童年，「就算他的好賦卑賦由於年歲關係，

〔註 130〕羅根澤：《中國文學批評史》（三），第 74 頁。

〔註 131〕郭紹虞：《中國文學批評史上文與道的問題》，《武漢大學文哲季刊》第 1 卷第 1 期，1930 年。

〔註 132〕「貫道」說與「載道」說之差異參見後文第三章第二節論述。

〔註 133〕參見張炳尉：《論唐宋時期的文道關係說——從郭紹虞的失誤說起》，《文學評論》2010 年第 2 期。

〔註 134〕林分：《評〈中國文學批評史〉》，《眾志月刊》第 2 卷第 3 期，1934 年。

而好卑的矛盾心理，也不能不說是由於當時的『愛美』與『尚用』的衝突使然」〔註135〕。一般批評史認為，揚雄對於賦之意見變化僅因前後兩期時間有別，而羅根澤在問題表象背後抓住了時代本質——「愛美」與「尚用」的觀念矛盾，可謂是體察入微的歷史洞見。〔註136〕

辯似是辨別異同。羅根澤所分的四類創造除純粹的創造不存在外，其餘三類都有所因襲。他認為，學藝研究者大都求同忽異，把後世學說等同於往古、中國學說等同於歐美。他不滿於此，故提倡辨別同異，並認識到比較研究之意義：「這種研究法，最有趣味，亦最易收效。不但更能藉以將古代學術弄清楚些，而且可以訓練我們的分析力、裁判力，不致沾沾於一先生之言，為一曲之說所囿蔽。」〔註137〕白居易、元稹同是社會詩論家，但白重詩的社會使命，元重詩的聲韻之美，故白求通俗，元求次韻，晚年白轉向閒適，元轉向言情。北宋道學派和經術派同是宗經非辭，然而道學派重「道」，對政治要求尊王賤霸，對文學要求載說道理；經術派重「術」，對政治要求王霸並用，對文學要求闡述政教。對這些批評史上的重要現象和複雜問題知同見異，辯證分析，兼顧研究對象的共性與個性，可謂精深透徹。羅氏不僅提倡在本國學說內互相辨析，而且還有志於與別國學說互相辨析。這點上節已略有所述，在此不贅述。

釋因就是解釋為什麼的問題。就文學批評而言，羅根澤給出了「物」＋「人」＋「學」的公式。「物」是「基於各時代的社會，經濟，政治，學藝，及其所背負的歷史」所形成的時代意識，「人」是文學批評家，「學」是「文學體類」。1930年代初，以《讀書雜志》為陣地，中國社會史論戰激烈進行，馬克思唯物史觀的影響隨之日益擴大，羅根澤自然不能不受到影響。他認為，難以寫出合理的中國文學史原因之一就是中國社會史的問題沒有解決，因為「文學是社會的一部門，社會變遷，文學也隨之變遷，以故必先瞭解中國社會史，才能進而瞭解中國文學史」。〔註138〕這一時期他閱讀了《唯物史觀

〔註135〕羅根澤：《周秦兩漢文學批評史》，第115頁。

〔註136〕任訪秋可能受了羅根澤的影響，同樣認為「揚雄個人趣味的轉變，實因為受當時整個文學批評潮流的影響之故」，其潮流就是審美主義與實用主義的消長，與羅氏之「愛美」與「尚用」幾近。見《中國文學批評史述要》，《任訪秋文集》（未刊著作三種上），第111頁。

〔註137〕羅根澤：《自序》，《古史辨（四）》，第11頁。

〔註138〕羅根澤：《研究中國文學史的計劃》，《文史叢刊》第1卷第1期，1935年。

概要》、《唯物史觀的文學論》等著作，開始用唯物史觀解釋歷史，1932 年 7 月 15 日為《戰國前無私家著書說》寫的《跋》云：「此文雖發表於一九三一年四月出版之《管子探源》，而撰述則在一九二七年秋。年來研究中國古代社會經濟，知戰國前無私家著作，亦可以社會經濟解說之。」〔註 139〕他在《我怎樣研究中國文學史》中也把社會原因放在文學變遷原因之首：「文學史的另一主題是尋求變遷原因。變遷原因也是千頭萬緒，但主要的不外內在的文學本質與外在的社會需求」，然而「文學的內在本質要變，但向哪裏變，變成什麼樣子，卻不決定於內在的文學本質，而決定於外在的社會需求」。〔註 140〕但是，羅根澤並不像當時的機械唯物史論者那樣，把經濟看作唯一的因素，這點他接受了《唯物史觀的文學觀》作者伊科緋茲（Mare Ickowicz）的觀念。該書的譯者如此評說它的價值：「在本書中，譯者最覺得同感的，便是著者對於用唯物史觀以觀察文學的意見。一般人以為由唯物史觀，便是用經濟的因素為基礎，以論述一切。但是這在文學上是錯誤的。因為文學史屬於上層建築的最上層，是理想的境界中的事物，他固然要受經濟的影響，但同時如政治、宗教、法律、哲學等，亦對他有相當影響，他固然是社會環境的產物，但作家個人亦大有作用於其間。」〔註 141〕而羅根澤對於學藝創造的釋因公式正是「物」＋「人」，其中「物」不僅與經濟有關，還與社會、政治、學藝及其歷史有關。「人」的因素包括兩方面，一是其「所依存的家庭，所接觸的師友，所誦習的學藝，以及所隸屬的社會類層，所活動的社會範圍與業務」，一是依據雷布利阿拉（Antonio Labniela）所提出的個人氣質。另外，關於批評史的釋因，他又加上「學」這一因素。

羅根澤不僅理論上把「物」＋「人」＋「學」的釋因公式作為方法論，而且在批評史中也把它付諸於實踐。在解釋批評史上的諸多問題時，他或者同時顧及多個因素，或者側重某個因素。

釋果就是研究學藝的影響。羅根澤把影響分為作家影響、社會影響與學

〔註 139〕羅根澤：《跋》，《戰國前無私家著書說》。該文解說運用階級分析，謂春秋前為初期封建時代，貴族與農奴兩個階級不能或不必著書立說，戰國新興中產階級地主與商人有求學機會，於是學說興起，並說：「日後有暇，當專文論之，記此以為余之息壞。」

〔註 140〕羅根澤：《我怎樣研究中國文學史》，《讀書通訊》第 87 期，1944 年。

〔註 141〕樊仲云：《譯者覺書》，伊科緋茲：《唯物史觀的文學論》，新生命書局，1930 年，第 2 頁。

藝影響。作家影響就是創造這種學藝的本人對於自身的影響，社會影響顧名思義是學藝影響社會，對於學藝史，這兩種影響無關緊要，重要的是第三種影響——學藝影響。羅氏又根據影響的空間、時間和部門，把學藝影響分為民族影響與國際影響、當時影響與後世影響、本類影響與他類影響。就文學批評史而言，應側重民族影響、後世影響與本類影響。「不過以前的學藝影響，就是後來的學藝產因，如寫單篇論文，自然要上求產因，下探影響；若編學藝通史，則須避免重複不能一事再贅。通常的習慣，大概詳於釋因，略於釋果。」〔註142〕對於釋果，羅氏大都蜻蜓點水，點到為止。只是先秦時期的一些學說本身看似與文學批評關係不大，但對於後世文學批評影響很大，故需詳細釋果，以顯示它的地位。比如，孟子謂「我善養吾浩然之氣」，雖然不是就文學而發，但後世「文氣說」自孟子發端，延及曹丕、劉勰、蘇轍等人，故不得不述。

三、現代性反思

羅根澤所謂敘述的方法其實談的不是如何敘述的問題，而是如何選擇敘述對象，即如何選擇史料。在批評家之間，他選擇具有創造性的學說，在批評家內部，他選擇以根本觀念為主。這種選擇或受馮友蘭哲學史取材標準之啟示，馮之方法第二、三條分別是：「哲學家必有其自己之『見』，以樹立其自己之系統。故必有新『見』之著作，方可為哲學史史料。如只述陳言者，不可為哲學史史料」；「一哲學必有其中心觀念（即哲學家之見）。凡無中心觀念之著述，即所謂雜家之書，如《呂氏春秋》、《淮南子》之類，不可為哲學史之原始的史料」。〔註143〕新「見」之著作即是述創，有中心觀念之著作即是述要。至於解釋的方法，羅氏則是借鑒蜜爾多耶拉（Maltayala）的文學史方法論。蜜爾多耶拉把文學史的任務分為以下三點：

　　1. 即在於研究文藝作品之本身（這是什麼一回事？）

　　2. 在於研究文藝作品之由來（為什麼有此文藝作品？）

　　3. 在於研究文藝作品之影響（其影響若何？）

基於以上三種基本任務，相應的文學史研究方法有四種：

　　1. 對於文藝作品本身的研究法，我們稱此研究法為內在的研究法。

〔註142〕羅根澤：《學藝史的敘解方法（下）》，《讀書通訊》第36期，1942年。
〔註143〕馮友蘭：《中國哲學史》（上），商務印書館，2011年，第20頁。

2. 探求文藝作品之由來的研究法，有二種：即溯源研究法與演進研究法。

3. 探求文藝作品影響的研究法，即積極研究法。〔註144〕

不過，學藝史畢竟比文學史更為廣泛（還包括學術史），羅根澤根據上述「是什麼」、「為什麼」、「影響若何」三個任務提煉為更具普遍性的釋義、釋因、釋果三種方法，而且把釋因簡化為「物」＋「人」＋「學」的模式。蜜爾多耶拉之「積極研究法」包括「社會的積極研究法」和「文學的積極研究法」，二者又各自分為民族影響和國際影響，這些都被羅根澤所吸收，只不過他又增添「作家影響」一項。

由上可知，釋因與釋果是羅根澤敘述歷史的主要方法。聯繫到當時的學術背景，我們發現，因果關係是現代史學的必備一環。羅家倫《研究中國近代史的意義及方法》申明歷史之特性：「歷史有兩個特性，一個是連續性，一個是交互性。」〔註145〕梁啟超《中國歷史研究法》說明治史者任務：「事實之偶發的、孤立的、斷滅的皆非史的範圍。然則凡屬史的範圍之事實，必其於橫的方面最少亦與他事實有若干之聯帶關係，於縱的方面最少亦為前事實一部分之果，或為後事實一部分之因。是故善治史者不徒致力於各個之事實，而最要著眼於事實與事實之間，此則論次之功也。」〔註146〕羅家倫所謂「連續性」、「交互性」就是梁啟超所謂豎的方面的因果關係與橫的方面的聯帶關係，其中因果關係尤為關鍵。何炳松也說：「史家所求者，因果關係而已。只敘明諸事之前後相生，並依前後相生之理而編比之，即為已足。總期篇中無孤立之事蹟，各事有相互之關係，斯則可矣。」〔註147〕現代史家面對著片段史料呈現的孤立事實，企圖用因果關係、連續性等尋找事實表面之下的內在脈絡，以期建構一種井然有序、環環相扣的整體史學。1920 年代「整理國故」所追求的「系統」主要在於這種用因果關係塑造的連續性。然而，客觀的歷史之真是現代史學家最高的追求，如此用現代史觀書寫的歷史自然難以呈現實際歷史之真，就如馮友蘭所說，「然史料多係片段，不相連屬，歷史家

〔註144〕蜜爾多耶拉：《文學史方法論》，《中國文學史外論》第五章，朱星元譯，東方學術社，1935 年，第 33、34 頁。

〔註145〕羅家倫：《研究中國近代史的意義及方法》，《國立武漢大學社會科學季刊》第 2 卷第 1 期，1931 年。

〔註146〕梁啟超：《中國歷史研究法》，第 108 頁。

〔註147〕何炳松：《歷史研究法》，第 64 頁。

分析史料之後，必繼之以綜合工作，取此片段的史料，運以想像之力，使連為一串。然既運用想像，即攙入主觀分子，其所敘述，即難盡合於客觀的歷史。」〔註148〕正是不滿於史學之連續性，20 世紀西方不少理論家質疑這種現代史學。傅柯就認為，「歷史分析所呈現的問題不再是有關於傳統或追本溯源的問題，而是有關區別、侷限的問題；它不再追求萬年不朽的基礎，而要研究形成新基礎的轉變過程，或新基礎的重建因素」〔註149〕，並提出了一套以話語、聲明、檔案等為主體的新史學觀。然而，王德威指出，傅柯只是「五十步笑百步」，也同樣注重規律之尋求：「儘管『考掘學』揭露了事物表面擾攘錯綜的面貌，但仍企圖自另一層次清理出一個頭緒，以求瞭解橫亙於其間的法則。職是，傅柯『考掘學』給我們最強烈的印象是對法則規律的重視。」〔註150〕

　　其實，在傅柯等後現代理論家之前，史學家就對現代史學觀的因果關係有所質疑。何炳松認為歷史比自然科學之因果關係遠為複雜：「前後相生，因果初不相等。或其因甚微，而其果甚大。或其因甚大，而影響杳然。歷史原為求異之學，故因果每不相符。與自然科學之求同而因果永遠相等者，蓋迴乎殊途也。」〔註151〕梁啟超也認為，歷史現象與自然界現象不同：「若欲以因果律絕對的適用於歷史，或竟為不可能的而且有害的亦未可知。」然而，編著歷史又離不開因果關係，若「不談因果，則無量數繁賾變幻之史蹟不能尋出一系統，而整理之術窮」。於是，他處理因果關係小心翼翼，區分因與緣：「有可能性謂之因，使此可能性觸發者謂之緣」，「因為史家所能測知者，緣為史家所不能測知者」，「一史蹟之因緣果報恒複雜幻變至不可思議，非深察而密勘之，則推論鮮有不謬誤者」。而且，他接受柏格森哲學的影響，把文化總量分為文化種與文化果，認為前者屬於自由意志的領域，一點不受因果律束縛，後者是創造力的結果，可以因果律解釋。〔註152〕不僅如此，一些史學家還意識到歷史的兩個層面，區分真實的歷史與編著的歷史。馮友蘭把歷史分為「歷史」與「寫的歷史」，寫的歷史之所以不能與實際的歷史相合，最重

〔註148〕馮友蘭：《中國哲學史》（上），第 16 頁。
〔註149〕傅柯：《知識的考掘》，王德威譯，臺灣麥田出版公司，1993 年，第 72 頁。
〔註150〕王德威：《『考掘學』與『宗譜學』──再論傅柯的歷史文化觀》，傅柯：《知識的考掘》，第 45 頁。
〔註151〕何炳松：《歷史研究法》，第 64 頁。
〔註152〕梁啟超：《中國歷史研究法》，第 119、132、141 頁。

要之因就是「言不盡意」，這就觸及到了語言的侷限性問題。羅根澤認為，「事實的歷史」往往隱藏不見，除了編著者的主觀成見外，史料與事實之距離也不可克服。現代史學家不僅對於歷史的因果關係有所保留，而且對於這種因果關係構建的史學系統也深有質疑。陳寅恪說：「其言論愈有條理統系，則去古人學說之真相愈遠。」〔註153〕張蔭麟指出：「以現代自覺的系統比附古代斷片的思想，此乃近今治中國思想史者之通病。」〔註154〕就連不懈提倡「科學方法」的胡適也有警惕之言：「凡治史學，一切太整齊的系統，都是形跡可疑的，因為人事從來不會如此容易被裝進一個太整齊的系統裏。」〔註155〕儘管現代學人理論上自覺抵禦這種現代史學觀念書寫的整體史學，但是編著歷史時仍難以擺脫它的影響。

羅根澤批評史不以理論架構見長，這種弊端不多，然而也不是毫無痕跡。郭紹虞批評史以文學觀念復古與演進為中心線索構建整體框架，削弱了不少敘述對象的豐富性。僅舉一例以示二者之局部片面性。對於晚唐皮日休，郭紹虞引用其《鹿門隱書》「文學之於人也，譬如藥，善服有濟，不善服反為害」之言，認為他致力於文之知與用。然而，羅根澤也引用上述語句，再加上該書「醉士隱於鹿門，不醉則遊，不遊則息。息於道，思其所未至，息於文，慚其所未周，故復草隱書焉」之意，認為皮日休提倡辭藻與聲病，以道與文為自娛工具。面對同一個敘述對象，二者得出了截然相反的結論。之所以如此，與他們所構建的敘述框架有關。郭紹虞把批評史分為演進、復古、完成三期，隋唐五代是復古第一時期，此期又分為醞釀、高潮、消沉三階段。郭氏把皮日休置於復古之消沉時期，且是「古文運動之尾聲」，並認為其繼承韓愈弟子李翱一派，開宋學之先聲，故只見他文以致用的一面，忽略其文學審美論的部分。而羅根澤認為，晚唐詩及文章轉於儷偶格律、綺縟淫靡，又以「隱逸文學」為皮日休之根本觀念，故只見他文學審美論的一面，忽略其「求知與用」的內容。在此，二人為構建歷史之連續性或統一的「系統」，皆把敘述對象的豐富性遮蔽了，二人之敘述內容合起來才是完整的皮日休。

〔註153〕陳寅恪：《馮友蘭中國哲學史上冊審查報告》，《金明館叢稿二編》，第280頁。

〔註154〕張蔭麟：《評馮友蘭〈儒家對於婚喪祭禮之理論〉》，《大公報·文學副刊》，1928年7月9日。

〔註155〕胡適：《致羅爾綱》（1936.6.29），《胡適全集》第24卷，第314頁。

　　韋勒克在《近代文學批評史》中對於因果關係也有疑惑。他承認「對精神事物作因果關係上的說明是不可能的」，因為「有些東西只能歸之於個人的首創精神和那些在特定時間內將其思維致力於特別問題的天才人物的機緣」，但他還是運用了所謂「思想史」方法：從個人身世、歷史和社會環境等方面，考察批評學說之發生與轉變以及根於政治制度和歷史事件分析民族之間批評傳統的差別。我們發現，這些方法其實並不新鮮，基本上等同於羅根澤釋因的「物」＋「人」＋「學」模式。只不過，羅根澤敘述的是一國批評史，無須分析不同民族之間批評傳統的差別。不同於羅氏固守這套方法，韋勒克對「思想史」方法有所保留：

　　　　在用不同方式來處理我的論題的嘗試中，我得出的結論是，批評上的術語和思想的歷史在許多情況下尚未發展到能為「思想史」的方法提供充分發揮的餘地。這種方法的主要優點是它很容易追溯辯證的前後關係和含義的轉變，但它的缺點超過了它的優點。純粹的「思想史」的方法不能促使我們對個別理論家的一些結構鬆散甚而自相矛盾的學說體系有任何概括性的瞭解，它也不能幫助我們去認識大批評家的特性和個性，獨特的態度和感受性。〔註156〕

對此，他的處理方法是「對大作家和主要的思想加以詳盡的探討」、「轉移到個別文本的解釋」，即回到「那種專章敘述和評價大作家思想的更合乎傳統的方法」。儘管他的文學批評史巨著有八卷，僅敘述 1750 年到 1950 年兩百年間的批評史，但他並沒有像羅根澤等文學批評史撰著者那樣專注於因果關係架構的系統之構建，而以批評家為綱，深入文本，闡發幽微，對於今日批評史撰著不無啟示。

〔註156〕韋勒克：《近代文學批評史》第 1 卷，楊豈深、楊自伍譯，上海譯文出版社，1987 年，第 10～14 頁。

第三章　文學觀念與批評史觀

　　中國文學批評史的研究對象主要是詩文評，然而「僅僅把『詩文評』這種顯在形態的批評理論作為研究對象是不夠的，因為『詩文評』本身有著一定的文學觀念作為指導。這種文學觀念才是更為根本的，它不僅決定著『詩文評』的形態及其發展，而且決定著文學創作」〔註1〕各時代批評家對於文學的認識本身就是文學批評的一部分，因此，對於文學批評史而言，研究文學觀念及其發展之演變歷史，十分重要。「正是在對中國古代文學觀念及其發展演變規律的研究中，中國古代文學理論的各種範疇才逐漸清晰起來。也正是通過對各種範疇的研究，我們才看到了中國古代文學理論的獨特之處和價值所在。」〔註2〕在現代學術分科的體制內，中國文學批評史是從屬於中國文學史的一種分類史。既然是史，便有史觀的問題。儘管史學研究者的學術目標都是追求歷史的事實和敘述的客觀，但隱藏在事實和客觀背後的主體意識必不可免。文學批評史研究者對於史學的主觀性都有自覺意識，如郭紹虞說：「極力避免主觀的成份，減少武斷的論調」〔註3〕；羅根澤特意指出史家之「意識的隱藏」；朱東潤說：「作史的人總有他自己的立場，他的立場所看到的，永遠是事態的片面，而不是事態的全面。」〔註4〕這種主觀、意識與立場就是文學批評史觀。本章探討羅根澤的文學觀念和批評史觀，以期深化認識其文學批評史研究的學理、價值和特點。

〔註1〕李春青等：《20世紀中國古代文論研究史》，山東教育出版社，2008年，第281、282頁。
〔註2〕李春青等：《20世紀中國古代文論研究史》，第282頁。
〔註3〕郭紹虞：《自序》，《中國文學批評史》（上），第3頁。
〔註4〕朱東潤：《中國文學批評史大綱》，第6頁。

第一節　「文學界說」與「文學批評界說」

　　和當時許多的哲學史或文學史一樣〔註5〕，羅根澤《周秦兩漢文學批評史》的《緒言》首先探討了「文學界說」與「文學批評界說」。對於這種現象，戴燕解釋道：「之所以不避繁瑣，反覆論述這些看起來與文學史並不相關的文學原理，除了由於學科建立之初，人們對本學科的性質、規範懷有新鮮感，喜歡強調的原因之外，還有一個非常實際的原因，就是人們確實感到需要辨別『文學』的內涵、外延，也就是搞清楚自己所要描述的對象究竟是什麼。」〔註6〕不過，這是學科建立之初的情形，羅根澤《周秦兩漢文學批評史》出版於1944年，其時學界對於「什麼是文學」已沒有多少疑義，純文學觀念統治文壇，1930年代以後文學史著作也很少對這一問題做專門討論。而羅根澤仍然仔細辨析文學、文學批評的定義，而且有不同於時賢之見，不得不說體現了其「因愛好哲學而得到的組織力與分析力」。不過，他的討論有些地方值得商榷。我們先看他的文學界說。

一、文學的廣義、狹義與折衷義

　　在進入羅根澤的文學界說之前，需要對於當時文學之定義有個大體瞭解。但這一問題涉及面太大，故僅以中國文學史著作中的文學定義為範圍做一管窺。最早的一批文學史著作中，文學定義與《論語》之「文學，子遊子夏」一樣寬泛，不提林傳甲《中國文學史》（1904），就是謝无量《中國大文學史》（1918）的「文學」含文字學、經學、史學及諸子學哲學，其範圍與先秦兩漢時期大體相同，包括文章、博學二義。隨著新文學運動的發生，西方浪漫主義思潮席捲中國，情感、想像等因素在文學的規定中被著重強調。譚正璧《中國文學進化史》定義了文學的三個要素：「文學的本質是美的情感」、「高妙的想像是她的意境」、「人生的映像是她的資料」〔註7〕，故先秦時期只敘詩三百篇、楚辭與神話文學。胡小石《中國文學史講稿》提出：「文學，是由於生活之環境上受了刺激而起情感的反應，藉藝術化的語言而為具體的表現。」〔註8〕不僅文學史，批評史也是如此。陳鍾凡《中國文學批評

〔註5〕 哲學史如胡適《中國哲學史大綱》（1919）、馮友蘭《中國哲學史》（1930），文學史數量更多，皆開頭用一些篇幅來談論「哲學」的定義、「文學」的定義。
〔註6〕 戴燕：《文學史的權力》，北京大學出版社，2002年，第2、3頁。
〔註7〕 譚正璧：《中國文學進化史》，光明書局，1929年，第9頁。
〔註8〕 胡小石：《中國文學史講稿》，《胡小石論文集續編》，上海古籍出版社，1991

史》在列舉「歷代文學之義界」後,「以遠西學說,持較諸夏」,定義文學曰:
「文學者,抒寫人類之想像,感情,思想,整之以辭藻,聲律,使讀者感其
興趣洋溢之作品也。」〔註9〕囿於此文學定義,陳氏對於周秦文學批評只敘孔
丘、卜商、孟軻的詩說,對其時「文」之見解隻字不提,對《文心雕龍》只
敘尚自然、重情性、尚聲律、論駢偶的文學標準,對其徵聖宗經的文學觀念
以及文體論避而不談。不過,如此篩選必定遺漏許多材料,而且無法從古時
廣泛的「文學」中剝離他所謂「文學」,故陳氏也不得不偶而偏離其文學定義,
不得不敘述「韓愈文評」,甚至還敘述了「劉知幾史評」。可見,用所謂的「純
文學觀念」敘述中國文學史或批評史難以行得通。朱光潛指出了其中根由:「歷
來草大學中國文學系課程者,或誤於『文學』一詞,以為文學在西方各國,
均有獨立地位,而西方所謂『文學』一詞,悉包含詩文戲劇小說諸類,吾國
文學如欲獨立,必使其脫離經史子之研究而後可。此為誤解,其說有二:吾
國以後文學應否獨立為一事,吾國以往文學是否獨立又另為一事,二者不容
相混。現所研究者為以往文學,而以往文學固未嘗獨立,以獨立科目視本未
獨立之科目,是猶從全體割裂髒肺,徒得其形體而失其生命也。」〔註10〕不
僅制定中文系課程者,文學史撰述者也同樣存在這種弊病。「以獨立科目視本
未獨立之科目」,囿於子、史門類之偏見,把滔滔雄辯的《孟子》、汪洋恣肆
的《莊子》與敘事精彩絕倫的《史記》棄於文學門戶之外,等同於把價值判
斷置於事實敘述之上,實屬不妥。故此,錢鍾書聲明,對於文學之意見:「近
論多與蕭統相合,鄙見獨為劉勰張目。」〔註11〕

　　不過,羅根澤沒有如此「以今釋古」。對於文學定義,他列舉了當時主要
的三類:一、「廣義的文學——包括一切的文學」,以章太炎為例;二、「狹
義的文學——包括詩、小說、戲劇及美文」,以蕭子顯、蕭繹為例;三、「折
衷義的文學——包括詩、小說、戲劇及傳記、書札、遊記、史論等散文」,
以宋祁《新唐書・文藝傳序》為例。對於為何採取折衷義,羅氏列舉了三條
理由:

　　　　年,第 14 頁。
〔註 9〕陳鍾凡:《中國文學批評史》,第 6 頁。
〔註10〕朱光潛:《文學院課程之檢討》,《朱光潛全集》第 9 卷,安徽教育出版社,1993
　　　　年,第 79 頁。
〔註11〕錢鍾書:《中國文學小史序論》,《寫在人生邊上・人生邊上的邊上・石語》,
　　　　第 102 頁。

　　第一，中國文學史上，十之八九的時期是採取折衷義的，我們
如採取廣義，便不免把不相干的東西，裝入文學的口袋；如採取狹
義，則歷史上所謂文學及文學批評，要去掉好多，便不是真的「中
國文學」、真的「中國文學批評」了。第二，就文學批評而言，最有
名的《文心雕龍》，就是折衷義的文學批評書，無論如何，似乎不能
捐棄。所以事實上不能採取狹義，必須採取折衷義。第三，有許多
的文學批評論文是在分析詩與文的體用與關聯，如採取狹義，則錄
之不合，去之亦不合，進退失據，無所適從；而採取折衷義，則一
切沒有困難了。〔註12〕

這三條理由大體是成立的。不過，第二條理由稍嫌勉強。《文心雕龍》不是羅
氏所謂的折衷義，不管「形文」、「聲文」、「情文」與「天文」、「地文」、「人
文」等概念，只看劉勰所論文體，逸出折衷義的就有諸子、史傳，劉勰之文
學觀念近於廣義的文學（含諸子、史傳、文筆）。再者，折衷義是否是完美的
呢？既然中國文學史十之八九是折衷義，採取狹義會去掉很多，那麼採取折
衷義，對於其餘的十之一二怎麼處理呢？這部分內容就是先秦兩漢時期的經
史、諸子。如果嚴守折衷義的範圍，那麼則應捨棄，上文已述，這種執於門
類偏見的做法很有問題。好在羅根澤沒有如此，儘管他堅持自己的定義，認
為周秦諸子「是哲學家而不是文學家」，其所謂「文」與「文學」是「學術學
問或文物制度」，「與我們所謂『文』與『文學』大異」，但具體論述時卻不拘
概念：「如此廣泛的討論學術，文學批評史上似不應惠予篇幅。惟一則因為古
代的學藝，本來混而不分，所以討論的雖是學術，而文學『亦在其中矣』。二
則因為時居古代，所以後世的一切思想和文藝，都直接間接受其影響，文學
批評也不例外，所以他們所謂『文』與『文學』，及對所謂『文』與『文學』
的評價，遂在文學批評史上有了地位了。」〔註13〕他沒有像當時大多數學者
那樣囿於西方「純文學」概念把先秦諸子棄於文學史之外，儘管他也有一個
具體撰述之前的文學定義。不過，這一定義雖然不是「純文學」，大約與唐宋
時期「文學」觀念幾近（再加上戲劇、小說），它適合於唐宋乃至明清，卻無
法包含於先秦兩漢，其時經史、諸子離於它之外，故羅根澤只能暫時逃離他
的定義之藩籬，把廣義的學術批評納入文學批評史中。對於王充《論衡》，羅

〔註12〕羅根澤：《周秦兩漢文學批評史》，第 3 頁。
〔註13〕羅根澤：《周秦兩漢文學批評史》，第 54 頁。

根澤同樣認為它不是文學批評專書，但又涵蓋文學批評，不得不述之。〔註14〕可見，所謂折衷義的文學觀念並不適合於中國文學史的各個階段。那麼，何必規定一個超越時間的普遍性文學定義？本來文學邊界隨時代不同而不同，最為接近歷史之真的方式就是以周秦之文學觀念敘述周秦文學，以唐宋之文學觀念敘述唐宋文學觀念，如此書寫歷史才能不割裂古人面目。可是，民國時期的學人熱衷於以當時審美眼光給文學下一個絕對性的定義，以此定義去硬套古代文學，故如朱光潛所說「猶從全體割裂髒肺，徒得其形體而失其生命也」。羅根澤高於時人之處就在於沒有以當時之文學定義比附，不過他也難逃歷史本質主義之追求，以「十之八九時期」的文學觀念為絕對性，好在他沒有按照這一觀念亦步亦趨。

　　當時不少學人以「純文學」、「雜文學」比附古代文學觀念。郭紹虞批評史就時常涉及，謂魏晉南北朝時期，「『文學』一名之含義，始與近人所用者相同」，文筆之分「始與近人所云純文學、雜文學之分，其意義亦相似」。〔註15〕朱自清認為這種做法值得商榷：「『純文學』、『雜文學』是日本的名詞，大約從 De Quincey 的『力的文學』與『知的文學』而來，前者的作用在『感』，後者的作用在『教』。這種分法，將『知』的作用看得太簡單（知與情往往不能相離），未必符合實際情形。況所謂純文學包括詩歌、小說、戲劇而言。中國小說、戲劇發達得很晚；宋以前得稱為純文學的只有詩歌，幅員未免過窄。」〔註16〕羅根澤雖然少用這兩個術語名詞，但意思也大體不差。他以劉義慶《世說新語‧文學篇》、《梁書‧簡文帝紀》以及《文學傳‧劉苞傳》、《劉勰傳》所用「文學」一詞為例，說明「其所謂『文學』，也很顯然的略同於現在所謂『文學』，大異於周秦兩漢所謂『文學』」。〔註17〕「現在所謂『文學』」自然是指五四後輸入的「純文學」。南朝時期離文學於學問之外，的確與周秦兩漢時期文學兼文章、博學不同，但與「純文學」還是有別。宋文帝立四學，「文學」與「儒學」、「玄學」、「史學」對立，只說明文學獨立於

〔註14〕羅根澤說道：「自然《論衡》是批評專書，而不是文學批評專書；但其中許多批評文學的話，不能不說是文學的批評，而這裡所提出的批評的義界和價值，雖不只是為『文學批評』而作，而『文學批評』亦當然在內了。」見《周秦兩漢文學批評史》，第 124 頁。

〔註15〕郭紹虞：《中國文學批評史》（上），第 3 頁。

〔註16〕朱自清：《評郭紹虞〈中國文學批評史〉上卷》，《朱自清全集》第 8 卷，第 197 頁。

〔註17〕羅根澤：《魏晉六朝文學批評史》，第 3 頁。

經史之外，其時文學範圍仍然極其廣泛。蕭統在《文選序》中雖以「以立意為宗，不以能文為本」為由擯棄子史，又以「事出於沉思，義歸於翰藻」為由收錄史之贊論序述，但其《文選》選錄的文體 38 類中屬於「筆」者仍不少，如詔、表、書、啟、論、贊等。章學誠、錢鍾書先後譏其自亂體例。〔註 18〕這說明當時所謂「文學」仍包括「筆」。郭紹虞稽考當時史籍，得出結論：「其稱『文學』一名殆無不可兼指此二種者（文、筆——引者注）。所以當時不僅『文』得稱為文學，即『筆』也得成為文學。」〔註 19〕可見，「文」、「筆」都是當時「文學」之一部分。即使「文」、「筆」之分後，把「文」等同於「純文學」也不恰當。劉勰《文心雕龍》所論之「文」包括詩、樂府、賦、頌讚、祝盟、銘箴、誄碑、哀弔、雜文、諧隱，屬於「純文學」者也只有詩、樂府、賦，因此從文體而論其時最為狹義的「文」也比「純文學」寬廣得多，以之比附不太恰當。羅根澤聲稱「祛除成見」，反對以五四的緣情文學觀念比附古人，但在考察齊梁文學時，仍難以脫離這一學術趨勢。僅包括詩、小說、戲劇及美文的「純文學」觀念是西方 Literature 的翻譯，以情感、想像為特質，在中國古代文學中實難以找到恰當的範疇與之匹配。

那麼，為何現代學者不顧歷史事實頻頻以「純文學」相比附呢？據戴燕解釋，這與追求科學化的現代史學密不可分：「因為利用它，恰好還可以為文學觀念的歷史演變，做一個富有邏輯的說明，就是藉此把文學觀念的變化，描繪成一個其意義由廣至狹、由雜至純的歷史性過程，這個過程的起點是《論語》的時代，終點則正好趕上新文學運動的發生。這樣，有關文學是人類情感的表現等等新潮理論，便又從歷史的角度，順理成章地進入了文學史家的視界，並由近代的局部發端，蔓延推廣到整個中國文學史的理解中去，從而繪成了中國文學史合乎近代理性的科學的發展圖式。」〔註 20〕故一大批頗有成就的現代學者難逃這一隱在的學術陷阱。其實，在西方，「Literature」一詞在 19 世紀以前一直指著作或書本知識，包括演講、佈道、歷史、哲學等，範圍相當寬廣。〔註 21〕即使在把這一詞匯翻譯成「文學」的日本，明治初期它也只是「人文社會系的一般學術和語言藝術的總稱」，乃至明治 20 年代撰寫

〔註 18〕參見章學誠：《文史通義·詩教篇下》，中華書局，1985 年，第 81 頁；錢鍾書：《中國文學小史序論》，《寫在人生邊上·人生邊上的邊上·石語》，第 101 頁。
〔註 19〕郭紹虞：《中國文學批評史》（上），第 138 頁。
〔註 20〕戴燕：《文學史的權力》，第 10 頁。
〔註 21〕卡勒：《文學理論》，李平譯，香港牛津大學出版社，1998 年，第 22 頁。

的「文學史」仍然用的是廣義「文學」，而「以語言藝術」為中心的近代「文學」概念的固定下來是在 20 世紀初至 1910 年之間。〔註22〕所以，早在一千多年前的齊梁時代不會有「純文學」觀念的出現。羅根澤正是認識到所謂狹義文學不是真的「中國文學」，才採取折衷義的文學觀，只是對於齊梁文學之認識，他還是陷入了「純文學」的圈套。

二、文學批評的分類

討論「文學界說」後，羅根澤就接著討論「文學批評界說」。他開頭即言：「近來的談文學批評者，大半依據英人森次巴力（Saintsbury）的文學批評史（The History of Criticism）的說法，分為：主觀的、客觀的、歸納的、演繹的、科學的、判斷的、歷史的、考證的、比較的、道德的、印象的、鑒賞的、審美的十三種。」〔註23〕不少研究者直接引用這段內容，以說明羅根澤借鑒西學溝通中西詩學的努力〔註24〕，也有的學者去翻查森次巴力的批評史著作〔註25〕，結果發現他的兩種批評史〔註26〕並沒有列舉這十三種文學批評。筆者也曾檢閱，原著的確沒有這部分內容，羅根澤應該沒有閱讀過森次巴力原書。那麼，羅根澤的這個失誤是如何形成的呢？

傅東華《文藝批評ABC》第二章《什麼是文學批評》有以下內容：

> 近代批評家如英國的森次巴力（Saintsbury）也把批評的意義看得甚泛，所以他說：「批評就是文學的趣味之合理的發揮；實是要尋出文學何以能與人以快感——即何以好——的道理；就是詩和散文，風格和聲律等等的品性之發見、分類和尋源；就是文學的工具

〔註22〕鈴木貞美：《文學的概念》，王成譯，中央編譯出版社，2011 年，第 123、195、220 頁。

〔註23〕羅根澤：《周秦兩漢文學批評史》，第 3 頁。

〔註24〕參見周勳初：《序》，羅根澤：《中國文學批評史》，上海書店出版社，2003 年，第 4 頁；韓經太：《中國文學批評史研究》，福建人民出版社，2006 年，第 129 頁；周興陸：《走向學科獨立的中國文學批評史》，《中國文學研究》第 4 輯，復旦大學出版社，2001 年，第 406 頁。

〔註25〕張健與陳國球曾檢原書，未見相關敘述。見張健：《從分化的發展到綜合的體例——重讀羅根澤〈中國文學批評史〉》（《文學遺產》2013 年第 1 期）注釋。

〔註26〕森次巴力（1845～1933）的兩種批評史分別是三卷本 A history of criticism and literary taste in Europe from the earliest texts to the present day (London: Blackwood, 1911)以及由三卷本中有關英國文學批評內容增訂的 A history of English criticism (London: Blackwood, 1911)。

的研究；而亦不忽略對於文學的作風的觀察。」（見所著 The History of Criticism. Vol.I, P, 4.）

　　如是，批評的意義既極廣泛，批評家便因各各的觀點不同，而分為許多的派別，例如：

一、主觀的批評　寫出批評家本身受於作品的印象而不加判斷，或據自己的主觀的好惡為標準而加判斷。

二、客觀的批評　承認作品有本身的好壞，不以批評家的主觀而移。

三、歸納的批評　由觀察各個作品而歸納到一種普通的結論。

四、演繹的批評　將某種認為確定的法條應用於作品。

五、科學的批評　用科學的方法將關於作品的事實紀載說明，而不加判斷。

六、判斷的批評　對於作品依某種認為確定的法條加以判斷。

七、歷史的批評　說明作品在歷史上的地位，與夫時代與作家作品的關係。

八、考證的批評　考證作品的來歷和版本的真偽及源流。

九、比較的批評　比較各個作家或各個作品的異同而定其派別及比較的價值。

十、道德的批評　以道德為批評的標準。

十一、印象的批評　敘述個人對於作品所得的印象，這種敘述的本身便是文藝作品。

十二、鑒賞的批評　對於文藝作品加以洞察，而把作者的經驗自己重新經驗一過。

十三、審美的批評　以美學的原則說明文藝的價值。〔註27〕

　　之所以如此不避繁多地引用原文，原因就是羅根澤上述錯誤之奧秘來源於此。羅氏所謂十三種文學批評與傅東華列舉的十三類完全相同，包括先後順序也是一樣，但傅東華只是引用森次巴力之言以說明文學批評定義，接著

〔註27〕傅東華：《文藝批評 ABC》，世界書局，1928 年，第 15～17 頁。1934 年該書以《文藝批評論》為名被編入《文藝講座》，由世界書局發行。

根據各類批評家不同的觀點，把文學批評分為十三類派別，並予以簡單說
明。然而，羅根澤不辨明細，誤以為森次巴力把文學批評總結為十三種。既
然傅東華不是從森次巴力著作中得出的十三類文學批評，那麼來源又在哪兒
呢？答案是蒲克（Gertrude Buck）的《社會的文學批評論》。傅東華曾翻譯此
書，於 1926 年由商務印書館出版。蒲克在著作第一章「批評學說之一團紛
糾」中分析了科學的批評、歷史的批評、演繹的批評、歸納的批評、比較的
批評、鑒賞的批評、印象的批評、審美的批評等八種文學批評，該八種文學
批評都在傅東華所列的十三類之中。剩餘幾類傅東華可能借鑒莫爾頓
（Maulton）《文學之近代研究》之第 4 卷《文學的批評主義》，他曾翻譯此書
發表於《小說月報》第 17 卷第 1、3、5、8 期（1926）和第 18 卷第 2、4、6、
8 期（1927）。

　　不僅羅根澤誤解了傅東華的論述，而且今人也誤解了羅根澤的論述，以
為羅根澤轉述森次巴力之說。可是，羅氏開頭明明說：「近來的談文學批評
者，大半根據……」，顯然有所指，而且之後又有「依我看是不夠的」，更加
說明羅根澤只是轉述別人觀點，其人就是傅東華。不僅如此，傅東華所列十
三類是文學批評的派別，故他說：「各派入主出奴，從新棄舊，或擁舊斥新，
便不免彼此非議起來了。」〔註28〕雖然各派「彼此非議」，但卻不是彼此對立，
其中相互也有包含，比如歸納的批評、考證的批評與客觀的批評，判斷的批
評、印象的批評與主觀的批評，等等。然而，羅根澤卻把傅東華所說的十三
類派別誤解成文學批評的分類，在此基礎上又增加解釋的批評、提要的批評、
唯情的批評、唯真的批評、社會的批評、政治的批評、倫理的批評、象徵的
批評、心理的批評等，並且把它們分別劃入批評的前提、批評的進行、批評
的標準、批評的方法，就顯得郢書燕說。比如，為何「批評的進行」僅指判
斷的批評，其他各類批評難道不屬於此範圍？批評的標準與批評的方法為何
截然不同？這些都是難以自圓其說的問題，其根由在於羅氏誤解傅東華所列
之文學批評派別為文學批評分類。

　　其實，不只羅根澤，任訪秋也經過轉述，誤認為森次巴力分文學批評為
十三類。他在其文學批評史講義第一章「何為文學批評」中敘述：

　　　　至批評之流派，英國學者森次巴力（Saintsbury）的《文學批評
　　史》（The History of Literature Criticism）分批評為十三類，即：

〔註28〕傅東華：《文藝批評 ABC》，第 17 頁。

一、歸納的批評　將各種特殊之文學，加以說明及分類。

二、推理的批評　借歸納所得之結論，建立文學上之原則及其原理。

三、判斷的批評　以前法所得之原則、原理，估量各派文藝之價值，判斷其優劣。

四、考訂的批評　訂正作者原著之謬誤，及別裁其真偽。

五、歷史的批評　敘述作者的生平與其著述之關係。

六、比較的批評　分別作者或作品屬於某派某類，而定批評之方法。

七、主觀的批評　以個人主觀之意見批評各家作品。

八、客觀的批評　用客觀的標準以衡量作品的優劣。

九、道德的批評　主張為人生而藝術者，每以道德為批評之準的。

十一、印象的批評　以對於某作品讀後所得之影響如何而予以批評。

十二、欣賞的批評　就作品中之優點加以欣賞，而批評其優劣。

十三、科學的方法　純採科學的方法，搜集材料，比較而論列之。〔註29〕

我們發現，任氏所羅列的十三類文學批評與傅東華所羅列的完全一樣，只是順序有別，同時對於每類文學批評的描述文字也有所不同。任氏這些描述內容來源於陳鍾凡。陳氏文學批評史第二章「文學批評」之「批評之派別」中羅列十二類文學批評，任訪秋在此基礎上刪去解釋的批評一類，增添主觀的批評與客觀的批評二類，而且完全轉述與陳氏相同的十一類之說明內容。不過，陳氏只是說：「近世之言批評者，封域廣泛，其方式可別十二類言之」〔註30〕，並沒有說依據森次巴力著作。他與傅東華一樣，根據西方文學批評史上所出現的派別綜合之，歸納總結出十二種，所依據材料無非也來自於蒲克與莫爾頓的著作。

〔註29〕任訪秋：《中國文學批評史述要》，《任訪秋文集》（未刊著作三種上），第83、84頁。經整理任訪秋書稿的解志熙證實，出版時遺漏第十類：「十、審美的批評　主張為藝術而藝術者，每以審美為批評的準的。」

〔註30〕陳鍾凡：《中國文學批評史》，第7頁。

　　總之，羅根澤把傅東華的有關論述陰錯陽差地理解成森次巴力分文學批評為十三類，又因森次巴力文學批評史未有中文譯本，今人不辨明細，也不檢原書，理所當然地引用以論證羅氏之中西詩學匯通，實在謬矣。儘管羅根澤、任訪秋都是嚴謹的學者，但「智者千慮，必有一失」，況且當時不同今日，查對資料多有不便，不過這樁「公案」終於水落石出。

　　雖然羅根澤所列十幾種文學批評類別華而不實，對於文學批評史撰述無大作用，但他把文學批評分為廣、狹二義，確實切中肯綮。狹義的文學批評是指文學裁判，廣義的文學批評包括文學裁判、文學理論和批評理論。他的文學批評史之「文學批評」取狹義。一般而言，「criticism」譯為「批評」，「literature ciricism」譯為「文學批評」。不過，羅根澤卻認為，譯為「評論」更為恰當。只是，「文學批評」之名約定俗成，羅根澤著作仍命名為「中國文學批評史」。

三、中西文學批評特點

　　根據廣義文學批評的分類，羅根澤考察了中西文學批評的特點，其核心觀點是「西洋的文學批評偏於文學裁判及批評理論，中國的文學批評偏於文學理論」。〔註31〕他根據朱光潛《創造的批評》一文，審視自羅馬至 18 世紀的「判官式的批評」、法郎士的印象派批評以及艾略特的「創作必寓批評」與克羅齊「批評必寓創作」，皆以評判、詮釋或欣賞作品為主，故得出西洋文學批評偏於文學裁判、不重文學理論的結論。但是，朱光潛不是全面敘述西方文學批評史，僅侷限於「創造的批評」一派，以說明批評和創造是藝術活動不能分開的兩個階段。除此之外，西方文學批評還有柏拉圖、亞里士多德、康德、黑格爾、安諾德、王爾德等，其皆有各自的文學本質論、創作論，且背後往往以自成體系的哲學或美學作為支撐，故謂西方不重文學理論，不免失之偏頗。以此，羅根澤反觀中國，「從來不把批評視為一種專門事業」，「中國的批評，大都是作家的反串，並沒有多少批評專家。作家的反串，當然要側重理論的建設，不側重文學的裁判」。〔註32〕為何「作家的反串」只重「理論的建設」而不重「文學的裁判」？羅氏並沒有給出令人信服的邏輯論證。朱自清也有所質疑：「即如曹丕、曹植都是作家，前者說文人『各以所長，相

〔註31〕羅根澤：《周秦兩漢文學批評史》，第 14 頁。
〔註32〕羅根澤：《周秦兩漢文學批評史》，第 15 頁。

輕所短」（《典論·論文》），後者更說『常好人譏彈其文，有不善者應時改定』（《與楊祖德書》），都不側重理論。羅先生稱這些為『鑒賞論』（二冊七八至七九面），鑒賞不就是創作的批評或裁判麼？」〔註33〕

　　羅根澤立論的另一個證據是中國缺少對作家作品系統的批評或專書，「如最古的文學家是屈原，最大的詩人是杜甫，注解楚辭和杜詩的專書雖很多，批評楚辭和杜詩的專書則很少」。〔註34〕中國古人重「述」不重「作」，故箋注多，專論少，但文學理論專書同樣也很少，這是古代著述形態所決定的。然而，評論楚辭和杜詩的材料卻不少，翻看宋人詩話，論杜詩的材料比比皆是，《苕溪漁隱詩話》有九卷專論杜詩，宋人方深道與蔡夢弼集眾人論杜詩之言分別輯有五卷《諸家老杜詩評》與二卷《杜工部草堂詩話》，清人劉鳳誥與潘德輿有專論杜詩的五卷《杜工部詩話》與三卷《養一齋李杜詩話》。況且，對作家作品批評的系統著作也不是絕無僅有，朱自清指出了幾部：

> 中國對作家和作品的批評，鍾嶸《詩品》自然是最早的一部系統的著作，劉勰《文心雕龍》也系統的論到作家，這些個大家都知道。但是大家都忽略了清代幾部書。陳祚明的《古詩選》，對入選作家依次批評，以辭與情為主，很多精到的意思。《四庫全書總目提要》集部各條，從一方面看，也不失為系統的文學批評，這裡紀昀的意見為多。還有趙翼的《甌北詩話》分列十家，家各一卷，朱東潤先生說是「語長而意盡，為詩畫中創格（《批評史大綱》三六八面），也算得系統的著作。」〔註35〕

除此之外，還有大量的零碎材料，比如，評點家方回《瀛奎律髓》、鍾惺譚元春《古唐詩歸》；「選錄旨趣大概見於序跋或者總論裏，有時更分別批評作家以至於作品」；「別集裏又有論詩文等的書札和詩，其中也少批評到作家和作品」；「詩話文話等，倒以論作家和作品為主」；「史書文苑傳或文學傳力有些批評作家的話」；「墓誌等等有時也批評到作品，最顯著的例子是元稹作的杜甫的《墓誌銘》」。最後，朱自清得出結論：「文學裁判，在中國雖然沒有得著充分的發展，卻也有著古久的淵源和廣遠的分布。這似乎是不容忽視的。」〔註36〕朱氏一向出言謹慎，其大量的舉例其實就是證明羅根澤

〔註33〕朱自清：《詩文評的發展》，《朱自清全集》第6卷，第26頁。
〔註34〕羅根澤：《周秦兩漢文學批評史》，第16頁。
〔註35〕朱自清：《詩文評的發展》，《朱自清全集》第6卷，第27頁。
〔註36〕朱自清：《詩文評的發展》，《朱自清全集》第6卷，第28、29頁。

「中國的文學批評偏於文學理論」之論的錯誤。如此看來，羅氏之論與中國文學批評之真實稍偏。儘管如他指出，文學批評史上也先後有言志說、載道說、緣情說、神韻說、性靈說、創作論等文學理論，但它們都與文學裁判隔離不開，因為「純粹的文學理論著作是少數，多數的文學理論著作，都包括著文學批評」〔註37〕。其實，文學理論與文學裁判都是中國文學批評的固有組成部分，如果定要在二者之間有所側重的話，文學裁判應占主導地位。古代文論研究者大都持有這種觀點，比如王運熙說：「許多古代文論著作，理論表述往往分量很少，而且談得很簡括，而大量的卻是對作家作品的具體評價。」〔註38〕

追溯中西文學批評特點的原因，羅根澤歸之於歷史條件和自然條件：歐洲瀕臨海洋，性質活潑，故文化尚知重於尚用，求真重於求好；中國依靠平原，性質凝重，故文化尚用重於尚知，求好重於求真。「整個的民性如此，整個的文化如此，對文學也當然不僅僅於批評過去，而努力於建設未來：所以中國的文學批評偏於文學理論，與西洋之偏於文學裁判及批評理論者不同。」〔註39〕中國文學批評重尚用固然不錯，可是又何嘗不求真？孔子言：「情慾信」，劉勰評價《離騷》：「酌奇而不失其真，玩華而不墜其實」〔註40〕，皆在求真。西方文學批評固然尚知，可是又何嘗不尚用？柏拉圖、亞里士多德、賀拉斯、盧梭、托爾斯泰皆強調文藝寓道德教訓，只是到19世紀浪漫主義和唯美主義興起才有所動搖。因此，羅氏對於中西文化特點的概括不免偏頗，其對中西文學批評的認識也失之較真，還是朱自清說得通達：「西方的文學裁判或作家作品的批評，一面固然是求真，一面也還是求好。至於中國的文學理論，如載道說，卻與其說是重在求好，不如說是重在求真還貼切些。總之，在文學批評裏，理論也罷，裁判也罷，似乎都在一面求真，同時求好。」〔註41〕

綜上所述，羅根澤對中西文學批評特點的歸納有失偏頗。他的這種判斷與他的文學批評史研究目的有關。他說：「我們研究文學批評的目的，就批評而言，固在瞭解批評者的批評，而又在獲得批評的原理；就文學而言，固在

〔註37〕羅宗強：《序》，張毅：《宋代文學思想史》，第2頁。
〔註38〕王運熙：《中國古代文論管窺》，上海古籍出版社，2014年，第241頁。
〔註39〕羅根澤：《周秦兩漢文學批評史》，第17頁。
〔註40〕范文瀾：《文心雕龍注》，人民文學出版社，1958年，第48頁。
〔註41〕朱自清：《詩文評的發展》，《朱自清全集》第6卷，第26、27頁。

藉批評者的批評，以透視過去文學，而尤在獲得批評原理與文學原理，以指導未來文學。」〔註 42〕既然想通過文學批評史研究以「獲得批評原理與文學原理，以指導未來文學」，那麼其眼光不侷限於文學裁判，而把重點放在文學理論，故得出「中國的文學批評偏於文學理論」的結論，這是以研究目的為先驗條件影響了其對歷史真實的判斷。其實，羅根澤文學批評史在具體論述時以豐富詳贍的原始材料為根基，鮮有如此被主觀之見影響者，而且其全部努力也以透視過去文學批評為主，可見「指導未來文學」只是一個空洞的口號。放之當時學界，在「為學術而學術」的西潮下，「學在求是，不以致用」幾乎是共識，羅根澤「指導未來文學」的口號顯得突兀。這種致用的史學目的或許來自於其師梁啟超。梁啟超《中國歷史研究法》開篇講「史的目的」：「歷史的目的在將過去的事實予以新意義或新價值，以供現代人活動之資鑒。」〔註 43〕羅根澤被這種「古為今用」的史學目的觸動，在敘述自身學術目的時不免帶有其師的影子。

除了外在的研究目的，羅根澤對中西文學批評特點的判斷還與他內在的研究方法有關。依他之見，著史應有所選擇，述要是標準之一，即敘述批評家的根本觀念，而批評家對具體作家作品的批評都是以其根本觀念為出發點的。是故，他把文學批評分為根本觀念與作家作品批評，前者必須闡述，後者僅以證明前者為要。按照這種分類，前者是文學理論，後者是文學裁判，故又受其研究方法影響，得出「中國文學批評偏於文學理論」的結論。否則，中國文學批評重心若不是文學理論，而敘述重心卻是文學理論，那麼敘述重心則與中國文學批評重心不相吻合，羅氏當然難以接受這種分離。羅氏文學批評史以根本觀念為主，其優點是線索清晰，缺點是對作家作品的批評重視不夠，其根本原因在於現代史學系統之追求。王運熙指出了其中端倪：「過去的中國古代文論研究著作，包括不少中國文學批評史以及許多專題論著、論文，往往重視理論主張部分，忽視作家作品的評價……研究者們可能認為，理論主張概括性強，比較重要；而作家作品評價則顯得繁雜不成系統。」〔註 44〕與繁瑣的文學裁判相比，概括性更強的文學理論易於構建體系，串成文學批評史線索，故選材時不得不側重文學理論。

〔註 42〕羅根澤：《周秦兩漢文學批評史》，第 7 頁。
〔註 43〕梁啟超：《中國歷史研究法》，上海古籍出版社，1987 年，第 148 頁。
〔註 44〕王運熙：《中國古代文論管窺》，第 241 頁。

　　在「指導未來創作」的研究目的與以「根本觀念」為主的研究方法的干擾下，羅根澤對於中國文學批評的整體觀照有所偏頗，再加上他對西方文學批評的認識不夠精深，以之為參考對象，故二者皆與其所是稍有距離。其實，羅氏對中國文學批評特點的歸納與中西文學批評比較的嘗試在當時是著先鞭的，時至 1980 年代，古代文論的民族特色以及中西比較詩學才成為熱點話題。所以，我們不必以今日之是苛責昨日羅氏之非。

第二節　「載道」與「緣情」

　　對於整體的文學觀念，羅根澤在《中國文學批評史》中選擇了「包括詩、小說、戲劇及傳記、書札、遊記、史論等散文」的折衷義，對於各個時代具體的文學觀念，他雖然沒有明顯講述一個統一的外在總體框架，不過基本上是以「載道」和「緣情」來描述文學批評歷史的交替更迭。周勳初說：「羅先生在《緒言》中介紹了很多西方有關文學的學說，而對據以構建全書框架的一種學說卻未明言。讀者如細心閱讀，即可發現書中常用載道、緣情或尚用、尚文這兩組對立的概念去分析中國文學批評史上各種文學思潮的衝突與發展。」〔註 45〕張健在《從分化的發展到綜合的體例：重讀羅根澤〈中國文學批評史〉》中也指出羅氏的這種線索，並且分析了其與周作人「載道」「言志」說之間的繼承關係。〔註 46〕不過，羅根澤說與周作人說之間的複雜關係以及「載道」、「言志」／「緣情」二分法理論本身的缺陷等問題仍需深入探討。

一、在文學批評史中之線索

　　羅根澤 1934 年版文學批評史只論述到六朝時期。在第四篇「魏晉六朝的文學批評」中，他特列「魏晉六朝文學觀與周秦兩漢文學觀的差別」一節，對周秦兩漢與魏晉六朝的文學觀有過敘述：「周秦兩漢注重實質，魏晉六朝注重形式。周秦兩漢的文學實質是『道』，魏晉六朝的文學實質是『情』。」〔註 47〕依他之見，周秦兩漢是「載道」的文學觀，魏晉六朝是「緣情」的

〔註 45〕周勳初：《序》，羅根澤：《中國文學批評史》，第 6 頁。
〔註 46〕參見張健：《從分化的發展到綜合的體例：重讀羅根澤〈中國文學批評史〉》，
　　　　《文學遺產》2013 年第 1 期。
〔註 47〕羅根澤：《中國文學批評史》（I），第 233 頁。

文學觀。至於二者區別，「載道」文學觀重實質（道），不重形式，「緣情」文學觀並重感情與形式。下面這段話對「載道」與「緣情」之別說得更為清楚：

> 載道文學觀的目的在「載道」。第一，美的形式，不見得宜於「載道」；第二，形式太美，恐人取形略質，所以不注重形式。緣情文學觀的目的在表現自己的情感，以喚起別人的情感。形式不美，第一，自己的情感不快；第二，不足以惹人尋味，所以注重形式。〔註48〕

在此，他不僅從目的層面強調了載道與緣情的區別，而且解釋了為何前者不重形式、後者重形式，同時可以看出載道文學觀與緣情文學觀是相互對立的。於是，羅根澤就用兩種文學觀念構建文學批評史的發展：周秦兩漢是載道的文學觀，到了曹丕、陸機，則是「由載道的文學觀到緣情的文學觀的過渡」；接著，緣情文學觀兵分兩路，「主張形式的藻飾者」與「主張實質的緣情者」，分別以葛洪與徐陵為代表；之後，繼起反對者，分左右兩派，左派代表是裴子野與梁元帝，右派代表是蕭統與劉孝綽。如此，魏晉六朝批評史便呈現出線索清晰、陣營鮮明的局面。

　　1940 年代版文學批評史中，羅根澤對周秦兩漢、魏晉六朝篇進行了修訂，對此時期文學觀念的基本看法大體不變，只是對於「載道」、「緣情」名詞的使用變得小心謹慎。兩漢篇中，羅氏對於揚雄一面好賦、一面卑賦的最初解釋是因為「載道」與「緣情」兩種時代觀念的衝突，後來改為「尚用」與「愛美」的衝突。魏晉六朝篇中，對於文學觀念的敘述也不像先前那樣有整體劃一的區分，而是依次敘述葛洪、蕭統、裴子野、蕭綱、徐陵、蕭繹的文學觀念。在隋唐、晚唐五代篇中，對於唐代的文學觀念，羅根澤認為三次社會崩潰影響很大，分別是中宗前後的后妃為亂與豪族兼併、安史之亂和黃巢之亂：

> 第一次的崩潰，使文章由繁縟緣情，轉於簡易載道。第二次的崩潰，使詩亦由藝術之宮，移植到人間世上。第三次的崩潰，則使詩及文章都放棄社會的使命，而轉於儷偶格律，綺縟淫靡。這是因為文章主用，詩歌主情，所以第一次的崩潰，就激動了文章的自覺，而詩歌則仍然躲在象牙之塔，不肯與人世接近；到了第二次的崩潰，

〔註48〕羅根澤：《中國文學批評史》（I），第 235 頁。

才使詩人也感覺到社會沒落的嚴重，也放棄藝術的文學，提倡並創
作人生的文學⋯⋯第三期的總崩潰之後，⋯⋯由是救世刺世的文學，
變為自娛娛人的文學。〔註49〕

具體來說，初盛中唐古文論是載道的文學觀，初盛唐詩論側重對偶格律，仍
是緣情的文學觀，中唐詩論側重社會政治，是載道的文學觀，晚唐五代詩文
論是緣情的文學觀。兩宋篇中，根據他的論述，兩宋詩文論是載道的文學
觀。至於元明清的文學觀，羅根澤沒有留下具體意見。在《緒言》中，他間
接地提及道：「譬如編著中國文學史或文學批評史者，如沾沾於載道的觀念，
則對於六朝、五代、晚明、五四的文學或文學批評，無法認識，無法理解。
如沾沾於緣情的觀念，則對於周、秦、漢、唐、宋、元、明、清的文學或文
學批評，無法認識，無法理解。」〔註50〕按照他的總體劃分，周、秦、漢、
唐、宋、元、明、清屬於載道的文學觀，六朝、五代、晚清、五四屬於緣
情的文學觀。這種總體判斷與他對周秦至兩宋各個時期的具體論述是基本一
致的。

　　這裡有個問題需要分析。羅氏把載道與緣情從具體的歷史語境中抽離出
來，轉換成具有普遍性的文學觀念，以此來概括中國古代的文學觀念流派。
「載道」說是周敦頤在《文辭》中提出的觀念，羅氏用它指稱周秦兩漢、韓
柳古文的文學觀念。在此，他抹去了載道與貫道之間的差異。既然朱熹反對
李漢所謂的「文者，貫道之器也」（《序韓昌黎集》），即說明載道與貫道有所
差異。朱熹曰：「若以文貫道，卻是把本為末，以末為本，可乎？」（《朱子語
類》一三九）從朱熹的言說中可知，貫道是以文為本，載道是以道為本。對
此，郭紹虞辨析道：「貫道是道必借文而顯，載道是文須因道而成，輕重之間
區別顯然。」〔註51〕蘇需林更形象地說明了二者之間的區別：「周敦頤發為『載
道』說，真可謂『一字之貶，嚴如斧鉞』，文與道從此才分別出尊卑上下之分。
他以為文那裡能算文采？文與道不是文質的關係，實是主奴的關係，它不過
是道的車兒，轎兒⋯⋯。」〔註52〕忽略「貫道」、「載道」產生的特定語境，
抹去它們之間的意義差別，不是客觀的史學家所應取的態度。朱自清認為，

〔註49〕羅根澤：《晚唐五代文學批評史》，第1頁。
〔註50〕羅根澤：《周秦兩漢文學批評史》，第27頁。
〔註51〕郭紹虞：《中國文學批評史》（上），第4頁。
〔註52〕蘇雪林：《文以載道的問題》，《現代評論》第8卷第206～208期合刊，1926
　　　　年。

對於各個批評觀念的發生與演變，應從小處下手，即「認真的仔細的考辨，一個字不放鬆，像漢學家考辨經史子書」〔註53〕羅根澤立志先做具體問題的研究，再作綜合的研究，只是在這個問題上有所放鬆。不過，他也曾試圖解決這一問題。1935年，他的學生熊鵬標在《關於中國文學批評史的分期問題》中摘錄自己的聽課筆記，引述老師的文學批評史分期

> 大體說來，我的分期如下：
> 1. 周秦——實用主義的分立期
> 2. 兩漢——實用主義的混合期或集成期
> 3. 魏晉六朝——緣情的唯美期
> 4. 隋唐——貫道期
> 5. 晚唐五代——緣情第二期
> 6. 兩宋——載道期
> 7. 元明——緣情第三期
> 8. 清代——載道第二期
> 9. 五四前後——緣情的資產階級的羅曼期
> 10. 民二十前後——載道的社會主義的寫實期〔註54〕

在此，周秦兩漢、隋唐、兩宋分別以實用主義、貫道、載道命名，而不是以載道統攝之，說明他意識到文學觀念產生的具體語境以及用載道統一概括周秦、隋唐文學觀念的不妥。可惜的是，在批評史的撰著中，羅氏並沒有遵從這個提綱，而是用「載道」以一貫之。

引用羅氏講述內容後，熊鵬標總結道：「根澤先生的見地，即是說文學內容的變遷，一方面是歷史的孕育，另方面又是社會的薰染。它的進化總由於緣情與載道的兩種力的對立矛盾。所謂載道第二期並不同於載道期，而道的內涵與文的外式也隨時地揚棄與變遷的。換句話說，就是螺旋式的演變，而不是直線的邁進式周而復始的循環。」〔註55〕這個以載道與緣情交替演變概括文學批評史發展的整體框架在他後來的撰著中並沒有被採用。據張鍵分析，有兩點原因：一是這個大的線索來源於周作人，羅氏無太大的創新；二

〔註53〕朱自清：《〈詩言志辨〉序》，《朱自清文集》第6卷，第129頁。
〔註54〕熊鵬標：《關於中國文學批評史的分期問題》，《文史叢刊》第1卷第1期，1935年。
〔註55〕熊鵬標：《關於中國文學批評史的分期問題》，《文史叢刊》第1卷第1期，1935年。

是詩文兩種文體之間的差異。〔註 56〕那麼，羅根澤的這種方法果真是對周作人的亦步亦趨嗎？接下來，我們需分析羅根澤的「載道」「緣情」說和周作人的「載道」「言志」說之間的關係。

二、與周作人載道、言志說之關係

1932 年，周作人在《中國新文學的源流》中把文學分為兩種潮流：言志派與載道派，並認為「這兩種潮流的起伏，便造成了中國的文學史」。〔註 57〕當然，這個理論並不是如他所說「信口開河」、「臨時隨便說的閒話」。在《近代散文鈔序》、《陶庵夢憶序》、《雜拌兒跋》、《燕知草跋》、《雜拌兒之二序》等文中，他先後發表過類似的觀點，在《〈中國新文學大系散文一集〉導言》中他引述上述序跋的有關內容後說：「以上都是我對於新文學的散文之考察，陸續發表在序跋中間，所以只是斷片，但是意思大抵還是一貫，近十年中也不曾有多大的變更。二十一年夏間在北平輔仁大學講演即是以這些意見為根據，簡單地聯貫了一下。」〔註 58〕在輔仁大學的講演即是經鄧恭三記錄整理的《中國新文學的源流》。依據他的劃分，兩漢、唐、兩宋、明清屬於載道派，晚周、魏晉六朝、五代、元、明末、民國屬於言志派。

羅根澤的確借鑒了周作人以載道與言志兩種流派來描述文學史的思路，而且時期劃分也基本一致，甚至連理論根據都是借用周氏的說法。對於周秦兩漢載道文學觀到魏晉六朝緣情文學觀的轉變原因，羅氏如此解釋：

（一）漢代是一個長治久安的時代，社會經濟，社會秩序，以及禮俗政教，都是比較安定凝固的，富有浪漫意味的情感是難得恣肆的發展的，而憂深思遠的理智，則得到大量的發展機會，由是產生載道的文學觀。六朝則與彼相反，社會經濟，社會秩序，以及禮俗政教，都極紊亂，以故情感可以儘量發展，而理智則逐處碰壁，由是產生緣情的文學觀念。

（二）便是所謂天下分久必合，合久必分，載道的觀念由盛而衰，當然緣情的觀念代之興起。〔註 59〕

〔註 56〕參見張健：《從分化的發展到綜合的體例：重讀羅根澤〈中國文學批評史〉》，《文學遺產》2013 年第 1 期。

〔註 57〕周作人：《中國新文學的源流》，北京十月文藝出版社，2011 年，第 20 頁。

〔註 58〕周作人：《〈中國新文學大系散文一集〉導言》，鍾叔河編：《周作人散文全集》第 6 卷，廣西師範大學出版社，2009 年，第 728 頁。

〔註 59〕羅根澤：《中國文學批評史》（I），第 234、235 頁。

這兩個理由都是周作人提到的。周氏在《近代散文鈔序》裏說：

> 在朝廷強盛，政教統一的時代，載道主義一定占勢力，……一
> 直到了頹廢時代，皇帝祖師等等要人沒有多大力量了，處士橫議，百
> 家爭鳴，正統家大歎人心不古，可是我們覺得有許多新思想好文章都
> 在這個時代發生，這自然因為我們是贊成詩言志派的緣故。〔註60〕

依照羅根澤的論述，正因漢代社會經濟、秩序、禮俗政教安定，情感得到遏
制，理智得到發展，故載道文學觀得以產生，而六朝恰恰相反，社會經濟、
秩序、禮俗政教紊亂，理智得到遏制，情感得到發展，故緣情文學觀得以產
生。周作人認為，政教統一時代，載道派占主導，頹廢時代，言志派占主導。
很明顯，羅根澤借鑒了周作人以政治太平與否來分析載道與言志文學的說
法。至於第二點，也是借用周氏之說。周氏在《中國新文學的源流》的《小
引》中說：

> 我的意見並非依據西洋某人的論文，或是遵照東洋某人的書
> 本，演繹應用來的，……這是從說書來的。他們說三國什麼時候，
> 必定首先喝道：且說天下大勢，合久必分，分久必合。我覺得這是
> 一句很精的格言。我從這上邊建設起我的議論來。〔註61〕

據此，周作人被許傑稱為「循環的觀點」〔註62〕，羅根澤也被人稱為「觀念
的機械的形式的循環的文學史觀」〔註63〕。那麼，羅根澤是完全照搬周作人
的觀點嗎？自然不是，二者之間還有不少差別。

首先，周作人用的是載道與言志的對立，而羅根澤用的是載道與緣情的
對立。朱自清在《〈詩言志辯〉序》中指出，「文以載道」與「詩言志」的意
義十分接近：「現代有人用『言志』和『載道』標明中國文學的主流，說這兩
個主流的起伏造成了中國文學史。『言志』的本義原跟『載道』差不多，兩者
並不衝突；現時卻變得和『載道』對立起來」〔註64〕，並在《詩文評的發展》
中認為和載道對立的是緣情：「如所謂『言志派』和『載道派』──其實不如
說是『載道派』和『緣情派』。」〔註65〕不過，朱氏此二文作於 1945 年，即

〔註60〕周作人：《苦雨齋序跋文》，北京十月文藝出版社，2011 年，第 139 頁。
〔註61〕周作人：《中國新文學的源流》，第 2、3 頁。
〔註62〕許傑：《周作人論》，陶明志編：《周作人論》，北新書局，1934 年，第 51 頁。
〔註63〕周木齋：《中國文學批評史（一）》，《文學》第 4 卷第 1 期。
〔註64〕朱自清：《〈詩言志辯〉序》，《朱自清全集》第 6 卷，第 130 頁。
〔註65〕朱自清：《詩文評的發展》，《朱自清全集》第 3 卷，第 24 頁。

使發表最早的《詩言志》也在 1937 年，都晚於羅根澤《中國文學批評史》（Ⅰ）
（1934）。這即是說，羅根澤比朱自清更早地意識到，以緣情與載道相對立比
以言志與載道相對立更為合理。在此之前，已有人把載道和言情看作文學兩
途：「夫文之為用，不外兩途，一則正言讜論，褒善貶惡，以求匡扶風化，裨
益國家，一則感物寫景，吟詠情性，發抒胸臆而已，前者偏於社會福利，後
者偏於個人情懷，偏於社會者，以載道為功，偏於個人者，以言情為尚。」
〔註 66〕但是，作者只是提出言情與載道的對立，首先提出緣情與載道對立的
是羅根澤。羅氏之所以把周作人所謂的「言志」換成「緣情」，與他的分類標
準有關。這就涉及到他們的第二個區別。

　　其次，分類標準不同。周作人把文學分為載道與言志兩個流派的依據是
什麼？即是說，載道派與言志派的本質區別是什麼？他在《〈散文一集〉導
言》中說：「我這言志載道的分派本是一時便宜的說法，但是因為詩言志與
文以載道的話，彷彿詩文混雜，又志與道的界限也有欠明瞭之處，容易引
起纏夾，我曾追加地說明說：『言他人之志即是載道，載自己的道亦是言
志。』這裡所說即興與賦得，雖然說得較為遊戲的，卻很能分清這兩者的特
質。」〔註 67〕其實他明白「道」與「志」沒有根本的區別，就像朱自清所指
出的那樣，「言志」一語也關政教，所以他說「道」、「志」界限不明，而把
「自己」、「他人」作為立論點。所謂「即興」的文學是「先有意思，想到寫
下來，寫好後再從文字裏將題目抽出的」，「賦得」的文學是「先有題目然後
再按題作文」。〔註 68〕「即興」與「賦得」的區別仍是創作主體從「自己」出
發還是遵從「他人」命題。他在《近代散文鈔序》中說得更為明白：「我想古
今文藝的變遷曾有兩個大時期，一是集團的，一是個人的」，「於是集團的
文以載道與個人的詩言志兩種口號成了敵對」。〔註 69〕可見，載道與言志二
派的分類不是依據內容的「道」與「志」，而是立足於創作主體的「個人」／
「自己」與「他人」／「集團」。錢鍾書質疑周作人的文學分類說道：「用『言
志』『載道』等題材（Subject matter）來作 Fundamenta divsionis，是極不妥當

〔註 66〕　素君：《文之為用或主載道或主言情何說為是》，《光華大學半月刊》第 10 期，
　　　　　1933 年。
〔註 67〕　周作人：《〈中國新文學大系散文一集〉導言》，《周作人散文全集》第 6 卷，
　　　　　第 729 頁。
〔註 68〕　周作人：《中國新文學的源流》，第 41 頁。
〔註 69〕　周作人：《近代散文鈔序》，《苦雨齋序跋文》，第 138、139 頁。

的。」〔註70〕他以為周作人以「道」、「志」題材的不同而分類，其實並沒有真正準確把握周作人的分類依據。作為學生的俞平伯顯然比錢鍾書更瞭解老師的真正意思，在《近代散文抄跋》中認為，「旁行斜出」的小品文「老老實實地說自己的話」，而「正道的」文學「說人家的話」，人家「或者是聖賢，或者是皇帝，或者是祖師，是這個，是那個，是 X，是 Y……什麼都是，總不是自己」。〔註71〕俞平伯用「說自己的話」、「說人家的話」很好地解釋了周作人載道派與言志派的區別，所以周作人才在《近代散文鈔序》中說，讀了他的《跋》，「覺得有很多很好的話都被平伯說了去，很有點怨平伯之先說，也恨自己之為什麼不先做序，不把這些話早截留了，實是可惜之至」。〔註72〕

那麼，羅根澤分文學為載道與緣情的標準又是什麼呢？他說：「我們通常分文學為『載道』『緣情』兩大派，這是比較的說法，實則情每需乎道，道亦本於情；不過到了極端的載道與極端的緣情，則似乎各不相容而已。」〔註73〕在這裡，他點明了分載道與緣情二派是基於內容方面的「道」與「情」。「道」具體所指又是什麼呢？他用載道指稱周秦、兩漢、隋唐、兩宋的文學觀，自然不是周敦頤、朱熹等理學家之道。他說：「情源於人的感情作用，道源於人的理智作用。」〔註74〕可見，他所謂的「道」偏重理智。載道的文學是源於理智的文學，緣情的文學是源於感情的文學，那麼，所謂載道、緣情二派是根源於文學所表達的內容（理智、感情）而分的，與周作人依據於創作主體的個人／自己或集團／他人絕然不同。羅根澤的這種文學分類其實來源於兒島獻吉郎。兒島獻吉郎在《中國文學概論》中正是依據文學的內容把中國文學分為「理智」與「情感」二類：「中國文學於內容上大別為二種：曰『理智』、曰『情感』，理智的內容，係以善為目的，發見宇宙之真理者之謂。感情的內容，係以美為目的，發露人情之真誠者之謂。前者之目的在取得世人之理解，後者之目的在引起世人之感興。」〔註75〕羅根澤借用了兒島獻吉郎

〔註70〕錢鍾書：《寫在人生邊上‧人生邊上的邊上‧石語》，第 319 頁。

〔註71〕俞平伯：《近代散文鈔跋》，《俞平伯全集》第 2 卷，花山文藝出版社，1997年，第 252 頁。

〔註72〕周作人：《苦雨齋序跋文》，第 137 頁。

〔註73〕羅根澤：《隋唐文學批評史》，第 130 頁。

〔註74〕羅根澤：《隋唐文學批評史》，第 141 頁。

〔註75〕兒島獻吉郎：《中國文學概論》，隋樹森譯，世界書局，1931 年，第 30 頁。

的分類方法，在此基礎上把「理智」與「情感」換成本土色彩更鮮明的「載道」與「緣情」。

三、二分法的侷限

周作人以是否有創作主體的個人體驗為根由把文學分為載道與言志二派，是有他的現實指涉意義的。雖然五四新文學革命者極力反對傳統的「文以載道」，但新文學的社會責任使他們很快陷入新的「文以載道」，周作人正是看到新文學日益走向人生派的功利主義取向，在《新文學的要求》中提出了「人生的藝術派的文學」。特別是 1920 年代末，革命文學如火如荼，周作人於是拈出載道與言志之分，並把新文學接上言志派的傳統，對載道派的遵命文學進行批評，並把革命文學看作新的八股文和試帖詩。這正是他之所以選擇個人或集團來劃分文學流派的原因。其實，在他看來，理智和情感都是文學表現的內容，理智的文學也可能是言志的文學，關鍵看其表現的是個人／自己還是集團／他人的理智。他在《中國新文學的源流》中給文學下了定義：「文學是用美妙的形式，將作者獨特的思想和感情傳達出來，使看的人能因而得到愉快的一種東西。」〔註76〕「思想和感情」是文學的內容，在「美妙的形式」之外，關鍵需是「作者獨特的」，即是表現個人／自己的思想和感情。

《中國新文學的源流》發表之後，引起不小的影響，其中錢鍾書做專文進行評論，最主要的反駁就是周作人抹去詩文不同文體的差別：

> 周先生根據「文以載道」「詩以言志」來分派，不無可以斟酌的地方，並且包含著傳統的文學批評史上一個很大的問題。「詩以言志」和「文以載道」在傳統的文學批評上，似乎不是兩個格格不相容的命題，有如周先生和其他批評家所想者……對於客觀的「道」只能「載」，而對於主觀的感情便能「詩者持也」地把它「持」（control）起來。這兩種態度的分歧，在我看來，不無片面的真理；而且它們在傳統的文學批評上，原是並行不背的，無所謂兩「派」。所以很多講「載道」的文人，做起詩來，往往「抒寫性靈」，與他們平時的「文境」絕然不同，就由於這個道理。〔註77〕

〔註76〕周作人：《中國新文學的源流》，第 6 頁。
〔註77〕錢鍾書：《寫在人生邊上・人生邊上的邊上・石語》，第 249、250 頁。

在此，錢鍾書一針見血地指出了以「文以載道」、「詩以言志」分文學流派的缺陷。考慮詩文不同文體的歷史化做法也的確是周作人所欠缺的。周作人把對文藝的看法立場分為兩種：「在研究文藝思想變遷的人，對於各時代各派別的文學，原應該平等看待，各各還他一個本來的位置；但在我們心想創作文藝，或從文藝上得到精神的糧食的人，卻不能不決定趨向，免得無所適從，所以我們從這兩派中，就取了人生的藝術派。」〔註 78〕很明顯，周氏對自己的定位是文學家，不是文藝史家，自然不會歷史化地考慮詩文體的不同，而是毫無保留地批評載道派的文學。只是這些現實的良苦用心，錢鍾書沒有覺察。

　　不過，作為史學家的羅根澤不能不顧及到「文以載道」、「詩以言志」在文體方面的差異。他論述道：

> 詩與文有共同性，也有各別性，所以雖同是文學的一部門，但詩是美的文學，文則或尚美，或尚用，頗不一致。就文學的歷史而言，大約尚美的時代，則文亦尚美，由是與詩走著差不多相同的道路；尚用的時代，則文當然尚用，而詩不便於說理的緣故，每相當地保持著尚美的態度，由是詩與文分道揚鑣。唐代的古文家，希望以古文救世，當然是尚用的，所以主張簡易載道。但對於詩則承認它的綺靡緣情。〔註 79〕

在他看來，正是因為詩文二體不同的文體特性決定著它們承擔著不同的表達功能：詩尚美，文尚用或尚美，也即詩緣情，文載道或緣情。羅根澤的這種理論基礎可能受兒島獻吉郎影響，後者在《中國文學概論》中言及了詩文二體一重感情一重理智的特質：「試自文體上觀察理智與感情則散文概傾於理智，韻文概傾於感情。又自韻文之種類上觀察之，則不特詩歌以感情為主要素，以理智為副要素，及謠諺、賦騷、哀弔及詩餘之類，亦多由感情而發」；「主張詩文殊途者，乃於二者之性質、形式及目的認識又多少之差異也。譬如就性質而言，則文章之主要素，理智勝於感情；而詩之主要素，感情勝於理智。」〔註 80〕羅根澤以此考察，唐初「以文教治民經國，以詩賦粉飾太平；所以文重道德教化的實質，詩重聲韻格律的形式」。〔註 81〕不僅初盛唐，即使中唐時期獨孤及在「文」方面提倡載道，而在「詩」方面提倡緣情；劉

〔註 78〕周作人：《藝術與生活》，北京十月文藝出版社，2011 年，第 21 頁。

〔註 79〕羅根澤：《隋唐文學批評史》，第 139 頁。

〔註 80〕兒島獻吉郎：《中國文學概論》，隋樹森譯，第 35、130 頁。

〔註 81〕羅根澤：《隋唐文學批評史》，第 108 頁。

禹錫在「文」方面宗三代秦漢，在「詩」方面卻宗魏晉六朝。這種詩文不同文體承擔的不同功能以及並行不悖的歷史存在顯然是以「載道」、「言志」／「緣情」劃分文學流派的障礙。既然唐代的古文論是載道的，初盛唐詩論是緣情的，那麼如何概括唐代的根本文學觀念呢？這是羅根澤所面臨的一個難題。

第二，作為羅根澤分類依據的「道」與「情」之間也不是絕然對立的。上文已引，他雖然承認，「我們通常分文學為『載道』『緣情』兩大派」，但同時也說：「這是比較的說法，實則情每需乎道，道亦本於情；不過到了極端的載道與極端的緣情，則似乎各不相容而已。」〔註82〕在羅根澤的論述中，這種「情需道」、「道本情」在柳冕的「情道一元論」中得到了體現。柳冕在《答荊南裴尚書論文書》中說：「夫禮者，教人之情而已。丈人志於道，故來書盡於情，盡於禮，至矣。」〔註83〕依羅根澤之見，六朝緣情背道，唐代古文家崇道背情，但是「離情之道，必嬌揉枯寂而不成其為道」，於是柳冕倡導「情道一元論」。在此，雖然羅根澤仍然把「道」與「情」的此消彼長作為文學史發展的動力，但「載道」文學與「緣情」文學不再是完全對立的，「道」中含「情」，「情」不背「道」。甚至「道」（理智）與「情」（感情）可以相互轉化：「看見人家言情，我為時髦起見，雖無情可言，也要搜情取貌，則不是源於情感，而是源於理智……，反之如對一種道理，深信不疑，而且認為是自己的責任，頭可斷，此道不可不行，則已由理智作用，渡於感情作用。」〔註84〕無病呻吟之情可歸於理智，堅信不移之理可歸於感情，理智（「道」）與感情（「情」）之間的界限模糊了。既然「道」與「情」彼此融合，那麼以「載道」、「緣情」分文學二派就難以成立。這也是當時評論者質疑這種分類方法的重要論據之一。朱光潛在《文學與人生》中就說道：

> 文學理論家於是分文學為「載道」、「言志」兩派，彷彿以為這兩派是兩極端，絕不相容——「載道」是「為道德教訓而文藝」，「言志」是「為文藝而文藝」。……志為心之所之，也就要合乎「道」，情感思想的真實本身就是「道」，所以「言志」即「載道」，根本不是兩回事，……文藝的道是主觀的、熱的，通過作者的情感與人格

〔註82〕羅根澤：《隋唐文學批評史》，第118頁。
〔註83〕柳冕：《答荊南裴尚書論文書》，《全唐文》卷527，中華書局，1987年，第5357頁。
〔註84〕羅根澤：《隋唐文學批評史》，第141頁。

的滲瀝，精氣與血肉凝成完整生命的。換句話說，文藝的「道」與
作者的「志」融為一體。〔註85〕

第三，文可以載道或緣情，詩也可以載道或緣情，就如錢鍾書所說：「詩
亦同然，盡有不事抒情，專鶩說理，假文之題材為其題材，以自儕於文者，
此又『以文為詩』之別一解。」〔註86〕詩兼「載道」和「緣情」在白居易身
上可以說明。他把自己創作的詩歌分為諷諭詩、閒適詩、感傷詩、雜律詩四
類，並在《與元九書》中說：「僕志在兼濟，行在獨善，奉而始終之則為道，
言而發明之則為詩。謂之諷喻詩，兼濟之志也；謂之閒適詩，獨善之義也。」
〔註87〕可見，美刺比興的諷諭詩是載道的文學，吟詠性情的閒適詩是緣情的
文學。羅根澤也指出，白居易詩論兼載道和緣情，熱衷「諷諭詩」時崇奉陳
子昂、杜甫，轉向閒適詩時崇奉陶淵明、謝靈運。朱自清談到文學的標準與
尺度時說及載道與緣情文學的不同標準：「載道或言志的文學以『儒雅』為標
準，緣情與隱逸的文學以『風流』為標準。有的人『達則兼濟天下，窮則獨
善其身』，表現這種情志的是載道或言志……。有的人縱情於醇酒婦人，或寄
情於田園山水，表現這種情志的是緣情或隱逸之風。」〔註88〕但是，中國古
代文人普遍有兼濟天下與獨善其身之志，白居易之言可作代表：「古人云：
『窮則獨善其身，達則兼濟天下。』僕雖不肖，常師此語。」〔註89〕那麼，
「儒雅」、「風流」往往同時體現在同一文人上，因此這一文人既有「載道」
的文學，又有「緣情」的文學，據此如何判定其屬於載道派還是緣情派？一
個文人況且難以判定，一個時代當然既有兼濟之士子，也有獨善之文人，載
道、緣情很少時候獨佔文壇，必定是並存於世，用載道或緣情任何一面也難
以概括這一時代的根本文學觀念。這也是評論者反駁劃分載道派、言志／緣
情派的重要論據之一。傅庚生在《中國文學批評通論》中說：「如云我國文學
實往復於『言志』與『載道』二者之域」，「未中肯要」，「『言志』為文學上感
情原素之表現，而『載道』為文學上思想原素之發揚。創作者雖不免各有所

〔註85〕朱光潛：《文學與人生》，《朱光潛全集》第 6 卷，第 162 頁。
〔註86〕錢鍾書：《中國文學小史序論》，《寫在人生邊上・人生邊上的邊上・石語》，
　　　　第 97 頁。
〔註87〕白居易：《與元九書》，郭紹虞主編：《中國歷代文論選》第 2 冊，上海古籍出
　　　　版社，2001 年，第 100 頁。
〔註88〕朱自清：《文學的標準與尺度》，《朱自清全集》第 3 卷，第 130 頁。
〔註89〕白居易：《與元九書》，郭紹虞主編：《中國歷代文論選》第 2 冊，第 100 頁。

長與所短，宗之者或因亦各持門戶之見；然同一時代中，多仍此彼難廁，專
王之期蓋暫。」〔註90〕

　　周作人憂患於新文學日益趨向功利主義，不顧詩文文體的差異，以及
「道」、「志」界限的模糊，為了把新文學續上明清小品文的傳統，於是提出
載道派、言志派的二分法，同時以此二派的消長來構建中國文學史的發展線
索，這都是他作為新文學倡導家的身份所決定的。而羅根澤不然，作為立志
「做忠實的、客觀的整理的工作」的史學家，他意識到「文以載道」、「詩言
志」的分體發展，意識到「道」與「情」實難完全分離，同時也意識到載道、
緣情都難以專勝，特別是周作人《中國新文學的源流》發表之後，批評意見
都切中這種分類的死穴，這些原因都使得羅根澤不得不思考二分法以及以此
建構文學史或批評史的思路，故他才在1940年代版批評史中沒有採用在安徽
大學講義的總體框架。固然，他的批評史沒有像郭紹虞批評史那樣有統一的
敘述框架，後者以雜文學、純文學來描述文學觀念的變遷，但卻受到朱自清
等人的質疑〔註91〕。體系的有效性往往經不起時間的推敲，就如錢鍾書在《讀
〈拉奧孔〉》所說：「許多嚴密周全的思想和哲學系統經不起時間的推排銷
蝕，在整體上都垮塌了，但是它們的一些個別見解還為後世所採取而未失去
失效。」〔註92〕羅根澤放棄載道、緣情的總體框架，只是在具體問題的論述
中涉及，或許是不自覺的做法，但無疑避免了「系統」「垮塌」的危險。

第三節　文學批評隨時空、批評家、文類而異

　　對於文學觀念，羅根澤以「載道」與「緣情」的交替來描述其演變，對
於文學批評，他說道：「文學批評的對象是文學，演奏者是文學批評家，演奏
的舞臺是空間和時間。所以可隨空間時間而異，也可隨文學批評家而異，
也可隨文學體類而異。」〔註93〕文學批評隨時空、批評家、文類而異是他的
文學批評史觀，這種史觀因其唯物論色彩以及「物」＋「人」＋「學」的模
式而具有獨特魅力，而且與其著作體例之間又有緊密的聯繫，因此需要細細
分析。

〔註90〕傅庚生：《中國文學批評通論》，第214頁。
〔註91〕參見朱自清：《評郭紹虞〈中國文學批評史〉上卷》，《朱自清全集》第8卷，
　　　　第197頁。
〔註92〕錢鍾書：《七綴集》，北京三聯書店，2002年，第34頁。
〔註93〕羅根澤：《周秦兩漢文學批評史》，第17頁。

一、文學批評隨時空而異

關於文學批評「隨空間時間而異」，羅根澤這樣解釋：「橫的各國文學批評異同，大半基於空間關係；縱的一國文學批評流別，大半基於時間關係。所以中國文學批評的特點，我們歸之地理的自然條件；中國文學批評的演變，我們則歸之歷史的時代意識。」〔註94〕本章第一節已經提到，羅根澤根據自然地理環境（海洋／陸地）對文化的影響，得出「西洋的文學批評偏於文學裁判及批評理論，中國的文學批評偏於文學理論」的結論，其立說的證據兼容中西之說，既有亞里士多德、孟德斯鳩的學說，也有魏徵、李延壽的言論：

> 亞里士多德在他的政治學中，以地理風土解釋人民的偏於勇敢或智慧。孟德斯鳩也說寒冷的國度注重道德，溫和的國度情慾活躍。魏徵等的《隋書文學傳》和李延壽的《北史文苑傳》也都從地理方面，說明江左的文學「宮商發越，貴於清綺」，河朔的文學「詞義貞剛，重乎氣質」（詳四篇五章四節）。可見自然能以左右文化。〔註95〕

正是這種中西學說的合璧使他相信，地理環境對於文化的影響力，進而以地理環境為根據分析中西文學批評的特點。這種分析是否恰當，第一節已經討論，在此只補充相關的學術背景。早在1902年，梁啟超作《二十世紀太平洋歌》，即以地理環境為依據分世界史為「河流文明」、「內海文明」與「大洋文明」。〔註96〕同年，梁啟超「集譯東西諸大家學說」而成的《地理與文明之關係》依據土地高低分高原、平原、海濱，一一論證其影響下的物質文明和精神文明特性，認為地理學是「諸學科之基礎」，「地理之關係於文明，有更重大於人種者」。〔註97〕張君勱《明日之中國文化》講述文化起源的兩種學說：地理說、人種說，只是認為「地理環境不可視為文化產生之惟一原因」〔註98〕，在分析印度、希臘、中國文化產生時仍從地理環境入手。錢穆《中國文化史導論》第一章首先講述中國文化之地理背景。當時學者論中西文化特性時，大體都繞不開地理環境這一因素，羅根澤分析中西文學批評特點之

〔註94〕 羅根澤：《周秦兩漢文學批評史》，第17頁。
〔註95〕 羅根澤：《周秦兩漢文學批評史》，第16頁。
〔註96〕 參見梁啟超：《二十世紀太平洋歌》，《新民叢報》第1期，1902年。
〔註97〕 梁啟超：《地理與文明之關係》，《新民叢報》第1期，1902年。
〔註98〕 張君勱：《明日之中國文化》，商務印書館，1936年，第12頁。

依據即受影響於此。

　　當時學界不僅存在以地理環境論東西文化特性的「東西論」，而且還存在中國文化內部以地理環境論南北文化不同的「南北論」。羅根澤同樣吸收了這一觀點，指出「南」「北」不同的文學傳統造成了漢賦的內在矛盾：

> 　　楚辭的作者，意欲以美好的形式，表達內心的情憤。詩經的作者，則對形式不十分考究，只是很質實的「言志」，或者還有「美刺」的企圖，……賦秉承了這兩種不同的遺志，造成「愛美」與「尚用」的內在矛盾。……因此批評辭賦者，有的站在北方的「尚用」的立場，有的站在南方的「愛美」的立場。〔註99〕

在這裡，羅根澤儘管沒有分析地理環境對《楚辭》、《詩經》的影響，但點出二者所代表的北方與南方文化的特性分別是「尚用」、「愛美」，背後的地理因素不言而喻。在分析南北朝不同的文學觀念時，他引用了劉師培《南北文學不同論》，承認「中國南北的地理風土不同，因之人民的習俗和學藝也不同」，同時強調「民族因素和學術因素」：南朝文人多故家大族，需要繁縟華美；北方文人多「閭里小人」，需要簡質實用，同時受胡人質俚樸素的影響，故經學優於南朝，且緣情的文學觀念不易滋長。可見，他不僅顧及到南北不同的地理環境對於文學風格的影響，也顧及到了文人遷徙以及華夷種群對於作家風格的影響。南北文學不同論不僅表現於南北朝時期，而且波及到初盛唐時期，特別是古文運動與之有著密切的聯繫。對於古文的興起，陳振孫認為始於陳子昂，胡應麟認為始於李華、蕭穎士，趙翼認為始於獨孤及，在羅根澤看來，這些推斷都不太確實，時間可以上推至魏末周初的蘇綽。至於原因，他仍從地理因素分析：「古文運動所以肇端於北朝者，最大的原因由於與南朝的地方經濟不同；而北朝多胡漢雜種，胡人固厭薄文麗，當亦是原因之一。」因此，唐代古文運動只是沿著北朝文學的路徑，對於南朝緣情綺靡文學的顛覆。不僅淵源上可如此看，從文學家的地域劃分上也可如此看：「唐代的有名的古文家，除陳子昂外，又大半是北人；就中的元結獨孤及，不惟是北人，且是胡夷；所以古文實興於北朝，實是以北朝的文學觀打倒南朝的文學觀的一種文學革命運動。」〔註100〕在羅根澤看來，唐代古文運動是南北兩種文學觀的角力，繼而北朝文學觀壓制乃至代替南朝文學觀的過程，簡而言之，就是以

〔註99〕羅根澤：《周秦兩漢文學批評史》，第 113、114 頁。
〔註100〕羅根澤：《隋唐文學批評史》，第 114、103 頁。

「北」代「南」的過程，從深層次說，也就是南北不同的地理環境影響下的文化特性互相激蕩、終至北方勝出的歷史。

其實，地理環境影響下文化的「南北論」源遠流長。不僅《隋書・文學傳》、《北史・文苑傳》早已提及，而且近代以來梁啟超、劉師培、王國維等人也有相關論述。梁啟超《論中國學術思想變遷之大勢》以南北界分學派，分析了不同地域的自然環境如何造成了南北兩派截然不同的學術品格。其《中國地理大勢論》以黃河流域與揚子江流域為界，政治、風俗、軍事等相異皆因「地理之影響使然」，文學自然也不例外：「燕趙多慷慨悲歌之士，吳楚多放誕纖麗之文，自古然矣。自唐以前，於詩於文於賦，皆南北各為家數……」；「大抵自唐以前，南北之界最甚；唐後則漸微」，「蓋調和南北之功，以唐為最矣」。〔註101〕劉師培《南北文學不同論》先辨南北之音的不同，繼而以地理因素論南北文學的不同，同樣認為，隋唐「折衷南體北體之間，而別成一派」。〔註102〕王國維在《屈子文學之精神》中提出，南方人性冷遁世，善玄想，故創造了富於幻想色彩的莊子散文；北方人性熱入世，重實行，故導致了詩三百的抒情短製。〔註103〕有研究者指出，梁、劉、王等人從南北不同的地理環境研究中國文化可能受日本岡倉天心等人的影響。〔註104〕在此學術背景下，羅根澤認為，文學批評隨空間而異，不僅以地理環境分析東西文學批評的特點，也用以論證始自《詩經》、《楚辭》兩種不同文學傳統的「南」、「北」文學的風格品性，而且唐代古文運動乃南北文學觀的融合與梁啟超、劉師培的觀點也頗為一致。這是羅根澤批評史觀「文學批評隨空間而異」的一面。

在羅根澤看來，橫的各國文學批評以及中國南北文學的不同，基於空間的地理環境因素，中國文學批評縱的演變，則基於時間關係，即歷史的時代意識，而「時代意識的形成，由於社會、經濟、政治、學藝及其背負的歷史」。他在《學藝史的敘解方法》中把時代意識歸結於一個「物」字。如此看來，

〔註101〕梁啟超：《中國地理大勢論》，《飲冰室文集之十》，中華書局，1988 年，第 86、87 頁。

〔註102〕劉師培：《南北文學不同論》，《國粹學報》第 1 卷第 9 期，1905 年。

〔註103〕參見王國維：《屈子文學之精神》，《王國維全集》第 14 卷，浙江教育出版社，2010 年，第 99、100 頁。

〔註104〕參見孫隆基：《歷史學家的經線——歷史心理文集》，廣西師範大學出版社，2004 年，第 76 頁。

羅氏批評史觀具有鮮明的唯物論色彩。事實確實如此。羅氏的子女在《路漫漫其修遠兮——懷念父親》說：「在他解放前的藏書中，就有一些表面上不是紅書，實際上是宣傳唯物主義的書籍。他與有『紅色教授』之稱的呂振羽過從甚密，引為知己，他對翦伯贊的唯物論歷史觀也曾公開表示認同。」〔註105〕羅根澤1930年代初任教的中國大學馬克思主義氣氛濃厚，李達、呂振羽等人積極倡導馬克思主義，參與中國社會史論戰。呂振羽在《史前期中國社會研究》初版自序中記述，該書「材料的選擇上」得到羅根澤的幫助和指導。〔註106〕羅根澤的文章裏時常引用恩格斯、普列漢諾夫等人的言論。在為鄭賓於《中國文學流變史》所作的書評中，他以社會意識形態為基準分析文學史觀：五四前是傳統的封建意識，文學史著作大半採用觀念論的退化史觀與載道的文學觀；五四以後是資本主義意識，文學史著作採用觀念論的進化史觀與緣情的文學觀；「最近」是社會主義意識，採用的是辯證的唯物史觀與普羅文學觀。〔註107〕寫於1932年的《戰國前無私家著作說跋》就嘗試從社會經濟與階級劃分的角度論證戰國前無私家著作。他在《研究中國文學史的計劃》中認為，導致文學轉變的因素有二：社會經濟與內在矛盾，因此「欲瞭解文學變遷，一方面固應求之社會經濟，同時也應求之文學的自己運動的鎖鑰」。〔註108〕當他環顧此時期的史學著作時發現：「一般的文學史，大都沒有顧及社會的發展定則及發展的原動力。」文學批評史也是如此，郭紹虞的《中國文學批評史》只是重視文學與學術思想和文學批評演變的關係，至於社會政治、經濟等因素對於文學批評的影響則鮮有涉及。此時期，羅根澤在學術研究實踐中開始分析社會政治經濟對於一些文類產生的影響，比如《何為樂府及樂府的起源》認為，漢武帝時代經濟方面的充足，政治方面的誇示四夷以及與西域交通，都是武帝時代擴充樂府的原因，其中經濟因素又是最根本的。不過，由於初涉唯物論，同時《樂府文學史》（1930）、《中國文學批評史》（Ⅰ）（1934）成書比較倉促，這一時期的著作並沒有太多體現出唯物史觀的色彩。

〔註105〕羅蕎、羅蘭、羅芃：《路漫漫其修遠兮——懷念父親》，《羅根澤古典文學論文集》附錄，上海古籍出版社，2009年，第620頁。

〔註106〕呂振羽：《初版自序》，《史前史中國社會研究》，河北人民出版社，2000年，第9頁。

〔註107〕羅根澤：《鄭賓於著〈中國文學流變史〉》，《圖書評論》第2卷第10期，1934年。

〔註108〕羅根澤：《研究中國文學史的計劃》，《文史叢刊》第1卷第1期，1935年。

在《樂府文學史自序》中，儘管他認為，文學的背景中「政治經濟確為重要因素」，但社會政治經濟對於各個時期樂府的影響並沒有太多著墨。1934 年版《批評史》流露的唯物史觀也僅僅體現在，對於詩的起源問題，把《毛詩序》的「詩者志之所之也」看作是唯心的，把鍾嶸的「氣之動物，物之感人，故搖動性情，形諸舞詠」看作是唯物的。

經過 1930 年代的醞釀，羅根澤對於馬克思主義侵染愈深。在《建國期中的文化建設》（1940）中，對於什麼是文化，他羅列了唯物、唯心兩種觀點，且意見偏向於前者。他認為，「文化的基礎，雖是『物質的生產過程』，而文化的發展，則有時基於傳遞移植的力量。所以文化的產生雖是一元——就是純由於『物質的生產過程』；文化的來源則確有二元——就是『物質的生產過程』和『傳遞移植的力量』」，至於文化的內容，包括物質、社會制度、精神生活三部分：「物質方面包括生產與生活」；「社會制度包括社會組織，經濟關係，政治制度，倫理道德等等」；「精神生活方面包括宗教，哲學，科學，及藝術等等」。〔註109〕儘管羅根澤沒用生產力與生產關係、社會存在與意識形態等術語，但物質產生精神以及文化的分類都與馬克思的有關論述相差無幾。在《學藝史的敘解方法》中，他把「時代意識」歸結為「物」。當然，「物」並不僅僅指經濟，而是與社會、政治、學藝及其歷史都有關係。按照他對文化的劃分，學藝屬於文化的第三個層次——精神生活，物質生產生活以及社會制度都對其有所影響。這也不同於當時的一些機械唯物論者的經濟決定論，更符合馬克思主義的本意。〔註110〕

對於兩漢載道文學觀到魏晉六朝緣情文學觀的轉變，羅根澤 1934 年版《批評史》接受周作人的觀點，僅以社會安定與否以及「分久必合，合久必分」的循環論來解釋。1940 年代版中，他對此單列一節，從經濟、政治、學術等方面詳細進行論證。〔註111〕經濟方面，他不再止於表面上的安定繁

〔註109〕羅根澤：《建國期中的文化建設》，《學生月刊》第 1 卷第 12 期，1940 年。

〔註110〕恩格斯晚年說道：「根據唯物史觀，歷史過程中的決定因素歸根到底是現實生活的生產和再生產，無論馬克思或我都沒有肯定過比這更多的東西。如果有人在這裡加以歪曲，說經濟因素是唯一決定的因素，那麼他就是把這個命題變成毫無內容的，抽象的，荒謬的，無稽的空話。」見《致約·布洛赫的信》，《馬克思恩格斯選集》第 4 卷，人民出版社，1995 年，第 696 頁。

〔註111〕這與當時受到的批評有關，周木齋在書評中質疑羅根澤對於兩漢文學觀到魏晉六朝文學觀轉變原因解釋不當，故羅根澤在修訂版中從多個方面詳細論述其轉變原因。

榮，而是抓住重要的一環——　漢末魏晉都市及莊園發展，園林及美人充斥其間，於是產生園林文學和色情文學，二者皆「以情緯文」。〔註112〕政治方面，曹公父子提倡。學術方面，經學衰微，文章轉於「緣情」；佛學東漸，因譯經影響，文學開始講究辭藻聲律。羅根澤如此從「時代意識」入手，對於魏晉之際文學觀念為何轉變進行了體察入微的論述，特別是經濟因素一環，在當時的文學史和批評史中甚少注意到。初唐詩論側重對偶格律，中唐詩論側重社會政治，對於這種轉變，羅根澤也從「時代意識」分析，首先從陳子昂發端：

> 陳子昂正當高宗末年以至武后的時代，唐朝的國家，已不似貞觀永徽之盛，急需各方面的補救。這不用繁徵博引，止就陳子昂的文章已得到充分的證明。……內亂既起，外患也乘機侵入。……國家社會這樣的岌岌可危，有志之士，不能不思「以義補國」。「以義補國」是多方面的，詩歌也應負點責任，所以欲其放棄采麗的藝術詩，改作比興的風雅詩，而人生文學的理論生焉。由此知人生文學的理論是時代產物。〔註113〕

由陳子昂始，詩由藝術之宮轉移到人間的流離喪亂，至元稹、白居易，社會詩和社會詩論最終完成。之所以到元白社會詩和社會詩論才占文壇主導地位，仍是「時代意識」造就的：

> 至元白的時候，安史之亂已平，而中興之夢卻斷，豪族與農民的懸殊益甚，一方面促成農村經濟的凋敝沒落，另一方面又促成朝廷士大夫的驕奢荒惰，再加以藩鎮跋扈，臣庶苟且，致使天下攘攘岌岌，不可終日。……元白的所以成功社會詩人與社會詩論家，據此可知是當時社會的驅之使然了。〔註114〕

在此，羅根澤要言不繁地敘述了中唐政治經濟之衰變造成社會詩及社會詩論的產生，把「物」（時代、社會）產生文學的唯物論觀念貼切地表達出來了。兩宋篇中，羅根澤依據程顥、陳善的說法，把宋學分為三派，分別是以蘇東坡為首的議論派、以王安石為首的經術派以及以程氏為首的性理派，分派的依據主要是其代表的階層不同。羅根澤發現，宋代社會存在兩種矛盾——地

〔註112〕這點羅根澤可能受吳世昌《魏晉風流與私家園林》啟發，該文刊《學文》月刊第 2 期。
〔註113〕羅根澤：《周秦兩漢文學批評史》，第 18、19 頁。
〔註114〕羅根澤：《隋唐文學批評史》，第 62 頁。

主階級與農民的矛盾以及工商業者與城市市民的矛盾，性理派、經術派、議論派分別代表大地主封建貴族、中小地主、工商業者及城市市民的意識。這種分析是否準確暫且不論，不過已露出社會階級論的意識。

　　儘管羅根澤已用唯物論分析文學觀念的產生以及演變，但他卻難以稱得上是馬克思主義的信徒（新中國成立前）。首先，他的文學史或批評史並沒有一個外在的唯物史觀的框架，即沒有按照當時流行的原始社會、奴隸制社會、封建社會的接替來對文學史或批評史進行分期，他只是在具體問題的論述時涉及到文學現象背後的社會政治經濟因素，因此也就不會像郭沫若《中國古代社會研究》、呂振羽《史前史社會研究》那樣具有更為鮮明的歷史唯物論色彩。其次，羅根澤只是把歷史唯物論作為一種研究方法，並沒有把它作為安身立命的根本，所以有時候對其有所保留，特別是對於僵化運用唯物論有所警惕。他反覆申說：「因為我們所研究的是文學史，不是社會史，當然側重文學，以社會史解釋文學史上必需的，然詳於社會而略於文學，則是社會史，不是文學史了」〔註115〕；「編學藝史，不是編社會史，經濟史，或政治史，不能喧賓奪主，編某種學藝史，也不能使其他學藝佔據很多的篇幅，否則不是某種學藝史了」。〔註116〕對那些只為了驗證唯物論的文學史著作也帶有批評色彩：「為自己的文學批評尋找歷史根據的批評史，這類的文學批評史，雖尚乏例證，但如各家的唯物史觀的文學史或哲學史，大半是為的唯物論之得到歷史證據（唯物論之是非，乃另一問題）。」〔註117〕再次，只有在社會突變、朝代更替、政治經濟動盪的時期，以唯物論分析文學現象才顯得有理有據，否則他時常又回到「觀念論的進化論史觀」。他在《文學與文學史》說：「任何文體都逃不出發生、全盛和衰滅的三個階段，這一種文體衰滅了，另一種文體又產生了，隨時『新變』，才能隨時『代雄』。」〔註118〕這仍是拾焦循、王國維之舊說。焦循在《易餘籥錄》中有「一代有一代之所勝」之說，王國維在《宋元戲曲史》中也指出：「凡一代有一代之文學：楚之騷，漢之賦，六代之駢語，唐之詩，宋之詞，元之曲，皆所謂一代之文學，而後世莫能繼焉者也。」〔註119〕浦江清評價道，焦、王二人「發見了中國文學演化的

〔註115〕羅根澤：《研究中國文學史的計劃》，《文史叢刊》第1卷第1期，1935年。
〔註116〕羅根澤：《學藝史的敘解方法》，《羅根澤古典文學論文集》，第47頁。
〔註117〕羅根澤：《周秦兩漢文學批評史》，第25頁。
〔註118〕羅根澤：《文學與文學史》，《羅根澤古典文學論文集》，第53頁。
〔註119〕王國維：《自序》，《宋元戲曲史》，上海古籍出版社，2008年，第1頁。

規律，替中國文學史立一個革命的見地。」〔註120〕在分析七言詩起源及其成熟時，羅根澤說道：「由騷體詩變為七言詩，不費吹灰之力，搖身一變而可成。但在騷體詩還有生命的時候，它是抵死不肯轉變的。佛說一切流轉相，例分四個時期，曰生，住，異，滅。生是現在所說的發生期，住是現在所說的全盛期，異是現在所說的蛻化期，滅是現在所說的衰滅期。由騷體變成七言，是異，是蛻化，所以必在騷體詩全盛期以後。」〔註121〕以佛分四相來劃分思潮的分期來源於梁啟超。在《清代學術概論》中，梁氏說：「佛說一切流轉相，例分四期，曰：生、住、異、滅。思潮之流轉也正然，例分四期：一、啟蒙期（生），二、全盛期（住），三、蛻分期（異），四、衰落期（滅）。無論何國何時代之思潮，其發展變遷，多循斯軌。」〔註122〕「一代有一代之文學」與以佛相的生、住、異、滅來劃分學說或文體的四期帶有明顯的「觀念論的進化論史觀」色彩，與羅氏主張重視「政治經濟」因素的唯物史觀截然不同。

羅根澤在安徽大學的學生熊鵬標接受了老師的史觀，在《關於文學批評史的分期》中認為：「文學觀的變遷，包含有歷史的，政治的，社會反抗與承受，以及氣候地理民族的育成等條件，而最後決定於社會經濟機構的」，而且更進了一步，嘗試以經濟因素作為文學批評史分期的依據：

第一編　古代奴隸經濟時代——西周至漢武

　　第一章　北方質直尚用的文學觀

　　第二章　南方虛玄清化的文學觀

　　第三章　南北合流的苗苗期

第二編　中世變種的封建經濟時代——漢武至清道

　　第一章　尚用畸形發展期——西漢

　　第二章　緣情唯美期——魏晉南朝

　　第三章　簡樸古文運動苗苗期——北朝

　　第四章　貫道期——隋唐

　　第五章　文質折衷及格律獨尚期——晚唐五代

　　第六章　載道期——兩宋

〔註120〕浦江清：《浦江清文史雜文集》，清華大學出版社，1993年，第103頁。

〔註121〕羅根澤：《七言詩起源及其成熟》，《羅根澤古典文學論文集》，第188頁。

〔註122〕梁啟超：《清代學術概論》，上海古籍出版社，1998年，第2頁。

從提綱來看，以奴隸經濟時代、封建經濟時代、資本主義時代的社會史階段把批評史分為三期，是當時以唯物史觀研究文學史流行的分期模式。〔註124〕不過，唯物史觀往往只是為文學史或批評史的分期套上一個外在的框架，熊鵬標並沒有撰寫批評史，所以在具體論述中效果如何不得而知。僅從分期提綱而言，他並沒有提出新意，第一編南北文學傳統由離至合、第二編以尚用／貫道／載道與緣情的更替表示文學觀的演變以及第三編資產階級與社會主義文學觀的對立都延續其師羅根澤的觀點，唯一可提的是各個分期套上了外在的奴隸經濟時代、封建經濟時代、資本主義時代的時髦框架。

二、文學批評隨批評家、文體而異

　　按照羅根澤的理解，文學批評是時代的產物，然而「時代是人的大環境，但大環境外，還有各人的小環境，就是依存的家庭，所接觸的師友，所誦習的學藝，以及所隸屬的社會類層，所活動的社會範圍與業務」。〔註125〕這個「各人的小環境」使得文學批評因不同的批評家而展現不同的面貌，也即「文學批評隨批評家而異」，這也是羅根澤批評史觀較為獨特的一面。當然，文學批評隨批評家而異是一個易於發見且易於理解的觀點，但很少有研究者像羅根澤那樣從批評家的家庭、師友、階層以及個人氣質方面分析其具有獨特理論之原因。

　　舉其犖犖大端者。對於王充，郭紹虞指出其學問源自二途：班彪與桓譚，

〔註123〕熊鵬標：《關於中國文學批評史的分期問題》，《文史叢刊》第 1 卷第 1 期，1935 年。

〔註124〕比如，譚丕模《中國文學史綱》（1933）分原始封建制度時代的文學、原始封建制度崩潰時代的文學、封建制度復興（破壞、穩定、危急、表層穩定、迴光返照時代）時代的文學、民族資產階級意識萌芽時期的文學、勞苦大眾覺醒時期的文學等各階段。

〔註125〕羅根澤：《學藝史的敘解方法》，《羅根澤古典文學論文集》，第 48 頁。

二人的影響分別使王充論文主真與主善。朱東潤則把王充與桓譚、班固合為「東漢之文學批評」一節，對於王充論文意見只是舉其大端。二人對於王充為何異於時人具有反抗時代的論文意見都沒有明說。羅根澤把王充單設專章，並單列「王充的精神及其背景」一節，從主客觀兩方面論述其反抗時代之所以成功的因素，特別是主觀方面，從王充的遠祖遺留的反抗氣質說起：「據《論衡・自紀篇》，他的遠祖就是『從軍有功』的。……由此知道王充的祖若父都是反抗壓迫的勇士。王充秉了這種遺傳，受了家庭教育的薰陶，成功一個勇於鬥爭的健者，是可以想見的。但以廢商業儒，這種勇於鬥爭的性格，遂不表現於行為，而表現於著作。」〔註126〕這種從身世入手研究批評家的言論在當時算是少見的。對於韓愈，郭紹虞認為，其之所以在文壇能夠摧陷廓清，源於他的特立獨行和以師自認，朱東潤則直接談及其對於文道關係之意見，二人對於韓愈為何具有文學革新論也沒有細論。羅根澤認為，韓愈以儒道排佛老除了社會方面的矛盾日趨嚴重以及佛老畸形外，還與其個人有關：來自韓愈師友的薰陶與慫恿以及家庭的教育與傳染，前者即韓愈從遊早期古文家獨孤及、梁肅等人以及張籍勸其嗣孟軻揚雄之作，後者即撫養韓愈的韓會及韓雲卿等人為蕭穎士愛獎且與梁肅一起倡導古文。對於朱熹，郭紹虞、朱東潤都開門見山地直述其論文觀點，而羅根澤從朱熹的家學切入，分析其為何在南宋理心二派中成為理學派領袖：朱熹其父朱松聞二程言論，遂捐棄文藝，企望與道接近，朱熹受家學影響，故走向道學。

　　羅根澤曾述及自己研究文學的計劃：「歷代文學，則先錄文學家傳記集，再作文學家列傳，以述文人生平……」〔註127〕，儘管他的《傳記集》、《列傳》並沒有問世，但先後做過不少的搜集資料的工作。可見，對於文學家或批評家的家世生平傳記，他是有知識儲備的。不過，羅根澤主張文學史與文學批評史各司其職，對於批評家的家世生平經歷等並沒有著墨太多，而是舉其與批評學說相關者簡明扼要地點到為止，而且只有對那些偉大的不同於時流的批評家，他才從家庭、師友、氣質等方面追溯探源，一般的批評家因差別較少，歸因於時代意識即可。

　　對於文學批評學說的產生及演變，羅根澤不僅在客觀方面分析其背後的政治、經濟、學藝等因素，還在主觀方面從批評家的家世、師友、個人氣質

〔註126〕羅根澤：《周秦兩漢文學批評史》，第 125 頁。
〔註127〕羅根澤：《序》，《周秦兩漢文學批評史》，第 1 頁。

等方面追溯探源。「物」＋「人」的分析模式使得他在解釋批評史發展變遷時遊刃有餘，而且常發出一些新穎之論。這些都是其批評史的特色。相比較而言，郭紹虞批評史注重文學批評學說內部之間的淵源流變，同時也注重學術思潮對於文學批評之影響，但對其背後的政治經濟以及個人家世等因素鮮有涉及。朱東潤批評史大綱困於篇幅，大多單刀直入地切入批評家的觀點，對此更是著墨不多。

文學批評不但隨空間而異，隨批評家而異，還隨文體而異。自 1930 年代，羅根澤就確立了分類的文學史觀，打算編纂文學史類編。至 1940 年代，他的分化發展的史觀調整為綜合的史觀，但「隨文體而異」仍是其批評史觀的重要一環。之所以如此，因為詩文二體承擔著不同的表達功能，同時又有不同的發展軌跡，體現最為充分的就是唐代：

> 從歷史上看來：「文」一方面，由魏晉六朝的駢儷文的反響激起古文運動，自北周的蘇綽，北齊的顏之推，隋代的李諤，即逐漸提倡，至唐代而集其大成。「詩」一方面，則由漢魏六朝的古詩的反響，自沈約一班人即講究聲病，至唐代而格律益密，完成所謂絕律詩。〔註 128〕

由此，初盛唐文由駢至散，而詩卻由散趨駢，呈現不同的演變路徑。不僅初盛唐如此，羅根澤還推至周秦時期：「其實是詩與文的分道揚鑣，周秦已經如此。就以孔子的話作例吧。他說：『詩可以興，可以觀，可以群，可以怨。』自有『情』的傾向（詳二章四節）。文呢，他釋為『敏而好學，不恥下問』（詳三章三節），顯然與『詩』不同。」〔註 129〕此時詩文分途發展已經初露端倪。當然，詩文不會一直分流地演變，也有合流的時期，這源於詩文兩種文體的自身特性：

> 詩與文有共同性，也有各別性，所以雖同是文學的一部門，但詩是美的文學，文則或尚美，或尚用，頗不一致。就文學的歷史而言，大約尚美的時代，則文亦尚美，由是與詩走著差不多相同的道路；尚用的時代，則文當然尚用，而詩不便於說理的緣故，每相當地保持著尚美的態度，由是詩與文分道揚鑣。〔註 130〕

〔註 128〕羅根澤：《周秦兩漢文學批評史》，第 22 頁。
〔註 129〕羅根澤：《周秦兩漢文學批評史》，第 23 頁。
〔註 130〕羅根澤：《隋唐文學批評史》，第 139 頁。

從羅根澤的論述來看，尚用的時代，詩文是分途發展的，尚美的時代，詩文是合流發展的。大體而言，周秦兩漢，詩文合流，上述孔子論詩文之別只是初露端倪，總體而言，還是以功用主義論詩；魏晉六朝，詩文是合流的，皆主審美緣情；初盛唐，詩文分流，詩尚美，文尚用；中唐以後，詩論轉向社會詩論，詩文開始重新歸為一途，特別是兩宋時期，這時候「緣情」的責任落到詞曲上：「至後世詞曲既興，與詩文更迥然殊異。如沈義父《樂府指迷》：『作詞與詩不同，縱是用花卉之類，亦須略用情意，或要入閨房之意；如只直詠花卉，不著此豔語，又不似詞家之體例。』」〔註131〕既然「文以載道」、「詩以言志」，兩種文體自身的特性不一，所以同一位批評家也會隨著文體不同而意見相異，這在羅根澤對獨孤及、劉禹錫批評意見的論述中體現出來。

可以說，顧及到詩文不同文體的批評特性是羅根澤文學批評史的另一特色。當然，他的這種觀點不是無源之說。首先，批評史上的確存在詩文各體發展的歷史。郭紹虞認為，孔子文學觀最重要的兩點是尚文和尚用，「大抵其尚文的觀點本於他論『詩』的主張；尚用的觀點又本於他論『文』的主張」。〔註132〕李東陽說：「夫文者言之成章，而詩又其成聲也。章之為用，貴乎記述鋪敘，發揮而藻飾，操縱開合，惟所欲為，而必有一定之準。若歌吟詠歎，流通動盪之用，則存乎聲，而高下長短之節，亦截乎不可亂。」〔註133〕其次，觀之當時的學術背景，上節已提及，羅根澤這種詩文二體不同特性導致分途發展的觀點可能受兒島獻吉郎啟示，後者在《中國文學概論》中言及了詩文二體一重感情一重理智的特質：「就性質而言，則文章之主要素，理智勝於感情；而詩之主要素，感情勝於理智。」〔註134〕羅根澤載道、緣情分類的依據就是理智和感情，兒島獻吉郎認為文偏於理智，詩偏於感情，也即文重載道，詩重緣情。於是，詩文二體因不同特性，故有時分途發展。錢鍾書在《中國新文學的源流》書評中也力主分途發展：「在傳統的批評上，我們沒有『文學』這個綜合的概念，我們所有的只是『詩』、『文』、『詞』、『曲』這許多零碎的門類，……『詩』是『詩』，『文』是『文』，分茅設蕝，各有各的規律和使命。」具體就詩而言，「詩本來是『古文』之餘事，品類（genre）較低，目的僅在於

〔註131〕羅根澤：《周秦兩漢文學批評史》，第 23 頁。

〔註132〕郭紹虞：《中國文學批評史》（上），第 13 頁。

〔註133〕李東陽：《春雨堂稿序》，郭紹虞主編《中國歷代文論選》第 3 冊，第 34 頁。

〔註134〕兒島獻吉郎：《中國文學概論》，隋樹森譯，世界書局，1931 年，第 35、130 頁。

發表主觀的感情——『言志』，沒有『文』那樣大的使命。……所以許多講『載道』的文人，做起詩來，往往『抒寫性靈』，與他們平時的『文境』絕然不同，就由於這個道理。」至於批評家，他以劉熙載的《藝概》為例：「《文概》和《詩概》劃然打作兩橛！《文概》裏還是講『經誥之指歸，遷雄之氣格』，《詩概》裏便講『性情』了。這一點，似乎可資研究中國傳統的文學批評的人參考。」〔註135〕錢鍾書的書評發表於 1932 年 11 月的《新月月刊》第 4 卷第 4 期，羅根澤或許讀過並受其啟發。

羅根澤的這種批評史觀決定著他的編著體例：

> 文學批評隨時代而異，隨人物而異，也隨文體而異。假設依照編年體，則隨時代而異的批評可以弄得清清楚楚；而隨人物而異及隨文體而異的批評，不免割裂。假設依照紀傳體，則隨人物而異的批評，可以弄得清清楚楚，而隨時代而異及隨文體而異的批評，不免揉亂。假設依照紀事本末體，則隨文體而異的批評，可以弄得清清楚楚，而隨時代而異及隨人物而異的批評，不免淆混。

因此他兼攬眾長，創立一種「綜合體」：「先依編年體的方法，分全部中國文學批評史為若干期」；「再依紀事本末體的方法，就各期中之文學批評，照事實的隨文體而異及隨文學上的各種問題而異，分為若干章」；「然後再依紀傳體的方法，將各期中之隨人而異的偉大批評家的批評，各設專章敘述」。〔註136〕在批評史的學術史視野中，羅根澤批評史一直以這種統籌兼顧、富有創意的體例著稱，其實觀察同時期著作，這種體例也被其他學者採用。郭紹虞聲稱其批評史採用體例：「上卷所述，以問題為綱而以批評家的理論納於問題之中」，「下卷所述，以批評家為綱而以當時的問題納入批評家的理論體系之中」。〔註137〕其實他也是先依編年體的方法，分全部批評史為周秦、兩漢、魏晉南北朝、隋唐五代、北宋、南宋金元、明代、清代八期，然後再依紀事本末體或紀傳體而分，大體上卷以主要問題而分，下卷先依文體分「詩論」、「文體」，再以批評家而分，與羅根澤所謂的「綜合體」大體不差，只是他並沒有像羅根澤那樣鮮明地標舉出來而已。

〔註135〕錢鍾書：《中國新文學的源流》，《寫在人生邊上·人生邊上的邊上·石語》，第 249 頁。
〔註136〕羅根澤：《周秦兩漢文學批評史》，第 38 頁。
〔註137〕郭紹虞：《五版自序》，《中國文學批評史》，1950 年，第 1 頁。

第四章　專題研究

　　本章將對羅根澤批評史的三個專題進行研究〔註 1〕，分別是《文心雕龍》、唐古文運動、宋詩話。之所以選擇這三個專題，主要是因為羅氏批評史給予它們很大的篇幅，而且取得了不俗的成績。羅氏批評史不但列專章分七個部分對《文心雕龍》的批評史地位、著述動機、文學觀、文體論、創作論、文學與時代、批評及原理進行全面的敘述，而且在當時普遍重視劉勰自然文學觀的學術氛圍中堅持其原道文學觀。對於唐代古文論，羅氏列兩章 24個條目把古文運動分為韓柳以前（早期）、韓柳、韓柳以後三個階段，敘述李諤王通、唐初四傑、陳子昂盧藏用、蕭穎士李華、獨孤及元結、梁肅李觀、柳冕權德輿、呂溫獨孤郁以及韓柳、李翱、裴度、皇甫湜孫樵、沈亞之、李德裕的古文論，再加上第五篇晚唐時期敘述的杜牧、皮日休陸龜蒙、劉蛻羅隱，儼然是一部古文運動理論史。對於宋詩話，他在資料搜羅、整理與輯校方面做了很多努力，不僅撰有《兩宋詩話存佚殘輯年代表》一文，而且還輯有《兩宋詩話輯校》一書。可以說，羅根澤研究這三個專題的成績不應被忽略，理應在各個專題的研究史上佔有一定地位。此外，這三個專題在魏晉六朝、隋唐、兩宋時期是重要的批評著作或批評現象，而且在民國古代文論研究中普遍受到重視。因此，本章在展開羅根澤研究三個專題面貌的同時，也將其還原至當時的學術背景中，與同時期其他學者的有關論述進行比較，乃至將其放入各個專題的學術史脈絡之中，以期做到真實客觀的論述。

〔註 1〕 此章的專題研究以羅根澤文學批評史的 1940 年代版為對象。

第一節 《文心雕龍》研究

郭紹虞文學批評史魏晉南北朝篇僅以重要的批評問題為綱目，連劉勰也未獨立成章，1950 年代遂被批判，謂其輕視了「我國古代文學理論方面的第一部重要的有價值的著作」〔註2〕。郭氏並不引以為然，提出不以劉勰為專章的理由：「這並不是輕視了這位批評家，而是由於當時文學批評上提出了一些新鮮問題，而從這些新鮮問題來講，它的重要性並不比當時出現的幾位批評家要差一些。當時提出的問題，如文筆問題，如聲律之說，都比較重要，都值得作專門研究，而《文心雕龍》也是涉及這些問題的。因此，從問題談，可以不致抹殺批評家的價值，反之，假使以批評家為綱，有時卻不免使這些新鮮問題，不能顯著地突出。這是我所以不把劉勰特立一章的一點理由。」〔註3〕固然如郭氏所說，六朝文學批評出現的「新鮮問題」「值得專門研究」，但把《文心雕龍》分裂成幾部分，分別置於「關於文評之論著」、「時人對於文學之認識」、「音律說」、「復古思想之萌芽」等綱目下，就看不到其「體大周慮」的完整面目。羅根澤批評史則不然，魏晉六朝篇既依據紀事本末體的方法，把文體論、文筆之辯、音律說、佛經翻譯論等各劃為一章，同時也依據紀傳體的方法，把劉勰、鍾嶸單列為一章，這樣既考慮到此時期出現的重要批評問題，又考慮到偉大批評家的批評，可謂相得益彰。在《文心雕龍》研究史上，羅根澤並不算有突出成就的一位，即使民國期間，前面也有黃侃、范文瀾等人，但不同於這些人對《文心雕龍》具體篇章的精細解讀與注釋，羅根澤把研究對象放置於批評史之中，勝在整體觀照，自有其特點。

一、確立其批評史地位與原道文學觀

羅根澤對於《文心雕龍》的評價首先在於確定其批評史地位，故單列一節「劉勰以前的文學批評家」予以論述。他從漢代算起：因漢代文學概念廣泛，揚雄《法言·吾子》、王充《論衡》之《超奇》、《書解》、《對作》雖含有文學批評，但也含有哲學批評，《文檢》、《南陽文學官志》亡佚，因此「純粹的文學批評的專篇論文始於魏而盛於晉，文學批評的專書則始於晉而盛於

〔註2〕 海風：《評〈中國文學批評史〉》，《光明日報·圖書評論》第 82 期，1956 年 5 月 31 日。

〔註3〕 郭紹虞：《關於〈文心雕龍〉的評價問題及其他》，《照隅室古典文學論集》（下），上海古籍出版社，2009 年，第 1 頁。

梁」。〔註4〕他接著考察六朝時期的文論：蕭子顯《南齊書・文學傳論》、劉勰《文心雕龍・序志》、鍾嶸《詩品序》對於當時的論文著作都有羅列，不過曹丕《典論・論文》、曹植《與楊德祖書》、陸機《文賦》僅是單篇論文，不是文學批評專書，而且三位作者與其說是批評家，不如說是文學家；應瑒《文質論》是「政治性的」，顏延之《庭誥》是家訓，「謝客集詩」是詩總集，「張騭文士」是文學家傳；張隲《言論》、王微《鴻寶》、陸厥《文緯》亡佚，「君山公幹之徒，吉甫士龍之輩，泛論文意」，自然也沒有文學批評專書，可以稱為文學批評專書的摯虞《文章流別志論》與李充《翰林論》重點只在辨析文體，如此看來，「成功的、偉大的文學批評專家只有劉勰和鍾嶸」。〔註5〕在此，雖然羅根澤仍是摭拾章學誠《文史通義・詩話》所謂「《詩品》之於論詩，視《文心雕龍》之於論文，皆專門名家，勒為專書之初祖也」之說，但他通過《文心雕龍》與前代或同時期著作的比較彰顯了其在批評史上的獨特地位。

章學誠對《文心雕龍》的看法被普遍接受，同時在西方文論標準的參考下，《文心雕龍》成為中國文論有「體系」著作的代表，益發光彩。梁繩禕在《文學批評家劉彥和評傳》中指出，西洋的文學批評已成專學，像萊辛、安諾德、泰恩等批評家「評論的勢力都很偉大，有時單詞片語，都要傳遍全世」，而中國的文學批評基本上都是「惡意的嘲罵和廣告性的標榜」，「在過去可憐的文學批評史中，尋一點萌芽，我們不得不推重千餘年前的劉彥和」。〔註6〕更為廣知的是，魯迅將《文心雕龍》與亞里士多德《詩學》相提並論。〔註7〕因此，在此學術背景下，學者一般都把《文心雕龍》看作是有體系的文學批評專書，羅根澤也是如此。他把《文心雕龍》體系分為五個部分，大體如下：

> 近於文學本源論（文體總論）：《原道》、《徵聖》、《宗經》、《正
> 緯》、《辨騷》
> 文體論：《明詩》至《書記》20 篇
> 創作論：除《指瑕》、《才略》、《程器》、《知音》《時序》之外

〔註4〕羅根澤：《魏晉六朝文學批評史》，第 82 頁。
〔註5〕羅根澤：《魏晉六朝文學批評史》，第 84 頁。
〔註6〕梁繩禕：《文學批評家劉彥和評傳》，《小說月報》第 17 卷號外《中國文學研究》，1927 年。
〔註7〕魯迅：《題記一篇》，《魯迅全集》第 8 卷，第 370 頁。

　　的下篇 20 篇

　　　文學與時代：《時序》

　　　批評及其原理：《指瑕》、《才略》、《程器》、《知音》

羅氏的分類基本上與其他人一致，除了《辨騷》的歸屬。范文瀾、郭紹虞把
它劃入文體類。〔註 8〕青木正兒《中國文學思想史》也認為，「自《原道》至
《正緯》凡四篇，以論列文章底起源為主；自《辨騷》至《書記》二十一篇，
論列文章底各體，兼明流別。」〔註 9〕1980 年代以來，當代學者對此兩種意見
都有不同程度地支持，如陸侃如、牟世金等仍認為文體論包括《辨騷》至《書
記》二十一篇，不過大多數學者認為文體論只包括《名詩》至《書記》二十
篇，把《辨騷》歸於作為「文之樞紐」的總論更為合理，如王元化、周振甫、
詹鍈、張少康、蔡鍾翔等。〔註 10〕

　　至於《文心雕龍》具有「體大周慮」體系的原由，羅根澤認為是劉勰「受
以前的論詩論文的許多提示」。在文體論部分，他說：「劉勰以前的研究文體
的書，如《文章流別志論》、《翰林論》之類，自然都有相當的貢獻，但絕不
及劉勰的貢獻更為偉大。自然《文章流別志論》、《翰林論》一類的研究文體
的書，無論直接、間接、正面、反面，必給予劉勰以相當的幫助」，「所以只
就文體論而論，亦可當得起章實齋的『體大而慮周』的讚頌了」。〔註 11〕他從
劉勰受之前文論影響的角度解釋了其著作具有嚴密體系之根由。不過，他並
沒有談及佛理對其的影響，這點恐怕是更為根本的。當時學者也大都如此認
為。范文瀾說道：「彥和精湛佛理，《文心》之作，科條分明，往古所無。自
《書記篇》以上，即所謂界品也，《神思篇》以下，即所謂問論也。蓋採取釋
書法式而為之，故能思理明晰若此。」〔註 12〕郭紹虞指出：「《南史》本傳稱
『劉勰博通經論，為文長於佛理』，或者他的著作所以能如此精密有系統者，
也由深受佛學影響之故吧！」〔註 13〕劉節也指出：「彥和深明佛典，論文長於
析理，故《文心》說理精密，條貫有序。」〔註 14〕

〔註 8〕參見范文瀾：《文心雕龍注》，第 4 頁；郭紹虞：《中國文學批評史》（上），第
　　　　129 頁。

〔註 9〕青木正兒：《中國文學思想史》，汪馥泉譯，商務印書館，1936 年，第 53 頁。

〔註 10〕參見張少康等：《文心雕龍研究史》，北京大學出版社，2001 年，第 465 頁。

〔註 11〕羅根澤：《魏晉六朝文學批評史》，第 97 頁。

〔註 12〕范文瀾：《文心雕龍注》，第 728 頁。

〔註 13〕郭紹虞：《中國文學批評史》（上），第 116 頁。

〔註 14〕劉節：《劉勰評傳》，《國學月報》第 2 卷第 3 期，1927 年。

　　在進入《文心雕龍》的各個分論之前，羅根澤還專門考察了劉勰作《文心雕龍》的動機。他先引蕭子顯《南齊書‧文學傳論》與鍾嶸《詩品序》對於「今之文章」的描述，指出齊朝文壇講辭藻、事類、對偶、聲病，是重形式、不自然的時代，又引劉勰《序志》之說：「去聖久遠，文體解散；辭人愛奇，言貴浮詭；飾羽尚畫，文繡鞶帨，離本彌甚，將遂訛濫」，並據以反駁梁繩禕所謂劉勰受「名山事業」觀念的驅使，認為劉勰作《文心雕龍》的動機是不滿於當時的創作與批評。劉勰對宋齊以來文學趨勢多有不滿，其救弊之心理確切，但通過劉勰「形同草木之脆，名逾金石之堅」來看，似乎沒有必要否認其「名山事業」之追求。

　　既然劉勰因不滿於當時創作與批評而作《文心雕龍》，那麼羅根澤考察劉勰文學觀時就十分注意其與當時創作界、批評界的相互關係。他把劉勰的文學觀總結為四點——原道的、抒情的、自然的、創造的文學觀，每一點都是針對於時弊而發，四點矯正的時風分別是「淫豔」、「窺情風景之上，鑽貌草木之中」、「雕琢藻繪」、「文貴形似」。後三點是借鑒梁繩禕的說法。〔註15〕不過，把劉勰所謂「通變」上升為創造的基本文學觀念值得商榷。好在羅根澤並沒有對梁繩禕亦步亦趨，而是看得圓通：「本來模仿與創造，雖是極端相反的名詞；但創作決離不開模仿，所以所謂創造者，只不過是『參伍以相變』而已。」〔註16〕羅根澤把原道、抒情、自然和創造看作劉勰的四個文學觀，但並沒有同等視之，而是有主次之分：原道和抒情屬於文學的內容，自然和創造屬於文學的形式，故原道和抒情重於自然和創造，而原道又重於抒情，因此原道是劉勰根本的文學觀。那麼，在羅根澤看來，劉勰所謂「原道」之「道」的含義是什麼呢？

　　先看一下同時期其他學者的解釋。黃侃解釋道：「《序志》篇云：『《文心》之作也，本於道。』案彥和之意，以為文章本由自然生，故篇中數言自然，一則曰：『心生而言立，言立而文明，自然之道也。』再則曰：『夫豈外飾，蓋自然耳。』三則曰：『誰其尸之，亦審理而已。』尋繹其志，甚為平易。蓋人有思心，即有言語；既有言語，即有文章。言語以表思心，文章以代言語，惟聖人為能盡文之妙。所謂道者，如此而已。」〔註17〕黃侃追隨劉

〔註15〕梁繩禕：《文學批評家劉彥和評傳》，《小說月報》第 17 卷號外《中國文學研究》，1927 年。

〔註16〕羅根澤：《魏晉六朝文學批評史》，第 90 頁。

〔註17〕黃侃：《文心雕龍劄記》，上海古籍出版社，2000 年，第 5 頁。

師培，提倡六朝文章，批評桐城派所謂「文以載道」，所以引用莊子、韓非學說詮釋劉勰之「道」。此後把劉勰之「道」釋為自然之道的說法被廣泛接受。劉節說：「彥和以文原於『道』，而『道』即自然之文。」〔註18〕方孝岳說：「『道』就是自然之道，大宇宙中一切萬事萬象，無往不是道，即無往不有文章。」〔註19〕徐善行指出，《文心雕龍》最重要的是《原道》一篇，其「所說的『道』，不是別的，就是『自然』」。〔註20〕有學者指出，重視《文心雕龍》自然的一面與自西方傳入的「自然主義」文學觀念有密切關係。〔註21〕

　　羅根澤不同於時賢。在解釋劉勰原道的文學觀時，緊緊抓住原道、徵聖、宗經的關係：「聖經上的道是矯正偏於性愛的淫豔文學的利器，矯正時代的文學批評家劉勰之在那時提倡『徵聖』『宗經』的原道文學，是當然的。」在文體論部分，他又追蹤各種文體的共同淵源：論說源於《易》，詔策、章表、奏啟、議對、書記、雜文源於《書》，雜文、詩、樂府、頌讚、騷源於《詩》，封禪、祝盟、銘箴、哀弔、誄碑源於《禮》，史傳、檄移源於《春秋》，既然「六經出於孔聖」，「周孔二聖的著書垂文，他以為為的明道」，「此可以知劉勰的意思以為所有的文辭都源於經，經又出於聖，聖人垂文又是為的明道」。〔註22〕這樣看來，聖人垂文明的自然是儒家周孔之道。郭紹虞也指出，「他是曾夢執丹漆之禮器，而欲敷贊聖旨的。所以他的論文是一位『不述先哲之誥，無益後生之慮』，於是不自覺地始終囿於傳統的文學觀了。」〔註23〕郭氏所謂傳統的文學觀即儒家的文學觀。在當時人看來，中國傳統詩文評僅《文心雕龍》與西方文論相媲美，故在「純文學」觀念的慫恿下，比較彰顯劉勰重自然與情性的文學觀念，同時不願意讓它沾上「載道文學」的色彩。對於這種「以西格中」的學術趨勢，羅根澤曾批駁道：「劉勰的《文心雕龍》，第一篇是《原道》，第二篇是《徵聖》，第三篇是《宗經》，其主張載道無疑。但在五四時代，卻被派是他的託古改制的一種詭計，事實上他是不主載道的」，五四時期的學者，依著緣情的文學觀念，「作曲解歷史的工作」。〔註24〕而羅根澤、

〔註18〕劉節：《劉勰評傳》，《國學月報》第 2 卷第 3 期，1927 年。

〔註19〕方孝岳：《中國文學批評・中國散文概論》，第 105 頁。

〔註20〕徐善行：《革命文學的──文心雕龍》，《孟晉非戰專號》第 2 卷第 10 期，1925 年。

〔註21〕參見張少康等：《文心雕龍研究史》，第 181 頁。

〔註22〕羅根澤：《魏晉六朝文學批評史》，第 87 頁。

〔註23〕郭紹虞：《中國文學批評史》（上），第 166 頁。

〔註24〕羅根澤：《周秦兩漢文學批評史》，第 27 頁。

郭紹虞既提出劉勰重自然與情性的文學觀，但也不迴避其原道、徵聖、宗經的傳統文學觀，可謂堅持其文史學家的客觀立場。

二、對文體論、創作論、文學史觀、批評論的研究

　　對於文體論，在羅根澤看來，劉勰固然不主張文筆之分，但《文心雕龍》敘述文體時是分為文筆二類的，正如劉師培所說：「《雕龍》篇次言之，由第六迄第十五……，是均有韻之文也；由第十六迄於第二十五，……是均無韻之筆也。此非《雕龍》隱區文筆二體之驗乎？」〔註25〕當然，劉勰所敘述的不僅僅是二十體，每體之中又細分綱目，如樂府又可細分為三調、鼓吹、鐃歌、輓歌，羅根澤列表，一目了然。羅氏申明，此表是在參考郭紹虞批評史基礎上補充改正的。對比二表，羅表更為詳細，比如郭紹虞對頌讚沒有細分，而羅根澤分為風、雅、誦、序、引、紀傳後評。在具體論述劉勰的文體論時，論者一般根據劉勰自述之「原始以表末，釋名以章義，選文以定篇，敷理以舉統」，分別論述劉勰關於各體源流、定義、代表作家及作品、體制的看法。羅根澤在這四方面之外，又就劉勰對各文體的區別、相互關係、產生及淵源的認識予以分析，比如在《詮賦》篇中點出賦與詩及楚辭的關係，在《頌讚》篇中點出頌與風雅的區別。從劉勰所列的文體看，他的文學概念是極其廣泛的，不僅包括子史，還包括譜籍薄錄、方術占式，律令法制等應用文字，所以羅根澤認為劉勰取的是折衷義的文學觀念，並沒有像有些論者那樣以時髦的文學觀念苛責劉勰，如梁繩褘在《文學批評家劉彥和評傳》所說：「劉氏生在文筆業已分別的時代，硬將二者混而為一，以完成一個廣漠的文學的定義，實在是在時代的潮流上開倒車。」〔註26〕

　　關於創作論，羅根澤把下篇 20 篇歸結為九個問題：才性、文思、文質、文法、修辭、文氣、音律、比興、風格。由於羅根澤對各個部分的講述大體都是引述劉勰的相關言論，之後予以簡單說明，並沒有太多深究的內容，下面僅就神思、文質、聲律、風格等幾個問題稍加闡發，其餘的略過不提。

　　對於劉勰所謂神思，羅根澤把它定性為心物二元說，因為「劉勰以為文思的成立，須『心』與『物』兩方面的條件備具」；「對於文思，當然注重客

〔註25〕劉師培：《中國中古文學史講義》，上海古籍出版社，2000 年，第 110、111 頁。
〔註26〕梁繩褘：《文學批評家劉彥和評傳》，《小說月報》第 17 卷號外《中國文學研究》，1927 年。

觀的外物的感應。但所謂感應，感屬於外物，應屬於內心」〔註27〕，這就簡明扼要地把劉勰心物關係表達出來了，只是對「隨物宛轉」、「與心徘徊」的主客體相互關係沒有深入闡發。

對於文質問題，羅根澤更是「知人論世」，認為：「劉勰謂一切的文章都須徵聖宗經，而聖人的經又是原道的。這在現在一部分主情的文學家看來，自是陳腐的；但在六朝確是一種偉大的反抗時代的論調。」〔註28〕這樣透過歷史的煙霧去看劉勰的真正貢獻，於是認識到劉勰重「道」故重「質」，不過「劉勰自然是時代的反抗者，所以他在那時提出文學上的自然主義。但豎的歷史與橫的社會，是一個整個的有機體，以故儘管你是一個偉大的反抗時代者，而時代的輪子仍然要壓在你的身上」〔註29〕，故劉勰也並不反對誇飾與修辭。總體而言，劉勰是文質並重。這樣羅根澤就把劉勰反抗時代與順應時代的兩面揭示出來了。雖然劉勰反對「飾羽尚畫，文繡鞶帨」，同時也提倡典麗與修辭，包括事義、辭才、鍊字、音律等，不過以不違反自然為標準。

關於聲律論，學者一般都認為劉勰同於沈約。朱東潤認為：「當王融、范曄聲律論既興之後，潮流所被，漸漬愈廣，勰宗述所聞，加以引申，衡之常情，蓋在意中，其論有足與沈約互相發明者。」〔註30〕郭紹虞也指出，沈約的四聲即劉勰的「同聲相應謂之韻」，沈約的八病即劉勰的「異音相從謂之和」。不過，羅根澤有自己的意見：「後人之研究《文心雕龍》者好以此與四聲八病之說相緣附。其實劉勰所謂『韻』就是韻文的韻腳，所謂『和』就是文章的聲調。『韻』有規律，……『和』是自然的，並沒有一定的規律，……這也足以證明劉勰的音律說，是一種自然的音律說，和沈約等的人為的音律說，並不全同。」〔註31〕在他看來，劉勰的聲律論注重不違反自然，與沈約注重四聲八病的人工聲律論並不完全一致。

對於風格，羅根澤沒有敘述劉勰《體性》篇，反而把風骨與隱秀看作兩種風格。他認為，風骨是文字以內的風格，隱秀是文字以外或者說是溢於文字的風格。羅氏這種看法並不是沒有同音。詹鍈就認為，風格與隱秀是兩種

〔註27〕 羅根澤：《魏晉六朝文學批評史》，第 98、99 頁。
〔註28〕 羅根澤：《魏晉六朝文學批評史》，第 99 頁。
〔註29〕 羅根澤：《魏晉六朝文學批評史》，第 101 頁。
〔註30〕 朱東潤：《中國文學批評史大綱》，第 59 頁。
〔註31〕 羅根澤：《魏晉六朝文學批評史》，第 104 頁。

風格，前者偏於柔，後者偏於剛，劉勰設隱秀「論述詩歌裏的柔情和柔性風格，而他在這方面的論述和南朝詩歌中風行一時的男女柔情和靡靡之音又有本質的不同，這正是《文心》風格學的可貴處」〔註32〕風骨和隱秀分別在 1950 年代末和 1980 年代成為龍學研究者最熱衷於討論的兩個議題。不過，大多數研究者認為，風骨與隱秀是兩種審美範疇或審美原則，對於劉勰的風格，仍在《體性》篇內討論。

關於文學史觀，劉勰《時序》篇發端即言：「時運交移，質文代變」，羅根澤根據他的敘述，認為其對於文學與時代的關係是政治決定論，是政治史觀。這是大致不錯的。雖然劉勰總體上認為文學是以環境為轉移的，但專制時代封建帝王的勢力較大，具體論述時也就比較注重君主提倡對於文學活動的影響，比如論述夏商周三代與建安文學的時候。不過，正如梁繩褘所說，「在歷代論文學只注重作家的才情，而不管他的環境之中，能夠有人來談談詩序，也所謂慰情聊勝於無了。」〔註33〕況且，劉勰所謂「時序」不侷限於政治，其對建安時期「世積亂離，風衰俗怨」的描述指的是社會治亂。此外，劉勰還指出了學術思想對文學的影響，比如東晉玄學對於文學的影響：「自中朝貴玄，江左稱盛，因談餘氣，流成文體。」總之，羅根澤僅以「政治決定論」看待劉勰之文學和時代的關係失之偏頗。

關於批評論，羅根澤認為，《指瑕》是批評作品，《才略》、《程器》是批評作家，《知音》是闡明批評原理。可見，羅根澤所謂批評論包括劉勰的作家論、作品論以及狹義的批評論。至今為止，雖然有些學者堅持認為，劉勰的批評論僅以《知音》篇為限，如張少康，但大多數學者認為，劉勰批評論應該兼作家論與作品論，如牟世金、羅宗強等。對於作品論，羅氏指出，劉勰指瑕有四條：用字、文忌、掠美、注解，並對第一條略加闡發。為何「字以訓正，義以理宣」？羅根澤解釋道：「義」即是古代的名詞「辭」、現在的名詞「命題」，「一字之名，不足以表示情意，表示情意需要兼異實之名。譬如單言『我』單言『你』或單言『陪』皆不足以表示情意，必合言『我陪你』，始足以表示情意」。〔註34〕對於作家論，羅根澤認為，劉勰不似西方的「判官式批評」，而是『律師式辯護』。雖然劉勰在《程器》篇中對文人無行痛加駁

〔註32〕詹鍈：《〈文心雕龍〉的風格學》，人民文學出版社，1982 年。

〔註33〕梁繩褘：《文學批評家劉彥和評傳》，《小說月報》第 17 卷號外《中國文學研究》，1927 年。

〔註34〕羅根澤：《魏晉六朝文學批評史》，第 108 頁。

斥，但同時指出為其辯護的兩點理由：文人如此，武士亦然；文人並非全是無行。對於批評原理，羅根澤指出，劉勰總結的貴古賤今、崇己抑人、信偽迷真並不是自己的獨創，三條分別來自於陸賈、曹丕、曹植，但劉勰對其予以綜合，故能完成其「音實難知，知實難逢」的學說。同時，劉勰還認為，批評因主觀見解不同而殊異，羅根澤把它比做法郎士的「天下無所謂客觀的批評」。最後，他認為，劉勰根據鑒賞批評與創作家不同的道路，以「披文以入情」的方式建立一種客觀的批評標準，即六觀法：位體、置辭、通變、奇正、事義、宮商，而六觀的關鍵在於博覽。對於劉勰的批評論，羅根澤雖沒有深入闡述，但已算面面俱到。

總體來看，羅根澤對於《文心雕龍》的研究不免不夠深入，很多問題點到為止，如心物關係，有些問題沒有涉及到，如言意、體性，有些問題解釋得偏頗，如風骨、隱秀。但其總體判斷卻十分準確，如對劉勰原道文學觀念的確認、辨騷歸於總論等，可謂真知灼見，而且基本上被後世所認同。在當時強調劉勰重自然和性情文學觀的學術趨勢下，其堅持史學家的客觀立場，祛除偏見，爭取還《文心雕龍》以真實面目，實在是難得可貴。當時有不少論者以後來者眼光視之，把劉勰看作文學革命的先驅，甚至把他與胡適相提並論。楊鴻烈在《文心雕龍的研究》中認為，「在這駢偶猖獗的時代，就暗伏著一位抱文學革新的劉彥和」，甚至把劉勰「為情而造文」相比於胡適之「要有話說，方才說話」。〔註35〕徐善行直接把文章題目命名為《革命文學的——文心雕龍》，聲明「《文心雕龍》是部提倡革命文學的專書」，認為胡適《歷史的文學觀念論》的某些觀點「一千年前的文學革命家劉彥和已發現」。〔註36〕這些論述者為革命文學張目，以非歷史的眼光視《文心雕龍》，遮蔽其原道、徵聖、宗經囿於傳統文學觀念的一面，彰顯其革命、重情的一面，自然失其真實的面目。還有的論述者以西方文學理論比之，如徐善行論《文心雕龍》的自然文學觀念時說道：「時人爭說的『自然主義』販自歐西」，劉勰早已發此論。〔註37〕胡侯楚論述《原道》時，引用亞里士多德、黑田鵬信《藝術學綱要》、溫基斯特《文學批評之原理》等理論家言

〔註35〕楊鴻烈：《文心雕龍的研究》，《晨報副刊》，1922 年 10 月 24 日。
〔註36〕徐善行：《革命文學的——文心雕龍》，《孟晉非戰專號》第 2 卷第 10 期，1925年。
〔註37〕徐善行：《革命文學的——文心雕龍》，《孟晉非戰專號》第 2 卷第 10 期，1925年。

論。〔註 38〕這些論述者往往生搬硬套西方理論，而且在民族文化自尊心的影響下，只是以西方學說印證中國學說，並沒有達到王元化《文心雕龍創作論》那樣的融會貫通。和當時的論述者比較，羅根澤對於《文心雕龍》的認識和論述可謂真實準確。

第二節　唐古文運動研究

　　羅根澤批評史第四篇第六章「早期的古文論」、第七章「韓柳及以後的古文論」在編入著作之前分別以《唐代早期的古文論》、《韓愈及其門弟子的文學論》為名刊於《學風》第 5 卷第 8 期（1935）、《文藝月刊》第 9 卷第 4 期（1936）。〔註39〕在《韓愈及其門弟子的文學論》一文中，羅根澤在進入正題之前有一節「前奏曲」，後來編入著作時刪去，不過對於理解其對韓愈之看法至關重要。他說道：「載道派的典型作家韓愈是被五四時代所唾棄的」，「現在羅曼的時期已經過去，他在羅曼時期所遭的罪名，我們有再鞫另審的必要。茲止就他及門弟子的關於古文的文論，加以檢討，總不致有人仍學著五四的老調，說他一錢不值吧。」〔註 40〕五四時期，新文化人對桐城派口誅筆伐，作為「桐城謬種」祖師爺的韓愈便成為眾矢之的。乃至 1940 年代，周作人仍對韓愈不依不饒，認為韓愈《原道》，「蓋效孟子之顰，而不知孟子本為東施之顰，並不美觀也。……韓退之則尤其做作，搖頭頓足的作態，如云……，這完全是濫八股腔調，讀之欲嘔，八代的駢文裏何嘗有這樣的爛污呢？」〔註 41〕對此，羅根澤為韓愈翻案也就不難理解了。不過，他到底是史學家，不會像周作人那樣以新文學提倡者的身份做價值判斷，只是實事求是地從各種材料中鉤稽韓愈等人的文學觀點，據此還原其「本來面目」。

一、對早期古文論的研究

　　唐古文運動持續幾百年，一般研究者都會對其進行分期敘述。羅根澤以

〔註38〕胡侯楚：《劉彥和的文學通論一：文學的起源》，《南開週刊》第 1 卷第 13 期，1925 年。

〔註39〕之所以由《韓愈及其門弟子的文學論》改為《韓柳及以後的古文論》，是因為不僅增加了柳宗元、劉禹錫的古文論，而且還增加了沈亞之、李德裕的古文論，後二位只是與韓愈門人來往，一般不稱其是韓愈弟子。

〔註40〕羅根澤：《韓愈及其門弟子的文學論》，《文藝月刊》第 9 卷第 4 期，1936 年。

〔註41〕周作人：《立春以前》，河北教育出版社，2002 年，第 120 頁。

韓柳為中心，分為三期：韓柳以前（早期的古文論）、韓柳、韓柳以後。這或許受了胡適《白話文學史》分期的影響。胡氏截斷眾流，以唐朝為白話文學的頂峰，再向前回溯，故分為「唐以前」與唐朝，羅根澤的分期與之如出一轍。上述第三章第三節已述及，羅根澤認為，古文始於西魏的蘇綽，並從地理環境及人種等因素推斷古文興於北朝，古文運動是「以北朝的文學觀打倒南朝的文學觀的一種文學革命運動」。〔註42〕這是羅氏對古文運動的整體判斷。對於古文運動源於何時何人，古人歷來眾說紛紜。現代研究者們也無統一意見。郭紹虞把李諤、王通定為復古運動的醞釀期，朱東潤認為，古文始於唐初的陳子昂，龔書熾在專著《韓愈及其古文運動》中有專章敘述「古文運動之先驅者」，不過也只從蕭穎士、李華始〔註43〕，孫昌武在專著《唐代古文運動通論》中也認為，古文運動從陳子昂開端。〔註44〕雖然有論者簡略地談到北朝蘇綽、顏之推已提倡復古，但並沒有把他們納入到古文運動的範圍之內。而羅根澤則不同，大膽地斷自古文運動興起於北朝，可謂創見。同時，他考察了《文心雕龍》在唐朝的接受情況，發現宗經載道的古文家很少論及之，由此證明古文家繼承的是北朝文學系統，對於南朝文學只是攻擊與摒棄。這就從反面論證了古文運動興起於北朝的結論。

　　羅氏對於古文運動整體判斷的第二點是「文學革命運動」。古文運動在民國時期遭到持續批判，即使是郭紹虞，也囿於純文學觀念和進化論史觀把隋唐五代定性為文學觀念的復古時期，而韓柳古文運動正處於復古運動的高潮時期。儘管他也承認復古有革新主張，但認為其隱含的「倒退」意識難以根除。羅根澤超越於純文學／雜文學之分，認為古文運動是對六朝淫靡文學的反擊，從這個角度而言，不啻是一場文學革命運動。此觀點或許受了胡適的影響。五四文學革命者大都對韓柳古文不遺餘力地批判，但胡適由於需要為白話文學尋找證據，不得不對韓柳有所寬容，時常聲稱韓柳古文運動是文學革命：「古文家又盛稱韓、柳，不知韓、柳在當時皆為文學革命之人。彼以六朝駢儷之文為當廢，故改而趨於較合文法，較近自然之文體。其時白話之文未興，故韓、柳之文在當日皆為『新文學』。」〔註45〕不過，不同於胡適有著為文學革命張目的策略，羅根澤只是從古文對於駢文矯正的事實出發，得出

〔註42〕羅根澤：《隋唐文學批評史》，第103頁。
〔註43〕龔書熾：《韓愈及其古文運動》，商務印書館，1945年，第37～42頁。
〔註44〕孫昌武：《唐代古文運動通論》，百花文藝出版社，1984年，第51頁。
〔註45〕胡適：《歷史的文學觀念》，《胡適全集》第1卷，第32頁。

古文運動是革命而不是復古的判斷，其中就隱含著駢文所對應的純文學並不一定比古文所對應的雜文學進化這一前提。在當時純文學觀念籠罩文壇的空氣下，羅根澤有此認識可謂自覺克服了「意識的隱藏」，堅持了「求真」的史學家責任。解決了古文運動起於何時以及屬於復古／革命問題後，羅根澤就細緻地對古文運動史上各個階段的文論家予以論述。

羅根澤分九節，先後是「李諤王通的攻擊六朝文」、「唐初四傑的反對淫巧文」、「陳子昂與盧藏用的提出載道說」、「蕭穎士李華的宗經尚簡說」、「獨孤及元結的折衷意見」、「梁肅的提出文氣與李觀的重視文辭」、「古文理論家之柳冕的文論」、「權德輿的二尚二有說」、「呂溫獨孤郁等的天文說及人文說」。我們看到，不必說當時的文學史或批評史，即使是後來的關於古文運動的研究專著也難說比之詳盡。〔註46〕對於李諤，羅根澤認為他主要是攻擊六朝文，而王通則對古文的形式和內容均提出了要求：「約以則」、「約以達」和「以道義化民」，因此所言比李諤更為周密。至於原因，羅根澤提出兩點：「一由於李諤在先，故所言甚簡；王通在後，故所言較詳。一由於李諤本不是了不起的人物，其上書似對文帝的希意承旨；王通則是以道德自負的學者，對這方面的言論當然要比較深刻。」〔註47〕對於唐初四傑，敘述古文運動的研究者大都從創作出發，認為他們是古文運動史上被改革的對象。然而，儘管他們創作靡麗的駢文，但同時也反對六朝文學，且提倡摒棄浮華靡麗的駢文（如楊炯《王勃集序》、王勃《上吏部裴侍郎啟》等）。羅根澤既然認為四傑在古文運動史上佔有一定地位，解決的首要問題就是這種創作和批評之間的矛盾。他從一般創作和批評的關係入手：

> 有的人說批評是創作的尾隨者，就文學的部類而言，似有點相
> 像（並不全是如此）；就文學的興革而言，則絕對相反。批評之尾隨
> 創作，真是追蹤而至；創作之尾隨批評，則有時瞠乎落後。這因為
> 批評是一種意見，社會轉變，它馬上可以隨之轉變；創作則需要長

〔註46〕郭紹虞批評史第四篇第二章有一節「文壇的復古說」，只論述柳冕、韓愈、柳宗元、韓門二派的文論；朱東潤批評史大綱只列二條目，分別論述「韓愈」與「柳冕、柳宗元、李翱、皇甫湜、李德裕」的文論。1980年代的兩本專著《唐代古文運動論稿》、《唐代古文運動通論》儘管敘述十分全面，但因重古文家的文學創作，故對古文家的文論敘述並不充分，如對獨孤及、梁肅、李觀、權德輿、呂溫等涉及較少。

〔註47〕羅根澤：《隋唐文學批評史》，第106頁。

時間的修養，不能一蹴而至，因亦不能一蹴而變。〔註48〕

如此四傑一面創作雕琢緣情的文學，一面攻擊雕琢緣情的文學就可以得到很好地解釋，同時羅根澤把這種矛盾定性為時代意識的表現。儘管論者往往推崇陳子昂對於古文變革的意義，但陳氏對於詩體提出了改革計劃（提倡「風雅」、「興寄」），並沒有明確的古文論，羅根澤只得從盧藏用《陳子昂文集序》中推知，同時也可從此文中得知盧氏對於古文之意見。

《舊唐書·文苑傳》記載富嘉謨與吳少微「屬詞皆以經典為本，時人慕之，文體一變，稱『富吳體』」，可惜二人存留下來的文章極少，且無文論，但羅根澤還是認為其功業不可埋沒。對於安史之亂前後出現的蕭穎士、李華、元結、孤獨及、梁肅、柳冕等人，羅根澤認為他們皆可在古文運動史上占一重要地位，需要好好敘述。他把蕭穎士、李華定為「左翼分子」，因其不僅要求文章宗經明道，而且是非六經不觀，對屈宋以降文乃至史漢也有所排斥，對於文之形式也要求簡易。古文家從「救世勸俗」、「文與政通」的角度立言，皆強調文與道合，而蕭穎士、李華之所以為開風氣先者，就因為其明經尚簡趨於極端，故羅根澤抓住這一點，認為他們是「提出積極建設的最初功臣」，只不過其「左翼理論」「太極端了，太偏枯了」。〔註49〕稍後的獨孤及與元結對於蕭、李有所修正。羅根澤認為，蕭穎士指出「孟樸而少文，屈宋華而無根」，故可取法於賈生、史遷、班固，說明與蕭、李比較已注重文辭。元結雖然古文創作成就較高，得到後人推崇〔註50〕，古文運動研究者也較重視〔註51〕，不過他少文學宣言，羅根澤只在其《文編序》中拈出他「勸之忠孝，誘以仁惠」、「救世勸俗」的文學誌趣。

羅根澤對於古文運動理論家的敘述不求面面俱到，而是抓住他們各自最具特色的論文意見，同時注重前後各家之間的異同比較和繼承與發展。他敘述道：「蕭李主張宗六經，尚簡易，雖是古文運動的應有的提議與應有的階段，但他們實與道德家相近。至獨孤及元結轉返於稍重修辭，始逐漸走上文章之

〔註48〕羅根澤：《隋唐文學批評史》，第 106 頁。

〔註49〕羅根澤：《隋唐文學批評史》，第 114 頁。

〔註50〕歐陽修如此評價他：「次山當開元、天寶時，獨作古文，其筆力雄健，意氣超拔，不減韓之徒也。可謂特立之志哉！」見歐陽修：《集古錄跋錄》卷七《唐元次山銘》。

〔註51〕劉國盈《唐代古文運動論稿》收錄《唐代古文運動的先行者——元結》一文，對於韓柳之前的古文家，作者只單獨論述了元結一人。

路」，而梁肅、李觀「雖仍主宗經載道，而對文章的修辭，又較獨孤及元結更為重視了」。〔註52〕所以對於梁肅、李觀，羅根澤就不再敘述其宗經明道的觀念，而是專述其文氣論和文辭論。他認為，古文家論文氣始於梁肅，同時把梁肅之文氣論與前人意見比較：

> 古所謂文氣，如曹丕所謂「氣之清濁有體」，指先天的體氣才氣而言，劉楨所謂氣勢，指文章的聲勢氣調而言，劉勰所謂養氣，在「清和其心，調暢其氣。」古文家所謂文氣，與他們完全不同，蓋指由道以培養的正氣而言，所以謂「道能兼氣」。就此而言，似與孟子的養氣相似。不過孟子的養氣，雖結果可影響到他的文章，而其目的本不在此；古文家雖是以道德為根本，然究竟是文章家，自偏於為文而養氣。〔註53〕

如此就可以發現，梁肅的確由重視道德趨於重視文章，李觀也是同樣重視文辭：「挹經以為文，不是為文以傳經；是取經之文，不是取經之道；宗經是為文的敲門磚，門一敲開則磚可以不要了。」〔註54〕柳冕是一位重要的古文理論家，羅根澤提出三個他的觀念：情道一元論、文教關係論、才氣論，只是沒有多大新見。對於權德輿的「尚氣、尚理、有簡、有通」說也是如此。不過，對於基於自然的文論，他追溯淵源，認為始於初唐史學家魏徵《隋書文學傳序》，並先後敘述了之後的古文家崔元翰、李舟和顧況，最後落點在呂溫的人文說和獨孤郁的天文說。

　　通過羅根澤對於早期古文運動各個階段及文論家的敘述，我們基本上看到早期古文運動的完整面貌。其中有點小問題。李觀（766～794）與韓愈（768～824）同年進士及第（貞元八年），雖年歲不長，但稱為韓柳以前的古文家似有不妥，學界更傾向於把他看作韓愈同時代之人。〔註55〕呂溫（772～811）、獨孤郁（776～815）二人皆後生於韓愈，且進士及第也晚於韓愈，認為二人是韓愈以後的古文家較為妥當。呂溫雖未直接參與「永貞革新」，但頗受王叔文賞識，有論者把他歸為柳宗元集團的古文家。〔註56〕三人雖然皆早於韓愈離世，但從出生年代、進士及第、登上文壇等方面看皆是韓愈同時代或其後

〔註52〕羅根澤：《隋唐文學批評史》，第 116 頁。
〔註53〕羅根澤：《隋唐文學批評史》，第 116、117 頁。
〔註54〕轉引羅根澤：《隋唐文學批評史》，第 118 頁。
〔註55〕參見龔書熾：《韓愈及其古文運動》，第 104 頁。
〔註56〕參見孫昌武：《唐代古文運動通論》，第 262～266 頁。

之人，羅根澤可能不是失察，而是為了敘述有意為之。把「李觀的重視文辭」
與「梁肅的提出文氣」編為一節，可以看出古文運動由重視道德向重視文章
的轉變，把呂溫、獨孤郁的古文論接著權德輿的文說，可以看出根於自然的
古文論脈絡延續，只不過羅氏沒有顧及到三人編入此章的大前提需是「早期
的古文論」，即韓柳以前的古文論。這是他追求史學系統的連續性遮蔽真實歷
史的一面。

二、對韓柳古文論的研究

　　敘述到韓愈，羅根澤面臨的問題是：「韓柳以前，載道說也有了，文氣說
也有了，簡易說也有了，宗經學史的學說也有了，推崇周秦兩漢、卑棄魏晉
六朝的學說也有了，那麼韓柳之對於古文的理論，不只是前人的追隨者嗎？」
〔註 57〕即是說，韓柳作為承前啟後的古文運動領袖的真正創見在哪裏？特別
是對譽有「文起八代之衰」美名的韓愈而言。依羅根澤之見，韓愈的貢獻在
於「排斥佛老，以衛儒道」。韓柳以前的古文家雖然也尚明道，但並沒有標舉
出儒家之道，對於佛老也是有支持而無排斥，其中梁肅就是天台宗弟子。而
韓愈則不同前人之見，作《諫迎佛骨表》力倡排佛。不過，韓愈之前如傅弈、
姚崇等也闢佛，只是他們「闢佛而不闢老」，「雖闢佛教，但並未鮮明的衛儒
道」。〔註 58〕而韓愈則一面闢佛老，一面衛儒道。其實韓愈復古道與闢佛是合
二為一的問題，李嘉言曾作文予以專門討論。〔註 59〕解決了韓愈抓著儒道以
排佛老，那麼面臨的另一個問題就是：何以韓愈能夠做到如此呢？羅根澤從
個人和社會兩方面予以表述，個人方面包括師友的薰陶、慈惠以及家庭的教
育與傳染，社會方面包括日益嚴重的社會矛盾和佛老的畸形發達。不過，社
會方面原因的闡述欠深入，特別是安史之亂對於古文運動之影響。陳寅恪後
來就指出：

　　　　蓋古文運動之初起，由於蕭穎士李華獨孤及之倡導與梁肅之發
　　揚。此諸公者，皆身經天寶之亂離，而流寓於南土，其發思古之情，
　　懷撥亂之旨，乃安史變叛刺激之反應也。唐代當時之人既視安史之
　　變叛，為戎狄之亂華，不僅同於地方藩鎮之抗拒中央政府，宜乎尊
　　王必先攘夷之理論，成為古文運動之一要點矣。昌黎於此認識最

〔註57〕羅根澤：《隋唐文學批評史》，第 127 頁。
〔註58〕羅根澤：《隋唐文學批評史》，第 128 頁。
〔註59〕參見李嘉言：《韓愈復古運動的新探索》，《文學》第 2 卷第 6 期，1934 年。

　　確，故主張一貫。〔註60〕

陳氏不僅指出安史之亂使「尊工攘夷」成為古文運動之中心思想，而且解釋
了韓愈之所以力排眾議堅持闢佛的原因。此外，陳寅恪還論述了古文運動與
唐傳奇之間的關係，聲稱：「退之之古文乃用先秦兩漢之文體，改作唐代當時
民間流行之小說，欲藉之一掃腐化僵化不適應於人生之駢體文，作此嘗試而
能成功者，故名雖復古，實則通今，在當時為最便宣傳，甚合實際之文體也。」
〔註61〕兼具「史才、詩筆、議論」（趙彥衛語）的傳奇體的確可以助古文推廣，
對於韓愈為何成為古文運動的「廣大教主」，陳氏之論可算是對羅氏表述的很
好補充。

　　對於韓愈的論文意見，羅根澤分為三節予以陳述：道與文的關係、古文
方法、「不平則鳴」與「文窮益工」。就韓愈文道關係而言，羅根澤並沒有
多少發見，只是用宋儒「文以載道」言之。就古文方法而言，羅根澤認為其
中心是「師其意不師其辭」。儒道「其義蘊已為周秦兩漢的儒家發揮殆盡，至
韓愈已無多可言，故雖有『信道篤』的願念，也只能作實行的儒家，不能
作理論的儒家」，既然古道為前人說盡，韓愈不能有新的發明，只能信守「務
去陳言的律條，遂躲避實質之道，趨向形式之文」〔註62〕，這是韓愈論文趨
向文辭怪奇之原因。接著，他引用韓愈對攀紹述、孟郊的評論以及柳宗元
對韓文的評價來證實這一結論。韓愈倡古文排駢偶，何以走向文辭怪奇之
途？羅氏對此作了很好的解釋。對於韓愈為何提出「不平則鳴」與「文窮
益工」的文論，羅根澤從歷史淵源和個人不得志兩方面予以說明：司馬遷
之「抒其憤思」對於韓愈有一定影響，同時個人窮困不得志更使他感到行道
之苦。

　　對於柳宗元的論文意見，羅根澤分為「所言道之二病」、「學文的步驟與
作文的態度」、「『得之難』及『知之難』」、「詩與文」四部分。羅氏根據柳宗
元所言道之二病（好辭、工書），認為其明道反「辭」。不過，他个提柳宗元
之「言而不文則泥」（《答吳武陵論非國語書》）、「凡為文以神志為主」（《與楊

〔註60〕陳寅恪：《元白詩箋證》，北京三聯書店，2009 年，第 149、150 頁。
〔註61〕陳寅恪：《論韓愈》（1954），《金明館叢稿初編》，北京三聯書店，2001 年，第
　　　329、330 頁。此前陳氏曾作《韓愈與唐代小說》一文專論此問題，最初被翻
　　　譯成英文刊於哈佛大學《亞細亞學報》第 1 卷第 1 期（1936），後經程千帆翻譯
　　　刊《國文月刊》第 57 期（1947）。
〔註62〕羅根澤：《隋唐文學批評史》，第 132 頁。

京兆憑書》)、「闕其文采，固不足以竦動時聽，誇示後學」（《楊評事文集後序》)，故忽略柳氏重文重辭的一面。其實柳氏與韓愈相比，對於道與文之看法皆有所不同，論者一般會把二者異同作為論述重點。郭紹虞就指出，對於道，「韓愈所言道，是專就儒家而言，而柳宗元所言，則可兼指釋家之道」，對於文，「韓愈所謂文，大率指『古文』而言，柳宗元所謂文，則有時可兼指韻文而言，有時可兼指駢儷而言」。〔註63〕可惜一向注重異同比較的羅氏在此點有所放鬆。對於柳氏之學文步驟與作文態度，羅根澤只是抽繹《報袁君陳秀才避師名書》、《答韋中立論師道書》中相關論文意見，並作簡單說明。第三部分，羅氏主要對於柳氏的文章「知之難」予以表述。作為古文運動柱石的柳氏為何有「榮古虐今」之感，甚至隱有反古之言？蓋因他身遭貶謫，憤而不平，故詆時人不識其人。這是「知人論世」之言。柳氏在《楊評事文集後序》中言道：「文有二道：辭令褒貶，本乎著述者也；導揚諷諭，本乎比興者也。」〔註64〕劉氏把文分為著述之文和比興之文兩種，而羅根澤以為，著述之文是文，比興之文是詩，據此柳氏之文仍是重道不重文，唐代文尚用載道、詩尚美緣情的分化發展，皆可以成立。

由於劉禹錫是與韓柳同時期人，故把羅根澤對其古文論的研究放在此節。羅根澤只論述劉禹錫的詩文分論，緊接柳宗元的「詩與文」一節而來。劉禹錫把文分為文士之詞和經論之詞，前者以才麗為主，後者以識度為主。因劉氏不僅是古文家，同時也是詩人，故分別詩、文，對文則宗三代秦漢，對詩則宗魏晉六朝。這又是羅根澤唐代詩文分化發展論的例證。不過，在新時期以來的批評史書寫中，劉禹錫因「境生於象外」一語而受到眾多關注，遂成為中國「意境」範疇史上的重要一環。

「韓柳是古文的集大成者，同時也是後來轉返於怪麗的開導者」，這是羅根澤對韓柳的總體評價。至於原因，他從內因和外因兩方面進行了描述。文學本質方面的內因是：「南北朝以來的繁密緣情的文學否定自己而變成唐代古文，古文發展到了最高點，有否定自己而變成晚唐五代的緣情的四六文。」而外在的原因是與社會需求緊密相關：

　　　　古文的目的原在救世，其存在的客觀條件在世之答應拯救；或

〔註63〕郭紹虞：《中國文學批評史》（上），第252、253頁。
〔註64〕柳宗元：《楊評事文集後序》，郭紹虞主編：《中國歷代文論選》第2冊，第148頁。

社會遂不答應拯救，而拯救者還未完全死心。前者是隋至初盛唐，
正努力在復興社會，所以朝野上下，皆願承受古文之實質的道之教
導與束縛。後者是中唐，社會方面，已由貧富的懸殊過甚，致使權
貴與富貴不甘受道的教導與束縛，平民不能受道的教導與束縛。但
也正因為貧富雙方皆不受道的教導與束縛，益使有心救世者，加強
道的形制與力量，由是產生韓柳的載道文論與文章。……為世所不
為且不可，以道矯世更當然反被所矯。因此他倆對於道不能不稍微
放鬆，而精力所注，止有顋顋於文。〔註65〕

在此，羅根澤不僅對韓柳明道古文論之所以產生及走向文辭作了深切透徹闡
述，同時對幾百年間的文章發展演變大勢及其背後的形成原因作了高屋建瓴
的說明。他根據事物內部的矛盾發展以及內因、外因解釋事物的發展軌跡的
思路都受馬克思主義的影響，致使其結論穩妥、立得住。至於韓柳以後的古
文論，則沿著韓柳注重形式一途發展了。

三、對韓柳以後古文論的研究

對於韓派弟子，論者一般根據《四庫全書總目提要》「翱得愈之醇，湜得
愈之奇崛」之說，分為二派，如郭紹虞指出：「李翱作風主於平易，其論文主
旨，亦偏於道。皇甫湜作風偏於奇特，而論文主旨亦如之」〔註66〕，二人各
繼承韓愈論文之一方面。羅根澤論述二人皆從重文輕道這一角度出發，只是
皇甫湜更加鮮明地主張「怪奇」，之後的孫樵更是言道：「辭必高然後為奇，
意必深然後為工」，主張極端的怪奇。不過，李翱論文固然主「文、理、義三
者兼併」，但對儒道多有闡發，其《原性》講修養成聖之方法，馮友蘭謂其「可
總代表宋明道學家講學之動機」〔註67〕，郭紹虞也言其「遠勝於韓愈之《原
道》。宋明理學，可謂很受此書之影響」。〔註68〕如此看來，羅氏言李翱重文
輕道有失偏頗。對於古文運動為何走向怪奇之途，羅根澤有所深發：

古文運動，其意義雖千條萬緒，而其約歸，不外內容的以道理
代性情，形式的以簡易代繁密。然唐代的古文家，其所謂道本沒有
多少可以闡說的，至韓愈言道失敗，更不必再事闡說。內容既無可

〔註65〕羅根澤：《隋唐文學批評史》，第 141 頁。
〔註66〕郭紹虞：《中國文學批評史》（上），第 259 頁。
〔註67〕馮友蘭：《中國哲學史》（下），商務印書館，2011 年，第 286 頁。
〔註68〕郭紹虞：《中國文學批評史》（上），第 262 頁。

闡說，當然要轉而考究形式，由是逐漸放棄簡易的舊說。又因古文
不主張儷偶，故只有從怪奇著想。〔註69〕

李翱與皇甫湜之間，羅根澤安插「裴度對李翱重文說的抗議」一節。他指出，
裴度主張至易至直之文，之後他時時不忘自己的解釋方法之一——釋因：裴
度「之所以能燃著簡易說的最後的光焰，以反對韓愈李翱的怪奇說者，固是
怪奇說產生後的當然反響」，「其最大的原因，恐與師傳有關」〔註70〕，他學
於劉太真，而劉氏是主極端簡易說的蕭穎士的弟子；此外，他本身是以德化
事功為主的人物，不以文章名家，也是原因之一。此後，羅氏還敘述了沈亞
之的「改創主義」與李德裕的「自然靈氣說」。

至此，羅根澤所謂「韓柳以後的古文論」包括以上內容。不過，他在晚
唐五代篇中把當時古文家分為三派：一是事功派，以杜牧為代表；二是隱逸
派，以皮日休、陸龜蒙為代表；三是韓愈嫡派，以孫樵為代表。孫樵已在「韓
柳及以後的古文論」一章敘述，故杜牧、皮陸以及其後的古文家劉蛻、羅隱
也理應算是古文運動在晚唐五代的延伸。研究者也一般如此看待。〔註71〕

對於杜牧，羅根澤從古文運動的歷史脈絡講起，其繼承了韓愈的意見，
但不同於韓愈之古文明周孔之道，而是提倡「文以意為主，以氣為輔，以辭
采章句為之兵衛」。杜牧之「意」與「道」有所不同：「道是聖人之道，意則
是自己的意見；意見是事功家的說法，不是以道統自負的儒家的說法」〔註72〕，
故杜牧雖然仰慕韓愈，但與韓愈等人所倡導的古文不盡相同，羅氏把它稱之
為「變相的古文」。羅根澤把皮、陸的文學觀定為「隱逸文學說」，稍嫌不妥。
第二章第三節已經述及，在此略作補充。固然皮日休隱居鹿門，但其仍主尊
儒重道。《四庫提要》評價道：「今觀集中書、序、論、辨諸作，亦多能原本
經術，……不得僅以詞章目之。」〔註73〕有研究者也指出：「皮日休的文學觀，
與他的儒學觀相一致。……他很讚賞屈原，……對建安以來的文風提出了批
評。在本朝，他唯推尊陳子昂、李白、孟浩然、杜甫、韓愈等人。」〔註74〕

〔註69〕羅根澤：《隋唐文學批評史》，第 148、149 頁。
〔註70〕羅根澤：《隋唐文學批評史》，第 146 頁。
〔註71〕劉國盈《唐代古文運動論稿》有《杜牧和古文運動》、《皮日休和古文運動》
兩篇專論，孫昌武《唐代古文運動通論》有專章「『古文運動』在晚唐的延續」，
敘述了杜牧、李商隱、孫樵、皮日休、陸龜蒙、羅隱等人。
〔註72〕羅根澤：《晚唐五代文學批評史》，第 4 頁。
〔註73〕魏小虎編撰：《四庫全書總目匯訂》，上海古籍出版社，2012 年，第 4842 頁。
〔註74〕孫昌武：《唐代古文運動通論》，第 332 頁。

劉國盈論述皮日休也從他「批判淫麗浮豔的文風」與「提倡建立有補於『用的文風』」兩方面入手。〔註75〕陸龜蒙雖然提倡辭藻，但也宗經，甚至排斥史漢，其實羅根澤也指出這一面：「杜牧是事功家，所以推崇記述事功的史漢；陸龜蒙是隱逸者，覺史漢不及六經之醇，所以宗經而抑史。」〔註76〕不過，他在下結論時偏偏給二人扣上了「隱逸文學說」的帽子，一則迎合晚唐文學轉於儷偶綺縟的趨勢判斷，二則迎合晚唐古文三派的劃分，乃至與以杜牧為代表的事功派相區別。這又是羅根澤為構建批評史系統與連續性而遮蔽歷史豐富性的一個案例。對於劉蛻、羅隱的「文章喪亡論」，羅氏只是從二人文中拈出相關言論略加說明。

羅根澤對唐古文運動的敘述全面、周到，理應在古文運動研究史上佔有一席之地。不過，他受現代史學的影響，追求批評史之系統與連續性，某些敘述與真實歷史有所偏離，比如把李觀、呂溫、獨孤郁劃入韓柳以前的古文論；認為柳宗元重道輕文；把皮陸文學觀定為「隱逸文學說」等。然而，羅氏並不是專門研究古文運動之人，這些瑕疵並不能掩蓋其研究的成績。

第三節　宋詩話研究

1937 年 2 月 9 日，羅根澤送給郭紹虞一份刊於《師大月刊》第 30 期的《兩宋詩話存佚殘輯年代表》。郭紹虞大出意外，沒想到有人與自己做同樣的工作，遂在《宋詩話輯佚序》中解釋道：「羅君此表，經始於民國二十四年秋，我的舊稿，則在二十一年已經印出，雖則排比的方法各人不同，而內容多不謀而合。到現在，我公開的發表似乎反在羅君之後，這反似我犯了嫌疑，所以我不能不聲明」，並且詳細列舉了羅輯他不輯、他輯羅未輯的例子。〔註77〕在陳述整理詩話的幾種工作時，郭氏對上述「舊稿」有所描述：「曾將宋人詩話之存殘佚各種，分別立表，注明卷數、撰人、版本及諸家著錄與諸書稱引之處，也列目說明，最後再附加案語。此部分曾編入講義，友朋中亦多見之者。」〔註78〕這裡的講義就是《宋代詩論史》。1937 年 8 月，郭紹虞《宋詩話

〔註75〕劉國盈：《唐代古文運動論稿》，第 299～307 頁。
〔註76〕羅根澤：《晚唐五代文學批評史》，第 7 頁。
〔註77〕郭紹虞：《序》，《宋詩話輯佚》，哈佛燕京學社，1937 年，第 9、10 頁。此部分內容 1980 年中華書局重版時刪去。
〔註78〕郭紹虞：《序》，《宋詩話輯佚》，第 1 頁。

輯佚》作為《燕京學報》專號之十四由哈佛燕京學社出版。同年的《燕京學報》第 22 期《國內學術界消息》一覽，蕭甫刊文介紹該書，並為同事抱不平：「自序末頗懼此書出版於羅根澤君《兩宋詩話存殘輯年代表》之後，或被他人疑為有剽襲羅作之嫌；然余昔曾見此書之最初稿《兩宋詩論史》講義，與羅表相比較，似羅表之作即為此講義所引起者，則不惟此書絕無剽襲之嫌，而羅作似轉藉此書之初稿為先導也。」〔註79〕羅根澤不只有《年代表》，也有《兩宋詩話輯校》一書，只是沒有刊出，僅把論述「各書之採輯依據，作者略歷，詩學見解」的《敘錄》發表出來。郭紹虞研究批評史比羅根澤早，也更早地注意到詩話，其早期講義羅根澤或許閱覽過，但應該不存在剽襲的情況。羅氏自述輯校詩話過程：「暇與曼漪依據《苕溪隱居叢話》、《詩話總龜》、《詩人玉屑》、《詩林廣記》、《草堂詩話》、元版《修辭鑒衡》等書所臚舉，益以筆記小說所援引，參伍校覈，刪汰複重，輯得已佚詩話三十一種，題曰《兩宋詩話輯校》。」〔註80〕可見，羅根澤與郭紹虞是不謀而合，分頭工作。郭氏先後有《北宋詩話考》、《四庫著錄南宋詩話提要評述》，在二文基礎上成《宋詩話考》一書（1979），另外注釋《滄浪詩話》（1961）、《詩品》與《續詩品》（1963），編輯《清詩話續編》（1983），詩話研究的總體成就超過羅根澤，但也不應該忽略羅根澤研究詩話的成績。因此本節論述羅氏之詩話研究時，也較多涉及到郭氏，如此比較相襯，二人觀點或相得益彰，或各有特點，同時也可看出二人之間或顯或隱的學術對話。

一、詩話理論

研究詩話，必先明其定義範圍，始可或蒐羅文獻，或定其分類。對於詩話源於何時及何謂詩話，羅根澤之前流傳較廣的大體有三種說法。一是何文煥之說：「詩話於何昉乎？賡歌記於《虞書》，『六義』詳於古《序》，孔孟論言，別申遠旨；《春秋》賦答，都屬斷章。」〔註81〕可見，何氏不侷限於「詩話」之名，認為先秦即有詩話，故把鍾嶸《詩品》、皎然《詩式》也收入《歷代詩話》中。何說影響甚大。徐英在《詩話學發凡》中說：「詩話之學，厥

〔註79〕蕭甫：《燕京學報社最近刊行專號二種》，《燕京學報》第 22 期，1927 年。蕭甫（1902～1989），原名趙貞信，當時是燕京大學引得編纂處編輯。

〔註80〕羅根澤：《兩宋詩話輯校敘錄》，《文哲月刊》第 1 卷第 10 期，1937 年。曼漪即羅根澤夫人。

〔註81〕何文煥：《序》，《歷代詩話》，中華書局，2004 年，第 3 頁。

源遠矣。披葉尋根，則肇始虞夏。」〔註82〕陳一炎把詩話分為三個時期，太古至漢初即是第一期。〔註83〕二是章學誠之說：「詩話之源，本於鍾嶸《詩品》。」〔註84〕後世認同章氏之說的也不在少數。李詳在《歷代詩話續編序》中認為：「詩話之興，源於作者漸夥，第糜無制，遂昧流別。若防訛濫，必判雅鄭，攝之檢括，統為一書，則鍾仲偉《詩品》是已。」〔註85〕趙景深把詩話分為詩歌原理與詩歌史及批評兩類，羅列的著作最早的也是鍾嶸《詩品》。〔註86〕徐中玉亦認為，鍾嶸《詩品》「開後來詩話勒為成書之先聲」。〔註87〕其實二種說法只是源自時期不同，其詩話範圍大體不差，不僅包括自歐陽修後出現的以詩話為名的著作，也涵蓋鍾嶸《詩品》以及隋唐五代時期的詩格、詩句圖、本事詩等。第三種說法是郭紹虞，其認為詩話自歐陽修始，因為「唐人論詩之著多論詩格與詩法，或則摘為句圖，這些都與宋人詩話不同」。〔註88〕至此，詩話才與詩格之類的著作區別開來，獲得獨立的文體地位。不過，郭紹虞並不是一開始便有如此認識。1928 年，他寫作《詩話叢話》時，就把詩話分為廣、狹二義，為了「見其共同的性質」，便採取廣義：「只須凡涉論詩，即是詩話之體」〔註89〕，其論述的對象包含論詩詩、選集、詩評、詩譜等。1933 年，他續寫《詩話叢話》，以書為綱，主要的論述對象是鍾嶸《詩品》、皎然《詩式》及唐人詩格詩例之著。直至他輯宋詩話時，才發現詩話之體的獨特性，實不可與唐人論詩之著混同。

　　羅根澤研究詩話之始便認定詩話始自歐陽修，同時廓清前人的說法，認為「三代的說法墜於玄渺」，《詩品》雖是勒成專書的初祖，「但不即是宋人詩話本源」，因為「早期的詩話止是在記事以資閒談，和《詩品》的『第作者甲乙而溯厥師承』（四庫提要語），並不相同」。〔註90〕不僅如此，晚唐五代的詩格也與詩話不同：「詩格也不是詩話，雖則都在說詩，但前者偏於立格說勢，後者偏於記事評詩；前者在晚唐五代已很發達，後者到宋代方才興

〔註82〕徐英：《詩話學發凡》，《安徽大學季刊》第 1 卷第 2 期，1936 年。
〔註83〕參見陳一炎：《詩話研究》，《天籟季刊》第 24 卷第 1 期，1935 年。
〔註84〕章學誠著、葉瑛校注：《文史通義校注》，中華書局，1985 年，第 559 頁。
〔註85〕李詳：《序》，丁福保輯：《歷代詩話續編》，中華書局，2006 年，第 3 頁。
〔註86〕參見趙景深：《歷代詩話讀法》，《文藝月刊》第 2 卷第 1 期，1941 年。
〔註87〕徐中玉：《論詩話之起源》，《徐中玉文集》第 4 卷，第 1134 頁。
〔註88〕郭紹虞：《序》，《宋詩話輯佚》，第 2 頁。
〔註89〕郭紹虞：《詩話叢話》，《照隅室雜著》，第 230 頁。
〔註90〕羅根澤：《中國文學批評史》（三），第 220 頁。

起。」〔註 91〕而且他還認為，宋初歐陽修等改革詩體反對的就是五代前後的詩格：「五代前後的詩學書率名為『詩格』，歐陽修以後的詩學書率名為『詩話』，也顯然的說明了『詩話』是對於『詩格』的革命。所以詩話的興起，就是詩格的衰滅，後世論詩學者，往往混為一談，最為錯誤。」〔註 92〕詩話興起之前，除了《詩品》，還有詩格、詩句圖、本事詩三類論詩之著。在羅氏看來，詩句圖更是與詩話性質旨趣不同，只有本事詩是詩話的「前身」，而本事詩的來源則與筆記小說有關：「唐代有大批的記錄遺事的筆記小說，對詩人的遺事，自然也在記錄之列。……由這種筆記的轉入純粹的記錄詩人遺事，便是本事詩。我們知道了『詩話』出於本事詩，本事詩出於筆記小說，則『詩話』的偏於詩本事，毫不奇怪了。」〔註 93〕在此，羅根澤建立了「筆記小說──本事詩──詩話」的演變線索，恐怕比何文煥源自三代之說和章學誠本於鍾嶸之說更加符合歷史的真實情況。羅氏此點也基本上被後人接受。〔註 94〕

　　對於詩話的分類，較多人接受章學誠「論詩及事」、「論詩及辭」的說法，特別是郭紹虞對此甚為讚歎。羅根澤從詩話的功能入手，說道：「詩話有兩種作用，一為記事，一為評詩。記事貴實事求是，評詩貴闡發詩理；前者為客觀之記述，後者乃主觀之意見。」這基本上也是延續章學誠之說，記事是「論詩及事」，評詩是「論詩及辭」。此外，羅根澤引用許彥周之言：「詩話者，辨句法，備古今，記盛德，錄異事，正訛誤也」，再加上作《䂬溪詩話》的黃徹「輔名教」、「論當否」之言，認為詩話的功能主要在於上述幾項。記盛德和錄異事主要是記事，占詩話的大部分，但批評鑑賞的色彩很淡，辨句法、備古今、正訛誤、輔名教、論當否主要是評詩，具體而言，辨句法是詩學方法，備古今是詩學源流，正訛誤和論當否是詩學利病，輔名教是詩學觀念，都是重要的文學批評。故此，羅根澤在「文學批評」眼光的參考下，不太重視詩話論事的部分，重視評詩的部分，其批評史除了名家所作的《六一

〔註 91〕羅根澤：《兩宋詩話存佚殘輯年代表》，《師大月刊》第 30 期，1936 年。

〔註 92〕羅根澤：《晚唐五代文學批評史》，第 47 頁。

〔註 93〕羅根澤：《晚唐五代文學批評史》，第 68 頁。

〔註 94〕參見蔡鎮楚：《中國詩話史》，湖南文藝出版社，1988 年，第 13、14 頁；劉德重、張寅彭：《詩話概說》，安徽教育出版社，2009 年，第 10 頁；張伯偉：《中國古代文學批評方法研究》外篇第五章《詩話論》，中華書局，2002 年，第 463～465 頁。

詩話》、《後山詩話》、《誠齋詩話》與《後村詩話》外，只論述了《潛溪詩眼》、《許彥周詩話》、《歲寒堂詩話》、《白石道人詩說》、《滄浪詩話》、《林下偶談》六種。這是用「文學批評」篩選詩文評材料的必然結果，就如朱自清所說：「詩文評裏有一部分與文學批評無干，得清算出去，這是將文學批評還給文學批評」〔註95〕，在這裡清算的就是詩話中的「記事」成分。郭紹虞也是如此，其早期寫作《詩話叢話》時，「重在批評」，清除了詩話論詩及事的部分。〔註96〕

二、整理與輯校

除了對於何謂詩話及詩話分類等基本理論的研究外，羅根澤貢獻更大的是對於詩話的史料蒐羅。他的《兩宋詩話存佚殘輯年代表》羅列詩話 129 種，除了重複的 11 種，後人節輯的 3 種，箋注的 3 種，還餘 112 種，其中確定亡佚的 23 種，未詳的 4 種，殘輯存者 95 種。在表中，羅根澤分書名、作者及年代、存佚殘輯、版本、考證五項分別予以說明。考證內容大體可分以下幾類：一、說明詩話名稱。早期詩話作者並非有意著述，其目的是「以資閒談」（歐陽修語），故名稱淆亂。羅根澤對於具有多個名稱者都一一說明，如歐陽修《詩話》：「後人或稱《六一詩話》，《六一居士詩話》，《歐公詩話》，《歐陽文忠公詩話》」；《中山詩話》：「或稱《劉貢夫詩話》，《劉攽詩話》」；《王直方詩話》：「或作《歸叟詩話》，《詩文發源》」。二、指出原書卷數。「書名」一欄在書名後已附帶卷數，但只是現存或所輯的卷數，至於詩話原卷數在「備註」欄多有說明。如《古今詩話》六卷附錄一卷：「宋志著李頎《古今詩話》錄七十卷」；《藝苑雌黃》一卷：「宋志、陳錄、通考俱作二十卷」。〔註97〕三、指出後人所輯詩話來源。如佚名輯《玉壺詩話》：「就《玉壺野史》（即《玉壺清話》）中，輯其論詩之語」；日人近藤元粹輯《六一詩話》：「就歐公試筆及歸田錄二書，抄出其似詩話者」；羅根澤輯《李希聲詩話》：「據玉屑、詩林、鑑衡等書輯」。四、考證詩話作者及年代。如《垂虹詩話》：「宋志謂不知作者，考周輝《清波雜志》卷八云：『從叔知和，嘗尉吳江，作

〔註95〕朱自清：《詩文評的發展》，《朱自清全集》第 3 卷，第 25 頁。
〔註96〕參見郭紹虞：《詩話叢話》，《照隅室雜著》，第 231 頁。
〔註97〕羅根澤表中版本俱是簡稱，陳錄指陳振孫《直齋書錄解題》，下引玉屑指《詩人玉屑》、詩林指《詩林廣記》、鑑衡指《修辭鑑衡》、晁志指晁公武《郡齋讀書志》。

《垂虹詩話》』；《青瑣詩話》：「原題元劉斧，誤。宋志、晁志俱載所作《青瑣高議》，此即從中採輯者。晁志成於紹興二十年，此在前無疑」。五、簡述詩話內容提要。如《滄浪詩話》：「內分詩辯、詩體、詩法、詩評、考證五種，末附答吳景仙書」；《浩然齋雅談》：「上卷考證經史，評論文章，中卷詩話，下卷詞話」。〔註98〕

在羅根澤之前，郭紹虞雖然也針對宋詩話存殘輯佚的情況編有表格，但只是編入講義《宋代詩論史》中，並未流傳下來，其具體情形不得而知。不過，其後他撰寫的《北宋詩話考》（1937）錄有存殘佚輯的詩話 36 種，並在《四庫著錄南宋詩話提要述評》（1939）中說道：「逮入南宋作者益眾，鉤稽所得，不下三百餘種，即摒棄詩格詩例以及詩評句圖之屬亦有一百餘種，可謂盛矣。」〔註99〕如此推測，當時他考察的宋詩話大約有 130 餘種。後來完成的《宋詩話考》（1979）錄存世的詩話 42 種，殘輯的 46 種，亡佚的 51 種，共 139 種。羅根澤《年代表》錄存殘輯佚的詩話 112 種，表末還列有《松江詩話》、《李君翁詩話》等因零星斷壁、不知是否成為專書不錄的 11 種。這麼算來，即使至 1970 年代，郭氏考證的詩話也僅比羅氏當初多十幾種，而且這十幾種大部分皆亡佚，其中如《公晦詩評》、《詩話□家乘》等既不見著錄書目，也未見他書稱引。1990 年代吳文治主編的十卷本《宋詩話全編》雖號稱錄有宋詩話 562 家，但原有詩話專著的也僅有 170 餘種，其餘的近 400 家只是今人搜集「散見於詩文集、隨筆、史書和類書等諸書中的論詩之語（包括論詩詩、詩歌評點等）」〔註100〕而成的輯本，而且 170 餘種專著中還包括文或《詩格》、梅堯臣《續金針詩格》等詩格詩式體例的著作。由此可見，1930 年代羅根澤對於宋詩話的整理與搜羅已達到很高的水平。

羅根澤輯校宋代已佚詩話 31 種，雖然未公開出版，但說明「各書之採輯依據，作者略歷，詩學見解」的《敘錄》曾發表於《文哲月刊》第 1 卷第 10 期（1937），我們可以大體窺其《兩宋詩話輯校》面目。郭紹虞的《宋詩話輯佚》出版於 1937 年，為使二人的輯佚情況一目了然，現列表如下：

〔註98〕以上所引俱出羅根澤：《兩宋詩話存佚殘輯年代表》，《師大月刊》第 30 期，1936 年。

〔註99〕郭紹虞：《四庫著錄南宋詩話提要述評》，《燕京學報》第 26 期，1939 年。

〔註100〕《凡例》，吳文治主編：《宋詩話全編》，江蘇古籍出版社，1998 年，第 1 頁。

詩　話	羅根澤（31 種）	郭紹虞（33 種）
《郡閣雅談》	從《詩話總龜》前集輯 37 條	不輯
《雅言系述》	從《詩話總龜》前集輯 29 條	不輯
《雅言雜載》	從《詩話總龜》前集輯 34 條	不輯
《東坡詩話》	從《說郛》、《詩話總龜》輯 44 條	不輯
《百斛明珠》	從《詩話總龜》前集輯 71 條	不輯
《紀詩》	從《詩話總龜》前集輯 9 條	從《詩話總龜》前集輯 6 條
《玉局文》	從《詩話總龜》前集輯 32 條	不輯
《蔡寬夫詩話》	從《詩話總龜》前後集輯 85 條	從《詩話總龜》前後集輯 85 條，從他書徵引輯 3 條
《西清詩話》	從《苕溪漁隱叢話》、《詩人玉屑》、《詩林廣記》等輯 107 條	從《苕溪漁隱叢話》、《詩林廣記》、《類說》等輯 112 條
《陳輔之詩話》	從《說郛》、《苕溪漁隱叢話》輯 17 條	從《說郛》、《類說》輯 24 條
《王直方詩話》	從《苕溪漁隱叢話》、《詩話總龜》、《詩人玉屑》、《詩林廣記》等輯 282 條	從《類說》、《苕溪漁隱叢話》、《詩話總龜》、《山谷詩內集注》等輯 305 條
《洪駒夫詩話》	從《苕溪漁隱叢話》、《詩林廣記》、《詩話總龜》等 26 條	從《苕溪漁隱叢話》等輯 22 條
《潘子真詩話》	從《苕溪漁隱叢話》、《詩人玉屑》、《說郛》等輯 35 條	從《苕溪漁隱叢話》、《詩人玉屑》、《說郛》等輯 37 條
《李希聲詩話》	從《詩學規範》、《詩林廣記》等輯 4 條	從《詩林廣記》、《王直方詩話》等輯 10 條
《潛溪詩眼》	從《苕溪漁隱叢話》、《詩話總龜》、《竹莊詩話》等輯 27 條	從《苕溪漁隱叢話》、《詩學規範》等輯 29 條
《古今詩話》	從《詩話總龜》、《詩人玉屑》等輯 394 條	從《詩話總龜》、《修辭鑒衡》等輯 443 條
《高齋詩話》	從《苕溪漁隱叢話》輯 23 條	從《苕溪漁隱叢話》、《王荊文公詩箋注》輯 25 條
《蔡寬夫詩史》	從《苕溪漁隱叢話》輯 112 條	從《苕溪漁隱叢話》、《詩話總龜》輯 125 條
《藝苑雌黃》	從《苕溪漁隱叢話》、《詩人玉屑》等輯 81 條	從《苕溪漁隱叢話》、《詩林廣記》等輯 84 條
《漫叟詩話》	從《說郛》、《苕溪漁隱叢話》輯 61 條	從《說郛》、《苕溪漁隱叢話》輯 61 條

《詩說雋永》	從《苕溪漁隱叢話》、《詩話總龜》等輯 22 條	從《苕溪漁隱叢話》、《詩話總龜》輯 20 條
《瑤溪集》	從《苕溪漁隱叢話》、《能改齋漫錄》輯 3 條	不輯
《漢皋詩話》	從《說郛》、《野客叢書》等輯 13 條	從《說郛》、《野客叢書》等輯 15 條
《桐江詩話》	從《苕溪漁隱叢話》、《詩人玉屑》、《詩林廣記》等輯 22 條	從《苕溪漁隱叢話》、《說郛》輯 23 條
《休齋詩話》	從《詩人玉屑》輯 8 條	從《詩人玉屑》輯 8 條
《趙威伯詩餘話》	從《詩人玉屑》輯 25 條	不輯
《玉林中興詩話補遺》	從《詩人玉屑》輯 33 條、《詩林廣記》輯 5 條	從《詩人玉屑》輯 29 條
《蔾藿野人詩話》	從《詩人玉屑》輯 2 條	從《詩人玉屑》輯 2 條
《謝疊山詩話》	從《詩林廣記》輯 21 條	不輯
《胡氏評詩》	從《詩話總龜》後集輯 2 條	從《詩話總龜》後集輯 2 條
《法藏碎金》	從《苕溪漁隱叢話》後集輯 12 條	不輯
《垂虹詩話》	不輯	從《山谷年譜》、《山谷詩外集》輯 2 條
《詩學規範》	不輯	從《仕學規範》、《詩學指南》輯 40 條
《三蓮詩話》	不輯	從《梅磵詩話》輯 1 條
《李辰翁詩話》	不輯	從《西溪叢語》輯 1 條
《松江詩話》	不輯	從《野客叢書》輯 3 條
《茅齋詩話》	不輯	從《山谷詩別集》輯 1 條
《閒居詩話》	不輯	從《詩話總龜》前集輯 12 條
《雪溪詩話》	不輯	從《詩林廣記》輯 1 條
《碧溪詩話》	不輯	從《詩林廣記》、《歷代詩話》等輯 3 條
《粟齋詩話》	不輯	從《豹隱紀談》輯 1 條
《詩事》	不輯	從《竹莊詩話》、《能改齋漫錄》輯 14 條
《童蒙詩訓》	不輯	從《苕溪漁隱叢話》、《仕學規範》輯 75 條

　　由上得知，羅根澤輯佚宋詩話 31 種，郭紹虞輯佚 33 種，二人重複 21 種，羅輯郭未輯 10 種，郭輯羅未輯 12 種。分析二人具有如此分歧之原因，可以看出他們各自對於詩話的觀點差異。

　　羅輯郭未輯的 10 種，有以下幾點原因：一、郭紹虞在《宋詩話輯佚序》中所列五種工作之一是輯詩話新編，即從昔人筆記小說中匯輯論詩之語成編，故關於筆記小說之類的書不輯，比如歸入《宋史・藝文志》子部小說類的《郡閣雅談》、《雅言系述》，歸於《宋志》子部道家附釋氏神仙類的《法藏碎金》，郭氏皆不輯。而羅根澤認為：「詩話的體裁出於筆記小說，因此有許多的名為詩話的書，被目錄家列入子部小說家，同時也有許多的筆記小說，事實就是詩話」〔註 101〕，故他輯這幾種書也就不足為奇。二、羅根澤失考的幾處。郭紹虞考證，《趙威伯詩餘話》的作者趙威伯即趙與虤，且其書全文與《娛書堂詩話》同，故《趙威伯詩餘話》只是最初名稱，自然沒有必要重輯。另，《詩林廣記》所引大部分依據的是謝疊山《注解章泉澗二先生選唐詩》，不能以詩話稱，故郭氏不輯。三、郭氏因宋人輯的《東坡詩話》多與《東坡志林》、《東坡題跋》內容相同，故不輯。自然，郭氏也不輯與《東坡志林》、《東坡題跋》多有重複的《百斛明珠》、《玉局文》。

　　郭輯羅未輯的 12 種，除《詩學規範》、《閒居詩話》、《詩事》、《童蒙詩訓》外，全部僅是 1 至 3 條，羅根澤並不是沒有注意到，其在《敘錄》末尾《餘記》中指出，還有不少零星斷壁不成卷帙者，其中就有《松江詩話》、《李君翁詩話》等，此外還提到《抒情詩話》、《芥室詩話》等。因《詩話總龜》所引《閒居詩話》11 條與司馬光《續詩話》重者 5 條，與《中山詩話》重者 2 條，羅根澤懷疑其是《續詩話》之別名，故不輯。《詩學規範》、《童蒙詩訓》近於唐代詩格，《詩事》近於本事詩，羅根澤強調宋詩話與唐代詩格之類的著作之差別，故也不輯。

　　此外，在二人同輯的 21 種中，基本上所輯數量相差無幾。不過，時常郭紹虞比羅根澤多輯幾條。郭氏從 1927 年搜輯批評史材料時便注意到詩話，到《宋詩話輯佚》出版時已有 10 年，而且相信：「此類工作，搜集的時間愈長，編愈可期其完備。」〔註 102〕然而，羅根澤「造端於二十四年秋，寫迄於二十五年夏」，僅兩年，自然不如郭氏所輯完備。此外，曾慥《類說》六十卷，有

〔註 101〕羅根澤：《兩宋詩話存佚殘輯年代表》，《師大月刊》第 30 期，1936 年。
〔註 102〕郭紹虞：《序》，《宋詩話輯佚》，第 10 頁。

不少《詩話總龜》、《苕溪漁隱叢話》等書所未引的詩話材料，當時北平圖書館藏有抄本，但羅根澤一直無從翻閱，故在《敘錄》納入批評史時特意提出，而郭紹虞有幸翻閱，《陳輔之詩話》、《王直方詩話》比羅氏多輯的幾條俱出此抄本。

羅、郭二人發表《敘錄》、《輯佚》後，皆有所修正，而且對於對方的意見也有所採納。羅氏《中國文學批評史》（三）出版時，曾把《敘錄》附錄於後，雖然該書出版於其去世之後，但重新寫的《敘錄》標記時間是 1943 年 12 月 27 日。此版《敘錄》與 1937 年《敘錄》相比，刪去詩話 10 種，分別是《郡閣雅談》、《雅言系述》、《雅言雜載》、《百斛明珠》、《玉局文》、《趙威伯詩餘話》、《蔡藋野人詩話》、《謝疊山詩話》、《胡氏評詩》、《法藏碎金》。其中多種都是郭紹虞在《宋詩話輯佚序》中所質疑的，羅根澤應該是看到郭序後，同意其觀點，故在重新整理時刪去。《蔡藋野人詩話》、《胡氏評詩》二種僅各有兩條，重版時也刪掉，歸於《餘記》中的「零珪斷璧不成卷帙者」。《宋詩話輯佚》在 1979 年重版時，郭紹虞刪去《西清詩話》、《碧溪詩話》二種，增添《唐宋名賢詩話》、《瑤溪集》、《潛夫詩話》、《詩憲》四種。其中，《瑤溪集》就是最初羅根澤輯郭紹虞未輯的一種。

羅根澤《敘錄》除了說明採輯依據、作者略歷，對於詩話中的詩學見解也常有述及，如《蔡寬夫詩話》「反對詩格」，「慎於用事」，「蓋懲於晚唐五代以來之究心詩格詩法而力主自然者也」；《西清詩話》「對於詩之主張，似與蘇軾相似，主變化自得」；《玉林中興詩話補遺》「除即人品述外，頗討論蹈襲」〔註103〕，皆三言兩語把其中詩學觀點提煉出來，可謂要言不煩，切中肯綮。

三、對幾種代表詩話的研究

上文已經指出，羅根澤把詩話分為記事和評詩兩種，認為記事閒談的詩話文學批評的色彩太淡，故對於極大多數詩話基本上沒有論述，只把《六一詩話》、《後山詩話》、《誠齋詩話》、《後村詩話》在敘述作者本人詩論時提及而已。但他特意提出《潛溪詩眼》、《許彥周詩話》、《歲寒堂詩話》、《白石道人詩說》、《滄浪詩話》、《林下偶談》六種，認為其是「辨句法，備古今，正

〔註103〕羅根澤：《兩宋詩話輯校敘錄》，《中國文學批評史》（三）附錄，第 267、269、281 頁。

訛誤，輔名教而有見解之作」〔註104〕，故對於其中的文學批評一一抽繹，予以敘說。

　　羅根澤把范溫《潛溪詩眼》、姜夔《白石道人詩說》放入第六篇第七章「江西派的詩文方法」。他認為，范溫所謂「詩眼」是指「句中字眼」和「篇中意言」，二者均出於黃庭堅。「字眼」出於黃庭堅之「拾遺句中有眼」（《贈高子勉》），「意眼」出於黃庭堅之「立意」，與蘇軾的「述意」不同：「述意是先有意然後借文抒述，立意是先有題而後立意製作。」〔註105〕如此則把范溫論詩本於黃庭堅之處提煉出來了。羅氏注重文學批評的根本觀念，不重具體批評，對於詩話，重其詩學見解，於是對范溫論杜詩、義山詩及劉子厚詩隻字未提。這點朱東潤論述較全面。〔註106〕

　　姜夔論詩重活法，羅根澤認為，雖然其不同於呂本中、楊萬里的活法，但仍是江西派一路。呂本中的活法是「圓轉」、「變化」，楊萬里的活法是「優游厭飫」，而姜夔的活法是「輕鬆圓活」。「輕鬆圓活」是方法，所要達到的意境是高妙深遠。雖然羅根澤指出姜夔所謂「高妙深遠」，但並沒有深入闡發，使得姜夔詩說似乎仍停留在江西派的階段。其實，他是「從江西入而不從江西出」。郭紹虞對此有辯證的論述：「他是從江西派解放出來，而悟到學即是病，因此，作詩不泥於詩法。他又是從道學家轉變過來，而只就詩論詩，因此，讀詩不僅是感發善心，而更重在領略餘味」；「他從活法進一步而指出超於法的境，他從興再深一層而講到韻味，這樣，所以與滄浪所論很相類似了」。〔註107〕因此，《漁洋詩話》稱，「白石論詩未到嚴滄浪，頗亦足參微言」。

　　羅根澤把《許彥周詩話》、《歲寒堂詩話》、《滄浪詩話》放在第十一章「詩話、詞話、文話、詩文評點」論述。許彥周雖然指出詩話辨句法、備古今、正訛誤的批評傾向，但其詩話涉及文學批評者並不太多。羅根澤只拈出其描寫與用事兩條，謂其描寫人物重在恰如其分，用事最忌直填。對於《歲寒堂詩話》，羅根澤緊緊抓住張戒標舉「言志詠物」而論其詩學旨趣：言志是詩人的本意，詠物是詩人的餘事，二者可以兼而有之，但須以言志為主，不可專意詠物，否則則失去詩人之本旨。接著，羅根澤指出，張戒把詩歌分為數等：國風離騷不必論，陶、阮、建安、兩漢為最高，國朝諸人為最低，因為陶、

〔註104〕羅根澤：《中國文學批評史》（三），第 241 頁。
〔註105〕羅根澤：《中國文學批評史》（三），第 148 頁。
〔註106〕朱東潤：《中國文學批評史大綱》，第 144～148 頁。
〔註107〕郭紹虞：《中國文學批評史》（下），第 60、61 頁。

阮以前專以言志，並兼詠物，而蘇、黃專以議論為詩，失掉言志詠物的旨趣，墮入用事押韻之途。同時指出，國風之所以「不必論」，是因其「思無邪」。「言志」、「思無邪」都是前人舊話，張戒何以煥發新意？羅根澤對於這個問題有專門回答：「『言志』是舊話，但張戒說言志可以兼詠物之工，專意詠物則流於雕鑴刻鏤，寢假而至於用事押韻，補綴奇字，淪為詩人中一害，遂成為新說。『思無邪』也是舊話，但張戒說韻度矜持，冶容太甚也是邪思，進而據以分別杜黃，遂成為新解。」〔註108〕

羅根澤認為，《滄浪詩話》的新說有四點：禪悟說、四唐說、上學說、興趣說。羅氏不僅對於嚴羽詩說的淵源有所分析，而且指出它的影響所及，同時把它放在批評史中評判以示其價值地位。比如，嚴羽的妙悟說出於韓駒、呂本中，興趣說出於司空圖，這是溯其源；明人高棅撰《唐詩品匯》，分唐詩為初、盛、中、晚四期，窮源索本，始於嚴羽，這是追其流；江西派始祖黃庭堅學杜，陳師道以學黃庭堅為學杜階梯，江西末流更是以稍前的江西諸子為學黃、陳階梯，愈流愈下，即使是矯正江西派的四靈也只是學晚唐，皆是學下之法，而嚴羽直溯盛唐，其學上之法是直截本源，這是評判其批評史地位。

值得一說的是，羅根澤還單列一節「詞話」。他考察唐圭章《詞話叢編》所收的七種宋人詞話：《能改齋漫錄》、《浩然齋雅談》是筆記，《苕溪漁隱詞話》、《魏慶之詞話》俱從詩話中輯出，故只論述有新見解的《碧雞漫志》、《詞源》、《樂府指迷》三種。郭紹虞批評史因囿於傳統文學觀念不錄詞論詞話、戲曲小說批評而為人詬病，羅根澤列兩節專談宋代的「詞論」、「詞話」。雖然他的批評史只寫到兩宋，但他的文學史類編計劃包括詞、戲曲、小說三類文體，可以推測，若他續寫元明清批評史，應會把詞論詞話、戲曲小說批評納入其中。

此外，羅根澤還有兩篇考證性質的文章《阮閱〈詩總〉考辨》、《跋陳眉公集〈古今詩話〉》。前文考證，阮閱卒於《苕溪漁隱叢話序》之前，明宗室月窗道人刊本《後集》引《苕溪漁隱叢話》四十餘條，故不可能出於阮閱，輯者是月窗道人。〔註109〕後文是作者考證從琉璃廠所得陳眉公集《古今詩話》

〔註108〕羅根澤：《中國文學批評史》（三），第 245 頁。
〔註109〕參見羅根澤：《阮閱〈詩總〉考辨》，《師大月刊》第 26 期。不過，《海外新發現永樂大典十七卷》出版後（上海辭書出版社，2003 年），張健根據其中卷

七卷 79 種，俱見《說郛》、《續說郛》，故出於淺妄漁利之手，所謂「陳眉公集」亦是偽託。〔註110〕

　　總體而言，羅根澤只具體敘述上述幾種詩話的詩學觀念，對於魏泰《臨漢隱居詩話》、葉夢得《石林詩話》等不少具有理論價值的詩話不提，不免狹隘。而且在論述上述幾種詩話時，因其注重文學批評的根本觀念，對一些具體的詩人詩作的精彩批評沒有涉及，也有欠全面。不過，羅根澤編纂的是文學批評史，畢竟不是詩話史，故必須對於材料有所篩選，同時在「文學批評」的眼光下，也只能挑揀詩話中「論詩及辭」的部分，而忽略大量的「論詩及事」的詩話。重要的是他對於詩話的淵源以及詩話作為文體的獨特意義都有實事求是的分析研究，特別是其對詩話的總體整理以及對於亡佚詩話的輯校與考訂有著很大的貢獻。當然，資料搜羅不能說完備無遺。對於范溫最具理論價值的論韻的一段材料，郭、羅二人都沒有輯到，後經錢鍾書從《永樂大典》卷八〇七中輯出，並指出：「吾國首拈『韻』以通論書畫詩文者，北宋范溫其人也」〔註111〕，今人始知其在宋代文學批評史中的重要地位。〔註112〕但是，對於詩話資料的搜集、梳理與考訂，他們畢竟有著篳路藍縷之功，而且有些方面今人仍未作出更大的成績。比如，郭紹虞制定計劃有輯專家詩話一項：「此仿《苕溪漁隱叢話》之例，把各種詩話或筆記中論及某人詩文之處，以人為綱，以作品為目，分別排比，以便檢索」〔註113〕，雖然只有《陶淵明詩話》一種粗具規模，且未正式出版，但卻指出一條整理詩話的陽關大道。朱自清和浦江清以及幾位學生也有整理《詩話人系》的計劃，方法與郭氏如出一轍：「將各家詩話分人剪貼一處，這就是所謂『人系』；無人可系的，另歸總論及雜類」〔註114〕，他們經過不懈努力對何文煥編《歷代詩話》、丁福保

八〇三至八〇六四卷為後窗本後集第二十卷「句法門」至卷末的內容推斷，後集在明初以前就已存在，故羅根澤的推斷難以成立。參見《從新發現〈永樂大典〉本看〈詩話總龜〉的版本及增補問題》，《北京大學學報》2006 年第 5 期。

〔註110〕參見羅根澤：《跋陳眉公集〈古今詩話〉》，《益世報‧人文週刊》第 7 期，1937年。

〔註111〕錢鍾書：《管錐編》（四），北京三聯書店，2001 年，第 246 頁。

〔註112〕參見張海明：《范溫〈潛溪詩眼〉論韻》，《北京師範大學學報》1994 年第 3期。

〔註113〕《陶淵明詩話》當時應該有印本，朱自清 1937 年 10 月 20 日給妻子陳竹隱寫信，讓她郵寄書籍，其中就有該書。參見《朱自清全集》第 11 卷，第 87 頁。

〔註114〕朱自清：《〈詩話人系〉稿本》，《朱自清全集》第 11 卷，第 305 頁。

編《歷代詩話續編》基本整理完畢。〔註 115〕朱自清計劃繼續對《詩話總龜》、《苕溪漁隱叢話》、《詩人玉屑》加以整理，成一部完備的《宋代詩話人系》，不過可惜未成。專人詩話或詩話人系算是一種文學史資料長編，對於專人研究極其有用。時至今日，郭紹虞、朱自清等人整理專家詩話、「詩話人系」的道路仍值得研究者繼續走下去。

〔註 115〕此稿本約 30 萬字，最初存清華大學圖書館，後余冠英借出，交中國社會科學院文學研究所資料室保存。見《〈詩話人系〉稿本》編者注釋，《朱自清全集》第 11 卷，第 305 頁。

第五章　1950 年代學科調整與文學批評史的修改

　　1950 年代各種「運動」迭出，從知識分子思想改造到批判俞平伯《紅樓夢研究》再到胡適思想大批判，從批判《武訓傳》到批判丁、陳集團再到批判胡風集團，從「百花齊放，百家爭鳴」到反右鬥爭再到「拔白棋，插紅旗」，一撥接著一撥。以羅根澤為代表的文學批評史研究者們自然不能置之身外，不得不參與其中，不得不進行自我調整。在「考據」作為一種研究方法受到責難的情形下，羅根澤放棄了早年的學術路徑，走上「以論代史」的道路，同時適應於大學教育的體制規範，也放棄了早年的學術實踐，不能再繼續研究諸子學和批評史。可惜在目前的學術史敘述中，對於羅根澤 1950 年代的學術實踐行為鮮有論述，特別是大多數研究者論述的是 1957 年版《批評史》，沒有注意到該版與 1940 年代版《批評史》之差異。本章著重於羅根澤從考據到「以論代史」的轉變，在當時教學體制下文學批評史作為一門學科的命運，以及 1957 年版《批評史》的修改，以期考察羅根澤作為學術研究主體在順應政治干預和保持學術獨立之間的困惑與掙扎。

第一節　政治話語下的「以論代史」

　　1950 年 1 月 30 日，中央發出《關於在學校中進行思想改造和組織清理工作的指示》，拉開高等學校知識分子思想改造的序幕。1951 年秋，京津高等學校開展思想改造運動，討論知識分子的立場、態度以及為誰服務等問題，其中批評胡適思想是一大重點，成為 1950 年代「批胡」運動的開端。不過，公

開發言的大多數是北京高校的知識分子。﹝註1﹞而遠在南京的羅根澤似乎嗅到了時代的氣息，寫了《實驗主義批判》一文，對實驗主義總體評價是「本質是玄學垃圾，方法是玄學論理，作用是鼓吹冒險，也就是鼓吹侵略」﹝註2﹞。儘管文中批判重點是詹姆士、杜威的學說，但也提到胡適是「杜威的弟子」，指出擁護其學說是「反動思想、反動行為」。在全國極力批判胡適的1954年，羅根澤更是不甘落後，寫了一篇《批判胡適的文學觀點和治學方法——兼評俞平伯先生的「紅樓夢研究」》。在分析胡適的文學觀點是「形式主義、自然主義、趣味主義」後，他更是把胡適的學術方法「大膽的假設，小心的求證」定性為「極端主觀主義的武斷主義」，並認為演繹法是其罪證。在聲討的大浪潮中，他不得不與早年的自己告別——早年「因愛好考據而得到的多方求證與小心立說的習慣」正是受了胡適的啟示，而歸納與演繹是他研讀諸子和研討文學源流的主要方法。同時，全文充滿著簡單的政治邏輯，如「這種自甘作帝國主義奴隸、從而也想法把祖國的優良文化傳統、優秀文學作品也降低到奴隸地位的買辦資產階級觀點，在俞平伯先生的研究紅樓夢中，也有具體的體現和發展」。此外，他還談到對考據的態度：文學作品通過典型人物表現思想情感，從作者考據，「只有降低它的思想性和藝術性」。﹝註3﹞言必稱材料、論必依考據的學術方法已不再時興，甚至受到批判，考據在文學研究中的作用大打折扣。

　　1954年12月，中國科學院和中國作家協會主席團舉行聯席會議，決定展開對胡適的全面批判，主要內容包括九個方面，其中之一就是「考據在歷史和古典文學研究工作中的地位和作用」。之前周揚在中國作家協會召開的「紅樓夢研究座談會」上就曾說：「關於作者的時代生平，創作過程以及作品中文字真偽的考證，都是需要的。但這種考據工作只是研究工作的基礎，而不是目的。」﹝註4﹞既然只是「基礎」不是「目的」，那麼說明研究者不應

﹝註1﹞比如，錢端升：《為改造自己更好地服務祖國而學習》，《人民日報》，1951年11月6日；朱光潛：《最近學習中的幾點檢討》，《人民日報》，1951年11月26日；游國恩：《我在解放前走的是怎樣一條道路》，《人民日報》，1951年12月11日。

﹝註2﹞羅根澤：《實驗主義批判》，《新中華》半月刊第14卷第7期，1951年。

﹝註3﹞羅根澤：《批判胡適的文學觀點和治學方法——兼評俞平伯先生的「紅樓夢研究」》，原刊《光明日報》，1954年12月26日，後收入《胡適思想批判》第1輯，北京三聯書店，1955年，第203～212頁。

﹝註4﹞周揚：《在中國作家協會召開的「紅樓夢」研究座談會上的發言》，《文學遺產

該為考證而考證，在考證之外更重要的是對文學作品本身的分析。當時討論者雖然大都承認研究中結論正確的考證仍然有用，但同時貶低其作用。王瑤在《論考據在古典文學研究工作中的地位與作用》一文中對考證之作用有總體評價：「如果說考據對於歷史科學的研究只能居於輔助的地位，那麼在古典文學的研究工作中它所應該佔據的地位比在歷史科學中還要略低一點。」〔註 5〕因為作家家世、生平經歷、故事演變等問題可以考證，但藝術形象所反映出來的社會生活的客觀意義卻是考證不能解決的，這才是文學研究的首要任務，因此「任何企圖把考據來當作研究古典文學的首要的、甚至唯一的途徑的看法，都是錯誤的」。〔註 6〕1959 年，《文學評論》召開編委會議，作為編委之一的羅根澤也有參加。當時許多編委都認為，「煩瑣的考據文章不應刊登；但對學術研究有重要參考價值、比較科學的考據，還是需要的，不過不宜過多。」而羅根澤在發言中對「目前的學術批評中有一種缺乏科學分析、簡單化、甚至斷章取義、曲解原意的方法和粗暴的態度」進行了批評，並提出：「要提高刊物質量，首先要避免簡單化的批評和討論，多登些論證性強的文章」。〔註 7〕在此，他只是對「論」提出「科學」的要求，並沒有為考據翻案。

既然考據不再是古典文學研究的重心，那麼重心又是什麼？李希凡、藍翎在《論紅樓夢的人民性》指出，一個作家具有什麼樣的階級思想的傾向，是分析評論作家作品的根本出發點，「這就是文學的人民性問題」。〔註 8〕李、藍二人之所以得到擁護正是因為這種研究思路——「文學的人民性」，吻合了當時的文藝政策。翻閱 1950 年代的古典文學研究論文，論述文學史、批評史基本上以現實主義與形式主義的鬥爭為線索，論述作家作品基本上立足於人民性，羅根澤自然也不例外。他指出，「文學的發生、發展是有客觀規律的，偉大的古代作家是遵循著現實主義傳統，表現了很高的人民性」，因此發掘「現實主義傳統」與「人民性」是「祖國文學史工作的不可免的重大任務」。

選集》一集，作家出版社，1956 年，第 6 頁。

〔註 5〕 王瑤：《論考據在古典文學研究工作中的地位與作用》，《關於中國古典文學問題》，上海古典文學出版社，1956 年，第 140 頁。

〔註 6〕 王瑤：《論考據在古典文學研究工作中的地位與作用》，《關於中國古典文學問題》，第 140 頁。

〔註 7〕 《本刊召開編委會議》，《文學評論》1959 年第 3 期。

〔註 8〕 李希凡、藍翎：《論紅樓夢的人民性》，《紅樓夢評論集》，作家出版社，1957 年，第 108 頁。

〔註9〕羅根澤有《現實主義在中國古典文學及理論批評中的發生和發展》一文，開篇首先高屋建瓴地以恩格斯與高爾基的觀點把現實主義分為一般的現實主義、充分的現實主義、社會主義現實主義三種，並逐次排列古典文學及其理論批評，從而得出現實主義在中國的發生和發展有三個階段：不自覺的「真實的描寫」階段、自覺的「真實的描寫階段」、「正確地表現出典型環境中的典型性格」階段。〔註10〕周勳初指出，「羅先生在寫作此文時，很花一番心血」，「但因這種理論與中國的實際差距頗遠，削足就履，強相捏合，仍然未能做到妥帖精當」。〔註11〕

對於古典文學，羅根澤先後論述的對象有陶淵明、李白、《紅樓夢》等，其研究重心仍是發掘這些作家或作品中的「現實主義傳統」與「人民性」，從文章題目即可看出：《陶淵明詩的人民性和藝術性》、《陶淵明的生平、思想及其作品的現實主義與藝術價值》、《李白愛祖國愛人民的一面》、《曹雪芹的世界觀和〈紅樓夢〉的現實主義精神及社會背景》。王瑤在《談古典文學研究工作的現狀》中說：

> 這幾年來所介紹的古典作家作品可以粗略地分為兩個階段，第一階段以白居易、杜甫、水滸為代表，第二階段以李白、陶淵明、《紅樓夢》為代表。在前一階段中，儘管大家理解的深度仍有不同，但那些作品中的人民性是可以從字面上找到的，因此爭論就不多；雖然很多問題也並未真正解決。目前似乎正到了第二階段，這些作家和作品大家也都以為是一定要肯定，但對如何肯定就很有分歧了；因為這些作品中的人民性的表現是複雜的和曲折的，需要做具體的細緻的分析，因此直到現在還仍在討論的階段。〔註12〕

正因為第二階段的李白、陶淵明、《紅樓夢》的「人民性的表現是複雜的和曲折的」，才成為討論的熱點。羅根澤曾三論陶淵明，不過並沒有太多個性化的觀點，所有的論述內容都被納入到有序的制度規則之中。1956 年 11 月，中國文學史教科書編輯委員會第一次擴大會議討論通過《中國文學史教學大綱》，

〔註 9〕羅根澤：《後記》，《中國古典文學論集》，五十年代出版社，1955 年，第 119頁。

〔註 10〕羅根澤：《現實主義在中國古典文學及理論批評中的發生和發展》，《文學評論》1959 年第 4 期。

〔註 11〕周勳初：《羅根澤在三大學術領域中的開拓》，陳平原：《中國文學研究現代化進程二編》，第 174 頁。

〔註 12〕王瑤：《關於中國古典文學問題》，第 69 頁。

作為南京大學中文系文學史教研組主任的羅根澤參加了會議，並應「中國文學史編委會」之約撰寫第四編第四章《陶淵明》，也即《陶淵明的生平、思想及其作品的現實主義與藝術價值》一文。《教學大綱》「陶淵明」一章分「陶淵明的時代及生平」、「陶淵明的思想」、「陶淵明作品的現實意義」、「陶淵明的藝術特色」四節〔註 13〕，羅氏該文對此亦步亦趨，乃至具體觀點完全照搬。經過 1958 年的「厚古薄今」批判，羅根澤意識到之前沒有辯證地分析陶淵明「消極面、落後思想、逃避現實和違反現實以及藝術上的缺點」〔註 14〕，於是再作《三論陶淵明》一文。此外，羅根澤論述李白、《紅樓夢》同樣循此思路，比如從賈寶玉性格行為、寶黛愛情悲劇、賈府的醜惡面孔以及史、王、薛等大官僚地主的腐朽本質等多個方面論證《紅樓夢》的現實主義精神，而對其人物形象、敘事技巧及語言風格絲毫沒有著墨。

　　迫於形勢，羅根澤選擇具有「現實主義」與「人民性」的作家作品為論述對象，同時捨棄早年所擅長的學術方法——「多方求證與小心立說」，改從「理論先行」、「以論代史」。這些文章與他前期以考據為主的文章之區別主要在於方法的轉變，前期的文章「在搜集了大量材料的基礎上再提煉觀點」，而 1950 年代的文章「奉某種理論為前提，然後搜集材料去證成它，而在搜集材料時，又只是舉例的性質」〔註 15〕，故就學術價值而言不可同日而語。

　　羅根澤在論述古典文學作家作品時往往套上「現實主義」與「人民性」的標籤，寫作一些缺乏嚴密論證的通論性文章，不過在論述諸子學和批評史相關內容時，仍會顯示出之前學術積累的功底，流露出一定程度的學術自覺，儘管也時常帶有政治分析的尾巴。下面我們就通過 1950 年代撰寫的《讀〈詩品〉》、《蘇軾文學思想》與其批評史中相關內容的對比以及《先秦散文選序》的分析，以說明羅氏在政治話語與學術自主之間的調整和平衡。

　　羅氏批評史魏晉六朝篇第九章「論詩專家之鍾嶸」分五小節：「作《詩品》的時代及動機」、「文學上的自然主義」、「詩之理論的起源與歷史的起源」、「詩的滋味」、「詩人的品第及流派」，《讀〈詩品〉》著重於鍾嶸的文學理論，主要論述三點：詩之產生、繼承發揚過去文學的精神面貌、提出「自然」和「口吻調利」。我們可以發現，對於第一點與第三點，羅氏基本上仍堅持批評史中

〔註 13〕《中國文學史教學大綱》，高等教育出版社，1957 年，第 67、68 頁。
〔註 14〕羅根澤：《三論陶淵明》，《羅根澤古典文學論文集》，第 330 頁。
〔註 15〕周勳初：《羅根澤在三大學術領域中的開拓》，陳平原主編：《中國文學研究現代化進程二編》，第 174 頁。

之觀點，只是對於詩之產生，在批評史提出「唯物感應說」的基礎上強調「由於社會上的各種矛盾而產生」，認為其是現實主義。二者最大的不同是《讀〈詩品〉》增添了鍾嶸提出繼承發揚過去文學的精神面貌的相關內容，不過只要看到文章開頭——「和必須批判地吸收文學遺產來豐富現在的文學一樣，也必須批判地吸收文學理論批評遺產來豐富現在的文學理論批評」〔註16〕，就不足為奇。而且他認為，鍾嶸提出漢魏南北朝詩人繼承的是《國風》、《小雅》、《楚辭》的精神面貌，其實質是「怨」，即「富有現實主義精神的伸訴冤抑、揭發不平現象的哀怨感慨的優良傳統」。在此，發掘「現實主義傳統」的思路又顯現出來。本來該文著重於鍾嶸的文學理論，可是文末特意提出鍾嶸因「過分的重視雅詞，輕視俗語」，「對陶淵明和鮑照的偉大貢獻，就估價不夠」。他認為，「陶淵明詩的偉大意義正在歌詠農村田園，有許多『田家語』」，「鮑照詩的偉大意義正在棄雅就俗，學習了民間歌謠，從而創造了四句短詩和長篇歌行」，二人是「晉宋間最為傑出的詩人」。〔註17〕羅根澤曾專門作《略談鮑照》一文，談鮑照向民謠學習的三個方面，並給予其高度評價。1950年代延續解放區的文藝政策，重視民間文藝的作用，周揚提出，「我國有一部分遺產活在人民中間，如地方戲曲、民歌、民間故事，是傳統中最寶貴的，裏邊雖有封建思想的影響，但基本上是人民的創造。所以繼承遺產，要著重到民間去發掘和搜集。」〔註18〕羅根澤之所以重視鮑照，原因就是鮑照與民間文學的關聯。

羅氏批評史兩宋篇第六章有關蘇軾的內容分四部分：「賈陸議論與佛老思想」、「述意達辭說」、「詩論及詞論」、「鑒賞、批評、文學價值」，這些內容基本上都保留在《蘇軾的文學思想》一文中，該文增添的內容是對於蘇軾文學思想及政治思想的評論。他認為，蘇軾「以詩為詞」是讓詞「走向人生社會的廣闊大道」，並為蘇詞「不諧音律」辯護。同時引用呂振羽《中國政治思想史》、束世澂《中國資本主義萌芽討論集》有關內容，證明蘇軾從工商業者的利益和觀點出發，「客觀上他反映了商人的政治要求，主觀上卻是為當時的國家和人民著想」。〔註19〕如此點出蘇軾的「人民性」，羅根澤便有足夠的理由

〔註16〕羅根澤：《讀〈詩品〉》，《羅根澤古典文學論文集》，第344頁。
〔註17〕羅根澤：《讀〈詩品〉》，《羅根澤古典文學論文集》，第350頁。
〔註18〕周揚：《建立中國自己的馬克思主義的文藝理論和批評》，《周揚文集》第3卷，人民文學出版社，1990年，第40頁。
〔註19〕羅根澤：《蘇軾的文學思想》，《羅根澤古典文學論文集》，第541頁。

讓這篇文章立足於那個講究研究對象階級性的時代。

　　羅根澤為《先秦散文選》所撰寫的序言對於先秦散文的發展進行了概說，儘管他仍給諸子套上了階級的身份——儒道是舊領主階級、法家是新興地主階級、雜家是工商業者、墨家是農民階級，仍然以「人民性」分析諸子「飛躍的前進思想與大膽的對現實的暴露與批判」，但具體論述時大量依據其早年研究諸子學時的學術經驗，對於《左傳》、《國語》、《老子》、《戰國策》的作者問題以及《墨子》的篇章問題皆略加考證說明，即使文學分析也有理有據，如認為莊子運用卮言、重言、寓言「完成了他的天才的創造與獨特的風格，使散文在邏輯性、科學性和說服力以外，又增加了故事性、形象性和感染力」。〔註20〕

　　可以看出，羅根澤在撰寫文學史、古典作家作品方面的文章時，往往把「現實主義」、「人民性」作為總體綱領和立論前提，之後再把研究對象的有關內容排列入座，理論與對象人工捏合，使得這類文章的學術價值有限，而在撰寫批評史、諸子學方面的文章時，儘管也有相關的階級分析，但卻沒有籠罩於整體的空洞理論綱領，故還有不少體現他學術獨立性的論述，使得這類文章就學術價值而言高於前一類文章。之所以如此，是因為 1950 年代文學史研究的模式與他早年的分類文學史完全兩路，他只能運用新學的馬克思主義觀念生搬硬套於研究對象之上，而對於偶而的批評史、諸子學撰寫，他以前期的學術積累為基礎，注重材料與對象的客觀性，使得文章中「政治意識」和「學術意識」明顯地隔離開來。

第二節　學科調整與文學批評史的命運

　　第一章第五節已論述，「中國文學批評史」學科的發生與近代學制密不可分。正是因為高等學校裏「中國文學批評史」作為一門課程開設，一批原先研究文學史的學者才開始接觸古代文學批評材料，編著講義，出版著作，遂組成了 20 世紀上半葉文學批評史學科的存在形貌。新中國成立後，不同於中國文學史依然炙手可熱，中國文學批評史因自身學科性質一度被排擠至邊緣，甚至被逐出高等學校的課程體制，只是在 1950 年代後期「批判繼承我國古典文藝理論遺產」的思潮下才出現「迴光返照」。接下來，就以羅根澤

〔註20〕羅根澤：《先秦散文發展概說》，《羅根澤古典文學論文集》，第 483 頁。

為中心，展示 1950 年代在學科調整與課程體制影響下「中國文學批評史」的起伏。

1949 年，華北高等教育委員會制定《各大學專科學校文法學院各系課程暫行規定》，實施原則是「廢除反動課程（如國民黨黨義、六法全書等），添設馬列主義的課程，逐步地改造其他課程」，規定中國文學系基本課程有中國文學史（包括歷代及現代）、中國語文、文藝學、寫作實習、中國文學名著選（包括歷代及現代散文、詩歌、小說及戲劇等）、世界文學史。〔註21〕我們把這個《課程暫行規定》與民國時期的大學課程表對比可知，不僅文字、音韻、目錄學等課程沒了蹤跡，「文學批評」、「文學批評史」課程也沒有在「基本課程」中佔有一席之地。如果說這一《暫行規定》還有些許餘地，各校還可自主開設選修課程：「除上述基本課程外，各校可酌情增加專書、專家、專題研究等選修課程」，那麼接下來的來自更高一級的文件使得大學教學完全制度化。1950 年 6 月，首屆全國高等教育會議舉行，在課程改革小組討論的基礎上，教育部制定了《高等學校課程草案》，各系必修課程、選修課程皆被納入到更加嚴格的秩序和制度之中，課程內容、學分、學時全部明文規定。其中之一就是突出「中國文學史」和「寫作實習」，分別占 8 學分和 10 學分。雖然「文學批評」列入選修課程，但僅是半年課程，占 3 學分，而且通過課程說明「運用新的觀點與方法，從事文學作品的具體分析與批評，以培養學生的□□能力」〔註22〕，可知此課程與「文學概論」、「文學論」類似，與之前注重梳理文學批評歷史的「文學批評史」課程不同。在行政和制度雙重權力的制約下，「文學批評史」課程徹底退出了大學講堂。

這一來自教育部門具有規訓意義的學科制度對於學者的研究選擇有著很大的影響。1948 年 3 月，《國立中央大學校刊》第 27 期有「科系介紹」一欄，其中介紹中國文學系教授陣容時，說明羅根澤講授課程是「中國文學史」、「中國文學批評史」、「《韓非子》」。〔註23〕可見，此時羅根澤仍是沿著最初的學術設想，分「學術思想史」和「文學史類編」兩個方向，具體而言就是諸子學、文學史、批評史齊頭並進。不過，1952 年，南京大學《高等學校教師調查表》，

〔註21〕《各大學專科學校文法學院各系課程暫行規定》，《人民日報》，1949 年 10 月 12 日。
〔註22〕中央人民政府教育部編印：《高等學校課程草案》，光明日報社發行，1950 年，第 4 頁。□□二字印刷不清晰，難以辨清。
〔註23〕《南京大學文學院百年史稿》，南京大學出版社，2014 年，第 90 頁。

羅根澤的簡歷一覽填寫的「1949 年 5 月至現在」所教課程是「文學史」、「文學名著選」、「國文與寫作」。〔註 24〕這時教授已不能像從前那樣按著自己的學術興趣和研究方向自主設置課程，羅根澤也不得不所有調整，不得不放棄批評史、諸子學，不得不把主要精力放在文學史。之前他的研究方向之一是文學史，不過與此時的文學史模式就研究理路而言並不一致。民國時期文學史的兩大研究方向是斷代與分類，大學課程也是兩種並存，不過此時的《課程草案》顯示，「中國文學史」課程是斷代講授，故羅根澤所講文學史不是之前一直所講授的分類文學史，如「樂府文學史」、「中國詩歌史」。在 1957 年作為南京大學內部教材刊印的《魏晉南北朝文學史》正文之前的題記中，羅根澤記述該稿是 1954 年所寫，可知此前他擔任的文學史課程是「魏晉南北朝文學史」。他編的《先秦散文選注》（1958）有《序言》一篇，文末落款是 1954 年 8 月初稿。陳鍾凡《致吳辛旨信》指出：「五二年秋，回到南京大學中文系。初任歷代散文，先秦一段由羅根澤任教，所選授之講稿，由中華書局印行。我續教漢魏六朝一段，講稿亦交中華，用文藝出版社名義印行。」〔註 25〕可知，羅氏所擔任的「文學名著選」應是「先秦散文選」。

　　既然不能按照自己的學術計劃開展教學，研究精力便不得不用來對付新的課程和講義，這對學者個人學術研究的實施必定有不小的影響，使得他們或者中斷原先經營數年的學術領域，或者更換早已熟稔的研究路徑。故此，《高等教育課程草案》的頒布就預示著羅根澤和他的諸子學、批評史學術計劃告別。儘管他的《諸子探索》於 1957 年出版，但其中所錄幾乎全部是以前的舊文，只有一篇回應潘辰《試論「戰國策」的作者問題》的商榷文章寫於 1949 年後。我們可從他的《緒言》中看出體制教學與個人學術轉向之間的關係：「解放後，由於個人教學任務的不再包括諸子，因而沒有再寫這方面的文章。雖然也曾寫過一篇《先秦散文選序》，又寫過一篇《論莊子的思想性》，但都是從文學的角度出發，不是考證，也不是探索學術思想，因而這裡沒有收入。」〔註 26〕早年羅氏有著明確的學術規劃，之後的十幾年也一直沿著當初制定的路線進行教學和研究，儘管有個人、時代等諸多原因，其「學術思想史」只能集中在諸子學，但他卻從未放棄。1952 年南京大學《高等學校教

〔註 24〕《南京大學文學院百年史稿》，第 94 頁。

〔註 25〕陳鍾凡：《致吳辛旨信》，轉引姚柯夫：《陳鍾凡年譜》，第 70 頁。

〔註 26〕羅根澤：《序言》，《諸子考索》，人民出版社，1958 年，第 1 頁。

師調查表》，羅根澤登記的「過去曾擔任的課程」有「中國學術思想史」一門，時間年限是二年，說明自西南遷至南京後，他著手貫徹「學術思想史」計劃，只是沒想到 1949 年是終結點。對於文學史，羅氏也不能按照原先以文類而分撰寫史著的計劃，因需要服從教育體制和集體意志配合教學，不斷調整所授課程，自然難以有集中的時間完成真正的著作。我們可從《魏晉南北朝文學史》正文前的題識看出端倪：「此稿是 1954 年寫的，曾送幾位同志評正，承他們提示了許多寶貴意見。本打算改寫後交出版家付印，因教學任務轉移，只改了第一章，就擱置下來，一字未能再動。」〔註 27〕學術研究一般需要對於某專題沉浸數年，達到專而深，如此這般臨時轉移，使得《魏晉南北朝文學史》遠非像他的批評史和諸子學文章那樣可以傳至後世。至於那幾篇論陶淵明、李白、紅樓夢的文章，只以「人民性」、「現實主義」為標籤，帶有更加鮮明的時代印痕（上一節已詳論）。

為了配合新的教學體制，其他批評史學者也同樣面臨著新的學術選擇。陳鍾凡不得不放棄之前專研先秦諸子、漢魏六朝文學的學術方向，改教宋元明清文學史課程，同時為高年級開設水滸研究、中國戲曲史的選修課程。朱東潤在復旦大學也改變了之前主講批評史、詩經、史記、傳記文學等課程，新的兩門課程分別是為外國文學系開設的中國文學史、配合劉大杰講授中國文學史的作品選讀。〔註 28〕中國文學批評史學科可以說出現了暫時的空白，到了 1950 年代後期才有所好轉。

1957 年前後，羅根澤上述「因教學任務轉移」可能是重新講授批評史，同年郭紹虞在復旦大學也重講批評史，楊晦在北京大學開設「中國古代文藝思想史」課程。為何此年前後這一學科煥發生機重新進入大學講堂？周勳初對當時的時代語境有所揭示：

> 這一課程在新中國成立後已經停開，……但到 1958 年時，中國文學批評史課程卻又突然走紅起來。原來這時社會主義陣營發生分裂，中蘇糾紛尖銳化，中國急於消除「老大哥」的影響，在教育領域內要對「蘇修」的各種思想徹底消毒。……就文藝思想而言，《在延安文藝座談會上的講話》主要闡發的是針對當前文藝界各種問題的方針政策，這時為了強調中國各方面的獨立自主，理論上還

〔註 27〕羅根澤：《魏晉南北朝文學史》，南京大學內部交流教材，1957 年，第 1 頁。
〔註 28〕參見朱東潤：《朱東潤自傳》，《朱東潤傳記作品全集》第 4 卷，第 368 頁。

有尋找傳統的依據，於是寫作新的中國文學批評史提上了議事日程。〔註29〕

儘管自1958年始中蘇不斷有一些小的摩擦，但真正分裂是在1960年代初。1950年代末蘇聯文藝學模式仍在中國有不小的影響力，畢達可夫《文藝學引論》（1958.9）〔註30〕、謝皮洛娃《文藝學概論》（1958.12）、柯爾尊《文藝學概論》（1959.12）〔註31〕先後出版。但是，蘇聯文學理論教材大行其道的同時，也有另一種維護傳統理論資源的聲音。1957年，鄧鼲對大學講授文藝學的老師只談外國的文藝理論家不滿，認為：「我國古代文學理論的寶庫是極其光輝燦爛富麗堂皇的，我國古代的文學理論，比之於歐洲文學理論，也是毫無愧色」，並呼籲：「今天，文學研究工作者的重大任務就在於：打開我國古代文學理論的寶庫，從中吸取營養，用以豐富我們新文學的創作。」〔註32〕同年，應傑、安倫認為文藝理論教學和研究只講外國不講我國文藝理論遺產的方法是「教條主義」，正式提出「整理和研究我國古典文藝理論的遺產」的口號。〔註33〕1958年8月，周揚在河北省文藝理論工作會議上講話，提出「建立中國自己的馬克思主義的文藝理論和批評」，具體任務之一就是「全面地批判地整理和研究我國文藝遺產」。〔註34〕

在上述語境下，各大學紛紛重開文學批評史課程，羅根澤得以重新講授此課，其批評史舊著也得以再版。儘管之前他已經編訂第三冊兩宋批評史初稿，但此時已不合時宜，故未能出版，但對接下來的續寫和修訂規劃是：「現在擬先寫論第三、四兩冊，然後再回頭來修改第一、二兩冊。」〔註35〕同時，為了配合教學，他編有《中國歷代文學理論批評文選》（南京大學內部交流教

〔註29〕周勳初：《〈中國文學批評小史〉香港版序》，《餘波集》，南京大學出版社，2008年，第441頁。

〔註30〕該書是蘇聯專家畢達可夫1954年春至1955年夏在北京大學中國語言文學系為文藝理論研究生講授「文藝學引論」的講稿，由高等教育出版社出版。

〔註31〕該書是蘇聯專家柯爾尊1956～1957年為北京師範大學中文系俄羅斯蘇維埃文學研究生和進修教師講授的講稿，由高等教育出版社出版。

〔註32〕鄧鼲：《打開我國古代文學理論的寶庫》，《光明日報·文學遺產》第146期，1957年3月3日。

〔註33〕應傑、安倫：《整理和研究我國古典文藝理論的遺產》，《新建設》1957年第8期。

〔註34〕周揚：《建立中國自己的馬克思主義的文藝理論和批評》，《周揚文集》第3卷，第33頁。

〔註35〕羅根澤：《重印序》，《中國文學批評史》（一），1958年，第5頁。

材），從《前言》第一句便可推知當時的語境：「和必須批判地吸收文學遺產來豐富現在的文學一樣，也必須批判地吸收文學理論批評遺產來豐富現在的文學理論批評。」〔註36〕作者原計劃分上、下兩冊，上冊斷於五代，下冊斷於五四，可惜只完成上冊。選編原則是「對五代以前的關於詩文辭賦的理論批評和宋以後的關於詞曲小說的理論批評，都比較求備；對宋以後的關於詩文辭賦的理論批評，則比較求新，沒有新見解的，一概不錄」。至於體例，他仍有自己的看法，與先前和後來的文論選皆有不同：

> 作為遺產資料，類別和年代都很關重要，前者可以看出問題範圍，後者可以看出發展過程。因此，在編排方面，先分時代，再分類別。但遇有特殊情形，像劉善經是隋人，可是他的《四聲指歸》完全是總結的魏晉南北朝人的說法，就編在魏晉南北朝一卷。像關於佛經翻譯的理論和批評，上迄三國，下至趙宋，大部分的作者是在魏晉南北朝時代，就編在魏晉南北朝一卷。〔註37〕

我們發現，這種體例與他之前的批評史兼編年體、紀事本末體、紀傳體的「綜合體」完全一樣，其中對於音律說、佛經翻譯論的選編處理也一如既往。而且作者選材時也很有特點。他把文學理論批評資料分為兩種：一是專書，如《文心雕龍》、《詩品》以及各家詩話、文話、詞話和曲話之類，一是散在詩文集、筆記以及哲學書、歷史書中的單篇論文和零星語錄。他認為，前者取閱甚易，後者搜讀很難，故把選材重點放在後者，對於前者只選取「專書中能以括示內容的序錄」，因此《文心雕龍》也只選取《序志》一篇。

不過，很快羅根澤不得不與批評史研究告別。一是健康原因。周勛初1959年副博士畢業留校任助教，後來回憶道：「批評史課程原由羅根澤先生擔任，後因健康原因而中輟，改由我接替。」〔註38〕顧頡剛日記記載，羅根澤去世前患高血壓、血管硬化、肝癌等病。〔註39〕二是政治形勢。「雙百」鳴放期間，羅氏適逢住院，躲過了反右鬥爭。但在接下來被稱為「拔白旗，插紅旗」的資產階級唯心主義學術批評中，羅氏不幸成為南京大學中文系的唯一批判對象。據周勛初回憶，「我中文系的批判規模可以說是很小的」，「中文系

〔註36〕羅根澤：《前言》，《中國歷代文學理論批評文選》（上），南京大學中文系內部交流教材，第1頁。

〔註37〕羅根澤：《前言》，《中國歷代文學理論批評文選》（上），第2頁。

〔註38〕周勛初：《自序》，《中國文學批評小史》，遼寧古籍出版社，1996年，第1頁。

〔註39〕1960年4月4日日記，《顧頡剛日記》第9卷，第64頁。

的批評始終僅集中在羅先生一人身上」,「小石師、中凡師等幾位德高望重的
耆宿始終沒有觸動一根毫毛」。〔註40〕胡小石、陳中凡、汪辟疆是南京大學的
「三老」,早年即在兩江師範學堂（南京大學前身）讀書,後來又斷斷續續在
南京大學教學多年,如此「德高望重」當然難以「觸動」。〔註41〕對於當時的
批判情形,據周勳初回憶,主力軍是研究生:

> 但研究生也不想寫這類文章,因此每人只寫了五六百字交差大
> 吉。只是新中國初期的知識分子對運動的操作方式還不太清楚。羅
> 先生以為他的《中國文學批評史》是用豐富的資料寫成的,你們幾
> 個年輕學生講講大道理就想批倒我了麼?因此他多次以不屑的口氣
> 說:「可以具體一些麼!可以具體一些麼!」這下子俞主任可拉不
> 下面子來了,於是找了我這個本已在與四年級的同學一起編寫「紅
> 色」《中國文學批評史》的老學生執筆寫批判文章,壓壓羅先生的傲
> 氣。〔註42〕

「交差大吉」的文章就是發表在南京大學中文系刊物《火箭》創刊號上的《評
羅根澤先生「中國文學批評史」的「緒言」》,署名是中文系研究生組「論戰
社」葉子銘、周勳初、吳新雷、侯鏡昶等。後來周勳初「壓壓羅先生的傲氣」
的文章就是刊於《火箭》1959 年第 1 期的《論羅根澤先生〈中國文學批評史〉
中的根本觀念》。由於《火箭》是內部油印小報,今日已難見其容,不過當時
「大批評,已經提到思想戰線上的階級鬥爭的高度,因此學生發揚戰爭精神,
儘管講不上幾句有力的話,無不竭盡諷刺謾罵之能事,受批判者已被剝奪申
辯的權利,於是運動無不以無產階級思想的無比威力宣告勝利」〔註43〕,可
想而知,這種批判對於視學術為生命的羅根澤的打擊和重創之深。〔註44〕健

〔註40〕 周勳初:《我所瞭解的胡小石先生》,《當代學術思辨》,北京大學出版社,2013
　　　　年,第 53、54 頁。

〔註41〕 對此羅根澤本人也有怨言:「羅先生當然感到很委屈,曾向他人表示過,胡
　　　　老、陳老是最大的權威,反倒保護起來,一點不觸動他們;自己治學勤奮,
　　　　寫的東西多,如今反而成了靶子,作為資產階級的反面教員而供大批判。」
　　　　見周勳初:《當代學術思辨》,第 54 頁。

〔註42〕 周勳初:《教學終身　甘苦備嘗——教育生涯中的若干突出事例》,《古典文學
　　　　知識》2014 年第 2 期。

〔註43〕 周勳初:《教學終身　甘苦備嘗——教育生涯中的若干突出事例》,《古典文學
　　　　知識》2014 年第 2 期。

〔註44〕 可參考羅根澤子女的有關敘述,見羅蓓、羅蘭、羅芃:《路漫漫其修遠兮——
　　　　懷念父親》,《羅根澤古典文學論文集》附錄,第 623～625 頁。

康狀況的惡化和政治形勢的惡劣使得羅根澤繼續撰寫和修改批評史的願望步履維艱。

同時，伴隨著「大躍進」運動，各高等學校高年級學生開始集體編著教材，最被人廣知的是北大中文系 1955 級學生集體編著的「紅皮本」文學史。〔註 45〕其實不僅流行編著文學史，在「這場學術革命的偉大鬥爭」中，革命青年學生想在各個學科領域超越「資產階級」專家學者們，當然也包括文學批評史學科。1960 年第 3 期的《文學評論》刊載一篇名為《南京大學中文系師生努力學習毛澤東文藝思想》的通訊，其中提到：「在去年大搞科學研究的高潮中，五五級文學專門化同學集體編寫了一部約四十萬字的《中國文學理論史》，現在五六級文學專門化部分同學正繼續進行修訂，也準備向校內群英會獻禮。」〔註 46〕不止南京大學，僅由《文學評論》當時刊登的幾則通訊可知，復旦大學中文系文學組同學完成《中國古典文學批評史》初稿、華東師範大學中文系同學正在編著《中國古典文學批評史》、四川大學中文系師生完成《中國古典文學理論批評論文集》。〔註 47〕設想如果這些批評史著作面世，就數量和字數而言將是何等的「煌煌巨著」。

這場「學術革命」不久得到修正。革命青年們的「學術成果」質量並沒有像他們的革命熱情一樣受到上級的稱讚。1962 年 5 月，周揚指出：「一九五八年以後，教育革命，解放思想，青年人集體編了不少教材。出現了一種新氣象，但由於對舊遺產和老專家否定過多，青年人知識準備又很不足，加上當時一些浮誇作風，這些教材一般水平都很低，大都不能繼續使用。」〔註 48〕這些教材的下場可以南京大學中文系的「紅色」教材為例。據周勳初回憶：「《中國文學批評史》的稿子原是由四年級的學生編寫的，後由下一屆學生接受，完成了初稿。等到大家奔赴上海交稿時，情況已經大變，大編教材的高潮已經過去，上級不再強調小將的革命精神，而是注意起用老專家，發揮他們的作用了。……我們也有自知之明，覺得稿子沒有什麼水平，

〔註 45〕該教材的研究可參見戴燕：《守護民間——重讀紅皮本〈中國文學史〉》，《文學史的權力》，第 199～206 頁。

〔註 46〕《南京大學中文系師生努力學習毛澤東文藝思想》，《文學評論》1960 年第 3 期。

〔註 47〕參見《上海各大學中文系科學研究簡況》，《文學評論》1960 年第 3 期；《四川大學中文系科研近況》，《文學評論》1960 年第 2 期。

〔註 48〕周揚：《關於高等學校文科教材編選情況和今後工作意見的報告》，《周揚文集》第 4 卷，第 143 頁。

也不乏束抄西襲的地方，但當對方一一指出時，卻也感到難堪。……但當時大氣候已經改變，無力回天，只能灰溜溜地回校。」〔註 49〕「革命小將」的敗退說明，高等學校編著學科教材，專家學者缺少不得。因此，1960 年代初中宣部副部長周揚專門負責文科教材編著，以北京、上海為中心（也即以北京大學、復旦大學為中心），並親自到上海安排工作，之後召集高等學校專家學者在北京開會討論。之後，游國恩主編的文學史、朱東潤主編的文學作品選、劉大杰主編的文學批評史、郭紹虞主編的文論選先後出版。〔註 50〕這四套教材成為之後二三十年大學中文系的主要教材，有的甚至目前仍被使用。

對於如何批判地繼承古典文藝理論遺產，除了編著批評史教材外，整理出版古典文藝理論著作是另一重點。周揚曾在《文學評論》的編委會議上提出，「提高我們的理論與創作的水平，就要吸收我國古代和外國的文學遺產，今後這方面的研究要加強，特別是我國古代的」，「接受遺產包括整理和研究評介兩個方面，今後應大量整理古籍的出版」。〔註 51〕在此背景下，郭紹虞與羅根澤負責主編一套《中國古代文學理論批評選輯》。自 1958 至 1960 年，僅三年就先後整理出版劉勰《文心雕龍》、陳廷焯《白雨齋詞話》、梁啟超《飲冰室詩話》、劉師培《中國中古文學史・論文雜記》、周濟《介存齋論詞雜著》、譚獻《復堂詞話》、馮煦《高庵論詞》、袁枚《隨緣詩話》、陳霆《渚山堂詞話》、楊慎《詞品》。接下來的三年內，又接連點校出版《四溟詩話》、《薑齋詩話》、《昭味詹言》、《詩品》、《甌北詩話》、《帶經堂詩話》，因羅根澤 1960 年去世，主編僅冠以郭紹虞之名。

新中國成立初期，中文系大學課程突出「文學史」和「寫作」，「文學批評史」成為犧牲品，出現了暫時的沈寂。1950 年代後期，隨著批判繼承古典文藝理論遺產的口號，批評史重新進入大學體制，儘管短暫地被「革命小將」剝奪話語權，但 20 世紀 50 年代末 60 年代初批評史學科仍出現了一個高峰時

〔註 49〕周勳初：《選龍二學　百年沈浮──從教學工作之一角看世運變遷》，《古典文學知識》2013 年第 4 期。

〔註 50〕游國恩主編：《中國文學史》，四冊，人民文學出版社，1963 年；朱東潤主編：《中國歷代文學作品選》，三編六冊，中華書局，1962 年；劉大杰主編：《中國文學批評史》（上），中華書局，1964 年；郭紹虞主編：《中國歷代文論選》，三冊，中華書局，1962 年。

〔註 51〕《本刊召開編委會議》，《文學評論》1959 年第 3 期。

期，不僅郭紹虞、羅根澤、朱東潤等原先研究該領域的學者重新授課，楊晦、陸侃如、王達津、黃海章等之前幾乎未涉及批評史的學者也開始授課、編寫講義，與此同時學界還編著和整理出版了一些教材和古典著作。此外，正是這短暫的幾年，出現了學科方面的薪火相傳，作為上述學者們助手或學生的王運熙、周勛初、張少康、羅宗強、蔣凡、郁沅、蔡鍾翔〔註52〕等人開始進入批評史學科，並為後來的厚積薄發夯實了基礎。新時期後，他們沿著師輩們的足跡，在古代文論研究領域取得了不俗的成績，成為20世紀八九十年代批評史學科的領軍人物。

第三節　1957 年版文學批評史的修改

1957年，羅根澤把1940年代的《周秦兩漢文學批評史》、《魏晉六朝文學批評史》合為第一冊，《隋唐文學批評史》、《晚唐五代文學批評史》合為第二冊重新出版，並「作了一些修改」，「但仍保存了原來的組織和面貌」〔註53〕。此外，他在《新版序》中對「一般的受那時觀點侷限的地方」進行了反思，主要有兩點：一是「不能完全擺脫當時的時代意識，也難以超越當時的時代意識。例如對『載道』和『緣情』的問題，我雖希望不沾沾於一種觀念，但事實上仍接受了『五四』時代認為文學是感情產物的影響」；二是「對時代意識的關係，我非常的強調並注意分析，但對更有關係的階級意識卻注意不夠」。〔註54〕由於當時時間緊迫及他的健康狀況，這兩點並沒有得到大的修正。不過，到底該版做了哪些修改？為了使前後二版內容的變化一目了然，選重要者列表如下：

要點	1940 年代版	1957 年版
論文學理論在創作之前	胡適之先生提倡白話的《改良文體芻議》，正是用的文言。	早期的提倡白話文的文章，正大都是用的文言。（《中國文學批評史》（一），第11頁）

〔註52〕王運熙是復旦大學青年教師，蔣凡是郭紹虞助手，周勛初是南京大學助教，張少康、郁沅分別是楊晦的助教和研究生，羅宗強是王達津的研究生，蔡鍾翔1952年畢業於復旦大學。

〔註53〕羅根澤：《新版序》，《中國文學批評史》（一），上海古典文學出版社，1957年，第1頁。

〔註54〕羅根澤：《新版序》，《中國文學批評史》（一），第1頁。

	無	歐洲的封建社會時期較短，古希臘的文化產生在奴隸社會時代，近代的文藝復興產生在資本主義時代。前期作為創造文化的「智者」，都是奴隸主，他們有從容的時間去愛智求知。後者所謂資產階級文化人也較封建階級文化人更有求知精神。中國，則文化文明的產生雖也是在奴隸社會時期，而急劇的高度發展實在初期封建社會的末期（即春秋戰國時代），以後的陸續前進也是在封建社會時代，社會人生的實際問題，急待解決，因而尚用求好，就更成為一般傾向。（第16 頁）
論文學批評積極的演進	韓愈的文學批評偏於積極的演進，是領導時代。	杜甫的文學批評偏於積極的演進，是發展的時代。（第20 頁）
論功利主義的史學家	但如各家的唯物史觀的文學史或哲學史，大半是為的唯物論之得到歷史證據（唯物論之是非，乃另一問題），則文學批評史也總有被人為尋找學說的證據而編著的一日，但並不限於唯物的文學批評家。	但如胡適的白話文學史，其編著的目的很明顯的是為的白話文學得到歷史的證據。拿文學史推測文學批評史，將來也總有被人為尋求學說的歷史證據而編著的一日。（第23 頁）
論文學批評隨文體而異的體例	前者如兩宋的古文論為一章，四六文論為一張，辭賦論為一章，詩論為一章，詞論為一章。	前者如隋唐的詩論分為兩章，古文論分為兩張，史傳文論及史學家的批評和為一章。（第34 頁）
論原始人民的詩歌	一般的學者都說原始的人民已有詩歌，但就流傳至今者而論。	在《門外文談》，魯迅先生指出：原始人民「為了共同勞動，必需發表意見」創作了「杭育杭育」的詩歌。但有音無義。有意的詩歌，流傳到現在的（第35 頁）
	刪：胡適之先生《小取篇新話》引	無
	刪：（胡適之先生說）、胡適之先生引	無
論莊子的「書文糟粕論」	通常以為文學是自然及人生的寫實，實則文學與自然及人生之間，有一道無法填平的鴻溝，就是所謂「文學與實在的距離」。這是因為一則「書不過語」，語不過	這是極端自然主義的必然悲哀。從自然主義的觀點看來，最完美的是自然，破壞自然的是人為。那麼，對於語言文字的要求，當然是表現自然，不是表現人為。可是語言文字的本身就是人為，結

	意，語言文字不能像照相機般的將客觀的人物攝成影片。二是自然及人生之寫成文學，要通過作者的觀察與炮製，而觀察與炮製都有主觀的成分在內。從文學而言，文學作品是美化了的自然，美化了的人生，其價值就在此。從自然及人生而言，自然及人生之「不期精粗」者，「言不能論，意不能察致」，所以書籍文學，都是「糟粕已夫」！	果只有否定它，而主張「不言之辯，不道之道」（《齊物論》）。說「天下有大美而不言，四時有常法而不議，萬物有成理而不說」（《知北遊》）。實則人假設只是一味地順任自然，早被自然淘汰了；人的能以生存下來，而且繼續發展，是靠了人為的改造自然，語言文字就是改造自然的工具之一（也還是他方面的工具）。因此語言文字不是自然的奴隸，也不是現實的奴隸，而是從自然現實提煉加工、組織再造的產品，它比自然現實更高級、更完美。（第65頁）
論原始藝術三位一體	不過依麥更西的意見，這種三位一體的藝術，產生於人類的走進團體生活，遂因為不能安靜，由是自然歌舞。依《毛詩序》的意見，則不必等待團體生活，個人的情動於中，頁自然要口歌、手舞、足蹈。當然啦，團體的歌舞更來得熱烈，但在沒有走進團體生活以前的個人生活中，也可有獨奏的歌舞。所以麥更西之說，自然是論證詳細，但《毛詩序》之說，恐更合原始的實際情形。	中外古今的意見是一致的。不過原始人類為什麼要作而且能作三位一體的藝術呢？麥更西歸之於在團體生活的不能安靜，《毛詩序》歸之於主觀唯心的情動於中，那就彼此不同，可是都不正確。事實是產生於生產勞動：生產勞動的形象發展為舞蹈，節拍發展為音樂，呼喚發展為詩歌；後來之作為藝術或者說是遊戲，不過是把勞動的過程，提煉加工的再表演一次罷了。（第75頁）
	刪：這是文學鑒賞上的一個強有力的障礙物，由此你不能不頌揚它在文學批評史上的偉力了！	無
	無	增：「由於長期的停滯在封建社會」
論周秦諸子的「託古」、兩漢儒生的「泥古」	在這「託古」「泥古」的層層壓迫之下，由是借了反動的大力，產生了反動的桓譚，指出貴古賤今的錯誤觀念；又產生了反動的王充，進而完成「文無古今」的見解。	「託古」還有「改制」的進步意義，「泥古」便完全是維護舊制度、舊統治的反動思想。這種反動思想到東漢勢力最大，破綻最多，革命的「反古」思想也就隨著爆發，首先是桓譚指出「貴古賤今」的錯誤，接著王充就完成了「文無古今」的見解。（第118頁）
論六朝文學價值的提舉	六朝文盛的緣故，這種文學高於一切的觀念，也是重要的原因之一吧？	六朝的所以文盛，這也是原因之一。不消說，反對道德事功，就只有走到墮落的色情主義和形式主義。（第127頁）
論六朝社會轉變	由混戰及其原因。	由土地兼併及其他原因。（第128頁）

論六朝詩歌	是人生的呼聲，不是為詩歌而生。	是自然的呼聲，不是加工的作品。（第199 頁）
論六朝文學標準	由於文學標準有二：一是時代標準，一是歷史標準。時代標準取決於當時的一般人的眼光，一般人的眼光每偏於因襲。	這是由於在階級社會文學標準有二：一是當代的應用，一是歷史的價值。當代的應用是為統治階級，統治階級每偏於因襲。（第202 頁）
論《法句經序》作者	《高僧傳》卷一《維祇難傳》「以吳黃武三年，與同伴竺律炎，來至武昌」（李證剛先生告知），與序文相合，知作者確是吳大帝時人。就翻譯論言，也應當先發現翻譯的困難，然後才提出翻譯的方法，此文正說翻譯之難，應當是最早的翻譯論。放在唐代，實在不類；置之三國，極為恰當。	《出三藏記集》卷十三安玄傳云：「時支謙（維支難）出經，乃令其同道竺將炎傳譯，謙寫為漢文。」同卷支謙傳載所譯經，又恰有法句一種，知出於支謙。支謙、大月支人，雖祖父來中國。此序指出翻譯的困難，對後來的進而才提出翻譯的方法，有很大的先導作用。（第259 頁）
陳子昂提倡風雅詩	無	增：這是國家社會的矛盾危機，盛唐已逐漸暴露的反映。（《中國文學批評史》（二），第48 頁）
論殷璠	可見他重視詩之用，不重視詩之美；重視詩的人生價值，不重視詩的藝術價值。	可見他固不輕視詩之美，但尤重視詩之用，固不輕視詩的藝術價值，但尤重詩的人生價值。（第59 頁）
	無	論元白之別：「但『排比聲韻』指聲韻之美，『鋪陳始終』仍指社會使命也。」
論韓愈之「道」	韓愈所謂道的是非當否，姑置不論，他以前的古文家只是模糊的載道，他則抓住一種道，這是千真萬確的。這種道如只是積極的建設，而沒有破壞的對象，也難得十分起勁，恰巧佛老又作了他的哲學上的「魔的辯護士」（Advocatus diaboli），使他格外的叫得響亮。	不錯，韓愈所提倡的儒道是服務封建階級的，但在當時卻有進步意義，特別是他的用來反對佛老。他在《原道》指出得很對：「古之為民者四，今之為民者六」，多了不勞而食的佛老。因此「農之家一，而食粟之家六；工之家一，而用器之家六；賈之家一，而資焉之家六：奈何民不窮且盜也」！（第140 頁）
論司空圖	可惜世無知者，不能表現於當代，只有作為文字，藉以垂見於後世。	可是他的皇帝已被人民趕的隨處逃避了，當然不可能再來欣賞他的「志業」。好在他有「先人田」在中條山王官穀，正可作避世的處所和資借，由是就隱逸起來，從事「詩筆」，「以自見平生之志」。（第233 頁）

| 論司空圖 | 這或者可以算得逃於詩吧？但不是以詩消磨歲月，而是以詩表現平生的救世之志。所以晚唐的一般文學作家與理論家，都遁於格律儷偶，綺縟淫靡，司空圖卻要「存質以究實，鎮浮而勸用」。這是我們應當首先弄清楚的，否則他的詩及詩論，會被我們誤解為只是一種逃避的藝術及其方法，同時在舉世侈談「詩格」及「詩句圖」的時代，而他獨作《詩品》的原因，也無從理解了。 | 因此，儘管晚唐的作家與理論家，一般的都遁於格律儷偶，綺縟淫靡，司空圖卻要「存質以究實，鎮浮而勸用。」前者反映了都市文人的沒落，後者反映了封建文人的幻想。（第233頁） |

　　仔細分析，1957年版的修改可分以下幾類：一、出於學術原因，資料方面的補充或修改。比如，傅玄生卒年代由「？～278」改為「217～278」；李益生卒年代由「？～825」改為「748～827」；考證提出「翻譯之難」的《法句經序》作者是支謙；對於《文鏡秘府論》的有關引文，對之前的缺字或錯訛做了補充或修正，特別是對《文筆十病得失》、王昌齡《詩格》的校對。二、緊跟當時形勢，運用唯物論與階級分析對有關內容的修改。比如，論證中西地理影響文化時，增添歐洲奴隸社會、封建社會文化之所以發達的原因；對於原始藝術的三位一體，原先認為《毛詩序》「詩言志」之說更符合實際情形，後認為「詩言志」是主觀唯心的，詩樂舞真正產生於生產勞動；對於韓愈之「道」，原先姑置不論是非當否，後從服務封建階級入手對其評價，又從反對佛老角度肯定其進步意義。三、考慮思想批判運動，刪減或更換敏感人物或觀點。比如，對於引用胡適觀點作為論據的內容皆刪去胡適之名，舉例功利主義史學家時把唯物史觀的文學史或哲學史修改為胡適的白話文學史；提到文學批評積極的演進時，把韓愈更換為更能代表「人民性」的杜甫。四、對於論述對象在態度傾向方面的修改，如論述莊子時，原先從自然主義文學觀點出發，認為文學是美化的自然和人生，對莊子觀點基本上是肯定，後從現實主義文學觀點出發，認為文學是從自然現實提煉加工、組織再造的產品，故認為莊子觀點充滿著「極端自然主義的必然悲哀」；對於六朝文學價值的提高，原先以為其導致六朝文學的昌盛，後以為六朝文學觀念反對道德事功，故墮落到色情主義和形式主義；對於司空圖，原先發現他並不完全是隱逸，其詩仍表現了平生的救世願望，後來直接用「封建文人的幻想」予以定論。

　　綜上所述，羅根澤的修改並沒有像郭紹虞的兩次修改那樣徹底地以唯物論和現實主義與形式主義的鬥爭為線索〔註55〕，只是對於局部內容予以調整，當然也有幾處從唯物論出發改變原先看法，同時封建社會、封建階級也常被用來指稱敘述對象，但畢竟他保留了原先的框架和研究思路，也基本保留了其大部分內容，修改的部分只占全書的很小一部分。那麼，為何郭紹虞經過思想改造，「心頭旗幟從此變，永得新紅易舊白」〔註56〕，對其批評史進行大規模的修改，而羅根澤只是「小動干戈」呢？難道羅根澤心中旗幟沒有「新紅易舊白」嗎？答案是否定的。羅根澤在《重印序》中也幡然悔悟，對於自己的「小資產階級的客觀主義」進行了批判，並運用列寧對「小資產階級的客觀主義」的分析對其批評史寫作進行了反思，主要有兩點：一是「只是喜歡追尋某一文學理論批評歷史過程的必然性的現象」，卻沒有想到「說明到底什麼樣的社會經濟形態提供這一過程以內容，到底哪一階級決定這一必然性」，更沒能「揭露階級矛盾，並決定自己的觀點」，並舉例孔孟之所以以功用說詩，是因為其站在維護封建階級利益的立場來理解詩歌；二是對「必然性的現象」辯護，如元白轉向「閒適詩」和「豔詩」，沒有指出其中因素是統治階級對進步理論家的迫害，因此「研究歷史——不論一般的通史或學藝專史，如不依據馬列主義的歷史唯物主義，就不能有確切的分析與論述」。〔註57〕我們發現，1958年的《重印序》比一年前的《新版序》對其批評史進行了更大程度的反省。《新版序》只是反省其沾沾於五四時代的文學觀念和階級意識的注重不足兩點，而《重印序》特別強調了文學理論批評進程背後的「社會經濟形態」，明確表示以歷史唯物主義研究史學的必要性及真理性。聯繫本年「拔白棋，插紅旗」運動中，羅根澤作為南大中文系資產階級唯心論學者被批判，就可以理解為何僅僅相距一年二序自我反思有如此之差距。

　　不過，儘管如此，羅根澤安排的批評史事業卻是先續寫第三、四冊，然

〔註55〕郭紹虞修改批評史的相關研究，參見韓經太《中國文學批評史研究》第五章第二節，第242~255頁；邱景源博士論文《馬克思主義視域下的中國古代文論研究》第三章第三節。

〔註56〕郭紹虞：《以詩代序》，《中國古典文學理論批評史》（上），人民文學出版社，1959年，第1頁。

〔註57〕羅根澤：《重印序》，《中國文學批評史》（一），上海古典文學出版社，1958年，第5頁。

後再修改第一、二冊，看來他把完成整體的批評史放在修改批評史之前，其中主次輕重之分顯明。聯繫上節周勳初回憶，對於批評史受到批判，羅氏態度〔註 58〕表明，他仍以資料豐富為根據認為其經得起考驗。對比郭紹虞，他在 1955 年修訂本的《後記》中寫道：「尤以自己對馬克思列寧主義的文藝理論研究不夠，舊觀點不能廓清，對各家意見不能給以應有的評價，均屬意料中事。更因在病中，工作起來，每有力不從心之感，雖然改寫的態度自認識嚴肅的，但結果仍只能是一部資料性的作品。」〔註 59〕郭氏對修改本仍是「一部資料性的作品」不滿，故 1959 年再次對舊作進行修改。而羅根澤以為其批評史以豐富資料為特點，故可能以為其無需進行大的修改，只需小改即可。此外，郭氏大改、羅氏小改也與二人對於撰寫批評史之意見有關。郭紹虞批評史以建構宏觀結構見長，其舊版以文學觀念演進分三階段，故修訂版首先對其結構進行調整，1955 年版分為上古期、中古期、近古期，1959 年版直接以現實主義與形式主義的鬥爭為線索。而羅根澤批評史不以宏觀體系見長，其舊版也無統一的理論框架，故修改時只是縫縫補補而已。

〔註 58〕重引一下：「羅先生以為他的《中國文學批評史》是用豐富的資料寫成的，你們幾個年輕學生講講大道理就想批倒我了麼？因此他多次以不屑的口氣說：『可以具體一些麼！可以具體一些麼！』」見周勳初：《教學終身　甘苦備嘗——教育生涯中的若干突出事例》，《古典文學知識》2014 年第 2 期。
〔註 59〕郭紹虞：《後記》，《中國文學批評史》，1955 年，第 605 頁。

結　語

　　羅根澤文學批評史出版後，有論者評價道：「在材料上之供給，可謂博矣大矣詳盡而至於無以復加，……實材料之寶藏，文評之秘府。」〔註 1〕時至今日，研究者仍然認為，「本學科成形初期的最基本的文獻都是由郭紹虞、羅根澤等先生搜集、整理完成的。特別是羅先生，用力之勤，更是令人欽仰不已。永明聲律說所收材料之多，在當時無人能及；對於詩格類材料的搜集整理，在當時也無人可比。」〔註 2〕自然，材料搜集廣博是羅根澤批評史公認的特點，但是羅氏憑藉半部批評史之所以能夠與郭紹虞在學術史上平分秋色，除此之外還因其具有獨特的研究問題的方式和方法。

　　自郭、羅批評史面世之後，就有論者評比其優劣。1935 年，林庚發表《介紹兩部中國文學批評史》，認為郭著是「一元的想把一個大的史觀來籠罩一切」，羅著是「多元的願分別敘述」，「更客觀」，結論是二書「各有其獨特的價值」。〔註 3〕有研究者指出，林庚於郭、羅二人是廣義上的師生關係，故對二人同等肯定。〔註 4〕但是，林庚的確指出了二人著作的各自特點。正如後來的研究者所說，「郭紹虞更多地是以觀念來統攝歷史材料，而羅根澤更多地則是注重歷史材料本身所呈現出來的觀念。郭著更注重觀念的建構，因而體

〔註 1〕　林分：《評羅根澤的〈中國文學批評史〉》，《眾志月刊》第 2 卷第 3 期，1934年。

〔註 2〕　羅宗強：《20 世紀古代文學理論研究之回顧》，《古代文學理論研究》，湖北教育出版社，2002 年，第 22 頁。

〔註 3〕　林庚：《介紹兩部中國文學批評史》，《大公報》「圖書副刊」第 60 期，1935年。

〔註 4〕　參見張健：《從分化的發展到綜合的體例：重讀羅根澤〈中國文學批評史〉》，《文學遺產》2013 年第 1 期。

系完備、邏輯嚴謹、規模宏大；羅著更注重材料所呈現出來觀念，因而分析細緻入微，時有新見。」〔註5〕郭紹虞接受黑格爾辯證法的影響，以文學觀念的自我演繹為中心，把批評史分為演進期、復古期、完成期三個階段。不過，這種文學觀念由演進到復古再到完成的螺旋式上升的發展規律是「站在當代的立場和視野上對中國古代文學現象進行觀照的產物」，「如果沒有現代的審美性和自律性的文學觀念，沒有當代的立場和視野，我們就不會意識到這個問題的存在，當然也無法發現中國文學觀念的發展規律」。〔註6〕這種以觀念裁判歷史事實的目的論研究思路有礙於認識古代文學批評史的本來面目，而且也忽視了社會物質生產因素（政治、經濟、文化等）對於文學觀念發展及其演化的影響。羅根澤的出發點則不同，聲明「先輯『文學批評論集』，再作『文學批評史』，以探批評奧蘊」，並不十分關注於文學觀念的演進，而是側重於古代文學批評本身的歷史，又言其研究態度：「蒐覽務全，銓敘務公，祛陰陽偏私之見，存歷史事實之真」。〔註7〕通過歷史化地考察，我們發現，正是「祛除成見」與「求真」的自覺意識，使他選取折衷義的文學觀念與廣義的文學批評界說，而不是以現代文學觀念（「純文學」）比附古代文學及其批評；使他從政治、經濟以及學藝等多個方面闡釋「時代意識」的形成及其對文學批評之影響，以致其批評史觀帶有鮮明的唯物論色彩；使他從材料出發，探討「音律說」、「佛經翻譯論」、「詩的對偶及做法」、「詩格」、「詩句圖」等各個時期的重要文學批評問題；使他對《文心雕龍》、古文運動、詩話等問題有一個接近歷史之真的客觀認識。

我們切入相關的學術語境，關注羅根澤研究問題的方式，發現很多問題或現象與之前研究者們對於羅氏的認識或評價有所不同。羅氏研究諸子學與他求新好異的性情有關，但更與晚清民國時期諸子學成為顯學的學術嬗變相關；他聲稱的「中國文學史類編」並不是獨創，而是順應學術分類的趨勢；他注重講述音律論、對偶及做法、詩格等內容，很大的原因是獲得了「秘本」《文鏡秘府論》及《吟窗雜錄》；他的「載道」「緣情」說並不是對周作人「載道」「言志」說的亦步亦趨，而且他也認識到這種二分法的缺陷；大多數研究者稱引的1950年代版文學批評史並不是最初的面貌，而是經過了受政治話語

〔註5〕 李春青等：《20世紀中國古代文論研究史》，山東教育出版社，2008年，第329頁。
〔註6〕 李春青等：《20世紀中國古代文論研究史》，第338頁。
〔註7〕 羅根澤：《自序》，《周秦兩漢文學批評史》，第1頁。

影響的部分修改；1950 年代文學批評史學科並不是完全中止，而是在後期有個短暫的迴光返照。

最後，我們簡單回顧和反思一下 20 世紀下半葉的文學批評史（或古代文論）研究，就會發現問題的答案在羅根澤那裡已有啟示。

1958 年 8 月，周揚提出「建立中國自己的馬克思主義的文藝理論和批評」。1960 年，《文藝報》第五期設置「批判地繼承中國古代文藝理論遺產」專欄，連續幾期發表宗白華、王瑤、朱光潛、郭紹虞等人的文章。儘管部分專欄文章有意避開「批判繼承」話題，但古代文論研究的總體方向已發生改變，早期「印證文學史」、「求歷史之真」的研究目的讓位於建立馬克思主義文藝理論。「文革」結束後，學術研究走上正軌，但古代文論研究的思路卻繼承了下來。1979 年 3 月，第一屆中國古代文學理論學會在昆明召開，參會學者認為：「我們的祖國已進入一個新的歷史時期，建立民族化的馬克思主義文藝理論和繁榮社會主義文藝創作的歷史任務已經提上日程，我們必須認真研究古代文學理論，批判繼承，推陳出新。這對於豐富世界文學理論寶庫和提高民族自信心也都是非常重要的。」〔註 8〕於是，「馬克思文藝理論」、「民族特色」響徹 1980 年代，正如王元化所說，「研究中國文論的重要意義，一方面是對中國遺產的整理和繼承，另一方面有助於建設具有中國民族特色的馬克思主義文藝理論。」〔註 9〕「整理」是為了「繼承」，最終目的都是建立馬克思主義文藝理論。即使到了 1990 年代，古代文論研究的當代之用仍是被強調的重點。如有的學者所說：「研究中國文學批評史的目的不僅僅是為了弄清過去，而更重要的是為建設具有當代中國民族特色的文學理論服務。」〔註 10〕特別是 1990 年代末，「古代文論的現代轉換」幾乎成為風靡整個學界的話題，接連幾次大型學術會議把它作為核心議題〔註 11〕，很多學者都發出了自己的

〔註 8〕《敘述動態》，《古代文學理論研究叢刊》第 1 輯，上海古籍出版社，1979 年，第 422 頁。

〔註 9〕王元化：《中國古代文論研究與建立民族化的馬克思主義文藝理論問題》，《文史哲》1983 年第 1 期。

〔註 10〕陳伯海、黃霖、曹旭：《中國古代文論研究的民族性與現代轉換問題——二十世紀中國古代文論研究三人談》，《文學遺產》1998 年第 3 期。

〔註 11〕先後有 1996 年在陝西召開的「中國古代文論的現代轉換」學術研討會、1996 在廣州和海南召開的「二十世紀中國文學理論的回顧與前瞻」學術討論會、1998 年在武漢召開的「20 世紀中國文學與理論批評」學術研討會、2000 年 7 月在北京召開的「文學理論的未來：中國與世界」國際研討會、2000 年 11 月在上海召開的「二十世紀中國古代文論研究的回顧與前瞻」國際研討會等。

聲音。其實，自馬克思主義文藝理論建設到古代文論的現代轉換話題一脈相承，都是在「古為今用」的意識下尋求古代文論研究的現代意義。歸而言之，在「求是」與「致用」之間更側重於後者。

縱觀 20 世紀文學批評史的研究史，我們發現，上半葉偏於「求是」，下半葉則強調「致用」。羅根澤、郭紹虞、朱自清等人皆注重原始資料的搜集，以還文學批評史的「本來面目」為最終追求。錢鍾書在談到建國前的古典文學研究時說道：「他們或忙於尋章摘句的評點，或從事追究來歷、典故的箋注，再不然就是去搜羅軼事掌故，態度最『科學』的是埋頭在上述的實證主義的考據裏，……就是研究中國文學批評史的人，也無可諱言，偏重資料的搜討，而把理論的分析和批判放在次要地位。」〔註12〕新中國成立後，有助於建立民族特色的馬克思主義文藝理論或當代文論建設成為古代文論研究的最重要目的，「求是」淪落到次要的位置，如有的學者所說：「要求古代文論研究者都能參與到當代文學理論與批評的建設中去是不現實的，但要求他們更多地關注當代文學創作與批評，並能從當代文學理論的建設與發展的角度去從事古代文論的研究並不算苛求。因為做到這一點，古代文論研究才更具現實意義，更具建設價值」。〔註13〕從「求是」到「致用」的轉變，除了提高民族自信心、抵抗西方文論話語等因素外，也與學科內部的發展需求有關：「1949 年之後的中國古代文學理論研究所面對的依然是郭紹虞、羅根澤、朱東潤等人挖掘和整理的資料」，「所有的問題和研究領域在這個學科創立之初都已經昭示出來了，所有後來的研究現在都不過是原有的體系和框架內所進行的修修補補。當這種修補性的工作接近完成之際，中國古代文學理論研究的轉型就成為必然。」〔註14〕而這種轉型就是對古代文論進行現代闡釋，並使之融入當代文論建設之中。那麼，為了使古代文論研究趨於科學，如何平衡「求是」與「致用」之間的關係？

羅根澤固然強調「求是」，但談到文學批評史的研究目的時，不僅說及「藉批評者的批評，以透視過去文學」，也提到「獲得批評原理與文學理論，以指導未來文學」。〔註15〕可見，他把建設以指導未來文學創作的文學理論納

〔註12〕錢鍾書：《古典文學研究在現代中國》，《寫在人生邊上·人生邊上的邊上·石語》，第 180 頁。

〔註13〕蔣述卓：《論當代文論與中國古代文論的融合》，《文學評論》1997 年第 5 期。

〔註14〕李春青等：《20 世紀中國古代文論研究史》，第 347 頁。

〔註15〕羅根澤：《周秦兩漢文學批評史》，第 7 頁。

入到批評史研究的目的之中。此外，他把史學家分為純粹的史學家和功利主義的史學家兩種，前者的責任是「紀述過去」，後者的責任「不僅在記述過去，還要指導未來」；前者偏於「求真」，後者偏於「求好」。不過，二者都需把「求真」作為根本：「未來的變革路向，既根據過去的變革事實，則根據的變革如不是事實，則指導的變革也必定錯誤。所以不惟站在純粹的史學家的立場，必須『求真』；就是站在功利主義的史學家的立場，也必須『求真』。『求真』以後，才能進而『求好』。」即使是批評家或理論家編著批評史，也應該先求「真」，再求「好」，因為「為創立新學說而作史，其創立新學說既要根據舊學說，則對於舊學說，必先明瞭真相。否則根據的舊學說既不『真』，創立的新學說也難『好』」。〔註16〕總之，「求真」是批評史研究的最基礎的工作，在此之後才能有助於「求好」的文學理論建設。可是，自 1980 年代以來，不少古代文論研究者一定要在「求是」和「致用」之間定個高下之分，前者僅是資料性的工作，後者才更有建設價值和意義，似乎不面向現實需求的古代文論研究只是翻檢故紙堆。古代文論研究固然對於當代文論建設有所幫助，但也應該在尊重歷史面目、不曲解古人學說的前提下進行，否則片面強調和追求當代之用會使研究者違背歷史主義原則，陷入「以今釋古」的主觀性思維模式。例如，一直以來，「意境」被認為是古代文學批評或美學可以與西方「典型」相抗衡的核心範疇。有人統計，新時期十多年間有關文章就多達 1340 篇，差不多每年 100 篇左右。〔註17〕但是，有研究者通過深入有關術語語境發現，古代文學批評史並未存在一種今人所謂的「意境說」，它只是一種人為的話語建構。〔註18〕

　　其實，無需在「求是」和「致用」之間區分優劣、評判高下，在這裡我們也不是為「求是」翻案而貶低「致用」，況且連羅根澤也承認沒有絕對的客觀，所謂「求是」是祛除撰史者的主觀成見和「意識隱藏」，儘量地向歷史之真靠近。我們反對的只是自 1950 年代以來那種只追求有助於當代文論建設的唯「致用」為尊的學術思維模式。有助於文學理論建設是古代文論研究的重要任務之一，但不應該成為唯一甚至最高的目的。正如羅宗強所說：「古文論研究的目的應該是多元的，它可以有助於建立具有民族特色的當代文藝理

〔註16〕羅根澤：《周秦兩漢文學批評史》，第 24、25 頁。
〔註17〕參見古風：《新時期古代文論研究的十大熱點》，《文史哲》1995 年第 2 期。
〔註18〕參見羅鋼：《學說的神話——評「中國古代意境說」》，《文史哲》2012 年第 1 期。

論，可以有助於提高民族文化素質，可以有助於其他學科如文學史、思潮史、詩人心態史、文化史等等的研究……。從文化承傳的角度去考慮問題，則弄清古文論的歷史面貌本身，也可以說就是研究目的。」〔註 19〕可惜這種聲音在強調古代文論的當代價值和意義的時代風氣中極其微弱。而且，由於批評史與文學史之間的因緣關係，有助於認識、印證文學史理應成為批評史的重要內容之一。郭紹虞、羅根澤等人把批評史看作文學史的一個分支，葉公超、楊晦、王瑤等人皆強調研究批評史離不開文學史的幫助。總之，古代文論研究們應該根據自己的性情愛好，選擇從事求歷史之真或當代之用的工作，不應排斥或貶低另一方面的研究，只是需謹記羅根澤所言，「求好」也需建立在「求真」的基礎之上。

〔註19〕羅宗強：《20 世紀古代文學理論研究之回顧》，《古代文學理論研究》，第 21 頁。

參考文獻

中文著作

1. 北大中文系編:《中國新文論的拓荒與探索——楊晦先生紀念集》,北京大學出版社,2001年。

2. 北京圖書館編:《民國時期總書目》(文學理論批評部分),書目文獻出版社,1982年。

3. 遍照金剛:《文二十八種病》,儲皖峰校刊,北平述學社,1930年。

4. 蔡忠翔、黃保真、成復旺:《中國文學理論史》(一),北京出版社,1987年。

5. 蔡鎮楚:《中國詩話史》,湖南文藝出版社,1988年。

6. 陳寅恪:《金明館叢稿二編》,北京三聯書店,2001年。

7. 陳玉堂:《中國文學史書目綱要》,黃山書社,1986年。

8. 陳鍾凡:《中國文學批評史》,中華書局,1927年。

9. 陳鍾凡:《漢魏六朝文學》,中華書局,1928年。

10. 陳鍾凡:《清暉集》,書目文獻出版社,1987年。

11. 陳鍾凡:《陳鍾凡論文集》,上海古籍出版社,1993年。

12. 陳鍾凡:《清暉山館友聲集》,江蘇古籍出版社,2001年

13. 陳子善編:《葉公超批評文集》,珠海出版社,1998年。

14. 陳平原:《中國現代學術之建立:以章太炎、胡適為中心》,北京大學出版社,1998年。

15. 陳平原主編:《中國文學研究現代化進程二編》,北京大學出版社,2002年。

16. 陳平原:《作為學科的文學史》,北京大學出版社,2011年。

17. 陳以愛:《中國現代學術研究機構的興起——以北大研究所國學門為中

心的探討》，江西教育出版社，2002 年。

18. 程千帆：《文論十箋》，黑龍江出版社，1983 年。

19. 程千帆：《桑榆憶往》，《程千帆全集》第 15 卷，河北教育出版社，2000 年。

20. 戴燕：《文學史的權力》，北京大學出版社，2002 年。

21. 丁福保輯：《歷代詩話續編》，中華書局，2006 年。

22. 丁文江、趙豐田編：《梁啟超年譜長編》，上海人民出版社，1983 年。

23. 董乃斌主編：《中國文學史學史》，河北人民出版社，2003 年。

24. 東方雜誌社編：《文學批評與批評家》，商務印書館，1924 年。

25. 兒島獻吉郎：《中國文學通論》，孫俍工譯，商務印書館，1935 年。

26. 范文瀾：《文心雕龍注》，人民文學出版社，1958 年。

27. 方效岳：《中國文學批評・中國散文概論》，三聯書店，2007 年。

28. 馮友蘭：《中國哲學史》，商務印書館，2001 年。

29. 馮友蘭：《三松堂自序》，《三松堂全集》第 1 卷，河南人民出版社，2001 年。

30. 傅東華：《詩歌與批評》，新中國書局，1932 年。

31. 傅東華：《文藝批評 ABC》，世界書局，1928 年。

32. 傅柯：《知識的考掘》，王德威譯，臺北麥田出版公司，1993 年。

33. 傅庚生：《中國文學批評通論》，商務印書館，1947 年。

34. 高等教育部審定：《中國文學史教學大綱》，高等教育出版社，1957 年。

35. 宮島新三郎：《文藝批評史》，高明譯，開明書店，1930 年。

36. 龔書熾：《韓愈及其古文運動》，商務印書館，1945 年。

37. 顧潮：《顧頡剛年譜》，中國社會科學出版社，1993 年。

38. 顧頡剛：《自序》，《古史辨（一）》，北平樸社，1926 年。

39. 顧頡剛：《當代中國史學》，上海古籍出版社，2002 年。

40. 郭紹虞：《文品匯鈔》，北平樸社，1929 年。

41. 郭紹虞：《中國文學批評史》（上）（下），商務印書館，1934、1947 年。

42. 郭紹虞：《中國文學批評史》，上海新文藝出版社，1955 年。

43. 郭紹虞：《中國古典文學理論批評史》（上），人民文學出版社，1959 年。

44. 郭紹虞：《宋詩話考》，中華書局，1979 年。

45. 郭紹虞：《宋詩話輯佚》，中華書局，1980 年。

46. 郭紹虞：《照隅室古典文學論集》（上）（下），上海古籍出版社，2009 年。

47. 郭紹虞：《照隅室雜著》，上海古籍出版社，2009 年。

48. 郭紹虞主編：《中國歷代文論選》，上海古籍出版社，2001 年。

49. 郭維森編：《學苑奇峰——文學史家胡小石》，南京大學出版社，2000 年。

50. 郭湛波：《近五十年中國思想史》，上海古籍出版社，2005 年。

51. 韓經太：《中國文學批評史研究》，福建人民出版社，2006 年。

52. 何炳松：《歷史研究法》，商務印書館，1927 年。

53. 何炳松：《通史新義》，商務印書館，1930 年。

54. 胡適：《胡適全集》，安徽教育出版社，2003 年。

55. 胡小石：《中國文學史講稿》，《胡小石論文集續編》，上海古籍出版社，1991 年。

56. 胡行之：《中國文學史講話》，光華書局，1932 年。

57. 黃海章：《中國文學批評簡史》，廣東人民出版社，1962 年。

58. 黃侃：《文心雕龍劄記》，上海古籍出版社，2000 年。

59. 黃念然：《20 世紀中國古代文學研究史》（文論卷），東方出版中心，2006 年。

60. 黃念然：《中國古代文論研究的現代轉換》，中國社會科學出版社，2006 年。

61. 季鎮淮：《聞朱年譜》，清華大學出版社，1986 年。

62. 蔣述卓等：《二十世紀中國古代文論學術研究史》，北京大學出版社，2005 年。

63. 李長之：《李長之文集》第 3 卷，河北教育出版社，2006 年。

64. 李華卿：《中國歷代文學理論》，神州國光社，1934 年。

65. 李希凡、藍翎：《紅樓夢評論集》，作家出版社，1957 年。

66. 李春青等：《20 世紀中國古代文論研究史》，山東教育出版社，2008 年。

67. 黎錦明：《文學批評概說》，北新書局，1934 年。

68. 栗永清：《知識生產與學科規訓：晚清以來的中國文學學科史探微》，中國社會科學出版社，2012 年。

69. 梁啟超：《中國歷史研究法》，上海古籍出版社，1987 年。

70. 梁啟超：《佛學研究十八篇》，上海古籍出版社，2001 年。

71. 梁啟超：《清代學術概論》，上海古籍出版社，1998 年。

72. 梁實秋：《梁實秋文集》第 1 卷，鷺江出版社，2004 年。

73. 林紓：《論文偶記・初月樓古文緒論・春覺齋論文》，人民文學出版社，1959 年。

74. 凌獨見：《國語文學史綱》，商務印書館，1922 年。

75. 鈴木虎雄：《中國古代文藝論史》（上）（下），孫俍工譯，北新書局，1928、1929 年。

76. 鈴木虎雄：《中國文學論集》，汪馥泉譯，神州國光社，1930 年。

77. 鈴木虎雄：《中國詩論史》，許總譯，廣西人民出版社，1989 年。

78. 鈴木貞美：《文學的概念》，王成譯，中央編譯出版社，2011 年。

79. 劉大白：《中國文學史》，開明書店，1933 年。

80. 劉大杰：《中國文學發展史》，中華書局，1941、1949 年。

81. 劉大杰主編：《中國文學批評史》（上冊），中華書局，1964 年。

82. 劉德重、張寅彭：《詩話概說》，安徽教育出版社，2009 年。

83. 劉國盈：《唐代古文運動論稿》，陝西人民出版社，1984 年。

84. 劉麟生：《中國文學史》，世界書局，1932 年。

85. 劉若愚：《中國文學理論》，杜國清譯，江蘇教育出版社，2005 年。

86. 劉永濟：《文學論》，商務印書館，1934 年。

87. 劉師培：《中國中古文學史·論文雜記》，人民文學出版社，1959 年。

88. 劉正：《京都學派》，中華書局，2009 年。

89. 琉威松：《近世文學批評》，傅東華譯，商務印書館，1928 年。

90. 陸海明：《古代文論的現代思考》，北嶽文藝出版社，1988 年。

91. 羅根澤：《管子探源》，中華書局，1931 年。

92. 羅根澤：《樂府文學史》，北平文化學社，1931 年。

93. 羅根澤：《孟子評傳》，商務印書館，1932 年。

94. 羅根澤編著：《古史辨（四）》，北平樸社，1933 年。

95. 羅根澤：《中國文學批評史》（I），北平人文書店，1934 年。

96. 羅根澤編著：《古史辨（六）》，開明書店，1938 年。

97. 羅根澤：《魏晉六朝文學批評史》，商務印書館，1943 年。

98. 羅根澤：《隋唐文學批評史》，商務印書館，1943 年。

99. 羅根澤：《周秦兩漢文學批評史》，商務印書館，1944 年。

100. 羅根澤：《晚唐五代文學批評史》，商務印書館，1945 年。

101. 羅根澤：《中國古典文學論集》，五十年代出版社，1955 年。

102. 羅根澤編、戚法仁注：《先秦散文選注》，作家出版社，1957 年。

103. 羅根澤：《中國文學批評史》（一）（二），古典文學出版社，1957 年。

104. 羅根澤：《魏晉南北朝文學史》，南京大學中文系內部交流教材，1957 年。

105. 羅根澤：《中國歷代文學理論批評文選》（上），南京大學中文系內部交流

教材，1957 年。

106. 羅根澤：《諸子考索》，人民出版社，1958 年。

107. 羅根澤：《中國文學批評史》（三），中華書局，1961 年。

108. 羅根澤：《羅根澤古典文學論文集》，上海古籍出版社，2009 年。

109. 羅志田：《近代讀書人的思想世界與治學取向》，北京大學出版社，2009 年。

110. 羅志田：《裂變中的傳承：20 世紀前期的中國文化與學術》，中華書局，2003 年。

111. 羅宗強：《隋唐五代文學思想史》，上海古籍出版社，1986 年。

112. 羅宗強主編：《古代文學理論研究》，湖北教育出版社，2002 年。

113. 呂振羽：《史前史中國社會研究》，河北人民出版社，2000 年。

114. 南京大學文學院編：《南京大學文學院百年史稿》，南京大學出版社，2014 年。

115. 彭玉平：《詩文評的體性》，北京大學出版社，2012 年。

116. 浦江清：《浦江清文史雜文集》，清華大學出版社，1993 年。

117. 齊家瑩編纂：《清華大學人文學科年譜》，清華大學出版社，1999 年。

118. 錢基博：《國學必讀》，中華書局，1924 年。

119. 錢基博：《現代中國文學史》，上海書店出版社，2007 年。

120. 錢鍾書：《談藝錄》，北京三聯書店，2001 年。

121. 錢鍾書：《七綴集》，北京三聯書店，2002 年。

122. 錢鍾書：《寫在人生邊上·人生邊上的邊上·石語》，北京三聯書店，2002 年。

123. 青木正兒：《中國古代文藝思潮論》，王俊瑜譯，北平人文書店，1933 年。

124. 青木正兒：《中國文學思想史綱》，汪馥泉譯，商務印書館，1936 年。

125. 青木正兒：《中國文學概說》，隋書森譯，開明書店，1938 年。

126. 任訪秋：《任訪秋文集》（未刊著作三種上），河南大學出版社，2013 年。

127. 三聯書店編：《胡適思想批判》第 1 輯，北京三聯書店，1955 年。

128. 桑兵：《晚清民國的國學研究》，上海古籍出版社，2001 年。

129. 桑兵主編：《先因後創與不破不立：近代中國學術流派研究》，北京三聯書店，2007 年。

130. 上海圖書館編：《中國近代期刊篇目匯錄》第 2 卷，上海人民出版社，1982 年。

131. 舒新城編：《中國近代教育史資料》（上）（中）（下），人民教育出版社，

1961 年。

132. 思明:《文藝批評論》,神州國光社,1931 年。

133. 孫俍工:《文藝辭典》,民智書局,1928 年。

134. 孫敦恒:《清華國學研究院史話》,清華大學出版社,2002 年。

135. 孫隆基:《歷史學家的經線——歷史心理文集》,廣西師範大學出版社,2004 年。

136. 孫昌武:《唐代古文運動通論》,百花文藝出版社,1984 年。

137. 譚丕模:《中國文學史綱》,北新書局,1933 年。

138. 譚正璧:《中國文學進化史》,光明書局,1929 年。

139. 王存奎:《再造與復古的辯難——20 世紀 20 年代「整理國故」論爭的歷史背景》,黃山書社,2010 年。

140. 王汎森:《中國近代學術思想的系譜》,河北教育出版社,2001 年。

141. 王煥鑣:《中國文學批評論文集》,正中書局,1936 年。

142. 王文俊等選編:《南開大學校史資料選》(1919～1949),南開大學出版社,1989 年。

143. 王瑤:《中古文學史論》,商務印書館,2011 年。

144. 王瑤:《關於中國古典文學問題》,古典文學出版社,1956 年。

145. 王瑤主編:《中國文學研究現代化進程》,北京大學出版社,1998 年。

146. 王運熙:《望海樓筆記》,陝西人民出版社,2008 年。

147. 王運熙:《中國古代文論管窺》,上海古籍出版社,2014 年。

148. 韋勒克:《批評的諸種概念》,丁泓等譯,四川文藝出版社,1988 年。

149. 韋勒克:《近代文學批評史》,楊自伍譯,上海譯文出版社,1987 年。

150. 韋勒克、沃倫:《文學理論》,劉象愚等譯,江蘇教育出版社,2005 年。

151. 魏小虎編撰:《四庫全書總目匯訂》,上海古籍出版社,2012 年。

152. 《文學遺產》編輯部編:《文學遺產選集》一集,作家出版社,1956 年。

153. 《文學遺產》編輯部編:《百年學科沉思錄》,人民文學出版社,1998 年。

154. 吳新雷編:《學林清暉——文學史家陳鐘凡》,南京大學出版社,2003 年。

155. 吳文祺:《現代文學講授綱要》,《散文選》附錄,北平中國大學,1935 年。

156. 吳文治主編:《宋詩話全編》,江蘇古籍出版社,1998 年。

157. 夏丏尊:《文藝論 ABC》,世界書局,1928 年。

158. 夏炎德:《文藝通論》,開明書店,1933 年。

159. 夏曉虹、吳令華編：《清華同學與學術薪傳》，三聯書店，2009 年。

160. 謝无量：《中國大文學史》，中華書局，1918 年。

161. 許文雨：《文論講疏》，正中書局，1937 年。

162. 徐中玉：《徐中玉文集》第 4 卷，華東師範大學出版社，2013 年。

163. 徐雁平：《胡適與整理國故考論——以中國文學史研究為中心》，安徽教育出版社，2003 年。

164. 鹽谷溫：《中國文學概論講話》，孫俍工譯，開明書店，1930 年。

165. 顏惠慶主編：《英華大詞典》，商務印書館，1908 年。

166. 楊守敬：《日本訪書志》，遼寧教育出版社，2003 年。

167. 姚永樸：《文學研究法》，京華印書局，1914 年。

168. 姚柯夫：《陳鍾凡年譜》，書目文獻出版社，1989 年。

169. 葉楚傖主編：《中國文學批評論文集》，正中書局，1936 年。

170. 葉輝、周興陸：《復旦中國文學批評史研究》，廣西師範大學出版社，2006 年。

171. 伊科緋茲：《唯物史觀的文學論》，攀仲雲譯，新生命書局，1930 年。

172. 游國恩：《楚辭概論》，北平述學社，1926 年。

173. 郁達夫：《郁達夫全集》第 11 卷，浙江大學出版社，2007 年。

174. 余英時：《文史傳統與文化重建》，北京三聯書店，2004 年。

175. 張海明：《經與緯的交結：中國古代文藝學範疇論要》，雲南人民出版社，1994 年。

176. 張海明：《回顧與反思：古代文論研究七十年》，北京師範大學出版社，1997 年。

177. 章克標：《開明文學辭典》，開明書店，1933 年。

178. 章學誠：《文史通義》，中華書局，1985 年。

179. 張蔭麟：《張蔭麟全集》，清華大學出版社，2013 年。

180. 張少康等：《文心雕龍研究史》，北京大學出版社，2001 年。

181. 鄭振鐸：《中國文學研究》，商務印書館，1927 年。

182. 鄭振鐸：《插圖本中國文學史》，北平樸社，1932 年。

183. 鄭振鐸、傅東華編：《文學百題》，生活書店，1935 年。

184. 鄭振鐸：《鄭振鐸古典文學論文集》，上海古籍出版社，1983 年。

185. 鄭振鐸：《鄭振鐸全集》第 3 卷，花山文藝出版社，1998 年。

186. 周全平：《文藝批評淺說》，商務印書館，1927 年。

187. 周作人：《自己的園地》，晨報社，1923 年。

188. 周作人：《中國新文學的源流》，北京十月文藝出版社，2011 年。

189. 周作人：《藝術與生活》，北京十月文藝出版社，2011 年。

190. 周勛初：《中國文學批評小史》，遼寧古籍出版社，1996 年。

191. 周勛初：《當代學術研究思辨》，南京大學出版社，1993 年。

192. 周勛初：《餘波集》，南京大學出版社，2008 年。

193. 周揚：《周揚文集》第 3 卷，人民文學出版社，1990 年。

194. 朱有瓛編：《中國近代學制史料》一至四輯，華東師範大學出版社，1983 〜1993 年。

195. 朱東潤：《中國文學批評史大綱》，上海古籍出版社，2001 年。

196. 朱東潤：《中國文學批評論集》，開明書店，1947 年。

197. 朱東潤：《朱東潤自傳》，《朱東潤傳記作品全集》第 4 卷，東方出版中心，1999 年。

198. 朱維之：《中國文藝思潮史略》，開明書店，1946 年。

199. 朱星元：《中國文學史外論》，東方學術社，1935 年。

200. 朱自清：《朱自清文集》，江蘇教育出版社，1997 年。

201. 朱自清：《中國文學批評研究講義》，劉晶雯整理，天津古籍出版社，2004 年。

外文著作

1. George Saintsbury: A history of criticism and literary taste in Europe from the earliest texts to the present day, London: Blackwood, 1911.

2. George Saintsbury: A history of English criticism: being the English chapters of a history of criticisms and literary taste in Europe, London: Blackwood, 1911.

主要期刊

《小說月報》、《創造》、《創造週報》、《國學叢刊》、《國立清華大學一覽》、《國立武漢大學一覽》、《燕京大學本科課程一覽》、《燕京學報》、《圖書季刊》、《讀書通訊》、《文哲月刊》、《學文》、《中央週刊》等。

附錄　羅根澤學術年譜[註1]

1900 年

生於直隸州深州（今為河北省深縣）。

1913 年

至縣城讀高等小學。吳汝綸曾為該地知州數年，後又因庚子之亂避難來居，故國文教師皆吳氏親炙式私塾弟子，桐城文風濃厚。羅根澤以讀古文為主，遂養成偏嗜文學的癖性。[註2]

1915 年

始研習《管子》。

1918 年

到武錫珏家「北圃學舍」學習，前後凡兩年。按，「武錫珏，字合之，深州人，河北大學教授，師事張裕釗、吳汝綸、賀濤，受古文法，為入室弟子，淳樸好學，文特醇雅，於文字致力尤深。」[註3]

1920 年

武錫珏因母歿返京，任總統府編譯處和都門編書局編輯，羅根澤隨讀。該年華北大旱，秋後隨讀同學四散，回鄉。

〔註 1〕 本年譜參閱了轟世美《羅根澤先生著作年表》（《古典文獻研究》，南京大學出版社，1989 年）、馬強才《羅根澤先生年譜簡編》（《羅根澤文存》附錄一，江西人民出版社，2012 年），在此致以謝意。

〔註 2〕 年譜中羅根澤讀書求學、教書生涯等事蹟見《我的讀書生活》（刊《中央週刊》第 8 卷第 8 期）、《羅根澤自傳》（刊《出版社》第 2 卷第 1 期）。

〔註 3〕 劉聲木：《桐城文學淵源撰述考》，黃山書社，1989 年，第 199 頁。

1921 年

任縣城高等小學國文老師。受新文化運動影響，打算致力於創作新文學和整理舊文學。

1922 年

到天津南開大學暑期學校，聽梁啟超講「國文教學法」、胡適講「國語文法」和「國語文學史」。

1925 年

考入河北大學國文學系。

冬，撰成《莊子學案》。

1926 年

秋，撰成《荀子學案》。

1927 年

春，到清華園晉謁梁啟超。

夏，撰成《孟子學案》。

秋，考入清華學校研究院國學門，主修「諸子科」，由梁啟超指導。按，次年六月，梁啟超因病情惡化辭去國學研究院教授職務，導師遂改為陳寅恪。

1928 年

3 月 28 日，撰成《孟子評傳》。

秋，入讀燕京大學國學研究所，主修「中國哲學」，由馮友蘭與黃子通指導。按，該國學研究所由哈佛燕京學社資助，設立獎學金以供中文和歷史系研究生攻讀學位和繼續研究工作。

10 月，《子莫魏牟非一考》刊《國學論叢》第 1 卷第 4 期。

1929 年

1 月，《宋子及其學說》刊《仁聲》第 5 期。

3 月，《顧實〈漢書‧藝文志〉講疏評議》刊《益世報‧副刊》第 3 卷第 22、24 期。《別錄闡微》刊《圖書館學季刊》第 3 卷第 3 期。《莊子哲學》刊北平尚志學會《哲學評論》第 3 卷第 2 期。

4 月，《燕丹子真偽年代考》刊《國立中山大學語言歷史研究所週刊》第

7 卷第 78 期。

5 月，《圖書館中文書編目之我見》刊《圖書館報》第 7 卷第 3 期。

6 月，《〈莊子〉篇章真偽舊聞評錄》刊《全民報・副刊》第 140、144 期。畢業於清華大學國學研究院和燕京大學國學研究所，學位論文分別是《孟子傳論》和《管子探源》。

秋，至開封，任河南大學教授，講授中國文學史等課程。按，河南大學原為成立於 1912 年的河南留學歐美預備學校，1923 年改為中州大學，1927 年改為國立第五中山大學，1930 年改為現名。

9 月，《戰國策作者考》刊《河南中山大學週刊》第 12、14 期。

12 月，《慎懋賞本〈慎子〉辨偽》刊《燕京學報》第 6 期。

1930 年

1 月，《五言詩起源說評錄》刊《河南大學文學院季刊》第 1 期。

3 月，《〈新序〉〈說苑〉〈列女傳〉不作始於劉向考》刊《圖書館學季刊》第 4 卷第 1 期。《從〈史記〉本書考〈史記〉本源》刊《國立北平圖書館館刊》第 4 卷第 2 期。

秋，至河北保定，執教母校河北大學中國文學系。

9 月，《孟荀論性新釋》刊《哲學評論》第 3 卷第 4 期。

11 月，《〈胡笳十八拍〉作於劉商考》刊《朝華》第 2 卷第 1、2 期。

12 月，《〈木蘭詩〉作於韋元甫考》刊《朝華》第 2 卷第 3 期。

1931 年

春，因結婚移居北平，開始在北平師範大學、中國大學執教。按，夫人是張曼漪女士，對他的材料搜集工作有很大幫助，羅氏多次提及，如：「至材料的搜集，則頗藉助於內子曼漪，及我的助手牛子樁先生」；「與內子曼漪，從苕溪漁隱叢話、詩話總龜、詩林廣記及諸家筆記中，輯出數十種，顏曰兩宋詩話輯校。」〔註4〕在北平師範大學、中國大學二校授課編成講義《中國詩歌史》，但未見公開出版。不過其《中國文學批評史》（I）曾引述該書，見第 7、295 頁。

1 月，《樂府文學史》由北平文化學社出版。《戰國策作始蒯通考》刊《學

〔註 4〕 羅根澤：《自序》，《中國文學批評史》（I）；《自序》，《周秦兩漢文學批評史》，1944 年。

文》第 1 卷第 4 期。

4 月,《荀子論禮通釋》刊女師大《學術季刊》第 2 卷第 2 期。《〈鄧析子〉之真偽及年代考》刊河北大學《文學叢刊》第 5 期。《管子探源》由中華書局出版,書末附錄有《戰國前無私家著作說》、《古代經濟學中之本農末商學說》、《古代政治學中之「皇」「帝」「王」「霸」》三文。

秋,在燕京大學教授「樂府及樂府史」。

9 月,《〈管子探源〉敘目》刊《學文》第 4 期。《郭茂倩〈樂府詩集〉跋尾》刊中國大學《國學叢編》第 1 卷第 3 期。

11 月,《慎懋賞本「慎子傳」疏證》刊《國學叢編》第 1 卷第 4 期。

1932 年

春,代郭紹虞在清華大學教授中國文學批評史。

5 月,《墨子引經考》刊《北平圖書館月刊》第 3 期。《中國詩歌之起源》刊《學文》第 5 期。

11 月,《孟子評傳》由商務印書館出版。

是年,講義《諸子概論》鉛印。

1933 年

1 月,《七言詩之起源及其成熟》刊《師大月刊》第 2 期。

3 月,編著《諸子叢考》,被顧頡剛列為《古史辯》第 4 冊,由北平樸社出版,收錄其自序一篇、論文十三篇,其中大多是補充、修改舊稿而成,未見刊的有《老子及〈老子〉書的問題》、《〈戰國策〉作始刪通考補證》。

8 月,《初中國文選本》(一至六冊)由北平立達書局出版,題署羅根澤、高遠公編、黎錦熙校訂。

12 月,《高中師範教科書高中語文》(一至三冊)由北平文化社出版,編著者羅根澤、高遠公。

是年,校點明人徐增《文體明辨》,由北平文化學社出版。

1934 年

1 月,《校刊〈文體明辨〉序》刊《民大中國文學系叢刊》第 1 卷第 1 期。

5 月,《關於諸子學》刊《文化與教育》第 20 期。

6 月,書評《鄭賓於著〈中國文學流變史〉》刊《圖書評論》第 2 卷第 10 期。

8月，《中國文學批評史》（I）由北平人文書店出版。

秋，因在北平收入低，赴安慶任教安徽大學，期間開始編著唐代文學批評。按，錢玄同日記 1934 年 8 月 29 日記載：「羅雨亭來，言北平所入太少（止師大及中大兩處，僅有 120 元），擬往安徽大學。」〔註5〕

12月，林芬《評羅根澤的〈中國文學批評史〉》刊《眾志月刊》第 2 卷第 3 期「書報評介」欄目。

1935 年

1月，《〈商君書〉探源》刊《國立北平圖書館館刊》第 9 卷第 1 期。《「文筆式」甄微》刊《中山大學文史學研究所月刊》第 3 卷第 3 期。

3月，《唐代文學批評初稿》刊安徽省立圖書館《學風》第 5 卷第 2 期。篇首有作者按語如下：「此拙編《中國文學批評史》第五篇也。第五篇以前者，已由北平人文書店出版。所謂唐代不包括晚唐，因擬以晚唐並五代宋初為第六篇故也。客中無書，承省立圖書館館長陳東原先生予以閱書方便；編著時，頗參考郭紹虞先生所著《中國文學批評史》；關於《文鏡秘府論》，則多請教於儲亦庵先生；謹並致謝。根澤識於皖垣安徽大學。」

4月，《唐代文學批評初稿》第二章《詩與社會及政治》刊《學風》第 5 卷第 3 期。

5月，《唐史學家的文論及史傳文的批評——唐代文學批評研究初稿第三章》刊《學風》第 5 卷第 4 期。振珮《評羅著〈中國文學批評史〉I》刊《學風》第 5 卷第 4 期。

6月，《莊子》刊《青年界》第 8 卷第 1 期「我在青年時代所愛讀的書特輯」。

7月，《研究中國文學史的計劃》刊安徽大學《文史叢刊》第 1 卷第 1 期。

8月，《水調歌小考》刊《太白》第 2 卷第 11 期。

秋，被北平師範大學聘為教授，復返北平。按，錢玄同日記 1935 年 7 月 31 日記載：「得師大送來雨亭聘書，知教授已得，薪 280 元。」〔註6〕可知，羅根澤之前在北平師範大學雖是專職，但只是講師，故薪水很少。

秋，開始輯校兩宋詩話，並於次年夏作成《兩宋詩話輯校敘錄》。

〔註 5〕《錢玄同日記》（下），北京大學出版社，2014 年，第 1035 頁。
〔註 6〕《錢玄同日記》（下），第 1116 頁。

10 月，《唐代早期古文文論──唐代文學批評研究第四章》刊《學風》第 5 卷第 8 期。《中國文學起源新探》刊《文哲月刊》第 1 卷第 1 期。《何謂樂府及樂府的起源》刊《安徽大學月刊》第 2 卷第 1 期。

12 月，《佛經翻譯論──唐代文學批評研究第六章》刊《學風》第 5 卷第 10 期。篇首有編者按語如下：「本文作者羅雨亭先生，為海內治中國文學史學者之一。所著《中國文學批評史》，即其多年從事編著之《中國文學史類編》之一種。全書分為四冊：六朝以前為第一冊；唐宋為第二分冊；元明為第三分冊；清至現代為第四分冊。其第一分冊，已由北平人文書店出版。（每冊定價一元一角）以下部分，現正陸續編著。關於唐代部分，多在本刊本卷各期先後刊布，本文乃為最後一篇。惟中間尚有《韓柳及以後的古文文論》一篇，應列本文之前。近據羅先生函告，謂已在北平於張東蓀、瞿菊農諸先生共同創辦之《文哲季刊》內發表，本刊因即從略。尚希讀者取而參閱，庶得觀其全貌也。編者謹識。」

11 月，《晚唐五代的文學論》刊《文哲月刊》第 1 卷第 2 期。

12 月，《晚唐五代的文學論》（續）刊《文哲月刊》第 1 卷第 3 期。《晚周諸子反古考》刊《師大月刊》第 22 期。

1936 年

春，編成《中國戲曲史綱》，油印。

1 月，《五代前後詩格書敘錄》刊《文哲月刊》第 1 卷第 4 期。

2 月，《職業與娛樂》刊《青年界》第 9 卷第 1 期。

4 月，《筆記文評雜錄》、《筆記文評新錄》先後刊《北平晨報・學園》第 927、940 期。《阮閱〈詩總〉考辨》刊《師大月刊》第 26 期。

6 月，《詩句圖》刊國立北平大學女子文理學院《新苗》第 4 期。《莊子外雜篇探源》刊《燕京學報》第 19 期。《涼州曲小考》刊《北平晨報・學園》第 971 期。《陸賈「新語」考證》刊《學文》第 1 期。《「莊子」「天下篇」的辯者學說》刊《北平晨報・思辨》第 41 期。《閒裏偷忙》刊《青年界》第 10 卷第 1 期。

7 月，《〈尹文子〉探源》刊《文史月刊》第 1 卷第 8 期。

8 月，李嘉言對《中國文學批評史》的評論文章刊《文哲月刊》第 1 卷第 7 期。按，李嘉言，時任清華大學助教。

10 月，《墨子交利主義》刊《人生評論》第 1 期。《韓愈及其門弟子的文

學論》刊《文藝月刊》第 9 卷第 4 期。《由老子籍貫考老子年代》、《由老子子孫考老子年代》先後刊《北平晨報‧思辨》第 56、58 期。《兩宋詩話年代存佚殘輯表》刊《師大月刊》第 30 期。

　　11 月，《由尚賢政治考老子年代》刊《北平晨報‧學園》第 1035 期。《故紙堆中的生活》刊《文化與教育》第 108、109 期合刊。

　　12 月，《由禮教觀念考老子年代》刊《北平晨報‧學園》第 1052 期。《由諸書引老考老子年代》刊《人生評論》第 1 卷第 3 期。《〈戰國策〉作者之討論》刊《廈門圖書館館聲》第 4 卷第 1 至 3 期合刊。

1937 年

　　1 月，《兩宋詩話輯較敘錄》刊《文哲月刊》第 1 卷第 10 期。

　　2 月，《跋陳眉公集〈古今詩話〉》刊《益世報‧人文週刊》第 7 期。《儒家所謂學與學問》刊《經世》第 1 卷第 3 期。

　　4 月，《成都存古書局聲調譜匯刻跋尾》刊《益世報‧人文週刊》第 21 期。

　　6 月，《參觀日記》刊《青年界》第 12 卷第 1 期「日記特輯」。

　　盧溝橋事變後，開始顛沛流離，先在河南大學借教一月，後隨北平師範大學到西安，接著遷到漢中，再遷到城固。

　　10 月，《哀「文化城」》刊《經世》戰時特刊第 1 期。

　　12 月，《紀念師大與中國教育》刊《國立北平師範大學紀念專刊》。

1938 年

　　3 月 7 日，《下鄉宣傳的最低條件》刊《西安臨大校刊》第 12 期。

　　9 月，編著《諸子續考》，列為《古史辨》第 6 冊，由上海開明書店出版，收錄其自序一篇、論文九篇，大多是修改舊作而成，未見刊的有《跋金德建先生戰國策作者之推測》。

1939 年

　　4 月，《學術救國與救國學術》刊《精誠》半月刊第 6 期。

　　9 月，《歐陽修的改革文學意見》刊《經世戰時特刊》第 47、48 期合刊。篇首有作者的一節「前置詞」，極具當時意義，可看出羅根澤的文學主張和現實關懷，只是該文後於 1947 年重刊時刪去，也未收錄於《中國文學批評史》（三）中，特錄於此：

　　五四時代的文學革命的口號是抒情寫實。提出這個口號的人，絕沒有想到抒情文學會變為肉感文學與消閒文學，更沒有想到寫實文學會變為普羅文學與幽默文學。從「為文學而文學」的觀點而言，似亦無可厚非；從「為人生而文學」的觀點而言，則不敢贊同，事實上，創作文學者，儘管說是「為文學而文學」，但作出的文學仍然要影響於社會人生；除非是得不到一個讀者。無疑的，肉感文學所影響於社會人生的是縱慾戕生，消閒文學所影響於社會人生的是玩物喪志，普羅文學所影響於社會人生的是階級仇視，諷刺文學所影響於社會人生的是互相笑罵；總之是淆惑民族的意識，助長人生的墮落。

　　周作人先生說五四文學是繼承晚明的（《新文學的源流》），就文學的性質而言的確相像，所以晚明文學的研究，形成五四稍後的時髦課題。但不止與明晚相像，還與六朝和五代相像，所以周作人先生都列為與「載道」對立的「言志」一系。真是湊巧得很，這幾個時代都是中華民族最不爭氣的時代，自己不能將國家弄好，以致夷狄交侵，民生塗炭。我很早就常在北平師大的中國文學史課堂上說，從別方面推測中國的國運則不禁有杞人之憂，因為當代的文學太像受外族侵辱的六朝，五代及晚明的文學了。現在強敵壓境，不幸言中。我們一面抗戰一面建國，文學也不應不負點責任，因為將來文學的路徑問題，也是現在應當從速商定的。反六朝文學最力的是唐代的韓愈，他的意見，我就移另文論述；（載南京出版之《文藝月刊》）反五代文學最力的是宋代的歐陽修，王安石，曾鞏，及蘇氏父子，我願在這裡陸續論述他們的意見，以為留意將來文學路徑問題者的參考借鏡。

1940 年

　　1 月，由陝入川，居於重慶北碚柏溪，任教中央大學師範學院國文系，主講中國文學史和中國文學批評史。按，1943 年冬，師範學院國文系併入文學院中文系。

　　2 月，《荀子的人生哲學及政治哲學》刊《時代精神》第 2 卷第 1 期。

　　8 月，《荀子的政治態度》刊《時代精神》第 3 卷第 1 期。

　　10 月，《學藝史的敘解方法（上）》刊《讀書通訊》第 12 期。

11 月，《讀諸子佛書——答張鶴林》刊《讀書通訊》第 14 期。

12 月，《建國期中的文化建設》刊《學生月刊》第 1 卷第 12 期。《兩漢的辭賦論》刊《經世》第 1 卷第 2、3 期合刊。

1941 年

1 月，《中國發現「人」的歷史》刊《清華學報》第 9 卷第 1 期。

3 月，《三十一位中學國文教員的改革中學國文意見》刊《中等教育季刊》第 1 卷第 1 期。

4 月，《三蘇的改革文學意見》刊《經世》第 1 卷第 4 期。

8 月，《人，中國人，現代中國人》刊《民意週刊》第 15 卷第 186 期。

10 月，《宋初的文學革命論》刊《時代精神》第 5 卷第 1 期。篇首有作者識語如下：「此文草於二十六年夏，屬稿未竟，抗戰軍興，間□南來，未能攜持。文中取材，或據文津閣四庫全書，今已不得抽繹矣。函留平友人輔仁大學教授儲皖峰先生，鈔校郵下；略加整理，寄《時代精神》發表，所以紀念儲先生盛意也。——三十年詩人節日，記於重慶柏溪。」

11 月，《宋初的文學革命論》（中）刊《時代精神》第 5 卷第 2 期。

12 月，《宋初的文學革命論》（下）刊《時代精神》第 5 卷第 3 期。《古詩十九首之作者及年代》刊《讀書通訊》第 31 期。

1942 年

2 月，《王昌齡詩格考證》刊《文史雜誌》第 2 卷第 2 期。《學藝史的敘解方法（下）》刊《讀書通訊》第 36 期。按，此文上下兩篇經刪改分別編入《周秦兩漢文學批評史》第一章《緒言》之「選敘的標準」、「解釋的方法」兩部分。

6 月，《應考國文的準備與方法》刊《青年雜誌》第 1 卷第 2 期。

10 月 10 日，作《中國文學批評史自序》，後於次年 6 月刊《讀書通訊》第 68 期。

12 月，《王充的哲學及教育學》刊《大學》第 1 卷第 12 期。

1943 年

1 月，《墨子探源》刊《國立中央大學文史哲季刊》第 1 卷第 1 期。《李邕墓誌銘跋尾》刊《圖書月刊》第 2 卷第 6 期。

6 月，《仁義與利欲——孟子七講之一》刊《文化先鋒》第 2 卷第 5 期。

7月，《搶救國文》刊《國文雜誌》第 2 卷第 1 期。

12月，《老子故事的演變與辯證》刊《文化先鋒》第 3 卷第 1、2 期。

《魏晉六朝文學批評史》、《隋唐文學批評史》先後於 8 月、11 月作為「中央大學文學叢書之一」由重慶商務印書館出版。

1944 年

1月，《周秦兩漢文學批評史》由重慶商務印書館出版。

2月，《關於名墨之討論》刊《讀書通訊》第 84 期。

3月，國立北平圖書館《圖書季刊》第 5 卷第 1 期「圖書介紹」欄目刊出羅根澤《隋唐文學批評史》（中國文學批評史第二分冊）的介紹文章。

4月，《中國文學起源的新探索》刊《真理雜誌》第 1 卷第 2 期。《我怎樣研究中國文學史》刊《讀書通訊》第 87 期。《南朝樂府的故事與作者》刊《文化先鋒》第 4 卷第 4 期。

5月，《南朝樂府的故事與作者（續）》刊《文化先鋒》第 4 卷第 5 期。《怎樣研究中國文學批評史》刊《說文月刊》第 4 卷合刊。按，此文是《中國文學批評史》的緒言部分。篇首有以下按語：「拙編《中國文學批評史》，卷帙繁重，交由商務印書館分冊印，就中《周秦兩漢文學批評史》，《魏晉六朝文學批評史》，《隋唐文學批評史》，《晚唐文學批評史》四冊，最近即可出版。茲將緒言，錄付《說文月刊》，標為此題，以先請教世人云。根澤記」

12月，《絕句三源》刊《讀書通訊》第 100 期。

1945 年

2月，張學書《評羅著中國文學批評史三書》刊《讀書通訊》第 104 期「圖書評論」欄目。

3月，《羅根澤自傳》刊《出版界》第 2 卷第 1 期「作家學者自述專號」。與康光鑑編著《墨子》，由重慶勝利出版社出版。

7月，《晚唐五代文學批評史》由重慶商務印書館出版。

12月，國立北平圖書館《圖書季刊》第 6 卷第 3、4 合期「圖書介紹」欄目刊出羅根澤《晚唐五代文學批評史》（中國文學批評史第四分冊）的介紹文章。

是年，《葉適及其他永嘉學派的文學批評》刊《文藝先鋒》第 6 卷第 4、5 合期。

1946 年

1 月，《黃庭堅的詩學方法》刊《中蘇文化》第 17 卷第 1 期。

3 月，《王安石的政教文學論》刊《文藝先鋒》第 8 卷第 3 期。《我的讀書生活》刊《中央週刊》第 8 卷第 8 期。

6 月，隨中央大學遷往南京。

7 月，《楊萬里的詩學淵源及共享》刊《東南日報》。《兩宋詩話存佚殘輯年代表》重刊《讀書通訊》第 113 期。

8 月，《朱熹對於文學的批評》刊《中國學術》第 1 期。

10 月，《宋初古文新論》刊《文化先鋒》第 6 卷第 3、4 期合刊。《李杜地位的完成》刊《中央日報》。

11 月 23 日，作《讀〈東坡七集〉》。

1947 年

1 月 4 日，《朱熹的道文統一說》刊《和平日報》。

1 月，《我今後打算研究什麼學術》刊《中央週刊》「新年隨筆」欄目。

2 月，《蘇門弟子的事理文學說》刊《中國雜誌》創刊號。

3 月，《荀卿年代補考》刊《東方雜誌》第 43 卷第 5 期。《陳師道的詩文方法》刊《中央週刊》第 9 卷第 12 期。

6 月，《宋學三派》刊《中央日報》。《蘇軾的文學方法》刊《西北文化》月刊第 1 卷第 2 期。

9 月，《論三蘇的思想——宋議論派的立意達辭文學說第一節》刊《學識》半月刊第 1 卷第 10 期。

11 月，《歐陽修的改革文學意見》（上）刊《現實與理想》第 1 卷第 3 期。《文學與文學史》刊《文藝先鋒》第 11 卷第 5 期。按，此文是在中央文化運動委員會舉辦的暑期文藝講演會上的講稿，由吳常義記錄。

12 月，《歐陽修的改革文學意見》（中）刊《現實與理想》第 1 卷第 4 期。「南屏」對羅根澤《中國文學批評史》四冊的評論文章刊《國立中央圖書館館刊》第 1 卷第 4 期「書評」欄目。

12 月 22、29 日，《宋文學家黃裳的性理文學說》（上）（下）刊《中央日報》。

1948 年

2 月 16 日，《宋浙東派樓鑰的文學意見》刊《中央日報》。

3 月 11 日，《王柏的正氣說》刊《中央日報》。

3 月 22 日，《魏了翁的學文合一說》刊《中央日報》。

4 月，《陸九淵派的文心說》刊《學原》第 1 卷第 1 期。《歐陽修的改革文學意見（下）》刊《現實與理想》第 1 卷第 5、6、7 期合刊。

1951 年

2 月 18 日，《李白愛祖國愛人民的一面》刊《文匯報》。

4 月，《實驗主義批判》刊《新中華》半月刊第 14 卷第 7 期。

1952 年

《中國文學發展史綱》以南京大學中文系講義形式刊印。

1954 年

4 月 26 日，《木蘭詩產生的時代和地點》刊《光明日報》。

7 月 18 日，《木蘭詩產生的時代和地點的討論》刊《光明日報》。

8 月，《陶淵明詩的人民性和藝術性》刊《人民文學》第 11 期。

12 月 26 日，《批判胡適的文學觀點和治學方法》刊《光明日報》，次年收入《胡適思想批判》第 1 輯，北京三聯書店出版。

1955 年

1 月，《古奴隸社會的奴隸謠諺》刊《南京大學學報·人文》第 1 期。

4 月，《先秦散文發展概況》刊《文學遺產》增刊第 1 輯。

9 月 25 日，《略談鮑照》刊《光明日報》。

10 月，《中國古典文學論文集》由五十年代出版社出版，收錄之前刊出的六篇文章，分別是《古奴隸社會的奴隸謠諺》、《絕句三源》、《陶淵明詩的人民性和藝術性》、《李白愛祖國愛人民的一面》、《〈古詩十九首〉之作者及年代》、《〈木蘭〉產生的時代和地點》，書尾有 9 月 30 日撰寫的後記。

是年，校勘整理《西京雜記》。

1957 年

1 月，《試談〈莊子〉的思想性》刊《文學研究》第 1 期。

2 月，《潘辰先生〈試論戰國策的作者問題〉商榷》刊《光明日報》。

3 月 10 日，《讀〈詩品〉》刊《光明日報》。

8 月，《先秦散文選注》由作家出版社出版。

9 月，《魏晉南北朝文學史》作為內部交流材料由南京大學出版社印刷。

10 月，《中國文學批評史》（一）（二）由上海古典文學出版社出版。按，1940 年代出版的《周秦兩漢文學批評史》、《魏晉六朝文學批評史》合為第一冊，《隋唐文學批評史》、《晚唐五代文學批評史》合為第二冊，並把 10 月 28 日寫的《新版序》附於前。

是年，《黨領導著中國古典文學研究走了正確的道路——兼斥右派分子對中國古典文學陣地的進攻》刊《文藝研究》第 36 期。

1958 年

1 月，《曹雪芹的世界觀和〈紅樓夢〉的現實主義精神及社會背景》刊《人文雜誌》第 1 期。

2 月，《陶淵明的生平、思想及其作品的現實主義與藝術價值》刊《江海學刊》第 2 期。《諸子考索》由人民出版社出版。按，此書收錄之前刊出的對先秦及漢代諸子的考證文章，共 34 篇，書前有 2 月 28 日撰寫的《序言》。

10 月，《「中國文學批評史」的自我批判——重印序》刊南京大學中文系系刊《火箭》創刊號。

是年，《中國文學批評史》（一）、（二）重印，並把 8 月 17 日寫成的《重印序》附於前。

1959 年

1 月，《中國古典文學理論中關於現實主義與浪漫主義相結合的理論》（與楊增華合著）刊南京大學中文系《火箭》第 1 期。

3 月 15 日，《三論陶淵明》刊《光明日報》。

4 月，《現實主義在中國古典文學及理論批評中的發生和發展》刊《文學評論》第 4 期。

4 月 12 至 14 日，在北京參加《文學評論》編委會議。

8 月，與于北山校點《文章辨體序說‧文體明辨序說》，作為「中國古典文學理論批評專著選輯」之一在人民文學出版社出版。

1960 年

1 月 31 日，《〈洛陽伽藍記〉試論》刊《光明日報》。

3 月 30 日，因病去世，享年 61 歲。

1961 年

遺著《中國文學批評史》（三）（第六篇兩宋文學批評史）由中華書局出

版，郭紹虞作序。

1984 年

　　《羅根澤古典文學論文集》由上海古籍出版社出版，收錄之前未見刊的文章《杜甫之思想及其對詩之見解》、《散文源流》、《韓歐闢佛的反響》、《讀〈東坡七集〉》、《蘇軾的文學思想》。

後　記

　　本書由我的博士論文修改而成。雖謂修改，但大體未動，只增添了少許新發現的材料，更改了一些錯訛。五年前的情形似乎已模糊，現抄錄博士論文的致謝內容，以現昔日心境：

　　　　清華四年，匆匆即逝。園子裏草木多，春秋更迭，色彩變換，易見盛衰之感。初到清華園時，感覺它那麼大，大到似無邊際，那麼陌生，陌生到分不清東西南北；今日，園子裏依舊有很多未到之地，卻已熟稔於心，且小如彈丸，裝在心中的角落即可。

　　　　一路走來，謹記感恩。

　　　　感謝諸位老師。導師張海明教授，自論文選題、寫作到修改，自始至終給予指導和關懷。四年前，張老師不嫌我淺薄且學業不專，使我有機會繼續求學；四年間，張老師言傳身教，其淵博學識與溫良德性使我有高山仰止之感。王中忱、羅鋼、解志熙、格非等諸位老師談吐不凡的授課，使我獲益良多，對論文的指導建議，使我減少愚陋。他們皆是我為人為學的楷模。

　　　　感謝北京師範大學鄒紅教授和北京語言大學黃卓越教授。他們在論文評審和答辯時給予中肯的建議和批評，使我明白學術寫作永無止境，沒有完美之時。

　　　　感謝眾位同窗好友。平日裏的學術討論有拓寬眼界之助，即使閒談也為讀書生涯增添了不少趣味。

　　　　感謝家人。妻子依白賢淑寬容，知我懂我，一起或即將共度的時光，無論風雨抑或陽光，留在心中的都是豔麗奇妙的彩虹。父母淳樸勤勞，生我育我，多年來不計功利，支持我讀書求學，其恩德

—263—

難報萬一。

　　依虛歲計，已到而立之年，希望論文準備和寫作期間兩年多的磨礪使我對人生的道路多一份堅韌和闊達。

五年來，感謝岳父岳母。他們放棄退休後的休閒生活，為我操持家務、撫育幼兒。感謝兒子。看著他出生，蹣跚學步，咿呀學語，上幼兒園……。孩童的天真和無邪常使我擺脫俗事煩擾，獲得純粹的寧靜和幸福。因疫情，他還在異地姥爺姥姥家，暫時不能返回家中。他即將四歲。我很想他。

拙著得以出版，感謝鄒紅教授、楊嘉樂女士和花木蘭文化事業有限公司。願人間祥和，災難不再。

2020 年 4 月 1 日於北京魏公村